オウマガの蠱惑

椎葉伊作

JN224906

――祖母に捧《ささ》ぐ。

目次

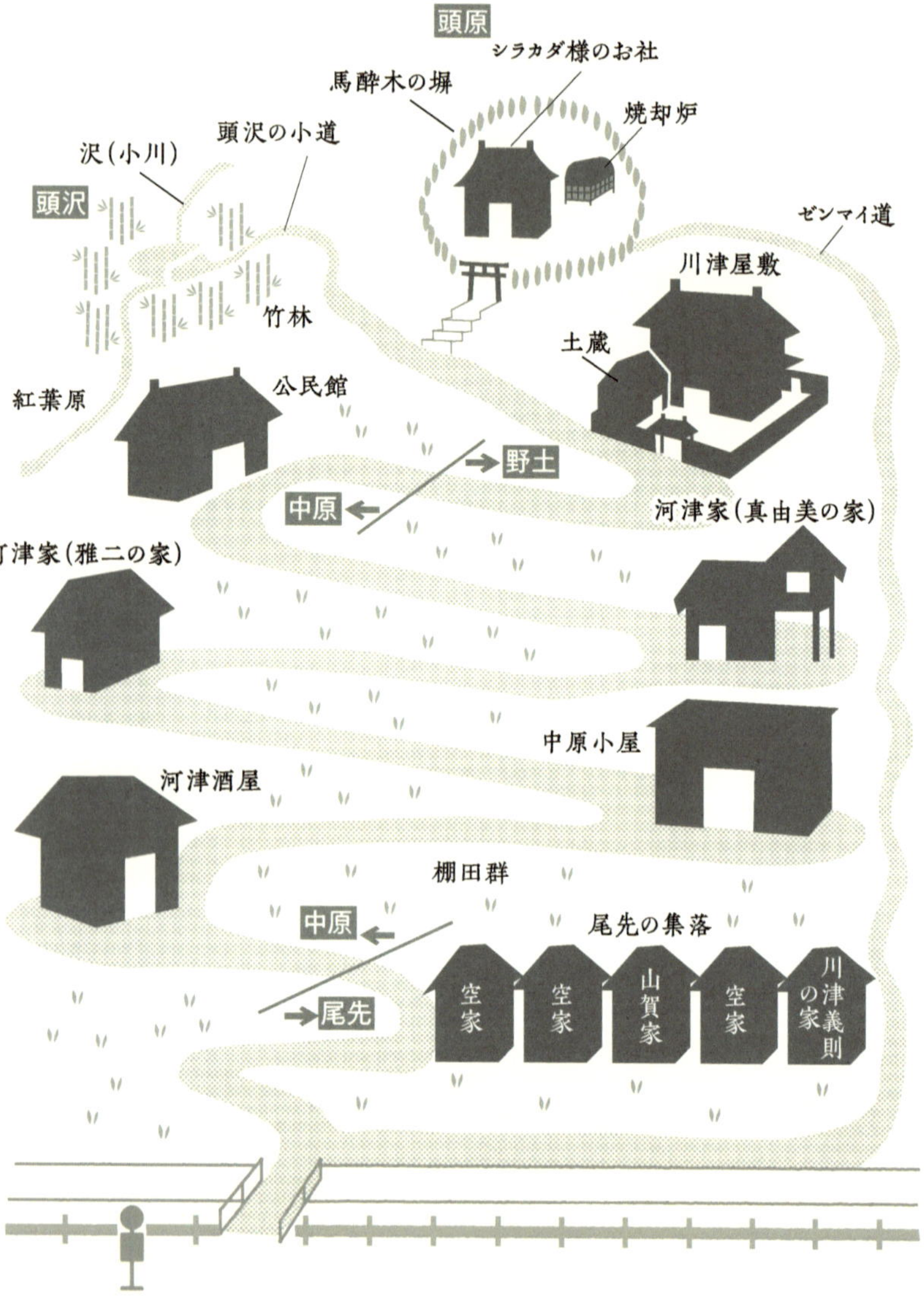

頭原
シラカダ様のお社
馬酔木の塀
焼却炉
沢(小川)
頭沢の小道
頭沢
ゼンマイ道
川津屋敷
竹林
土蔵
紅葉原
公民館
野土
中原
河津家(真由美の家)
河津家(雅二の家)
中原小屋
河津酒屋
棚田群
中原
尾先の集落
尾先
空家
空家
山賀家
空家
川津義則の家

序章

右も左も見渡す限り、青々と穂を実らせた広大な田んぼ。その向こうには、壁のように連なった深緑の山々。そこに点在する鉄塔と、それらを繋《つな》ぐ送電線をくっきりと浮かび上がらせる濃い青空には、もくもくと入道雲が立ち上っている。

そんな八月の景色の中を、僕は社用車の軽バンで走っていた。田んぼに挟まれた狭苦しい一本道の道路はアスファルト舗装がボロボロにひび割れていて、所々逞《たくま》しく雑草が伸びていた。それらをなびかせ、踏みつけながら目的地へと進んで行く。

別に、急いでいるわけではなかった。が、逸《はや》る僕の右足は、自然と強くアクセルを踏み込んでいた。ルームミラーを覗《のぞ》き込み、今日の為《ため》にクリーニングに出して新品同様の白さにしていたYシャツの襟を正しながら、ついでに髪型もきちんと整っているか確認する。別に何てことはない、いつもの仕事の格好だが、今日に限っては身なりをきちんとしておかなければならない。

返事を聞くのだから。僕の――高津幸人《たかつゆきひと》の、一世一代の誘いの返事を。

やがて、狭苦しい道路の左右に広がっていた田んぼが、手入れのされていない休耕田へと変わっていった。そこを走り抜けると、ようやく目的地の入口へと続く坂道に差し掛かった。アクセルをふかして上り切ると、もう何年も前に役目を終えたというのに、未《いま》だに放置されているバス停の標識が門番のように佇《たたず》んでいるのが目に入る。すっかり錆《さ》びついているが、辛うじて書かれている文字が判別できる。

〝朽無《くちな》〟

あのバス停の方へ曲がれば、山の斜面を切り開くようにして作られた傾斜地集落――目的地である朽無村《くちなむら》がある。……もう村とは言えないかもしれないが。

緩やかに減速してハンドルを切り、バス停の横に架けられている小さな橋を渡って朽無村へと入った。グネグネと曲がりくねった九十九折《つづらおり》の坂道を上って行く。脇には棚田が並んでいるが、どれも雑草が伸び散らかした荒れ地と化している。村に着く前に眺めていたような休耕田ではない。もう何年も前に耕作放棄地となったせいだ。

いくつものヘアピンカーブの曲がり角には、ぽつぽつと廃屋が点在していた。どれも元は立派な和風家屋だったのだろうが、今となっては蔦《つた》や苔《こけ》に覆われた倒壊寸前のボロ屋だ。かつてはトラクターなどの農機を収めていたであろう大きな小屋もあったが、全体が今にも崩れそうなほど傾いている上に、傍《そば》の竹林に侵食されてしまったのか、ボロボロのトタン屋根から無数の竹が突き出ていた。

この村は、もう自然に呑《の》み込まれてしまっている。人の気配が無くなれば当然のこと。正に自然の摂理だ。人が切り開いて暮らしていた土地から人が消え、営みが無くなれば、残された物は朽ちていくのみ。自然へと還《かえ》っていくのだから。

人の息遣いがあれば、ここも再生して……いや、こんな土地に住み着きたいなどという物好きな人間はいないだろう。こんな、山と川と田んぼしかなく、バスも通っておらず、市街地まで車で三十分も掛かるような辺境の田舎に。

……物好き、か。そう考えてしまった自分に後ろめたさを感じながら、アクセルを踏み込んだ。今、目指しているのは、その物好きな人間の元なのだから。

グネグネと坂道を上り続けた後、軽バンのハンドルを切って、この村の中で唯一、人の息遣いが感じられる場所——敷地沿いに植えられた馬酔木《あせび》がきちんと刈り整えられている河津《かわづ》邸《てい》へと到着した。

エンジンを切って深呼吸をすると「肩の力を抜け、いつものように行くんだ」と自分に言い聞かせ、仕事用のトートバッグを引っ摑《つか》んで外へ出た。冷房によって冷やされていた身体《からだ》が、むわっとした熱気に包まれて、思わず面食らい、小さく咳《せき》をする。

汗を搔《か》かないように、爽やかに行かなければ。

ポケットからハンカチを取り出して、顔の粘り気を拭いながら玄関へ向かった。

全体的に風情のある趣きの和風家屋。右手にある二階部分は後から建て増しされたのだろう。建屋が鉄骨によって底上げされていて、一階部分が車庫になっている。そこに型式の古い水色のアルトがいつものように停《と》まっていた。軒先には洗濯物が干してあり、いくつかの衣服が小風に揺られている。左手には庭があり、そこにも丁寧に刈り整えられた馬酔木が植えられている。日頃から手入れをされているのだろう。

〝忌中〟の札が掲げられている玄関扉の前まで辿《たど》り着くと、また深呼吸をして、インターホンのボタンを押し込んだ。少しの間を置いて、磨《す》りガラスがはめ込まれた扉越しに「はぁい」と声が聞こえて、とたとたと足音が近付いてきた。目を閉じると、大丈夫、きっと大丈夫だ、と心の中で小さく自分を励ます。

「どうぞ」と聞こえて目を開くと、磨りガラスの向こうに人影があった。カラカラと扉を開き、いつものようにと意識しながら、

「こんにちは」にこやかに挨拶をした。そんな僕を、

「こんにちは。どうぞ、お上がりになってください」

と、河津真由美《まゆみ》さんは柔和な表情で出迎えてくれた。


「この間は、ありがとうございました。本当に、何から何までして頂いて……」

客間である和室のテーブルに着くと、真由美さんが麦茶の入ったコップを差し出しながら、ぺこりと頭を下げた。長い黒髪が耳元からさらりと零《こぼ》れて、肩に垂れる。

僕はその様を、心の中に湧き上がる不純な欲望を抑えながら見つめていた。

目鼻立ちが整った薄い顔に、艶やかな長い黒髪。夏らしくないブラウンの長袖タートルネックTシャツに、ぴったりと包まれた華奢《きゃしゃ》な身体。差し出されたコップに添えられた手は、白く、細く、綺麗《きれい》で……まるで、儚《はかな》げな美しさを追い求めて作られた精巧な陶器人形のようだった。

「い……いえ、当たり前のことをしただけですよ。むしろ、ああいった時の為に、僕みたいな職業の人間がいるといっても過言ではないですから」

我に返り、謙遜しながらコップを受け取った。中に浮かぶ氷が、カランと鳴る。

「……あれから、もう一か月になるんですね」

つい先程、拝んだばかりの仏壇の方を見た。その手前の左側に、こぢんまりと設けられている祭壇

には、遺影と遺骨、仮位牌《かりいはい》が並んでいる。遺影の中で柔らかく微笑《ほほえ》んでいるのは、真由美さんの母親――早苗《さなえ》さんだ。

「ええ、早いもので……あまり実感が湧かないんですけどね。朝起きたら、癖になってるのか、母の部屋に行ってしまうんです。もう、空のベッドしかないのに……」

「……あっ、そういえば、ベッドはどうされます？　引き払われるなら、業者の方に連絡を入れますが」

「それなんですけど……もう少しの間だけ置いていても、構いませんか？」

「ええ、構いませんよ。貸出料は確か契約した日、月始め換算の月額ですから、八月いっぱいは置いていても料金が変わることはないはずです」

「そうですか……業者さんのご迷惑になることはありませんか？」

「そんなことはありませんよ。この間、まだ在庫が四、五台余ってるって聞きましたから。少なくとも八月中に、それらが出払うことは無いでしょうし」

僕は、よく冷えた麦茶に口を付けた後、おずおずと訊《き》いた。

「……やっぱり、まだ気持ちの整理がつきませんか？」

「ええ……ついこの間まで母が使っていたかと思うと、どうしても……無くなったら、この家に母がいたっていう証《あかし》が消えてしまうような気がして……」

気持ちは十分に分かるが、それ自体は在宅介護において珍しいケースだった。本来は、その逆のパターンが多い。さっさと引き払ってくれと言われる方が。

その気持ちだって分からないでもない。実の親だとしても、ずっと在宅介護を余儀なくされてきたのであれば一刻も早く、味わってきた辛《つら》さの痕跡を消してしまいたくなるのだろう。

親が認知症《にんちしょう》を併発していたら尚更《なおさら》だ。幼い頃からずっと目にしてきた親という偉大な存在が、三つ折りの介護ベッドの上で寝たきりのまま、じっと虚空を見つめ続けたり、意味の無いことを喚《わめ》いたりしていたら、いやが上にも辛くなってしまうだろう。その上、そうなってしまった親の面倒を一日中見ていなければならないのだ。

最悪の場合、介護疲れから心中に至ったケースもある。身近に起きた話ではないが、想像するだけでも心が痛む。実の親を、自分の手で……。

「八月いっぱいと言わずに、気持ちの整理がつくまでで構いませんよ。業者の方に、在庫が余っている内は貸し出しを継続できるように手配しておきます。料金も割安になるように頼んでみましょう」

「そんな、そこまでして頂かなくても大丈夫です。八月の間だけで十分ですから」

真由美さんは申し訳なさそうに俯《うつむ》いた。

「分かりました。では、業者の方にそう伝えておきますので……」

そう言うなり、途端に場が沈黙してしまった。咄嗟《とっさ》に、場を取り繕おうと、

「そういえば、生前、早苗さんはよく唄《うた》を歌われてましたね。あれって、この辺りで歌われていた民謡か何かですか？」と訊いた。

何だっていい。会話をして、真由美さんの気を紛らわせなければ。

それがたとえ、亡くなった母親の話題だっていい。経験上、反《かえ》ってそういった話をした方がいいの

だ。遺《のこ》された人間は亡くなった人間の話をその口から語ることで、徐々に事実を受け入れていくのだから。そうやって反芻《はんすう》し続ければ、欠けた心は段々と元に戻っていく。もっとも、それがどれだけの時間を要するのかは個人差があるが。

「唄というと、これのことですか？」

真由美さんは、囁《ささや》くように緩やかな調子のメロディーを口ずさみ始めた。

「ええ、それです。聴いたことがない唄でしたから、この朽無村だけに伝わっている民謡かと思いまして」そう言うと、真由美さんはフッと口元を緩めた。

「これは、サトマワリの時に歌われていたものです」

「サトマワリ？」

「ええ。昔、村で行っていた、お祭りみたいなものです。もうずっと前に無くなった催しなんですけど……母はそれを覚えていたんでしょうね」

真由美さんの顔が綻び、僕は安堵《あんど》した。これでいい。こうやって思い出を語るだけでいいのだ。今は、それだけでも。今は……。

それから、いくつかの話題を通して会話に花を咲かせた後、僕は一息ついて、

「……あの、真由美さん。この間の話、考えて頂けました？」と切り出した。

この間の話とは、大雑把に要約すると〝僕と一緒にこの村を出て行きませんか？〟というものだ。

一か月ほど前に、ほとんど寝たきりの状態だった早苗さんが脳梗塞で亡くなった時、僕は一人の

介護支援専門員《ケアマネージャー》として――いや、社会福祉士として、真由美さんの補助をした。正直に言って、行き過ぎなほどに。

それなりに理由はある。早苗さんは僕の担当だったし、真由美さんは独り身で頼れる親類もいないようだった。その上、この朽無村には真由美さんと早苗さんの親子以外には一人の人間も住んでいない。そんな中、たった一人で何から何まで準備をするのは肉体的にも精神的にも酷だろうと思い、僕は補助をすることにしたのだ。

本来の業務である、利用していた介護サービスや介護保険の手続きの調整と後処理の他に、葬儀社への連絡、通夜と葬式の手配、自宅葬の準備の手伝い……。さっきは謙遜したが、確かに僕は何から何まで手伝った。そんな中で、僕は以前から真由美さんに抱いていた想《おも》いを膨らませてしまったのだ。

二年前、大学時代の同期であり友人である茅野《かやの》から「今、九州の地元で働いているんだが、ヘルニアで長期休職するから、もし可能ならば、その間こっちに来て自分のやっていた業務の一部を一時的に引き継いでくれないか」という旨の電話があった。当時、職場の人間関係で悩んでいた僕は、その突拍子もない提案をあっさりと了承して仕事を辞め、この香ヶ地沢《かがちざわ》へとやってきた。

今にして思えば、随分と大胆な決断だったと思う。一時的とはいえ、三十歳を目前にして、人間関係以外はそれなりに順調だった仕事を辞め、長い間住んでいた東京郊外の街から何の縁もゆかりもない九州北部の田舎へ引っ越し、再就職するなど。

何の考えがあってそうしたのかと問われたら、どう答えていいか分からない。でも、当時の僕はとにかく色々なことに疲れていて、景色を変えたかったのだと思う。

大学を卒業後、特別養護老人ホームで介護福祉士として五年間の実績を積み、キャリアアップを目指して移った介護老人保健施設にて、ようやく就くことができた念願の介護支援専門員の仕事が板についてきた頃だったが、場数を踏んで視野が広がっていくと同時に、自分を取り巻く現状が何も変わらないことに気が付いたのだ。

このまま、自分はずっとここにいるのか？　事なかれ主義で何もしようとしない主任と、責任感に欠ける傲慢な口先だけの先輩と、向上心の欠片《かけら》もない怠惰な後輩と、ずっと一緒に働いていくのか？　手を差し伸べなければならない社会的弱者を見下し、裏で暴言を吐いてせせら笑う連中と、ずっと付き合っていくことになるのか？

そう考えると、生温《なまぬる》い錘《おもり》が心にぶら下がり、毎日を送るのが嫌になってしまった。それでも、念願の職業だったこともあり、僕は独り、心と身体に鞭打《むちう》って働いた。介護支援専門員としての信念と責任感の下、自身の業務と間接的に押しつけられた他の者がやるべきはずの業務を無尽蔵にこなしながら。

そして気が付くと——身体が鉛のように重くなり、ベッドから起き上がれなくなった朝を迎えていた。鳴り止《や》まない携帯を置きざりにして、どうにか病院まで行き、診察してもらうと、適応障害だと診断された。壮年の医師が言うには、あと一歩で僕は鬱という名の谷底に落ちてしまうところだったらしい。

先輩から限りなく罵詈雑言《ばりぞうごん》に近い軽口を浴びせられながら休職の手続きをして、アパートの部屋に籠った。処方された薬を飲みながら、独りでぼーっとＹｏｕＴｕｂｅを見ながら過ごしていた。心と身体を休める為に。

　茅野から件《くだん》の電話があったのは、そんな日々を送っていた時だった。大学時代の友人たちとは多忙故にほとんど疎遠状態になっていたが、茅野だけは違った。まったく同じ職業に就いたせいか、時折、電話で近況報告をし合う関係が続いていたのだ。

　いや、もしかしたら、茅野は僕のことを気にかけて電話を掛けてきていたのかもしれない。茅野には、東京で介護支援専門員の職に就いてから二年と経《た》たない内に鬱病を患い、郷里である九州へと帰ることになった過去があった。それから無事に鬱を克服し、地元で元気に働いていると聞いていたが、きっと近況報告の会話をする中で、色々なことに疲れていた僕に過去の自分を見たのだろう。

「都落ちだとか負け犬だとか散々笑われたけど、なんだかんだ落ち着く所なんだよ、田舎っていうのは。都会と違って、色々とユルいしな。だから、お前も短期遠征気分で、こっちでゆっくり働いてみないか？　非常勤でもいいからさ」

　電話で両親に「休職してるけど、いずれ仕事は辞めるかもしれない」と告げた際、「お前が目指したいと言ったから無理をして大学まで行かせてやったのに、鬱病如《ごと》きで退職するとはどういうことだ、考え直せ」と言われたこともあり、地元に帰るという選択肢を選べなかった僕は、そんな茅野の一言をきっかけに退職を決意した。退職届を提出した時、主任は最後まで事なかれ主義で何の言葉も掛けてこず、先輩からは罵倒を、後輩からは嘲笑を受けたが、特に何も感じることはなかった。

　アパートを引き払って、ほとんど身ひとつで東京を発《た》ち、九州北部にある地方都市、香ヶ地沢へとやってきた僕を、茅野は笑顔で歓迎してくれた。久しぶりに会った茅野は、大学時代の面影がないほど太っていたが、随分と血色が良く、活力に溢《あふ》れていて――ヘルニアによる腰の具合を除けば――調子が良さそうだった。

引き継ぐことになった茅野の仕事は、委託介護支援事業所の介護支援専門員だった。僕が東京の介護老人保健施設でやっていた仕事と、ほとんど同じ業務内容だったが、明白に違っていた点もあった。田舎特有のおおらかさ故なのか、それとも経営方針によるものなのか、業務内容がずっと地域に根ざしたものであったことだ。

元来、介護支援専門員とは顧客である人間との間柄が否応《いやおう》でも深くなる職種だ。程度はあるが、顧客の家庭環境や経済状況といった身の上を知らねば、ケアプランを作成することが難しいし、並行して精神的ケアも行わなければならない。だが、今にして思えば、それらを機械的にやっていた前の職場よりも、香ヶ地沢の委託介護支援事業所は、ずっと顧客に寄り添う経営形態を取っていた。顧客である地域住民の声に耳を傾け、一人一人に適切なケアプランを練り、時には自宅を訪問してモニタリング業務も兼ねた直接的なケアもする。正に地域密着型の経営形態だったのだ。

自宅を訪問してモニタリング――現場でプランニングしたサービスが的確だったかどうかを見定める業務――をしていると、あれこれと世間話に花が咲き、顧客との間柄がより深いものになった。それは前の職場では経験することの無かった人との関わり合い方で、介護支援専門員になる前の介護福祉士時代に経験していたものに近かった。

僕が地元の人間ではないということも手伝っていたのだろう。東京から来たと言うと、顧客は物珍しそうに身の上に関する質問を飛ばしてきた。それに正直に答えているだけで、ほとんどの顧客は心を開いてくれた。僕の身の上を憂い、親身になって労《ねぎら》いの言葉を掛けてくれた。そうなると、本来の業務はなどと言っておられず、ちょっとした家事の手伝いや散歩の付き添いといった小さな介助もついでに行うようになった。厚意を与えられた分、厚意で返す。それは僕にとって、当たり前のことだった。

人手不足ということもあり、前の職場で働いていた時と同じくらい多忙な日々を送ることになったが、苦にはならなかった。それどころか、僕は段々と心身の健康を取り戻していった。それに伴い、介護福祉士として働いていた頃に感じ、介護支援専門員になってからはすっかり失っていた、やりがいも取り戻していった。一方通行の欺瞞《ぎまん》的なやり取りではなく、人との確かな繋がりを実感しながら働いたことによって。

無論、良いことばかりではなく、時には大変な目にも遭ったが、それでも僕は挫《くじ》けなかった。介護支援専門員として、社会福祉士としての誇りと気力を取り戻したおかげで、仕事をするのが、毎日を送るのが、楽しくなっていた。真由美さんに出会ったのは、そんな時――香ヶ地沢に来てから半年の月日が過ぎようとしていた頃だった。

最初は、顧客の中の一人に過ぎなかった。母親の早苗さんが足腰を弱らせ寝たきりの状態になると同時に、認知症の症状が出始めたとのことで、委託介護支援事業所の窓口へ相談に訪れていたのだ。

なぜか、窓口の職員から酷《ひど》く素っ気ない対応をされていた真由美さんのことが妙に気にかかり、僕は代わって相談役を引き受けた。話を聞く内に、朽無村という僻地《へきち》に二人きりで住んでおり、独り身で周囲に頼れる者もいないということが分かり、僕は親身になってケアプランを練った。利用できる介護保険や介護サービスを紹介し、最適解ともいえるプランを立ち上げて、半ば押しつけるように勧めた。真由美さんはその場でそれを承諾してくれて、そのまま僕は早苗さんを担当することになった。

真由美さんはＷｅｂライターを生業としていて、在宅で仕事ができるようだったので、普段の生活と介護を両立するに当たっての問題は少ないようだった。とはいえ、たった一人で寝たきり状態の早苗さんの面倒を看《み》るのは辛かろうと思い、モニタリングを兼ねた自宅訪問は頻繁に行った。時には僕が早苗さんのケアをすることもあったし、業者の仲介も兼ねて介護用具などの配達も引き受けた。また、車椅子を利用している早苗さんの為に家のバリアフリー化を手伝ったりもした。幸いにも簡易的な施工で済んだので、業者を雇わずに僕が身銭を切って資材を取り揃《そろ》え、工事に当たった。

ともかく、僕はできる限りの補助を河津家に対して行った。それは、使命感に駆られてのことだった。辺境の地に住む頼れる者のない親子に救いの手を差し伸べなければ。一人の介護支援専門員として、いや、一人の人間として当然のことをしなければ。

そんな風に仕事をしていると、職場の人間から、あまり顧客に深入りしない方がいいと諌《いさ》められた。それでも、僕は河津家のことを気にかけ、朽無村に出向いていた。

すると、こんなことを囁かれるようになった。

「あげな村、行かん方がいいのに……」

「あん村の人間には、関わらん方がいいのに……」

「あん村に関わった人間は、みんな不幸になりよるのに……」

どれも、面と向かって言われたことはなかった。だが、職場の全員が、時には取引先の人間までもが、そういったことを僕に聞こえるように話していた。一体どういうことなのだろうと、休養中の茅野にそれとなく訊いてみたが、茅野も同じような反応を示した。理由そのものは言わないが、あまりあの村に行かない方がいいし、村の人間とも関わらない方がいいと。その時、僕は気が付いた。

きっとこれは、特定の地域に対する差別意識の表れなのだと。どこそこ出身の者とは口を利くな、関わるな。そんな因習が、未だに根強く残っているのだと。

初めて香ヶ地沢の悪い面を垣間見《かいまみ》たような気がした。こんなことが、この現代にあり得るのかと呆《あき》れもした。

結局、僕はそんな周囲の声を無視して、朽無村に出向いては河津家の補助を行っていた。僕は、そんな差別的な人間ではないと。そんな古臭く、馬鹿馬鹿しい考えなど持ち合わせていないと。そう考えながら、周囲からそれとなく白い目で見られつつ仕事をしている内に、僕は真由美さんに対してとある感情を芽生えさせてしまった。

それに気付いたのは、ほんの些細《ささい》なことからだった。河津邸で早苗さんのケアを手伝っていた際、無意識の内に真由美さんに視線を向けていることに気が付いたのだ。

その横顔は、とても綺麗で……その物憂げな目は、じっと見ていると吸い込まれてしまいそうで……まるで自身を覆い隠すかのように、いつも野暮ったい長袖のタートルネックTシャツを身に着けているのに、その姿は可憐《かれん》で美しく、それでいて艶《あで》やかで……その瞬間から、僕は一人の顧客として見ていた真由美さんのことを異性として意識するようになった。もちろん、後ろめたさは感じていた。真由美さんはあくまで顧客なのだから、仕事に臨むのに邪念を感じてはいけないと自分を戒めようとした。

それでも、僕は真由美さんに想いを抱くのをやめられなかった。河津邸へ通い続ける内に、その想いは強くなっていき、そして——早苗さんが亡くなり、独り気丈に振舞いながら涙を堪《こら》えて葬儀に臨んでいた真由美さんの姿を見て、僕は決心したのだ。

想いを伝えて、真由美さんをこの寂れ行く朽無村から救い出そうと。

およそ二年の月日が経ち、無事にヘルニアを完治させた茅野から、そろそろ復職したいと言われていたこともあった。僕は茅野が休職している間の臨時職員——場繋ぎに過ぎないのだから、茅野が戻ってくるとなれば素直に身を引こうと思っていた。

人手不足の問題を抱えていた職場の面々からは、ここに残らないかと言われたが、僕は東京に戻るつもりだと答えた。

二年という短い間だったが、香ヶ地沢での経験は、僕に忘れかけていた仕事のやりがいを思い出させてくれた。誇りと気力をすっかり取り戻せていたから、元いた東京へ戻り、また一からやり直そうと考えていたのだ。一端の介護支援専門員として。

だから、もし、真由美さんが朽無村から脱したいと思っているのなら、寂れ行く地に独り取り残されるのが嫌だと思っているのなら、僕についてきてほしいと思った。

早苗さんが亡くなり、諸々《もろもろ》の処理が終わって一週間ほど経ってから河津邸に出向いた際、僕はその旨を、ずっと抱いていた想いを、真由美さんに打ち明けた。

随分と身勝手なことだとは思っていたし、後から、そんなことをしていいタイミングではなかったと激しく後悔もした。常識的に考えて、実の親を亡くして間もない人間に、僕と一緒にこの寂れた村から出て行きませんか、などと言うべきではなかった。ましてや、朽無村は真由美さんが生まれ育った土地、亡くなった母親である早苗さんとの思い出が詰まった土地であるというのに。

それでも、僕は溢れる想いを抑えることができなかった。物憂げな表情を浮かべた真由美さんを前に心を逸らせてしまい、気付けばそれを伝えてしまっていた。

真由美さんは僕の言葉を、どこか悲し気な表情を浮かべながらゆっくりと咀嚼《そしやく》した後、伏し目がちに「……少し考える時間をください」と零した。僕はそれを了承し、河津邸を後にした。それが二週間ほど前のことだ。

その間、色々と事が進んだ。茅野の復職に伴う僕の退職の手続きや、担当していた案件の引継ぎ。今住んでいるアパートを引き払う準備に、元いた東京へ戻る準備。

そして最後に、お世話になった職場関係者の方々や、担当していた顧客の方々への挨拶回りをしなければならなかった。僕はそれを名目にして、今日、一世一代の誘いの返事を聞きに、真由美さんに会いに来たのだ。

口にした瞬間に、心臓はドクンと高鳴っていた。僕の一世一代の誘い。いや、プロポーズといってもいい。僕と一緒になってくれませんか。そして、この村から出て行きませんか。一緒に東京に引っ越して、そこで新しい人生を始めませんか。

その、返事は――、

「……高津さん、ごめんなさい。とても嬉《うれ》しいお誘いだったんですけれど……ご遠慮させて頂きます」

――そんな。張り詰めていた感情が弾《はじ》けて、視界が急激に色褪《いろあ》せていった。

断られた……のか……僕は……。

「な……なぜですか？」気が付くと、口が勝手に動いて無粋な質問をしていた。

「なぜ、と言われると……」真由美さんは伏し目がちに眉をひそめた。その表情に迷いがあると確信した僕は「り、理由を教えてください」と食い下がった。

「それは……」

真由美さんは悩まし気な表情を浮かべて口を噤《つぐ》んでいたが、やがて、

「私は、ここにいなければならないんです……」と苦し紛れに零した。

「この朽無村に？　なぜですか？　ここは、もう村とは言えません。残っているのは真由美さんだけです。村として体を成していない。いや、ずっと前から廃村同然でした」

僕は、口の中が渇いていくのを感じながら続けた。

「この村に残らなければならない理由なんてありません。もうじき、ここは自然に呑み込まれてしまいます。荒れ果てて、忘れ去られた土地になっていくばかりです。真由美さん。真由美さんは、こんな所にいるべき人じゃないんです。こんな、何も無い辺鄙《へんぴ》な田舎の村にいていいような人じゃ――」

そこまで言って、ようやく僕はとんでもないことを口にしているのに気が付いた。

「……すっ、すみません」しどろもどろに謝り、頭を下げた。なんてことを言ってしまったんだ。断られたからって、心にも無いことを――違う。口にしたことは本音だ。それをオブラートに包まずに、

そのまま口にしてしまったのだ。

無礼にもほどがある。酷く愚かな、汚らしいエゴをぶつけてしまうなんて……。

下を向き、腿《もも》に置いていた拳を痛いくらいに握りしめていると、

「……高津さん、顔を上げてください」

おずおずと顔を上げると、真由美さんは申し訳なさそうに僕を見つめていた。

「どうか、気を落とさないでください。悪いのは私の方なんです。せっかくお誘い頂いたのに、それを無下にしてしまって……」

「そ、そんな、悪いのは僕の方です。それに、酷いことまで言ってしまって……本当にすみません」

合わせる顔がなく、また俯いていると、

「いいえ、そんなことはありません。それに、高津さんが言ったことは、もっともなことだと思います。こんな、何も無い辺鄙な田舎の村。自然に呑み込まれて、荒れ果てて、人から忘れ去られて、やがて滅んでいく――いや、もうとっくに滅びているような村。それは、私も思っていることですから……。でも……私はここから、この朽無村から、出て行くことはできないんです……」

顔を上げると、真由美さんは開け放たれている掃き出し窓の方を向いて、外の景色を眺めていた。

その横顔が、酷くもの悲しそうに映って、僕は思わず、

「あの、何か余程の理由があるんですか？」口にした瞬間に、しまったと思った。懲りずに、また愚かなことをしてしまったと思った。でも、それは僕の本心からの問いだった。不純な考えは別にして、純粋な疑問だったからだ。

一体なぜ、こんな村に残らなければならない？　何も無く、人もおらず、交通の便も悪い、辺鄙な村に。人並みの生活が送れないこともないが、何をするにしても不便が付いて回るこの地に、なぜ残らなければならないのだ？

それに、真由美さんの言葉。

〝私は、ここにいなければならないんです……〟

〝私はここから、この朽無村から、出て行くことはできないんです……〟

まるで、出て行きたくても、それが叶《かな》わないかのような言い方だった。

一体、どんな理由があるというのだ？　それを知りたい。

もし、それが、僕の力で解決できるようなものなら――、

「それは……」真由美さんはこちらに向き直ると、悩まし気な表情を浮かべながら、何事かを言いかけた口を噤んだ。

「教えてください。何か、お困りのことがあるのならば、力になります」続けて訊いたが、真由美さんは口を噤んだままだった。伏し目がちに眉をひそめるばかりで、一向に話を切り出そうとしない。

しばらく沈黙が続き、僕はしびれを切らして、

「どうか、教えてください。もし、僕がどうにかできることなら、どうにかしてみせます。一体、何があるというんですか」

と、真由美さんを真《ま》っ直《す》ぐに見つめながら言った。すると、真由美さんは、

「そういう問題ではないんですけれど……私が、この朽無村に留《とど》まらなければならない理由は、絶対

的なものなんです。とても人の手でどうにかできることではないんです。こう言っても、理解してもらえないとは思いますが……」

「……どういうことですか？」

「説明しても、信じてもらえるとは到底思えません。ともかく、私はこの朽無村から離れることができないんです。離れたくても、それは決して叶わないことなんです」

それは、傍《はた》から見れば鬱陶しい男を牽制《けんせい》する為の苦し紛れの言い訳に聞こえたかもしれない。でも――もしかしたら本当にそうなのかもしれないが――僕は真由美さんが嘘《うそ》を言っているようには思えなかった。その口ぶりに、説得力があったからだ。真剣にものを言っているという説得力が。それに、他にも感じられるものがあった。

諦観、悲愴《ひそう》、無念……。真由美さんは、そんな感情に囚《とら》われているように見えた。

「……お願いです。説明してください。どんな話であろうと、僕は信じますから」

我ながら、惨めなことをしていると思った。気持ちの悪い、しつこい男だと思った。それでも、僕は知りたかった。真由美さんが、この朽無村に留まらなければならない理由を。その、何か秘めたるものがあるらしき理由を。

「………………分かりました」

長い沈黙の後、真由美さんは意を決したように切り出した。

「長くなってしまうかもしれませんが、よろしいですか？」

「はい」

構わなかった。たとえ、どれだけの時間が掛かろうと、その理由を知ることができるのならば。

「では……すべて、一からお話しします。私が、この朽無村に留まらなければならない理由を」

そして、真由美さんは粛々と語り始めた。

自身の過去を。

この朽無村で起きた、忌まわしく、悍《おぞ》ましい悲劇の記憶を――。

第一部　２００５年　夏

――――プシュウウ、という音と共にバスが停《と》まり、私はいつものように「ありがとうございましたぁ」とランドセルにぶら下げている定期券を顔馴染《かおなじ》みのおじさん運転手に見せつけながら降りた。外へ出ると、身体《からだ》がむわっとした熱気に包まれた。

真夏らしく、蝉《せみ》がそこら中でけたたましく鳴いている。「お帰り」と言っているかのように〝朽《く》無《な》〟と記されたバス停の標識がポツンと佇《たたず》んでいる。

「真由美《まゆみ》ぃ！　手伝えっ！」と呼ばれて振り返ると、辰巳《たつみ》が右腕に絵具セット、裁縫セット、左腕に図書バッグ、体操服入れの持ち手を通してぶら下げ、両手にゴーヤの鉢植えを抱えて立っていた。その後ろでバスがブルンと車体を震わせて去って行く。

「やだ」呆《あき》れながら、きっぱりと断る。

「なんでかや！　重いき、手伝えっちゃ！　一個くらい、いいやろ！」

「なんでまとめて持って帰ったん？　今日が終業式っち分かっちょったなら、前から一個一個持って帰っちょけば良かったやん」

「いいき、一個くらい持てっちゃ！　こんなんやったら帰れん！」

私はため息をつくと、辰巳から裁縫セットと図書バッグを受け取った。

まったく、辰巳はいつもこうだ。とても同い年とは思えない。もう小学五年生になるというのに、だらしなくて、そそっかしくて、まるで低学年の子のようだ。

「バカ辰巳」と言うと、辰巳は「バカっち何かや！」と怒って追いかけてきた。が、たくさんの荷物を抱えているせいで足取りは遅く、追いつかれることはなかった。

「バカ辰巳！　バカ辰巳！」

「クソ真由美！　殺しちゃる！」

バタバタと追いかけられながら橋を渡り、尾先《おざき》の坂道を駆け上った。水の張った田んぼから、さわさわと小風が吹いてきて、汗ばんだ顔を冷やすように撫《な》ぜていった。

しばらく走ってから振り返ると、辰巳が道の真ん中で座り込んで俯《うつむ》いていた。どうやら、荷物が多くてバテてしまったらしい。仕方なく、辰巳の元へ戻ると、

「辰巳、もう一個なんか持ってやろっか？」と汗で濡《ぬ》れたスポーツ刈りのツンツン頭に向かって声を掛けた。すると、急に顔を上げた辰巳から「ぺっ！」と唾を吐きかけられ、私は「きゃあっ！」と悲鳴を上げた。

「ハハッ！　バーカ！　引っ掛かった、引っ掛かった！」

「なんすると！　バカ辰巳！　もう持ってやらん！」私は服に付いた唾を辰巳の図書バッグでゴシゴシと拭った後、裁縫セットと一緒に投げつけて坂道を一人で上った。

「あっ、待てや、真由美ぃ！　帰れんっちゃ！」

「バカ辰巳！　もう知らんきね！」と振り返らずに言い返す。

「真由美ぃ！　ごめんっちゃ！　真由美ぃ！　ごめん！」

謝られたって、知るもんか。こちとら唾を吐きかけられたのだ。

「真由美ぃ！　ごめんっちゃ……早よ帰らんやったら、じいちゃんに叱られる！」

足を止めた。振り返ると、辰巳が泣きそうな顔をしていた。私は仕方なく、坂道を下って辰巳の元へ戻ると「もうっ！」と裁縫セットと図書バッグをひったくった。

「……ごめん」

「いいき、ほら、帰ろ」今度は辰巳のペースに合わせて一緒に坂道を上った。

尾先の坂道を上り、中原《なかばら》に入ると、河津《かわづ》酒屋《さかや》の店先にいた文乃《ふみの》おばちゃんが、

「あら、真由《まゆ》ちゃんに辰《たつ》ちゃん、こんにちは。今日はえらい早いとね」

と、声を掛けてきた。

「こんにちは。今日はね、終業式やったと」

「まっ、じゃあ、明日から夏休み？」

「うん！」元気よく返事をすると、店の奥から秀雄《ひでお》おじちゃんが出てきた。暑いのか、トレードマークの角刈り頭に白いタオルを巻いている。

「おっ、真由ちゃんに辰巳。どうしたとか。えらい早いやんか」

「今日は終業式で、明日から夏休みっち。いいねえ、楽しみやろ」

文乃おばちゃんが代わりに説明すると、

「ハハ、そうかそうか。それで半ドンか。しっかし、その様子やと辰巳、コツコツ荷物を持って帰らんやったな」秀雄おじちゃんが、辰巳を見てからかうように笑った。

「しょうがないやろ！　誰も言ってくれんやったもん！」

「ハッハ！　そげなことは自分からやらんとな。真由ちゃんは、ちゃんと持って帰っとったんやなあ」

「うん。私、辰巳より頭いいもん」

私の一言で、秀雄おじちゃんと文乃おばちゃんがケラケラと笑った。すると、辰巳は機嫌を損ねたのか、無言で坂道に向き直り、一人でよろよろと上って行った。

「あっ、辰巳っ」

二人に手を振ると、後を追いかけた。足取りが遅いせいで、すぐに追いつく。

「もう、拗《す》ねんでいいやんか」と声を掛けたが、よっぽど腹が立ったのか無視された。ふん、それならそれで別にいいと、私も無言でその横を歩いてやった。黙々と坂道を上って行くと、やがて私の家の前に辿《たど》り着いた。敷地沿いに植えられた馬酔木《あせび》が、青々と茂った葉を揺らしている。道にはみ出さないように丁寧に刈り込まれているのは、祖母が日頃からきちんと手入れをしているからだ。

「ここまででいいやろ？」

と、辰巳を見ると、もの言いたげな目で見つめ返された。

「……分かった。でも、公民館の上までやきね」まったく、どこまでも我儘《わがまま》な奴《やつ》だ。せめて、何か一言くらい言えばいいのに。お願い、とか、ごめん、とか。

呆れながら家の前を通り過ぎ、二人でまた坂道を上って行くと、公民館の玄関先で野良猫のミルクが昼寝をしているのを見つけた。「ミルクっ」と呼んでみたが、寝入っているのか、こちらを見ようともしない。

ミルクというのは、私が勝手に付けたあだ名だ。身体が白黒の牛柄だったので、そこから牛乳を連想してミルクと名付けた。もっとも、ミルクと呼んでいるのは私だけで、村の人たちは単に野良猫と呼んでいる。特別、どこかの家に可愛《かわい》がられているということもない。かといって、私に懐いているかというと、まったくそういうことはない。呼んでも寄ってこないし、ミャアと返事をされたこともない。その癖、煮干しをチラつかせたらミャアミャアと鳴いて寄ってくる。早く寄越《よこ》せと言わんばかりに。

「ミルクっ」もう一度呼んでみると、ミルクは頭をもたげて薄く目を開け、気怠《けだる》そうに私を見た。が、やはり鳴き声を上げることはなく、すぐにペタンと頭を置いて、また昼寝を始めた。きっと煮干しを持っていないのが分かったのだろう。卑しい奴め。

公民館の前を通り過ぎて野土《のど》に入った。すぐそこに、川津屋敷《かわづやしき》——辰巳の家が見えている。

「もう、ここまででいいやろ?」と言うと、辰巳はムスッとした顔で裁縫セットと図書バッグを受け取った。意地でも、ありがとうとは言いたくないらしい。まったく。

「じゃあね」と手を振り、踵《きびす》を返して坂道を下った。さっさと家に帰って、服を着替えなければ……

ふと、振り返った。辰巳が大きな門をくぐって、敷地の中へ入って行くのが見える。が、なぜか玄関には向かわず、家の横、右奥の方へコソコソと歩いて行った。どうやら、裏手にある畑にゴーヤの鉢植えを一旦隠しておく気らしい。

「なんしよるか、辰巳」不意に、しわがれた険のある声が聴こえた。コソコソと歩いていた辰巳が、ビクッと身を震わせて声の方へ振り向いた。

「な、なんでもない」辰巳が家の左手前にある土蔵の方を向いて怖々と返事をした。姿は見えないが、誰と話しているのか分かる。辰巳のお祖父《じい》さんの久巳《ひさみ》さんだ。

「なんか、それは」

「ご、ゴーヤ。宿題で、持って帰って、育てんと……」

「どこに植えるんか」

「う、植えん！　このまま置いちょって――」

「そげなもん、勝手に畑に置こうっちゅうんかっ！　ああっ!?」

怒鳴り声が響き、私は咄嗟《とっさ》に踵を返してその場から逃げた。大急ぎで走って坂道を下り、公民館の前まで辿り着いてから、一息つく。

……辰巳は、どんな目に遭っているんだろう。

辰巳の家――川津家は、この朽無村の本家大元の一族なのだという。昔々、川津家のご先祖様が山を切り開き、この朽無村を作って繁栄させたのだと、祖母から聞かされた。だから、川津家の人たちは朽無村で一番偉いんだそうだ。その中でも、久巳さんは村長みたいな立場にいる。だから、村の人たちはみんな久巳さんに逆らえない。というより、みんな久巳さんを恐れている。

私も、正直苦手だ。何か気に入らないことがあればすぐに怒鳴り声を上げるし、村の人たちに面と向かって悪口を言うからだ。両親や祖母を怒鳴りつけているのを何度も見たことがあるし、私も一度、辰巳と一緒に屋敷の裏手の畑で遊んでいただけで、酷《ひど》く叱られたことがある。別に、何も悪いことはしていないのに。

久巳さんの高圧的な態度は身内に対しても同様で、孫である辰巳はいつも何かにつけて理不尽に怒られていた。さっき怒鳴っていたのも、きっと自分が立派に手入れしている裏手の畑に、青いプラスチックのゴーヤの鉢植えを置くのが気に入らなかったのだろう。辰巳が早く帰らなければと嘆いていたのも、いつか寄り道して田んぼで遊んでいたのを見つかって酷く叱られたからだ。ちょっと寄り道していただけなのに。

あの時のように、叩《たた》かれたりしているのだろうか……。

私は暗い気持ちになりながら、家に帰る為《ため》に向き直ると、坂道を下った。

「ただいまぁ」家に帰ると、ランドセルを置いて洗面所に向かった。手を洗い、辰巳に唾を付けられた服を脱いで洗濯機の中へ放り込み、新しいTシャツに着替えてから台所に行くと、母が湯気の立つ鍋を菜箸でかき回していた。

「おかえり。いまラーメン作りよるき、ちょっと待っちょきなさい」

「はぁい」冷蔵庫の中から、たくあんや高菜漬けの容器を取り出してテーブルに並べたり、家族みんなの箸を並べたりして昼ご飯の準備を手伝っていると、

「あら、着替えたと?」気が付いたのか、母が訊《き》いてきた。

「うん。ちょっと汚れたき」

「泥かなんか、付けちょらんやろうね?」

「そげん汚しちょらんよ。それ、うまかっちゃん?」

「うん。お父さんと半分こね。お母さんとおばあちゃんは味噌汁《みそしる》の残りがあるき」

わざわざ、辰巳に唾をかけられたとは言わないでおいた。言うと面倒臭くなるし、言ったところでどうにかなる問題でもなかったからだ。

「ねえ、お父さんは？」

「外におらんかった？　まだ小屋でなんかしようとやろか。真由美、呼んできい」

「はぁい」玄関から外へ出ると、家の裏手にある農機具小屋へと向かった。シャッターは閉まっていたが、真横にある出入り用の扉が開いている。試しに「お父さん」と呼びかけたが、返事が無い。

「お父さぁん」開いた扉の前まで行って呼びかけたが、やはり返事が無い。薄暗くて分からないが、中にいないのだろうか？　だとしたら、どこに――。

――カサッ……と、小屋の中から紙が擦《こす》れるような音がした。

「お父さん？」もう一度呼びかけたが、相変わらず返事は返ってこなかった。しかし、中からは微《かす》かに何者かがいる気配が伝わってくる。

「……」恐る恐る、薄暗い小屋の中に入った。妙にひんやりとした空気が身体を撫ぜて、土埃《つちぼこり》の臭いが鼻に付く。電灯が無く、窓は鬱蒼《うっそう》とした山の斜面側にあるせいで、頼りになる明りは開けている背後の扉から差し込んでくる陽《ひ》の光だけだ。シャッターを全開にしてしまえば、小屋の中は明々となるが、重たいシャッターを持ち上げるのは、子供の私には一苦労の作業だ。

――カサカサッ……と、小屋の右奥の方から音が聞こえた。が、手前にトラクターが停まっているせいで、見通せない。確認しようとして――思わず、足を止めた。

奥の方は、陽の光がトラクターに遮られているせいで、今いる入口付近よりもずっと暗かった。一瞬、懐中電灯でも持ってこようかと思ったが、呼ぶだけで済む話なのだからと思い直し、右側から回り込んだ。

「もう、お父さんっ」ここまでしているのに、返事が無いなんて……え？

段々と暗闇に目が慣れてきて、分かった。誰も、いない。小屋の隅には、空の肥料袋が折り重なって散乱しているだけだった。じゃあ、なんで物音が――、

――カサッ……と肥料袋の山が、まるで中に何かが潜んでいるかのように動いた。思わず身構えた瞬間、そこから細くて黒い影が這《は》い出してきたかと思うと、ぬらぬらと身をくねらせながらこっちに向かってきた。

「きゃあああっ！」

悲鳴を上げ、咄嗟に踵を返して、光の差す入口の方へ走り、外へ――、

「きゃっ！」

「うおっ！」

外へ出た瞬間に、私はもろに誰かにぶつかった。

「真由美？　どげんした？」探していた父が、汗が染みた作業着に包まれたお腹《なか》で私を受け止めていた。手には、小ぶりな草刈り鎌を持っていた。

「お、お父さん。中に、なんかおるっ」

「中？」父は草刈り鎌を置くと、シャッターをガラガラッと開いた。小屋の中全体が、陽の光ですっ

かり暴かれる。

「なんもおらんぞ」

「お、奥ん方におるっ」

「奥？」

父が肥料袋の山があった所へ向かって行く。怖々と、その背中を眺めていると、

「おっ、こりゃっ。はっはっは、こん奴かっ」笑いながら、悠々と父が戻ってきた。

「わっ！」その手に、大きな蛇がぶら下がっていた。父に鎌首を掴《つか》まえられて、長い身体をグネグネとくねらせている。あれが肥料袋の山に潜んでいたのか。

「立派なアオダイショウやなあ。巣でも作ろうとしとったんやろうか」

外に出てくると、父は蛇を両手に持ち、しげしげと眺めた。薄茶色にも薄緑色のようにも見える縦《たて》縞《じま》模様が不気味に蠢《うごめ》き、ゾワゾワと鳥肌が立った。

「は、早よ逃がしてっ」

「ははは、そげん言うな。蛇様がおるのは縁起がいいことやぞ。なんせ、シラカダ様の使いなんやからなあ。棲《す》み着いてもらえば、ネズミ番にもなるし」

「分かっちょるけど、やだっ」

「ふふふ、分かった分かった」父は笑いながら小屋の横まで行くと、山の方へ向かって蛇を放した。

蛇は、にょろにょろと藪《やぶ》の中へ消えて行く。

「ほれ、真由美」

父に促されて、山の方へ手を合わせた。二人で拝みながら、蛇を見送る。

「なんしよるとぉ！　早よせんとラーメン伸びるばぁーい！」

家の方から、母が呼ぶ声が聞こえてきた。

「ほら、ご飯やき、行こう」

首に巻いたタオルで汗を拭いながら、父は家の方へ歩いて行った。私は蛇が戻ってきやしないだろうかとヒヤヒヤしながら、その後をついて行った。

父の言う通り、蛇を邪険に扱ってはいけないということは重々分かっているが、かといって、家に棲み着いてほしくはなかった。いくら縁起がいいことだとされていても、怖いものが自分の生活圏に棲み着くというのは耐えられなかった。

こんなこと、この朽無村に住む人間として思わない方がいいのだろうが……。

私は少しだけ後ろめたさを感じながら、父と家に戻った。母が言った通り、もたもたしていたせいで、ラーメンはすっかり汁を吸って伸びてしまっていた。


次の日――夏休み初日の朝、私は八時前までたっぷりと寝た。いつもの習慣で七時頃には目覚めてしまったが、二度寝を繰り返して心地よい時間を十二分に味わった。

結局、階下から「ご飯食べんとぉ！　下りてきなさぁい！」と母に呼ばれてタオルケットから出る羽目になったが、じっくりと惰眠を貪れて私は満足していた。

寝ぼけまなこで階段を下り、洗顔、朝食、歯磨き、着替えを済ませると、ラジオ体操のカードを首に下げ、サンダルを履いて外へ出た。家の前の坂道を上り、坂ひとつ上の公民館へと向かう。夏休みのラジオ体操は、公民館の前でやるのが決まりになっていた。家の前の坂を上ればすぐの所にあるので、とてもありがたい。急ぐ必要はないし、ダッシュをすれば三十秒も掛からないので、ギリギリまで家でだらけていてもいいのだ。

無論、私はそんな怠け者ではないので、こうして五分前にちゃんと着くのだが。

「おはよう、真由ちゃん」

公民館の玄関横のベンチには、既に坂ひとつ下の家の幸枝《さちえ》おばちゃんが座っていた。横にはラジカセが置かれ、大きなお腹を包むようにして組まれた手には、小さな巾着袋が握られている。さすが、しっかり者の幸枝おばちゃんだ。今日から夏休み——ラジオ体操だということを分かっていたらしい。

「おはようございまぁす。雅二《まさじ》おじちゃんは？」

「そろそろ来るっちゃない？　寝ぼすけ雅二おじちゃん」幸枝おばちゃんは呆れたような顔をして笑った。雅二おじちゃんというのは、幸枝おばちゃんの旦那さんのことだ。とても優しい人だけれど、子供の私から見ても、ちょっと抜けているところがあるうっかり者で、村の人たちからも、よく笑われている。どうやら、今朝もそのうっかりが発動して、寝坊しているらしい。

辰巳が来ていないのも同じ理由かなと思っていると、タッタッタッと足音がして、坂の上から辰巳が駆け下りてきた。

「セーフっ、セーフやろっ？」公民館に飛び込んでくるなり、辰巳が言う。

「おはよう、辰ちゃん。ギリギリ間に合っちょうばい」幸枝おばちゃんは腕時計を見ながら言うと、ラジカセのスイッチを入れた。中のカセットテープがくるくると回り出し、始まる前の歌が流れ始める。体操ができるよう銘々に散らばっていると、ようやく雅二おじちゃんが坂を上ってやってきた。寝間着のままなのか、ヨレヨレのタンクトップと短パン姿だ。肉付きのいい丸顔は眠そうな表情を浮かべていて、膨らんだ下腹がタンクトップの裾からだらしなく覗《のぞ》いている。

「おはよう！　辰巳、真由美。二人とも早いやんか」

「ほんと、見習わんとね」

「まあ、そげん言うな。毎日働きよったら、眠とうして眠とうして――」

雅二おじちゃんが幸枝おばちゃんに言い訳をしていると、ラジオ体操第一が始まった。みんなで朝の陽射しを浴びながら、リズムに乗って手足を動かしていく。

雅二おじちゃんと幸枝おばちゃんの夫婦は毎年、夏休みの間、こうしてラジオ体操に参加してくれるのだ。この朽無村には今、小学生が私と辰巳の二人しかいない。それだけじゃあまりにも寂しいし、大人がいないと成り立たないだろうということで、ラジカセとスタンプを用意する係を買って出てくれたのだという。昔からよく知っているし、気さくで優しくて気兼ねなく話をできるので、私は二人のことをとても慕っている。辰巳は二人の見た目を指して、ブスデブ夫婦なんて言って馬鹿にしているが、仲は良い。それだけ打ち解けているということなのかもしれない。

体操を終えると、幸枝おばちゃんが巾着袋の中からスタンプを取り出して、カードに押してくれた。七月二十一日の欄に、赤いインクのひまわりが咲く。

残りの日付の空欄を眺めていると、ワクワクして胸が高鳴った。まだ、あと何十日も休みが続くのだ。遊び放題、だらけ放題の素敵な日々が私を待っている。

「ああっ、カード忘れたっ」うっとりしていると、辰巳が慌てた調子の声を上げた。

「なんしよるん。せっかく間に合ったんに、意味ないやん」

「いいばい、辰ちゃん。明日、今日の分を押してあげるき」

「ハッハッ。辰巳、命拾いしたな」

雅二おじちゃんがからかうと、辰巳は「うっせえ、雅二」と、それを突っぱねた。

「こら、辰巳！　なん呼び捨てしよると！」

思わず、辰巳を叱りつけた。しかし、雅二おじちゃんは怒る様子も見せず、

「ハハハッ、朝から随分と威勢がいいやねえか」と朗らかに笑った。

「ほら、謝らんと。辰巳！」私は再度叱ったが、辰巳は「雅二んくせに、偉そうにすんな！」と吐き捨てると、公民館を出て坂を駆け上って行ってしまった。

「……おじちゃん、おばちゃん、ごめんなさい」

なんだか気まずくなり、二人に頭を下げた。

「フフフッ、真由ちゃんは辰ちゃんと違うて、しっかりしちょるねえ」

「真由美、顔上げんか。おじちゃんたちは、なんも気にしちょらんよ」

二人に言われて、おずおずと顔を上げると、雅二おじちゃんは坂道を駆けて行く辰巳の後ろ姿を、遠い目で見つめていた。

「それに、川津屋敷のもんやからな。あんくらいでねえと、やっていけんやろうて」

私はなんとなく、雅二おじちゃんの言いたいことが分かったような気がした。

恐らく、辰巳が久巳さんから受けている扱いを……。

「さ、帰ろうや。ぼちぼち仕事せんとなあ。真由美、お前もいっぱい遊んでこい」

雅二おじちゃんはカラッとした口調でそう言うと、丸刈り頭をボリボリと掻《か》いた。

「そうそう、子供は元気いっぱい遊ぶのが仕事やきんね」

「おう。でも、家ん中でゲームばっかりしとったらいかんぞ」

「そげん言わんと。ゲームも楽しかろ？」

「なん言よるか。あげなもんしよったら、頭悪なってしまうやろ」

「そっちこそ、なん言よるかい。今ん子はみぃんなゲームくらいしよるばい」

二人の楽しい掛け合いをひとしきり聞いてから、私は公民館を後にした。

さあ、夏休みの始まりだ。今日は何をしよう。ちょっぴり宿題をしてから外に出掛けようか。それとも、ゲームボーイアドバンスでポケモンをして遊ぼうか。


家に帰り、宿題に少しだけ手を着けた後、私は和室の風当たりがいい窓辺に寝転がってポケモンをしていた。とりあえず、午前中は家の中で遊ぶことにしたのだ。

「あら、ここんおったと」

顔を上げると、祖母が座敷ほうきを手に、和室に入ってくるところだった。

「真由美、埃が舞うき、ちょいと、どいちょきなさい」

「はぁい」ゲーム画面から目を離さずに居間の方へと移動し、ソファに座った。相手のモンスターに対して効果が抜群な技を出すよう、自分のモンスターに命じる。と、その時、突然画面がフリーズし、中心からドットが溶けるように消失していった。

「あっ……」電池切れだ。裏の蓋を開き、中の単三電池を取り出した。この間切れた時に一本だけ新しいものに取り換えたのだが、それも切れてしまったのだろう。

仕方なく、電話機が置いてある戸棚に向かい、電池類を入れている引き出しを漁《あさ》ったが、新品の単三電池は見当たらなかった。これではゲームができない。

「はあ……」切れてしまった電池を、いつものようにクッキーの缶の中に入れてから引き出しを閉め、ため息をついた。直前でセーブをしていたから、そこまで落胆することでもないのだが。昼になったら河津酒屋に電池を買いに行こう。お母さんにお小遣いをせびれば――ふと、私は妙案を思いつき、和室に戻った。

「ねえ、おばあちゃん。掃除しよると？」

「そうばい。手伝ってくれるとかい？」

「うん。でも、その代わり、ちょっとでいいき、お小遣いちょうだい」

「まあ。ふふ、いいばい。ほしたら、そこん台に上がってから、ご先祖様方の写真を外して回り。たまには拭いてやらんとねえ」

祖母は、よく知恵が回る孫だといった風に笑って、居間の方へ消えて行った。私は言われた通りに、和室の隅に置いてあった踏み台を使って、長押《なげし》の上に並んでいる遺影の額縁を外して回った。ひとつひとつ、掃き出し窓の近くの畳の上に置いていく。

この人は、曽祖父《ひいおじいさん》。この人は、曽祖母《ひいおばあさん》。最後に、祖父《おじいちゃん》だ。全員、会ったこともないので、どんな人だったのかは知らない。

「あら、早いことしたねえ」と和室に戻ってきた祖母からふきんを受け取ると、ご先祖様たちの額縁を丁寧に磨いていった。お小遣いを貰《もら》うのだから、ちゃんと働かないといけないし、それをアピールしないといけない。

「ふふ、ご先祖様たちも、真由美が綺麗《きれい》にしてくれて喜びよろうねえ」

祖母が掃き掃除をしながら微笑《ほほえ》んだ。この様子なら、電池代くらいは貰えそうだ。

私は、もっといい子アピールをしようと、訊いてみた。

「ねえ、おじいちゃんっち、どんな人やったと?」

祖父は、私が生まれる少し前に病気で亡くなったと聞いている。なんとなく、家族の間での会話や、村の人たちの話を聞く分には、仕事一筋の頑固な人だったらしいが、それ以外に詳しいことは知らないのだ。せいぜい、今磨いている遺影の中の顔の印象くらいしかない。坊主のごま塩頭で、眉毛が濃く、目つきが険しく、口は何かを含んだようにしてグッと結んでいる。全体的に深い皺《しわ》が刻まれている仏頂面は、どことなくカートゥーンキャラクターのポパイのようだ。

「そうやねえ。どんなっち言われると……」

祖母は畳を掃いていた手を止めると、不意に遠い目をしながら窓の外を眺めた。

「いっつも田んぼにおって、お米のことばっかり考えよって、ほして……何をするにしてん、頑固で強引な人やったねえ……」

なんとなく、今まで聞いていた印象の通りだった——と、その時、祖母はフッと我に返ったように表情を緩めた。

「ああ、そうそう。強情な割には、いっつも身体がどこかここか悪いでねえ。しょっちゅうお腹下したり、風邪ひいたりしよったき、ばあちゃんの作ったドクダミ茶やら、ナンテン薬のお世話になりよったよ、ふふ」

「そうなんだ」磨いていた写真の中の祖父を見つめる。いかにも頑丈そうな面構えだが、そんな一面があったとは知らなかった。

祖母は若い頃、今でいう薬剤師のような仕事をしていたのだという。その心得があるせいか、野草を煎じて薬を作ったりするのが得意で、村の人たちからは、お医者さんのような扱いをされている。私も腹痛を起こした時に、祖母の作ったドクダミ茶のお世話になったことがあるし、祖母が庭の馬酔木を煎じて作った虫除《むしよ》け薬《ぐすり》は、プランターや草花に吹きつけておくと芋虫やナメクジがまったく寄りつかなくなるのだ。

もしかしたら、体調を崩しがちだったという祖父は、祖母のそういうところに惹《ひ》かれたのだろうか。

「……優しかった？」

「ふふ、もし生きちょったら、真由美のことはえらい可愛がったやろうねえ」

祖母は目を細めて微笑んだ。つられて私も笑うと、残りの額縁を拭きにかかった。

なぜ、急にそんなことを訊いてしまったのかは、分からなかった。でも、なんとなく、こう思いたかったのだと思う。私の祖父はきっと、久巳さんのような人ではなく、優しい人だったのであろうと。良かった。祖母の言葉を信じるのならば、祖父は優しい人だったのだろう。仕事一筋で頑固な人だったのかもしれないが、根は温和な人だったのだろう。

「ほしたら、また上に掛けちょって。台から落ちんように、気を付けちょかなばい」

祖母は埃まみれになったふきんを受け取り、和室から出て行った。私は言われた通りに、同じ位置にご先祖様の遺影を掛けて回った。それから、窓の拭き掃除と床の間の雑巾がけも手伝い、私はまんまと三百円のお小遣いを手に入れた。


お昼ご飯を食べて、テレビを見ながら一休みした後、私は貰ったばかりのお小遣いを手に家を出た。坂道を歩いて下り、河津酒屋を目指す。

うるさい蟬の鳴き声を聞きながら、道の脇の棚田を眺めた。そろそろ、水を抜く中干しの頃だろうか。父は蜻蛉《とんぼ》が飛び始めたら水を抜くと言っていたが、まだその姿は見当たらない。縁の水苔《みずごけ》が生えた石垣には、田螺《たにし》と沢蟹《さわがに》がよじ登っていた。その横で、ぴょんと何かが跳ねて、田んぼの水面に波紋を作った。見遣《みや》ると、茶色い蛙《かえる》がスイスイと水面を泳いでいく——と、その時、不意に視界の端で何かが蠢いた。

何だろうと、稲の林の中に目を凝らすと、それは蛇だった。昨日、農機具小屋で見たのと恐らく同じ種類の、だが、あれよりも、やや小柄な茶色い蛇が、にょろにょろと田んぼの水面を泳いでいる。その先には、さっき泳いで行った蛙が——、

「あっ」

蛇は素早い動きで泳ぎ寄ると、稲の根元にしがみついていた蛙に喰《く》いついた。片足を喰いつかれた蛙は逃れようともがいていたが、蛇はそれを許さず、じわじわと呑《の》み込んでいく。私は、なぜかその光景から目が離せなかった。蛇が鮮やかな動きで蛙を捕らえ、喰らう様を、じっと見つめていた。

やがて、蛇が顎を外れんばかりに大きく広げて、蛙の鼻先まで呑み込み、はみ出た腕が口からだらりと垂れたところで、私はようやく我に返った。

一体、何をしているんだろう。あんな気持ちの悪いものをじっと観察するなんて。

早く電池を買いに行こうと、向き直り、坂道を下った。けれど、頭の中では、さっき見た光景が延々とリピートされていた。

あの蛙は、生きながら蛇に呑まれていった。痛みは感じただろうか。怖かっただろうか。自分が助からないと、悟ったのだろうか。だとしたら、最後に何を思ったのだろうか。もし、私が足元の石ころを拾い、蛇に投げつけていたら、あの蛙は助かったのだろうか。この朽無村で、そんな罰当たりなことはできないけれど。

そんな風に考えながら坂道を下っていると、いつの間にか河津酒屋に辿り着いていた。昨日と違って、店先には誰の姿も無かった。

「こんにちはぁ」と挨拶をしながら、店の中に入った。十円ガムに、うまい棒、ウメトラ兄弟に、タラタラしてんじゃね〜よと、色とりどりの駄菓子が陳列棚に並んでいるのが目に付いたが、誘惑に負けては本来の買い物ができなくなってしまう。

「こんにちはあっ」返事が無かったので、店の奥、居住スペースになっている方へ、もう一度挨拶をした。すると「はぁい」と返事が聞こえて文乃おばちゃんが現れた。

「あら、真由ちゃん。こんにちは。どうしたと」

「こんにちは。電池買いに来たと」

「電池？　はいはい、電池ねえ。いつもの、ゲーム用のやつやろ？」

文乃おばちゃんはレジの置かれている棚の下の段ボール箱をゴソゴソと漁ると、黒い単三マンガン乾電池の四本パックをひとつ取り出し、レジ横の値段表らしき帳面と睨《にら》めっこを始めた。待っている間、近くにある冷凍庫の中のアイスを眺める。相変わらず、内壁にはびっしりと霜がこびりついていた。

「はい、二百五十円ね」

「あっ、ちょっと待って。えっとね、これも」

私は咄嗟に、すぐ近くの棚にあったこんにゃくゼリーを五本摑んで差し出した。

「これも？　ほしたら、ちょうど三百円ね」

「はい」とポケットの中から三百円を取り出し、会計をしてもらう。良かった良かった。儲《もう》けものだ。余るとなれば、有意義に買い物をしなければ。

「はい、ちょうどね」

「あっ。ねえねえ、絵美《えみ》ちゃんと由美《ゆみ》ちゃんは、まだ夏休みじゃないと？」

「うん。あん子らは、もうちょっとしたら夏休みっち言よったばい」

「ふふ、二人ともブツブツ言よったよ。真由ちゃんたちみたいに早よ休みたいっち」

「そっかぁ」

得をしている気分になり、ふふ、と笑みが漏れた。

絵美ちゃんと由美ちゃんというのは、文乃おばちゃんと秀雄おじちゃんの娘さんたちだ。見た目が瓜二つ《うりふた》の双子で、歳《とし》は私たちよりも三つ上のお姉さん。中学生なので、夏休みに入るのは小学生の私たちよりもちょっと遅いらしい。この朽無村にいる数少ない私と同世代の人間で、二人には小さい頃からよく遊んでもらっていたのだが、中学生になるとあまり遊んでもらえなくなってしまった。どうやら、中学校の部活のバドミントンがとても忙しいようで、休みの日もほとんど家にいないらしい。

「ほんと、スパルタばい、スパルタ」と揃《そろ》って愚痴を零《こぼ》していると聞いていた。

帰りは違うが、登校する朝のバスが同じなので、しょっちゅう顔は合わせているのだが、バドミントンのせいでくたくたなのか、二人ともいつも眠そうにしている。バス停でも立ったまま寝ているし、乗ったら乗ったで、座った途端、揃って居眠りを始めるほどだ。そんな調子だから、最近は中々二人と会話することができないでいた。

だが、夏休みに入れば、また一緒に遊んでもらえるのではないだろうか。いずれ通うことになるであろう、中学校のことも訊きたいし。

「休みになったら遊ぼっち、言っちょって」私はそう告げると「じゃあね」と外へ出た。「はぁい、どうもねえ」と文乃おばちゃんの声が後ろから聞こえた。

さて、目的の物とおやつを手に入れたから、家へ帰ろう――として、ふと、下の坂道に辰巳がいるのに気が付いた。田んぼの横でしゃがみ込み、何かをしている。

暑いのに、こんな真っ昼間から何をやっているんだろうと、坂道を下った。見つかったら面倒臭いことになりそうだったので、電池とこんにゃくゼリーはポケットの中へ入れて隠しておく。驚かせてやろうと、そろそろと真後ろまで近付いて、

「辰巳っ」と声を掛けると、辰巳はまんまと驚き、ビクッとしながら振り返った。

「なんかや、真由美かや」辰巳は忌々し気に睨んできた。手が泥だらけだ。

「なんしようと？」

「釣りするき、餌のミミズ探しよるって。真由美も手伝え」

「やだ。気持ち悪い」

「なんかやっ、ミミズくらい触れるやろっ」

「私、釣りとかせんもん。自分で探しないっ」

そんな風に、辰巳とくだらない言い争いをしている時だった。ブゥウンと地響きのようなエンジン音を響かせながら、下の道路の方から大きなトラックが上ってきたかと思うと、バス停のある入口から橋を渡って朽無村へと入り込んできた。

見慣れない光景に目を離せないでいると、その大きなトラックは窮屈そうに坂道を上り、尾先の集落の方へと入って行った。

「なんやろ、あれ……」

辰巳がそう零していると、今度は白いワンボックスカーが下の道路から上ってきた。それもまた、

大きなトラックと同じように朽無村に入り込んで坂道を上り、尾先の集落へと入って行く。

「なんか、あったんかな」私と辰巳は示し合わせたように、坂道を下って尾先の集落の方へと歩いて行った。大きなトラックもワンボックスカーも、今までに見たことがない車で興味が湧いた。何か、普段とは違うことが起きている。

尾先の集落の入口まで近付くと、遠くから声が聞こえてきた。何なんだろうと、集落の中には入って行かずに、一番手前の空き家の陰から顔を出し、覗いてみた。

一本道の左手に家が五軒並んでいる集落の中ほどに、あの大きなトラックとワンボックスカーが停まっている。トラックは後ろの荷台が開け放たれていて、そこから大きな段ボール箱を運び出している大人の男の人たちが三人いた。その内の二人は、作業着っぽい青い服に身を包み、青いキャップを被《かぶ》っているが、もう一人は普通の私服然とした格好だった。と、その時、トラックが停まっていた前の——五軒の内、真ん中の家の玄関から女の人が現れた。あれ？　確かあそこも空き家だったはずだけど、と思っていると、女の人が家の中に向かって何事か叫んだ。すると、玄関から小さな女の子がぱたぱたと飛び出してきた。女の人がそれを受け止めて、あやすように肩を抱えて揺らしていると、一息遅れて、また誰か玄関から出てきた。

それは、先に出てきた女の子よりも大きく、スラリとした背格好の男の子だった。

「誰やろ、あれ……」後ろで辰巳が訝《いぶか》し気《げ》に呟《つぶや》いた。私も同じことを思っていた。

一体、誰だろう？　雰囲気から察するに、どうやら引っ越しをしているらしいが、そんな話は家族からも村の人たちからも聞いていていない。

事の次第を確かめたかったが、集落の中へ入って行く気にはなれなかった。昔から、尾先の集落にはあまり近寄るなと言いつけられているし、知らない人にずけずけと「どこから来て、何をしているんですか?」と訊くような社交性を、私は持ち合わせていなかったからだ。

じっと眺めていても仕方ないし、家に帰って何か知らないか家族に訊いてみよう。そう思い、身を翻そうとすると、私の肩にしがみつくようにして覗き込んでいた辰巳が「うわっ!」とバランスを崩し、私を巻き込むようにして転んだ。咄嗟に受け身を取ったが、私は思わず「きゃっ!」と悲鳴を上げてしまった。すると、家の前にいた人たちが、一斉にこちらを見た。

「…………」

まるで、時間が止まったかのようだった。誰もかれもが、微動だにしていなかった。向こうの人たちも、私たちも。だが、数瞬もすると、途端に気まずさと気恥ずかしさとが込み上げてきて、私はあたふたと立ち上がり、ダッシュでその場から逃げた。坂道を上り、河津酒屋の方へ一心不乱に駆け戻る。後ろで、辰巳が何事か言っている気がしたが、振り返らずに走った。

「はあっ、はあっ……」最初に辰巳がいた田んぼの所まで戻ってきて、私はようやく走るのをやめた。一息遅れて、辰巳が追いつく。

「はあっ、はあっ……急に逃げんなやっ」

息を整えながら、辰巳がぼやいた。その手に泥が付いているのを見て、私はようやく自分の肩が汚れているのに気が付いた。さっき、辰巳がしがみつくようにして覗き込んでいたせいだ。

「ああっ! もうっ、なんで触ったとっ。泥が付いたやんかっ」

「なんかや。洗えばいいやろ」

「洗うっち、どこで洗うん」

「そこの田んぼで洗えばいいやん」

「田んぼの水なんかで洗わんっ！」

うんざりしながら、肩の泥を手で拭った。着ていたのはキャミソールだったから、服は汚れていないものの、肌に直《じか》に泥が付いているのは気持ちが悪い。

「じゃあ、裏の沢にでも行ってこいや」

「いいっ！　河津酒屋に行くっ！」怒りに任せてずんずんと坂を上り、先程訪ねたばかりの河津酒屋に向かった。文乃おばちゃんに一声掛けて庭の蛇口を借りて洗おう。

「おばちゃあんっ」と声を掛けながら店の中へ入ると、レジの前に人がいた。

「おっ、真由美ちゃん。こんにちは」

日に焼けた顔で笑いかけながら挨拶してきたのは、白い作業着姿で、ごわごわとした短髪を七三に分けた男の人——辰巳のお父さんの義巳《よしみ》さんだった。

「あら、真由ちゃん。どげんしたと」

義巳さんの向こうから、文乃おばちゃんが顔を出す。何やら、二人で話をしていた様子だった。呆《あっ》気《け》に取られていると、辰巳が店の中へ入ってきた。

「あっ、おとう。何しよると」

「辰巳？　お前、釣りしよるんやなかったんか？」

「いや、餌探しよったら、なんか変なんがおった」

「変なん？」

「うん。尾先にでっけえトラックが来ちょって、知らん人がいっぱいおった」

「ああ、それか」と唐突に親子の会話が始まり、私は文乃おばちゃんに蛇口を借りたいと言いそびれてしまった。

「尾先に来ちょったのは、今日引っ越してきた山賀《やまが》さんっち人たちて」

「引っ越し？　あん人たち、朽無村に住むと？」

「おう、ちゃんと挨拶したか？　おとうはこれから行くとこやったって。しちょらんなら、お前たちも一緒に来るか？」

辰巳は不意に私を見た。どうやら、私が行くと言ったらついて行くつもりらしい。

「……うん。けど、そん前に、文乃おばちゃん、庭の蛇口借りてもいい？」

「まったく、女ん子に泥を付ける奴があるか」

「わざとじゃねえっち言よるやろっ」

私と辰巳は、義巳さんに連れられて坂道を下っていた。辰巳が小突かれているのは、さっき私が肩が汚れている理由を説明したせいだ。

「ごめんな、真由美ちゃん。辰巳ん奴は、後でまた叱っちょくきな」

「大丈夫ばい。そげん汚れちょらんし」

「ほら、真由美もこげん言よるし」

「バカタレ、それをお前が言うな」

二人の会話がおかしくて、私はケラケラと笑った。

義巳さんも昔からよく知っている人だ。久巳さんと違って穏やかで優しくて、村の人たちからも慕われている。久巳さんが村長のような立場にいるが、その立場に相応《ふさわ》しいのは義巳さんの方だ。義巳さんの方が物腰が柔らかいので、村の人たちは何かあれば義巳さんを頼っている。いや、実際は久巳さんとの橋渡し役をしていると言った方が正しいだろうか。親子だが、どちらかというと長老とその側近の家来のような間柄だ。

「ねえ、山賀さんっち、なんでここに引っ越してきたと？」

私は、義巳さんに訊いてみた。

「ああ。ほら、尾先に昔、西島《にしじま》さんっち、一人暮らしのお爺《じい》ちゃんがおったやろ。覚えちょらん？」

「覚えちょうよ。確か、自転車で植木鉢運びよった人やろ？」

「そうそう。昔はしっかり者やったんやけど、歳取ってボケてしもうてなあ」

私は、まだ小学校に上がる前の頃を思い出していた。薄汚れたヨレヨレの作業服を着て自転車に乗り、村中を徘徊《はいかい》している老人。それが、記憶の中の西島さんの姿だ。

西島さんは、勝手に余所《よそ》の家の庭先に入り込んでは、置いてある植木鉢を自転車の前かごに入れて持ち帰っていた。私の家にも来たことがあって、育てていたアロエが持って行かれてしまい、祖母がため息をついていたのを覚えている。

その頃の私は西島さんのことを、ちょっと不思議な人なんだなという風にしか認識していなかった。認知症のことなんて知らなかったからだ。そして、私がそういったことを理解しない内に西島さんは亡くなってしまった。私が小学生になったばかりの頃、下の道路沿いの川の下流に浮かんでいたのを村の人に発見されたのだ。

恐らく、いつものように自転車であちこちを徘徊している際に、誤って川に転落してしまい、普段は浅い川だが、連日続いていた雨によって増水していたせいで溺れ、流されてしまったのだろうということだった。発見が遅れたせいで、身体は酷い有様になっていたという。どういう風に酷くなっていたのかは、怖くて訊いたことがないが〝膨らんでブョブョしていた〟とだけ、後から噂《うわさ》で聞いた。

「その西島さんの遠い親戚にあたる人が山賀さんでな。なんでも愛知県に住んじょったらしいけど、勤めよる会社の転勤で香ヶ地沢《かがちざわ》に来ることになってな。それで、ちょうど西島さんの家が空き家になっちょったき、そこに住もうっちことになったのよ」

「わざわざ?」辰巳が、不思議そうに言った。確かに、私もそう思う。どうして、朽無村なんかに住むことを選んだのだろう。

そう言ってしまうと語弊があるが、私は別に、この朽無村のことが嫌いなわけではない。村の人たちはみんな優しいし、長閑《のどか》で、自然に囲まれていて、のんびりしていていい所、自慢の故郷だ。でも、余所の人からしたら、ここは住みにくい場所なのではないだろうか。街からは遠いし、交通の便は悪いし、何にも無いし。香ヶ地沢の市内には、もっと住むのに適しているところがたくさんあるだろうに。

「それがな。山賀さんとこには小さい娘さんがおってな。そん子が喘息《ぜんそく》の病気を持っちょるらしい。それで街中よりも、ここに住むことを選んだっち言よったな。なるべく空気が綺麗なとこにおりたいっちゅうことで」

「おとう、喘息っちなん？」

「お前はそげなことも知らんのか」

辰巳の疑問に対する義巳さんの説明を聞きながら、なるほど、と納得した。

小さい娘さんとは、さっき玄関から飛び出してきて、母親らしき人にあやされていた女の子のことだろう。あの子にそんな事情があったとは。

「でも、全然そげなこと知らんやった。急に決まったと？」

「うん。一回、去年の暮れに旦那さんだけでここに下見に来て、そん時は土地の管理をうちがしよるもんやから、おじさんも立ち会ったんやけどなあ。そん時点じゃあ、本当に転勤するかどうか分からんやったらしい。それで、どうなることやらっち思っちょったら、ついこの間、急に転勤することに決まって、バタバタ引っ越すことになったらしいのよ。その連絡があったんが一昨日のことで、市内じゃなくて朽無村に引っ越しますっち言うもんやから、さっきから村の人たちに言うて回りよったって。ほしたら、お前たちが河津酒屋に来たっちゅう塩梅《あんばい》よ」

「へえ、そういうことやったって」

「はっきり決まっちょらん話やったから、村のもんには誰にも言うちょらんでな。やからカズも早苗《さなえ》ちゃんも、ようやくさっき知ったとこよ」

カズと早苗ちゃんというのは、私の両親の名前だ。カズは和成《かずなり》の略称で、父は村のみんなからカズとかカズちゃんとか呼ばれている。なるほど、どうりで私も知らないはずだ。

そうこうしている内に、坂道を下り終えて尾先の集落に辿り着いた。何の気なしに中へ入って行く義巳さんの後ろを、私と辰巳は隠れるようにしてついて行く。さっきのこともあって、気まずかったからだ。私は元来、引っ込み思案な性格だし、辰巳もこう見えて、割と人見知りするタイプだ。初対面の人と上手《うま》く会話できるだろうか。

覚悟する間もなく、あっという間に賑《にぎ》やかな家の前に辿り着くと、義巳さんが、

「どうも、こんにちはぁ」と大きな声で挨拶をした。

「ああ、川津さん。どうも」

首に掛けたタオルで汗を拭いながら近付いてきたのは、さっき青い服の人たちと一緒にトラックの荷台から段ボール箱を運び出していた人だった。白いポロシャツにジーンズ姿で、やや長めの髪を真ん中できっちり分けていて、爽やかなプロゴルファーのような佇まいをしている。この人が山賀さんだろう。

「大変でしょう。村の者をいくらか呼んできて、手伝わせましょうか？」

「いえいえ、大丈夫ですよ。家財道具のほとんどは向こうで処分してしまいましたから、意外と荷物は少ないんです。一通りこっちの家に揃ってたので助かりましたよ」

山賀さんはそう言うと「おーい、ちょっと」と玄関が開け放たれている家の中に向かって呼びかけた。すると、

「ねえ、炊飯器が見当たらないんだけど？」という声と共に、あの女の人が現れた。

「ほら、ママ。お世話になってる川津さん。家のこととか色々と手伝ってくれた方」

「ああっ、どうも。お世話になってますぅ」

女の人――山賀さんの奥さんは、しずしずとこっちに来た。黒いストレッチパンツ姿で、束ねた長い髪を首元に垂らし、どことなく上品な雰囲気を漂わせている。育友会の会長をやっていそうな感じの人だった。

「初めまして。いやあ、えらいべっぴんさんですねえ。ここいらじゃお目に掛かれんですよ。こげな人は」

「まあ、フフッ、そんなことありませんよ」

山賀さんの奥さんは照れくさそうに笑って、義巳さんをあしらった。

「あら、そっちにいるのは、もしかしてさっきの……」

「ああ、ほら、お前たち、挨拶せんか」

奥さんに呆気なく見つかり、私たちはおずおずと前へ出た。気恥ずかしくて、まともに二人の顔を見上げることはできなかった。辰巳も、下を向いて黙り込んでいる。

「こ、こんにちは」

さすがに黙り込んだままなのは失礼な気がして、恐る恐る挨拶をし、ぺこりと頭を下げた。できれば下げたままでいたかったが、ますますおかしい子供だと思われそうだったので、仕方なく顔を上げると、

「こんにちは。今度、ここに越してきた山賀です。よろしくね」と奥さんがにこやかに微笑んだ。

「二人は川津さんのお子さんですか？」山賀さんが義巳さんに訊き、私は咄嗟に、

「ち、違いますっ。私はかわづだけど、さんぼんがわの川津じゃなくて、さんずいの方の河津で
――」

「こげな奴、うちんもんじゃねえっ！」と突然、辰巳が声を張り上げた。

「こげな奴っちなん！」

反射的に辰巳に言い返すと、

「こげなバカと兄妹とか嫌やっ！」

「バカッちなん！　辰巳の方がバカやろっ！」

「うるせえ！　バカ真由美！」

言い合いになっていると「コラッ！」と義巳さんが辰巳の頭を引っ叩《ぱた》いた。

「なんを喧嘩《けんか》しよるか。初対面の人ん前で、みっともねえ」

「でも、おとうっ」

「静かにしちょけっ。ちゃんと立派に挨拶せんかっ」と叱られている辰巳の横で、私は恥ずかしさのあまり顔から火が出そうになっていた。義巳さんの言う通りだ。さっきのことといい、変な子供だと思われてしまったに違いない。

真っ赤になっているであろう顔を見られたくなくて、また俯いていると、

「ぷっ、あははっ」

と、奥さんが噴き出した。

「フフッ、すいません。おかしくって、つい」

「いえいえ、こっちこそ、すいません。お見苦しい所を」

「そんなことありませんよ。子供は元気が良すぎるくらいじゃないと。ねえ、パパ」

「ええ、うちの子たちに見習ってほしいぐらいですよ」

　場の空気が緩んだ気がして、おずおずと顔を上げると、

「こん奴が私の倅《せがれ》で、辰巳っちいいます。ほして、こっちの女ん子が、そこん中原の河津さんとこの、真由美ちゃん」と義巳さんが代わりに説明をしてくれた。

「辰巳くんに、真由美ちゃんね。よろしく」奥さんが、またにこやかに微笑んだ。それを見てなんとなく、私の心配は杞憂《きゆう》に終わったのではないかと感じた。

「よ、よろしくお願いします……」

「ところで、うちの子たちはどこだ？　こっちも、ちゃんと挨拶をしないと」山賀さんは奥さんと同じように微笑むと、きょろきょろと辺りを見渡した。

「家の中を探検してるんじゃない？　自分の部屋を決めたいって言ってたし」

「そうか。おーい！　ちょっと出て来なさぁーい！」山賀さんが家に向かって声を張り上げた。すると、玄関の中からぱたぱたと、あの小さな女の子が飛び出してきた。

「お兄ちゃあん、早くぅ！」女の子がチェック柄のワンピースを翻しながら振り返り、玄関の中に向かって叫んだ。すると、少し遅れて、

「こら、走り回っちゃダメだろ」と、あの男の子が出てきた。

「ほら、こっちに来なさい」

山賀さんが呼ぶと、男の子が女の子を引き連れるようにして、こっちに来た。

「うちの、優一《ゆういち》と陽菜《ひな》です。ほら」山賀さんに促されて、

「えっと……山賀優一です。よろしくお願いします」

男の子――優一くんは礼儀正しく、ぺこっと頭を下げた。が、小さな女の子――陽菜ちゃんの方は、くりくりとした目で、じっと私たちのことを見つめていた。

「陽菜、ほら、よろしくって」と優一くんが促しても、陽菜ちゃんは何も言わなかった。が、突然前に出て、私の顔を見上げると、

「お姉ちゃん、だぁれ？」と好奇心が満載の笑顔になった。

「え、えっと、真由美っていうの」

しどろもどろに答えると、陽菜ちゃんは、

「ねえねえ、おジャ魔女どれみ知ってる？」と目を耀《かがや》かせてきた。

「こら、陽菜」

優一くんが諭して、陽菜ちゃんは引っ込んだが、相変わらず目をキラキラとさせながら、私を見て無邪気に笑っていた。

「いやあ、可愛いですねえ。おいくつですか？」義巳さんが訊くと、

「上の子が十一で、下の子は八つです」と山賀さんが答えた。

「十一？　ほしたら、辰巳と真由美ちゃんと同い年か」

「あら、そうなんですか？」

「ええ、二人とも五月生まれで、小学五年生ですよ」

「うちも四月生まれの五年生ですよ。良かったわねえ、優一。同級生ですって」

「えっと……よろしく」

優一くんは、どこかぎこちなく、それでいて奥さんそっくりのにこやかな笑顔で私たちに微笑んだ。

その姿を前に、私は今までに抱いたことのない不思議な感情が心に芽生えるのを感じた。

優一くんは、細身でスラリとしていて、私たちよりも少し背が高かった。顔は目鼻立ちが整ってて、きめ細やかな白い肌をしている。髪をもう少し伸ばしたら、女の子と言われても信じてしまいそうだ。黒いジーンズに白い半袖のシャツを着ているのも相まって、同い年とは思えないほど大人びて見えた。

なぜか優一くんから目が離せず、呆《ほう》けたようになっていると、

「俺たちの学校に来るん？」と横の辰巳が訊いた。

「うん。夏休みが明けたら、通うことになるよ。一緒のクラスになるといいね」

優一くんが答えると、辰巳が、

「クラスっち、一組しかねえばい」と言い放った。

「えっ？」

「ああ、そうそう。こんな田舎やからね。子供が少なくて、クラスは一学年一組しかないんよ。全校

生徒も百人位しかおらん」と義巳さんが補足した。

なんだか、田舎ってやっぱり恥ずかしいなあ、と思っていると、優一くんは、

「じゃあ、一緒のクラスになるんだね」と気にする風でもなく、また微笑んだ。

「ねえ、陽菜の同級生は？」

陽菜ちゃんが、無邪気に声を上げる。

「ごめんな、陽菜ちゃん。こん村には、もぅ小学生が辰巳と真由美ちゃんしかおらんのよ。でも、学校が始まったら、きっとたくさん友達ができるばい」

義巳さんが言うと、陽菜ちゃんは残念そうに「そうなの？」と呟いた。かと思うと、私の顔を見つめて「じゃあ、お姉ちゃんが最初の友達！」と嬉《うれ》しそうに声を上げた。その様子に、その場にいた全員が和やかに笑った。

「すいませぇん！　この荷物はどこに置けばいいですかねえ！」

家の中から、引っ越し屋さんと思《おぼ》しき声がして、

「やあ、ほしたら、この辺で。お忙しい所、すいませんでした」

状況を察した義巳さんが、引き揚げようとした。

「いえ、こちらこそすいません。お茶のひとつでも、お出しできれば良かったんですけど、まだ何の荷物も開けていないもので」

「いえいえ、大丈夫ですよ。お邪魔しました。ああ、そうそう。前に言よった歓迎の催しは、また日が決まったら連絡しますき、そん時はよろしくお願いします」

「ああ、すいません。わざわざ、ありがとうございます」

大人たちの会話が終わりかけた時、

「お姉ちゃん、遊ぼ遊ぼ」と陽菜ちゃんがニコニコしながら私にくっついてきた。

「こら、陽菜。まだ引っ越しが終わってないんだから」

優一くんが、陽菜ちゃんの手を取り、優しく引き戻した。陽菜ちゃんは頬をぷくぷくと膨らませていたが、大人しくそれに従った。

「ああ、辰巳、真由美ちゃん。引っ越しが終わって落ち着いたら、優一くんたちに村を案内してやり。遊び場とか、入ったらいけんとことか、色々と教えてやりなさい」

「うん、分かった」私たちが頷《うなず》くと、

「それじゃあ、また」と義巳さんが山賀さんたちに会釈をして踵を返した。私たちも会釈をして、それに続く。

尾先の集落から出る直前、ふと振り返ってみると、陽菜ちゃんはまだ私たちの方を見ていて、遠目からでも分かるほど無邪気に笑っていた。

「なんか、綺麗な人たちやったね」帰り道、私がそう言うと、

「はっはっは。都会から来ちょる人たちやもんなあ。色々と垢抜《あかぬ》けちょるはずよ」と義巳さんが笑った。垢抜けている、という言葉がよく分からなかったが、多分、田舎の人間とは違うという意味なのだろう。

「でも、なんか女みたいやったたな。あいつ」辰巳が意地悪っぽく笑う。

「なん言よると。辰巳より大人っぽかったばい。背も高かったし」

「なんかやっ。背が高くても、ひょろひょろやったら意味ないやろ」

「辰巳もひょろひょろやんか」

「俺はひょろひょろやねえっ。ちゃんと鍛えよるっ」

辰巳が、日焼けした腕を曲げて小さな力こぶを作った。

「はっはっ。確かに相撲やったら勝てそうやなあ。でも、テストの点数で負けたら意味ねえぞ」義巳さんが、からかうように笑う。

「テストでも負けんっ。ちゃんと勉強しよるし」

「そん割には、宿題をしよらんやねえか」

「宿題はまだいいやろ。始まったばっかりなんやし。八月になったらする」

「真由美ちゃんは、もう宿題しよるかい？」

「うん。私は毎日ちょっとずつするもん」

「ほれ、真由美ちゃんを見習わんか。遊ばれんごとなるぞ。せっかくの夏休みが」

「そげん言わんでいいやろっ！」

小言を言われて拗ねたのか、辰巳は一人で坂道を駆け上って行ってしまった。

「まったく。あん奴は……ほしたら、真由美ちゃん。山賀さん家の子んこと、よろしく頼んじょくばい。明後日《あさって》頃やったら引っ越しも終わって落ち着いちょうやろうて」

「うん、分かった。じゃあね」

ちょうど家の前まで辿り着いたので、私は手を振って義巳さんと別れた。

帰る道すがら、食べたこんにゃくゼリーは、夏の熱気と私の体温ですっかり温められたのか、ぐでんぐでんになってしまっていた。


山賀さんたちに会った日から三日後の太陽がジリジリと照りつける昼過ぎ。私と辰巳は義巳さんの言いつけ通りに、山賀家のある尾先の集落へと歩いて向かっていた。

手には、母から持たされた紙袋をぶら下げていた。中身は、母が昨日、市内の和菓子屋さんで買ってきたお煎餅の詰め合わせセットだ。

義巳さんの言っていた通り、私の家族はみんな山賀さん一家が引っ越してきたことを直前まで知らなかったのだという。

急な出来事に、父も母も祖母も戸惑っていた様子だった。それだけでなく、村の人たちもみんな、やけにざわざわとしていた。無理もない。朽無村に新しく人がやってくるなんて、私の知る限りは今まで無かったことだ。むしろ、お年寄りが亡くなったりして人が減ることの方が多かった。

狭い村なので、あっという間に山賀家の情報は知れ渡っていた。会ったことがないはずの雅二おじちゃんが、

「元は名古屋のもんで、車の会社で働きよるっち言よったな。それも、ほれ、街とは反対方向に行く山ん中の道路があるやろ。そこを一時間掛けて抜けて、海沿いにある会社まで通い寄るらしいな。大

変なこって」

と、言っていたほどだ。一体どこで知ったのだろう。これが田舎というものなのだろうかと、なんだか情けない気持ちになった。

「それ、なん？」辰巳が私の紙袋を指した。

「お煎餅セット」

「へー。俺のは、なんか饅頭《まんじゅう》のやつ」辰巳も紙袋をぶら下げている。きっと、義巳さんから持たされたのだろう。紙袋の外観からして高級なものっぽかったが、辰巳はそれを、さっきから何度もぐるんぐるんと振り回している。

「そういえば、私たちが来ること知っちょるんかな？　おらんかったらどうする？」

「ピンポンしてみればいいやろ。おらんかったら、お菓子玄関に置いて、釣りする」

辰巳は背中に、伸縮式の釣竿《つりざお》を入れた細長い袋を背負っていた。せっかく下まで行くので、ついでに道路沿いの川で遊ぶ気らしい。ちゃっかりしているものだ。

やがて、尾先の集落へと辿り着いた。いそいそと入って行き、手前から三軒目の山賀家へ向かう。

尾先の集落に入るのは、今までにほとんど無いことだった。幼い頃から、あまり近寄るなと言いつけられていたからだ。別にそれを疑問に思うことはなかった。が、今にして思えば、みんなは私の身を守りたかったのだろう。

尾先の集落には、西島さんが住んでいたから。

別に、私は西島さんから何かされたことなどない。でも、みんなはきっと心配だったのだろう。

前に何かのテレビ番組で見たことがある。認知症になった老人が家を抜け出し、道端で見知らぬ人に暴力を振るったという事件の特集だった。認知症になった人の中には、そういうことをしてしまう人もいるのだと、その時知った。だから、家族は私に「尾先の集落には近寄るな」と言い聞かせたのだ。万が一のことを考えて。

私は、その言いつけを西島さんが亡くなった後も律儀に守っていた。別に寄りつくような用事は無かったし、興味も無かったから、わざわざ行ってみようとは思わなかった。なんとなく避けていただけだ。

でも、今、尾先の集落の中を歩いていて、その〝なんとなく〟の理由が分かった気がした。

ここは、なぜだか薄気味が悪いのだ。

尾先の集落は入口から道が真っ直ぐに伸びていて、左手に家が五軒並んでいる。その家々の間には、仕切りのように欅《けやき》の木が生えていて、道の方へしな垂れ掛かるように広々と枝を伸ばしている。そのせいか、集落全体が薄暗く感じられるのだ。

それに、尾先の集落は五軒の内、真ん中の山賀さんの家を除けば、ほとんどが空き家だ。一番奥の五軒目には、人が住んでいるが……。

思い出したくもないことを思い出して嫌な気持ちになっていると、山賀さんの家の前まで辿り着いていた。見た感じは、私の家と似たような造りだ。瓦屋根と漆喰壁《しっくいかべ》の和風家屋で、一部屋か二部屋分だけ、二階が作られている。玄関に向かって左手にある庭先は、まだ手入れをされていないようで草がぼうぼうに伸びていた。その反対、右側に駐車スペースが設けられていたが、あのワンボックスカーは停まっていなかった。どこかへ出掛けているのだろうか。確かめようと玄関の前まで行くと、辰巳がチャイムを押した。その上に掲げられていた、真新しい〝山賀〟の表札を眺めて待っていると「はぁい」の声と共に、ぱたぱたと足音が迫ってきてカラカラと扉が開いた。

「あら、こんにちは」

中から現れたのは、山賀さんの奥さんだった。

「こんにちは。あの、これ、つまらないものですけど、お引っ越し祝いです」

母から習った文言をうろ覚えでモゴモゴと暗唱し、おずおずと紙袋を差し出すと、

「まあ、わざわざいいのに。ありがとうございます」

奥さんはお礼を言いながら、ぺこっと頭を下げて受け取った。その流れで、辰巳もおずおずと紙袋を渡した。きっと緊張しているのだろう。奥さんの方を見ずに、靴箱の上に飾られている壺《つぼ》型の花瓶に生けられた向日葵《ひまわり》を眺めている。

「もしかして、この間言ってた村の案内の為に来てくれたの？」

「はい、そうです。えっと……今、優一くんたちは、お忙しいですか？」

大人っぽい言い回しをどうにか真似《まね》てみながら、訊いてみた。すると、奥さんは、

「ああ、やっぱり、そうだったのね。ゆういちー！　ひなー！」

と、家の中に向かって呼びかけた。すると、やや間を置いて、

「何？　母さん」廊下の奥の方からしずしずと優一くんが現れた。と思ったら、とたとたと足音がして、その後ろから陽菜ちゃんが現れた。

「あ！　お姉ちゃんだぁ！　お姉ちゃんっ！」陽菜ちゃんは私を見るなり、嬉しそうに玄関へ降りてきた。サンダルを突っ掛けて、奥さんの足にぴたっとしがみつき、

「ねえねえ、何しに来たの？」と笑顔で見上げてくる。

「ほら、一昨日言ってたでしょう。辰巳くんと真由美ちゃんが村の案内をしてくれるって。二人で行ってきなさい」

奥さんは陽菜ちゃんをあやしながら、優一くんに向かって言った。

「でも、まだ陽菜の部屋が片付いてないよ」

「いいの。そんなの後にしなさい。せっかく来てくれてるんだから」

「お出掛けしていいの？　やったぁ！」家族会議はあっという間に終わり、私と辰巳は優一くんと陽菜ちゃんに村の案内をすることになった。


「いってらっしゃあい。気を付けてねえ」と奥さんに見送られ、私たちは優一くんと陽菜ちゃんを連れて山賀家を後にした。とりあえず、尾先の集落を出たが……、

「どうする？　辰巳」

「どうするっち、なん」辰巳は、ぶっきらぼうに答えた。どうやら、まだ人見知りしているらしい。

まったく、頼りがいが無い奴だ。

「えっと……とりあえず、こっちに行こっか」

悩んだ末、下へと続く坂道の方に一団を先導した。どうせなら、入口の方から案内した方がいいだ

ろう。みんなでテクテクと坂道を下りていると、

「ねえねえ、お姉ちゃん。お姉ちゃんって、どこに住んでるの？」

「え？　えっとね、私の家は、あっちの上の方だよ」

「行ってみたい！　お姉ちゃんの家！」

「と、とりあえず――」

「お姉ちゃんの家に行くー！」

「こら、陽菜。困らせちゃダメだろ」

天真爛漫《てんしんらんまん》な陽菜ちゃんを、優一くんが優しく諭した。

「行きたい行きたい！」

「我儘言っちゃダメ」

「むうう－！」陽菜ちゃんが、ぷくっと頬を膨らませた。私はどうしていいか分からず、戸惑っていると、それを察されたのか、優一くんが「ごめんね。困らせちゃって」と謝ってきた。

「い、いや、大丈夫だよ。それに、私の家は後で案内するから」

「ほんと？　やったぁ！」陽菜ちゃんがあっという間に機嫌を直し、ぴょんぴょんと跳ね始めた。それを見て、ほっと息をついていると、

「真由美の家とか、なんもねえよ」辰巳が、こっちを見向きもせずに毒づいてきた。

「なんもねえっちなん！」

「なんもねえやんか。狭《せめ》えし」

「狭えことないっ！　広《ひれ》えもんっ！」言い合っていると、優一くんたちに見られていることに気が付いた。途端に恥ずかしくなり、モゴモゴと口ごもっていると、

「ね、ねえ。辰巳くん」優一くんが、初めて辰巳の名を口にした。途端に、威勢よく振舞っていた辰巳に緊張感が戻る。

「その背中に背負ってるのって、何？」

辰巳は優一くんの顔をじっと睨むと「釣竿」と、ぶっきらぼうに答えた。

「釣竿って、渓流釣り用の？　僕、やったことないんだ」

「そうなん」

「うん。海釣りなら、お父さんと一回だけ行ったけど、全然釣れなかったんだ。ねえ、渓流釣りって、どんな風にやるの？」

「延べ竿で、垂らすだけ。海釣りやったらリール使うけど、この辺の川やったら、リールとか使わんでいいき、延べ竿でやる。仕掛けも、針とガン玉だけしか使わん」

「それだけで釣れるの？」

「釣れる！　エノハも釣ったことある」

「えのは？」

「ヤマメのこと」

「ええっ、凄《すご》い！　僕、ヤマメって図鑑でしか見たことないよ」

「滅多に釣れんけど、俺は何匹も釣った！」

やり取りを交わしていく内に、辰巳の顔が綻び始めた。私には頓珍漢な会話にしか聞こえなかったが、どうやら釣りの腕前を褒められて、御満悦らしい。

ほっと、胸を撫で下ろした。辰巳はきっかけさえあれば、あっという間に距離が縮まる。ここまでいけば、後はとんとん拍子だろう。

盛り上がる二人の会話を邪魔しないようにしていると、陽菜ちゃんが、

「ねえ、お姉ちゃん。手、繋《つな》いでもいーい？」と無邪気な笑顔で訊いてきた。

「うん。いいよ」と手を握ってあげると、陽菜ちゃんの無邪気さに釣られて、私も笑顔になった。

〝お姉ちゃん〟と呼ばれるのは、初めてのことだった。なんだか、不思議な感じだ。誇らしいような、それでいて、どこかくすぐったいような……。

「ねえねえ、お姉ちゃん。これ、可愛いでしょお？」

陽菜ちゃんは、首から下げていたものを誇らしげに見せてきた。それは、ピンク色の小さなポーチだった。真ん中に、蝶々《ちょうちょう》の形をしたバッジが付いている。

「うん、可愛いよ」

「そうでしょ！　これね、ママがね、作ってくれたの！」

「えーっ！　手作りなの？　凄い！」手を繋いで話をしている内に、段々と嬉しい気持ちになってきた。もし、妹がいたとしたら、こんな感じだったのだろうか。

和気あいあいとしながら、坂道を下り終えて、橋を渡り、朽無村の入口――バス停まで辿り着いた。

くるっと村の方に向き直り、説明を始める。

「えっとね、毎朝ここからバスに乗って、学校に行くの。七時四十分にバスが上ってくるから、それまでにここにいなくちゃいけないの」

「そうなんだ。陽菜、今までより早起きしなくちゃいけなくなるよ」

「ええーっ」

「午前中はバスが一本しかないきんな。乗れんかったら、学校に行かれんくなる」

「ふふっ、辰巳。一回遅刻して、車で送ってもらいよったやん」

「なんで言うとかや！　別にいいやろ！　車ん方がバスより早かったし！」

「あん時、おっかしかったあ。校門のとこに隠れちょったもんね。私が来たら、こっそり後ろについてきて」

　思い出し笑いをしながらバス停の説明を終えると、今度は村の方を指差した。

「それでね、これが朽無村。ここからやったら、全部見えるでしょ？」

　朽無村は、二つの大きな山と山との間に寝そべるようにして存在している小さな山の斜面を切り開いて作られているので、麓になる下から見上げたら、全体が一望できる。社会の授業で習ったが、こういった場所のことを、傾斜地集落というらしい。

「村っていっても、見ての通り一本道なの。ずうっとジグザグの坂道になってて、すぐそこの……優一くんたちの家がある辺りが、尾先っていうの」

「おざき？」

「うん。あの家が五軒並んでる所は、尾先の集落って呼ばれてるんだよ」

「そうなんだ」

「そん内、尾先の山賀さんっち言われるようになるばい」

辰巳が、ニヤッと笑いかけた。どうやらすっかり打ち解けたようだ。

「それで、尾先からひとつ坂道を上ったあそこにあるのが、河津酒屋さん。酒屋さんだけど、お菓子とか、アイスとか、電池とかも色々売ってるの」

「ロケット花火も売りよるし、爆竹も売りよるから、武器屋っち言ってもいいばい」

「辰巳！　いらんこと教えんと！　爆竹とか怪我《けが》するやろ！」

「爆竹くらいでビビんなや！　鳥を追っ払うのにも使うっぞ！」

「一回怒られたやろ！　火遊びはダメっ！」

言い争っていると「花火！　花火やりたい！」と陽菜ちゃんが無邪気に声を上げた。はっと我に返り、気を取り直して村の方へ向き直る。

「それでね、そこからひとつ坂を上ったあそこが、中原小屋《なかばらごや》っていうの」

「なかばらごや？」

「うん。トラクターとか、大きいトラックとか、消毒する機械とか、そういうのをあの小屋に置いてあるの。朽無村の人って、みんなお米農家なんだ。だから、みんなで使う共用の機械を、あそこで管理してるんだって」

「それで、あんなに大きいんだ」

「俺んちが建てたんぞ。機械も、俺んちが買ったやつばっか」

辰巳の小うるさい自慢を聞き流して、説明に戻る。

「で、中原小屋から坂ひとつ上ったあそこが、河津さんの家」

「朽無村って、かわづさんって苗字《みょうじ》の家が多いんだね」

「うん。河津酒屋から上の人は、みんな河津っていう苗字なの。さんずいへんの方の河津。でも――」

「うちだけは、さんぼんがわの川津やけどな」辰巳が私を遮って誇らしげに言った。

「へえ。同じかわづさんじゃないんだね」

「おう。さんぼんがわの川津は、朽無村で一番偉いっぞ。なんたって、本家やきなあ。元々は同じやったらしいけど、さんずいの河津はみんな分家扱いになったっち言いよった。ほら、真由美んちの上に、一番でっかい家があるやろ。あれが俺んち。みんなは、川津屋敷っち言いよる」

「もう、辰巳！　順番に説明しよるんやき、飛ばさんでよ！」

「へーい」辰巳はニヤニヤと笑いながら、頭の後ろで手を組んだ。せっかく下から順に説明していたのに、勝手に横入りしてきて。まったく憎たらしい。

「ごめんね。えっと……それで、あそこの河津さんちから、ひとつ坂を上ったあれが、私の家」

「お姉ちゃんの家！」

陽菜ちゃんが、目を耀かせる。

「ねえねえ、お姉ちゃんのおうちには、犬いる？」

「犬？　うちにはいないよ。どうして？」

「あのね、前のね、陽菜のおうちの隣にはね、モカがいたの！」

「モカ？」

「ああ、ごめんごめん」

優一くんが、制するように陽菜ちゃんの肩に手をやった。

「前に住んでたマンションのお隣さんが、犬を飼ってたんだ。モカっていう名前の。陽菜はモカが大好きだったから、いっつも犬を飼いたいって言ってるんだ」

「そうなんだ。ごめんね、陽菜ちゃん。朽無村には、犬を飼ってる人はいないの」

「そうなんだぁ……モカ、元気にしてるかなあ」無邪気一色だった陽菜ちゃんの顔が、ふっと悲しみに曇った。どんな声を掛けたらいいか分からないでいると、不意に優一くんがしゃがみ込んで、陽菜ちゃんの手を取った。

「きっと元気にしてるよ。それに、陽菜の喘息が治ったら飼ってもいいって、パパも言ってただろ？いつかきっと飼えるよ」

「いつ？」

「……分かんないけど、頑張って治さなきゃね。ほら、もし飼うとしたら、なんて名前付けるんだ？」

優一くんが頭をポンポンと撫でながら言うと、陽菜ちゃんは、

「モカ！」と即答した。

「それじゃあ、あっちのモカと分かんなくなっちゃうよ」

優一くんがクスクスと笑い、陽菜ちゃんの顔に無邪気さが戻った。私は、ほっとすると同時に、優

一くんに感心していた。

もし、私に弟や妹がいたとしたら、あんな風に振舞えるだろうか。分からないが、もしいたとしたなら、優一くんのようになりたいと思った。優しく、しっかり者で、気遣いができるようなお姉さんになりたいと。

「じゃあ、いつか考えよう。ほら、説明の続き、聞くぞ」

優一くんはスッと立ち上がり、私を見た。瞬間、私は顔が赤くなるのを感じて、咄嗟に村の方を向いた。

「え、えっとね。あれが私の家で、それから坂ひとつ上のあそこが、中原公民館。何かあったら、みんなあそこに集まるの。ラジオ体操も毎朝あそこでやってるんだよ」

「そうなんだ。じゃあ、明日から僕たちも行くよ。ね、陽菜」

「お姉ちゃんも来るの？」

「えっ？　うん」

「じゃあ、行くー！」

辰巳は信じられないといった様子で二人を見ていた。気持ちは分からないでもないが、なんだかおかしかった。

「うん。じゃあ、八時までにあそこに来てね。日曜日はお休みだけど、それ以外の日は毎日やってるから」

「分かった。陽菜、ちゃんと早起きできる？」

「できる！　起きれるもん！」陽菜ちゃんが小さな手を握りしめて、ぱたぱたと振った。その様子がとても可愛くて、思わず頭を撫でてあげたくなった。

「それで、あの公民館から坂を上ったら、辰巳の家。さっきも言ってたけど、みんなは川津屋敷って呼んでるの」

「へへ、大きいやろ！」辰巳が、待ってましたと言わんばかりに声を上げた。

「うん。凄く大きい家だね。なんか、大名様のお屋敷みたい」

「だいみょうさまっち、なん？」

「えっと、昔の……偉い人かな」

「おう、そうやろ。朽無村じゃ、うちが一番偉いきんな」

褒められて御満悦の辰巳を見ると、ちょっぴりムカついたが、言ったことは紛れもなく事実だった。川津家が朽無村の主たる存在なことに、間違いはない。

「あっ、そうそう。公民館から上の川津屋敷があるあの辺のことは野土っていうの」

「のど？」

「おう。うちも、昔は野土屋敷っち言いよったらしい。野土に家があるんは、うちだけやきな。野土の川津か、川津屋敷のもんっち言ったら、うちんこと」

「要するに、村長さんの家なんだね」

「うん。この間、私たちと一緒にいた義巳さんが、そんな感じ……」

ふと、辰巳を見ると、さっきまでの威勢はどこへやら、口を結んで俯いていた。なんとなく、その理由を察して「それでね、あの川津屋敷から坂道を上ったあそこ、朽無村の一番上、山の天辺《てっぺん》が頭原《かしらばら》っていって、シラカダ様のお社《やしろ》があるの」と、それとなく話題を変えた。

「しらかださま？」

「うん。えっと、なんていったらいいか……直接見た方が早いし、行ってみる？」

「うん。まだ、村の中を歩いて回ったことがないから、行ってみたいや」

「お姉ちゃんの家にも行く？」

「うん。途中にあるから、寄ってもいいよ」

「やったぁ！」と陽菜ちゃんが飛び跳ねた。チラリと様子を窺《うかが》うと、辰巳は未《いま》だにむっつりと黙り込んでいた。


それから私は、坂道を右へ左へジグザグと上りながら、優一くんたちに村の説明をして回った。といっても、バス停の所で一通り説明をしていたので、建物の前に来ては「ここがさっき言ってた所」と言うだけだった。それでも、直に目の前にすると、優一くんたちはしげしげと村の建物や近くの景色を眺めていた。きっと、物珍しいのだろう。前に住んでいた都会には、雑木林も、田んぼも、畑も、農機具をしまう小屋も、無かったに違いない。私が社会科見学の時に、福岡市の見上げるようなビルが立ち並ぶ街並みをしげしげと眺めていたのと同じことだ。

辰巳はというと、河津酒屋の説明をしている頃には機嫌を直していた。中に入って秀雄おじちゃんに優一くんたちの紹介をしている時に、アイスの冷凍庫の霜を削り取って私の背中――服の中に入れてきたのだ。怒って店の外に逃げた辰巳を追い回していると、顔には自然と笑みが戻っていた。憎たらしかったが、とりあえずは機嫌が直ったようだったので、ほっとした。それを見ていた秀雄おじちゃんと優一くんたちに笑われたのは心底恥ずかしかったが、秀雄おじちゃんはジュースを取り出して、私たちに振舞ってくれた。

そんなこともありながら、私たちは尾先、中原、野土と、朽無村を上って行った。途中、私の家の前に着くと、陽菜ちゃんが「入りたい」と騒ぎ出したが「今日はごめんね」と断った。家に上げたら、母から「何も用意しちょらんのに！」と怒られるに違いないと思ったからだ。

陽菜ちゃんの願いを無下にするのは心苦しかったが、優一くんがそれとなく諌《いさ》めてくれたおかげで、どうにかやんわりと断ることができた。その代わりにと、今度来た時は凍らせて美味《おい》しくしたこんにゃくゼリーをあげるからね、と約束した。

「な、一番大きかったやろ」

川津屋敷を後にして野土の坂道を上っていると、辰巳がニヤッと笑いかけてきた。

「うん。凄く広かったね」

「真由美んちと比べもんにならんかったやろ。庭も、家も。俺の部屋も広いっぞ」

「もう、そげん言わんでいいやんかっ」と得意気な辰巳に一喝する。まったく、機嫌が直ったのはいいが、わざわざ人の家を貶《けな》すのはやめてほしい。

「へいへい。おっ、着いた着いた」

言い争っている内に、いつの間にか坂道を上り切っていたようで、朽無村の最上部、頭原へと続く石段の前に、私たちは立っていた。

「こっから村の天辺に行けるんやけど、そん前に、ほら。こっから見たら、めっちゃ景色が良いやろ」

辰巳が眼下に広がる景色を指差した。ここからは、朽無村全体を見下ろすことができる。その上、村の向こうに広がる広大な田園地帯や、それらを囲うように連なっている山々まで望めるのだ。

「本当だ、凄い景色だね」

「広ーい！」

優一くんと陽菜ちゃんが、感嘆の声を上げた。確かに、ここからの眺めは村に住み慣れている私でもいいと感じるものだ。ちょうど晴れていて、真っ青な空と真っ白な積乱雲と青々とした緑の大地とが、せめぎ合うかのようにくっきりと色付いている。

「あっこの田んぼが真由美んちで、向こうの田んぼが酒屋の秀雄んちで、端っこが雅二んちで、後は全部うちの田んぼなんやぞ。手前の辺りは昔は家がいっぱい建っちょったらしいけど、うちが全部潰して田んぼにしたっぞ」

辰巳がまた自慢を始めて、やれやれと小さくため息をついた。一応は本当のことを言っているから、反論したところで無駄だろう。

家々が建っていた一画を潰して田んぼにしたという話は私も父から聞いていた。昔は村の入口近くの田んぼの方にまで家がたくさん建っていて、そこまで含めて朽無村だったらしい。その頃は人もたくさんいたが、時を経るにつれて段々と減っていき、尾先の集落のように空き家だらけになってしまったので川津家が全部潰して田んぼにしてしまったのだという。要するに、過疎化という現象が朽無村に起きたのだろう。

「へへへっ、凄いやろ。ほいで――」

辰巳が景色に背を向けて、石段の方に向き直り、

「この石段を上れば村の天辺の頭原ばい。さっき言よったシラカダ様のお社がある」

辰巳の言う通り、この十段ほどある古めかしい石段を上れば、朽無村の最上部、頭原に辿り着く。

そしてそこには、シラカダ様のお社がある。でも……。

「辰巳、上に行くと？」私は念の為に訊いてみた。

「別にいいやろ。中に入らんければいいんやし」

辰巳はそう言うと、ひょいひょいと石段を上って行ってしまった。振り返り、再度村の方を見下ろしてみたが、坂道や田んぼに人の姿は見当たらない。

「えっと……行こっか」優一くんたちに声を掛け、おずおずと石段を上って頭原に入ると、地続きのように延びている石造りの道に辰巳が立っていた。私たちが来たのを見計らったかのように振り返り、

「遅えぞ、なんしよったん」

「見つからんか見よったと。また怒られるかもしれんやんか」

「怒られんっちゃ。くぐらんければいいんやから」と親指で背後の鳥居を差した。確かにそうだが、石段の上にいるだけでも、十分に怒られるのではないか。

そんな心配をよそに、辰巳はすたすたと行ってしまった。シラカダ様のお社の入口、鳥居の方へ。

呼び止めようかと思ったが、石段の上にいるよりかは、奥へ行った方が下から姿が見えなくなると思

い立ち、仕方なくついて行った。

ここには、久しぶりに来た気がする。でも、ちっとも変わっていない。

十メートルもないであろう、短い石造りの道。その両脇の、雑草が生え散らかった原っぱ。道の先に構えている、石造りの鳥居。そして、その両脇にずらりと並べて植えられた馬酔木。それらは、私の家の庭先に植えてあるものと違って、手入れが行き届いておらず、枝葉がひしめき合うように乱雑に伸びていた。そのせいか、まるで侵入者を拒む塀のように感じられてしまう。

ここには、あまりいい思い出がない。かつて、私と辰巳はここで――。

「ここって、神社なの？」鳥居の前まで来ると、優一くんが声を上げた。

「神社っち言よらんけど、似たようなもんやねえかな。俺たちは、シラカダ様のお社っち呼びよる」

優一くんが疑問に思うのも、無理はない。村の人たちはみんな〝お社〟と呼んでいるが、確かに、鳥居の向こうの、あの建物を初めて見た人は〝神社〟と呼びたくなるだろう。

床が高く造られていて、入口の手前に短い石段が設けられていて、縁側みたいな上り口があって、焦げ茶色の板張りの壁に、くすんで乾いた古めかしい質感の柱や梁《はり》、マジシャンの帽子みたいな形の苔むした瓦屋根。

あれが、シラカダ様のお社だ。でも、狛犬《こまいぬ》も、お賽銭箱《さいせんばこ》も、何も無い。

何も、無いのだ。正面に開き戸があるが、ずっと閉め切られたままだし、取っ手には鎖が回されていて、頑丈そうな大ぶりの南京錠《なんきんじょう》が取りつけられている。そこ以外に入口は無いし、窓も無い。唯一、壁の上部が明り取り用の格子になっているが、そこは三十センチくらいしかないし、高い位置にある為、中を覗き込むこともできない。

だから、私たちは中に何があるのか、まるで知らない。シラカダ様のお社と呼んではいるが、砕けた言い方をすれば〝中に何があるのか分からない、神社っぽい造りの開かずの建物〟だ。もちろん、家族や村の人たちに訊いたことがある。「中に何があるの？」と。だが、その度にはぐらかされてしまう。「別に大したもんはねえばい」とか「シラカダ様が祀《まつ》られちょるだけて」とか言われて。

「なんか、変でしょ？　神社っぽいのに、神社っぽいものが何も無いなんて」

「いや、そんなことは……でも、あんなのは見たことないや」

優一くんがあんなのと言ったのは、恐らく一筋縄《ひとすじなわ》のことだろう。

「あれね、一筋縄っていうの」

「ひとすじなわ？」

「うん。一本の縄ってこと。あれ、どこにも切れ目が無くて、全部繋がってるの」

「へえぇ……」

確かに、あれは異様かもしれない。味気ないお社の佇まいの中で、唯一それらしい趣きがある箇所ともいえる。

板張りの壁の上にずらっと並ぶ格子。そこに一メートルほどおきに括《くく》りつけられている藁紐《わらひも》にぶら下げるようにして回されている一筋縄は、建物の四方をぐるりと巡っている。大量の稲藁で編まれたそれは直径が五センチほどもあり、どこにも切れ目繋ぎ目が無い。そして、その両端は正面の扉の真上でぐるぐると捻《ね》じられ、だらりと取っ手の辺りまで垂れ下げられている。まるで、お社という箱を結わえて閉じているかのように。

「あれな、毎年、田んぼが終わって稲藁ができたら、村の男ん人たちで作るって。自分とこの藁をここに持ち寄って、みんなで編み込んでな。そん時は、うちがリーダーになるんぞ」辰巳が誇らしげに言う。

「凄いね。手作りなんだ」

「おう、大事なもんやきな。村が盛り上がりますようにっち言って作りよるらしい」

「えっとね、田んぼが上手くいきますように、っていうか、立派なお米を作れますようにってこと」

変な表現をした辰巳の補足をすると、

「ねえ、ここっておみくじできるの？」と陽菜ちゃんが声を上げた。

「おみくじは無いよ。お賽銭箱も無いし。うーんと、なんていったらいいか……ここはね、神様を祀ってるところなの」

「それって、さっき言ってた、ええっと……」

「シラカダ様っ」さっき補足されてムキになったのか、辰巳が代わりに答える。

「そうそう。シラカダ様っていうのは、どんな神様なの？」

「うーんとねえ……私たちも、あんまりよく知らないんだけど――」

「シラカダ様っちいうのは、白蛇の神様のことばい」

私を遮って、辰巳がつらつらと説明を始めた。

「シラカダ様は白蛇の姿をしちょってな。ずうっと昔、この朽無村ができた時から、おるらしい。元々朽無村は、うちのご先祖様が山を切り開いて作ってな。そん時、ご先祖様がシラカダ様をここに連れてきたっち言いよった。そっから、ずっと川津屋敷のもんが代々世話をしよってな。シラカダ様のおかげで、田んぼが盛り上がって、立派な米が作れるようになって、村が栄えたっち、おとうから聞いた」

辰巳は説明を終えると「フフン、どうだ」といった風に私を見てきた。ムカついたが、確かに辰巳の説明の通り、シラカダ様はそういった存在だ。小さい頃から父や祖母に似たようなことを何度も聞かされてきた。シラカダ様のおかげで、この朽無村があるのだと。確か、ごこくほうじょうを司《つかさど》るとか、そういうことも言っていた気がする。

「あとね、朽無村じゃあ、蛇を大切にしないといけないの。シラカダ様は白蛇の神様で、その辺にいる蛇はその使いだから、大切に扱わないと罰が当たるって」

なんとなく悔しかったので、私もシラカダ様についての知識を披露した。辰巳ほど詳しくはないが、これくらいのことは知っている。

この間、家の小屋で父と大きな蛇を見つけた時も、田んぼで蛙を食べている蛇を見かけた時も、無下に扱わなかったのは、その為だ。村の人はみんな蛇を大切に扱っているし、その辺で見かけたら拝んだりしている。村の守り神様の使いだと言って。

「白蛇の神様……じゃあ、あの中にシラカダ様がいるの?」

優一くんが、閉め切られたお社を見つめながら言った。

「いるっていうか、祀られてるっていうか……でも、ここはね、子供は入っちゃいけないの。大人の人しか、この鳥居をくぐっちゃいけないんだって。子供は、くぐっちゃダメって言われてるの」

　端的に言うとそういうことだが、村の大人たちから言いつけられている文言は少し違う。例によって、お社のことを訊くと大人たちは白々しくはぐらかすのだが、その後には必ず、こう付け加えるのだ。

「いいか。シラカダ様にはな、大人になるまで顔を見せたらいけん。シラカダ様は、大人やないと会うことが許されん神様やきな。子供の内に会うてしまうと、それはそれは酷い罰が当たる。やから、お社に入ったらいかんし、入口の鳥居も、絶対にくぐったらならんぞ――」

「ええーっ」と陽菜ちゃんが残念そうに声を上げた。きっと、興味をそそられていたに違いない。

……小さい頃の私たちのように。

「しかもね、大人だったら誰でも入れるわけじゃなくて、決められた人しか入っちゃいけないんだって。その入れる日とか時間にも、色々と決まりがあるらしいの」

「へえ……なんか、変わったしきたりだね」

「おう、シラカダ様には夕方からじゃねえと会えんとか言いよった。なんやったっけ。確か、ナントカときが始まったら――」

「だから、この辺をうろうろしてたら、村の人から怒られるの。もう戻ろ？」

　負けじと披露しようとする辰巳を遮って、踵を返そうとした時、

「ふん、真由美。なんビビりよるん」仕返しのつもりか、辰巳が鳥居へ歩き出した。

「あっ、辰巳っ、なんしよるんっ」慌てていると、辰巳はくるっと回って不敵な笑みを見せながら、

後ろ歩きで鳥居をくぐった。

「ダメやろっ。怒られるばいっ」

「バレんっちゃ。誰もおらんし」

鳥居の向こうで、辰巳は手を広げておどけた。私は怖くなって、思わずきょろきょろと辺りを見渡した。もし、村の人たちにバレたら、ただでは済まない。

「辰巳っ」

「た、辰巳くんっ」優一くんも状況を察してくれて、辰巳を呼び戻そうとしたが、

「優一も男やったら来いや。そげん怒られんっちゃ」辰巳は挑発するように答えた。

「もうっ、辰巳っ！」

声を荒らげてしまい、思わず口を手で覆った。朽無村は声がよく響くので、誰がどこにいるかすぐに分かってしまう。聞きつけられたら終わりだ。

「辰巳っ、戻るばいっ」声を抑えて、だが、強く促すように呼びかける。

「へへっ、ビビんなっちゃ」

「辰巳くんっ、戻った方が……」優一くんも呼びかけてくれたが、辰巳はそれを無視して、くるっと向き直り、お社の方へ歩いて行ってしまった。

「辰巳っ、戻るっち言よるやろっ、辰巳っ」

気が気じゃなくなりながら、必死に辰巳の背中に呼びかけていた時だった。

「……お姉ちゃん、この人だぁれ？」

不意に、陽菜ちゃんに腕を引かれ、私は後ろを振り返った。

「コラッ！　なんしよるかっ！」

息が止まった。

驚いたからでも、怒られたからでもない。そこにいた人が誰か、分かったからだ。大柄な身体、野太い声、横を刈り上げた短髪、濃い顔つきに、威圧的な佇まい。父や義巳さんたちと違って日焼けしていない白い肌。この人は――。

「あっ、義則《よしのり》のおっちゃん！」ビクッと振り返った辰巳は、声の主が誰か分かった途端に顔を綻ばせ、嬉しそうに声を上げた。私は、固まっていた。優一くんと陽菜ちゃんも、一体どういう状況なのか理解できずにいるようで、固まっていた。そんな中、辰巳だけが笑いながら、はしゃぐようにこっちの方へと戻ってきた。

「なんしよるん。こげなとこで」

「それはこっちんセリフて。お前たちこそ、ここでなんをしよるんか」

「なんでもねえ。ちょっと見よっただけ。どうしたん。仕事じゃないと」

「おう。今日は非番やきんな。久しぶりに戻ってきたとこよ」

「さっき尾先に寄ったけど、車が無かったき、仕事に行っちょるんかっち思った」

「ははは、戻ってきたんは、ついさっきのことやきなぁ」

固まっている私たちを置き去りにして、二人は会話に花を咲かせていた。が、義則さんは不意に、優一くんたちの顔を訝し気に見渡すと、

「辰巳、こん奴たちはなんか」

「ああ、義則のおっちゃん。知らんやったと？　今度、尾先に引っ越してきた、山賀っち人たちばい。こっちが優一で、そっちが陽菜」

「引っ越してきた？　知らんやったなあ。兄貴ん奴、俺になんも言わんやったが……」

義則さんが優一くんたちの顔を見遣りながら、眉をひそめた。優一くんたちは反射的に小さく会釈をしていたが、義則さんはまるで相手にしていない様子だった。

「家に寄っちょったんやないと？」

「いや、ちょいと用があって寄ろうとしちょった時に、お前たちの声が聞こえたのよ。それで、ここまで上がってきたとこやったって」

「そうなん。あっ、俺が鳥居をくぐったことは、内緒にしちょってよ」

「はっはっは！　分かっちょる分かっちょる。誰にも言いやせん。けど、本当に入ったら悪いきんな。分かったら下りちょけよ、お前たち」

義則さんはそう言うと、辰巳の頭を大きな手でぐしゃっと撫でて石段を下りていった。目の前から義則さんの姿が消えて、しばらくしてから、私は止まっていた息をどっと吐いた。まさか、一番会いたくない所で、一番会いたくない人に会ってしまうなんて――、

「……辰巳くん、さっきの人、誰？」私と同様に固まっていた優一くんが、おずおずと沈黙を破った。

「ああ、あれは義則のおっちゃんよ。俺のおとうの弟」

そして、私にトラウマを植えつけた人――と、私は頭の中で補足した。

「えっと……大丈夫だったの？」

「おう。義則のおっちゃんは俺によくしてくれるき、怒られんよ。でも、見つかったき、もう下りよらや」さっきまでの悪戯心《いたずらごころ》はどこへやら、辰巳はすたすたと石段を下りていってしまった。が、私は未だにその場から動けないでいた。

「お姉ちゃん？　どうしたの？」陽菜ちゃんが心配そうに訊いてきた。

「な、なんでもない。行こっか」そう答えると、陽菜ちゃんの手を取って石段を下りた。その最中、私は過去の人生で最大級のトラウマを思い出していた。


まだ小学校低学年の頃だった。私と辰巳は一緒に村で遊んでいて、このシラカダ様のお社へ来たことがあった。家族や村の人たちの言いつけを破って。

どうしてそんなことをしたのか。理由は単純。純粋な冒険心だ。私も辰巳も幼かった。好奇心に満ち溢《あふ》れていて、生意気で、大人の言いつけを破ることを格好いいと思っていた。だから二人で鳥居をくぐって、未踏の地に足を踏み入れたのだ。

そう。ただ、それだけだった。足を踏み入れただけ。

他に、何のしようもなかったのだ。肝心のお社は扉に頑丈な鍵が掛けられていたから開かなかったし、どこからも中を覗けやしなかった。裏手に回ってみても、背面の壁に造りつけられた粗末な薪置《まきお》き場《ば》があるだけで、入口や窓は見当たらなかった。他には、恐らく藁焼き場なのであろうブロック塀で造られた大きめの焼却炉がポツンとあるくらいで、特に興味をそそられるものは無かった。何があるのだろうと期待していた未踏の地は、つまらない荒れ地に過ぎなかったのだ。

あっという間に「つまんない」と冒険心を失った私たちは、シラカダ様のお社で遊ぶことにした。きゃあきゃあと声を上げながら、お社の周りを駆け回ったり、縁側からジャンプして飛び降りたり、薪置き場によじ登って上の格子からお社の中を覗こうとしたり——背が届かなくて諦めたが——屋根に向かって小石を投げたりして。

村の人たちに見つかったらなんて、考えもしなかった。

やがて、そのはしゃぎ回る声を聞きつけて、やってきた人がいた。それが、義則さんだった。

今でも、目に焼きついている。耳にこびりついている。義則さんの鬼のような形相が。雷のような怒鳴り声が。

仕方がないことだとは思う。村の決まりを破ったのは、私たちなのだから。でも、あんなに激しい怒られ方をしたのは、生まれて初めてのことだった。頭ごなしに怒鳴りつけられ、何度も何度も、お前のような分家の河津のガキが、神聖な場所であるここに、川津の一族が管理している場所に、おめおめと入ってくるんじゃないと言われ続けた。

辰巳は身内だからか、ほとんど怒られていなかった。怒鳴られている私の横で、ただただ気まずそうに俯いていていた。

その内、私はグスグスと泣き出してしまったが、それでも義則さんの叱責は止まらなかった。人気《ひとけ》の無いお社の前で、為《な》す術《すべ》も無く、延々と怒鳴られ続けた。それがようやく終わったのは、騒ぎを聞きつけた義巳さんが駆けつけて来てくれた時だった。

義巳さんに促されて義則さんは帰って行ったが、私はあまりに長い間怒鳴られ続けた為に動けず、その場で泣きじゃくることしかできなかった。見かねた義巳さんが私を抱えて家まで送ってくれたが、帰りついても、ずっと泣いていたような気がする。

そして、この騒動は私が思っていたよりも事が大きくなった。その日の夜に、話を聞いて憤った父が、川津屋敷に出向いたのだ。

そこで何が話されたのかは知らないが、帰ってきた父は、

「安心しろ。あん奴は元々、村の嫌われもんやったきな。しばらくしたら、川津屋敷からおらんようになる。それに、全部が全部、真由美が悪かったわけやない。やから、もう泣くな」とベッドで寝ていた私の頭を優しく撫でてくれた。すっかり泣き疲れた私は、その言葉を聞いて、なんとか眠りにつくことができた。

やがて、その言葉の通りになった。川津屋敷から義則さんの姿が消えたのだ。

かといって、完全に村からいなくなったわけではなかった。義則さんは一人、川津屋敷を出て、尾先の集落の空き家へと引っ越したのだ。

村の人たちの会話を聞くに、どうやら義則さんは義巳さんから件《くだん》のことで酷く叱責されたらしかった。私が義則さんからされたように。その末に、川津屋敷に立ち入るなと、半ば叩き出されるような形で尾先の集落へ追いやられたのだという。本当かどうかは知らないが、最終的にその判断を下したのは久巳さんだと聞いている。

当の義則さんは、自分の方が川津屋敷を見限ったのだと息巻いていたらしいが、村の人たちはみん

なその声に耳を傾けていなそうだった。むしろ、せいせいしたという旨のことを口々に言っていた。どうやら、父の言っていた通りに、義則さんは昔から村の嫌われ者らしかった。

これは後で知ったことだが、義則さんは警察に勤めていて、香ヶ地沢市で巡査の仕事をしているということだった。理屈は分からないが、村の人たちはそのこともよく思っていなかったようだった。恐らく、私の知らないところで警察官という立場を利用して、村の人たちに威張ったりしていたのだろう。

結果的に、義則さんは因果応報だ、自業自得だと後ろ指を差される人になった。

だが、私のトラウマは消えなかった。義則さんと何かの拍子に会ったり、姿を遠巻きに見かけたりしただけで、上手く息ができなくなった。もし「お前のせいで俺は家を追い出された」なんて言われたら——そう思うと、身体の震えが止まらなかった。

だが、当の義則さんは私のことをまるで透明人間のように扱うようになった為、その心配は杞憂に終わることとなった。義則さんは村の寄合や行事などにも一切顔を出さなくなったし、そもそも村に帰ってくること自体がほとんどなくなったので会う機会は滅多に無かったが、何かの拍子に鉢合わせしても、まるでそこにいないかのように私のことを無視していた。

恐らく、義巳さんから釘《くぎ》を刺されていたのだろう。私に関わるなと。これ以上、ことを荒立てるなと。だから、私は見せかけ上は村で平穏に過ごせるようになった。心の傷は、ずっと癒えることはなかったが。

それだけでなく、私は人から怒られることが酷く苦手になった。

以前は親や先生などから怒られても、酷く落ち込むことなど無かった。でも、件のこと以降、怒られる度に気分がズゥンと重く沈み込むようになった。ほんの些細《ささい》なことを軽く注意されただけでも、まるで、あの時のことが繰り返されているように感じてしまい、上手く息ができなくなり、身体が震えるようになった。相手が男の人だったら尚更《なおさら》だった。

それからというもの、私はとにかく他人から怒られないように行動するようになった。授業を真面目に受けて、宿題をきちんとして、忘れ物をしないようにした。家でも、お手伝いをして、言いつけを守って、ゲームをやり過ぎないようにした。

私は、ひたすら〝いい子〟として努めるようになったのだ。〝怒られること〟を避ける為に――。

「真由美ちゃん、大丈夫？　どうかしたの？」

優一くんの声で我に返ると、私はとっくに石段を下り切っていた。手を繋いでいる陽菜ちゃんと同様に、心配そうに私のことを見つめている。

「う、ううん。なんでもない」二人に向かって、大丈夫だよ、といった風に笑ってみせると、何をしていたのかを思い出した。そうだ、村の案内をしなくては。

「それじゃあ……あれ？」辰巳の姿が見当たらない。どこに行ったのだろう。

「おーいっ」と声のする方を見遣ると、辰巳は右手の、ジグザグと上ってきた坂道の突き当たり、頭《かしら》沢《さわ》の小道へと続く竹林の前で、手を振っていた。

「こっちこっち。早よ来いよっ」

「辰巳、そんなとこまで行くと？」

「そんなとこまでっち、まだ、ここと紅葉原《もみじばら》を案内してねえやんか」

なるほど確かに、と納得して「行こっか」と二人を連れて竹林の方へ向かった。それを見るや否や、辰巳は先に小道を走って行ってしまった。

「まだ、上があるの？」竹林の前まで着くと、優一くんが訊いてきた。

「上っていうか、天辺の裏って感じかなあ。ここを抜けたらね、頭沢があるの」

「かしらさわ？」

「うん。私たちの、秘密の遊び場。ちょっと歩きにくいけど、ついてきて」そう言うと、竹林の中にある並んで歩けないくらい狭い小道を先導して進んだ。道といっても、竹林の中を無理矢理切り開いたかのような、粗末な藪道だ。長く伸びた竹が空を覆い隠しているので、ここは真っ昼間だろうと薄暗い。空気がひんやりとしていて気持ちがいいが、ヤブ蚊が多いのだけは困りものだ。

竹がさわさわとさざめく音を聞きながら、ひとしきり歩いて行くと、周りを杉の林と苔むした岩々に囲まれている、こぢんまりと開けた水辺——頭沢に辿り着いた。辰巳が淵《ふち》にしゃがみ込んで、何かをしている。

「うわあ」と優一くんが感嘆の声を上げ、

「すっごーい！　滝だ！」と陽菜ちゃんは声を上擦らせた。

「ここがね、頭沢って所」

朽無村が作られている小さな山と、その後ろに構えている大きな山との境目——要するに谷のような場所で、大きな山の方から流れてくる沢が、三メートルほどの滝となって朽無村の山へと注がれている。そこに、ちょっとした水の溜《た》まり場《ば》ができているのだ。沢だから水量は少なく、滝もシタシタと控えめに流れているだけだし、目の前の水辺も私たちの膝下くらいまでの深さしかないので泳げるわけではないのだが、私たちはこの水辺でよく遊んでいる。木陰で涼しいからというのが大きな理由だが、何より、ここには滅多に村の人が来ないのだ。せいぜい春先に、小道の途中の竹林で掘った筍《たけのこ》を洗いに来ることがあるくらいで、普段は誰も立ち寄ることがない。その上、奥まった場所なので、何をやっても村の人たちに気付かれることがない。

つまり、ここは私たちにとって、気兼ねなく遊ぶことができる場所なのだ。家の畑からこっそり採ってきたキュウリやトマトを水辺で冷やして食べたり、枯葉やゴミを燃やして遊んだり、ねずみ花火をしたり……。後ろめたいことや大人から怒られそうな遊びをする時は、ここでやるのが恒例になっている。辰巳がふざけて爆竹を鳴らした時はさすがに気付かれたようで、後で村に戻ったら怒られてしまったが。

「辰巳、なんしよると？」しゃがみ込んでいる辰巳に訊くと、

「おった！」と辰巳は不意に立ち上がって、こっちに手を突き出してきた。

「うわっ！」濡れた指の先で、大きな沢蟹がワキワキと足を動かしていた。

「へへっ、でかいやろ」

「なぁに？　それ」

「知らんの？　こいつは沢蟹ばい。石の裏にいっぱいおる」

「凄い、初めて見た」

「みんなで捕まえようや。いっちゃんでかいのを獲《と》った奴が勝ちな」

「で、でも、どうやって捕まえるの？」

「その辺の石の裏になんぼでもおるよ。こうやって甲羅を持てば挟まれんばい。オスは鋏《はさみ》がでっかいきな。気を付けろよ」

「辰巳、無理させんとっ」

「なんかや、沢蟹くらい真由美だって捕まえられるやろ」

「そうなの？」

「え、えっと、うん……」確かに沢蟹を捕まえるくらい朝飯前だが、なんだか恥ずかしくなった。あまり優一くんたちの前で、そういうことを言わないでほしい。

「それより、笹舟《ささぶね》レースしよ」取り繕うように、それとなく話題を変えた。

「ささぶねレース？」

「おう、いいばい」辰巳はニヤッと笑うと、その辺に生えていた笹の葉をプチンと毟《むし》り取り、あっという間に笹舟を作った。

「わあ、凄い。どうやったの？」

「へへっ、こうよ」辰巳は得意そうに、また笹の葉を毟って手際よく笹舟を作った。

「辰巳、ちゃんと教えんとダメやろ」

私も笹の葉を何枚か毟り取ると、

「えっとね、ここを折って、ここを裂いて、ここに入れて、反対側も同じことして……はい」できあがった笹舟を、陽菜ちゃんに手渡した。

「お姉ちゃんすごーい！」

「えっと、こうして……あっ」

見様見真似で作っていた優一くんは、葉っぱをペリッと破って失敗していた。

「難しいね、これ」

「えっとね、コツがあるの。なるべく厚めの笹の葉を使って……」

折り目と裂け目だけ作って、優一くんに手渡した。優一くんは慎重に葉っぱを組み合わせながら、丁寧に笹舟を作った。

「おしっ、みんなできたな。そしたら、ここから流して競争っ」

「競争って、どこがゴールなの？」

「来る途中に公民館があったでしょ？　この沢がね、あそこの裏まで続いてるの」

「せーのでここから流したら、ダッシュでそこまで行くって。それで待っちょって、途中で引っ掛かったり、沈没したりせんかったら、ちゃんと流れてくる」

「それで、笹舟レースなんだ」

「おう、そしたら、みんなせーので流すばい。準備いいか」

「待って、辰巳。どれが誰のか分からんやんか」私は水辺の傍《そば》に生えていたシダの葉を二枚毟ると、自分と陽菜ちゃんの笹舟に挟み込んだ。

「はい、私と陽菜ちゃんのはこれね。これで分かるやろ」

「いいばい。男チーム対女チームっちことな」

「やったぁ！　お姉ちゃんと一緒！」

準備が整い、私たちはそれぞれ水辺に中腰でかがんだ。

「いいか、せーので流すばい……せーのっ！」

パッと指先から放たれ、四つの笹舟が沢を緩やかに流れて行った。と同時に、私たちはキャッキャとはしゃぎながら、我先にと頭沢の小道を駆け戻った。辰巳を先頭にして、勢いよく小道から飛び出すと、バタバタと坂道を駆け下りて行った。

野土の川津屋敷の前の折り返しを勢いを殺さないように走って曲がっていると、後ろに優一くんが走っている姿が見えた。その後ろに、やや遅れながらも一生懸命についてきている陽菜ちゃんの姿があった。なんだかわけも無く楽しくなってきて、一気に坂道を駆け下りると、公民館へと飛び込み、そのまま裏の紅葉原へと回る。

ここも、私たちの遊び場だ。さっきの頭沢が秘密の遊び場なら、ここは公共の遊び場とでもいうべきだろうか。公民館の裏庭のような場所で、遊具は無いが、ちょっとした広さがあるので、私たちはここを公園代わりに使っている。紅葉原と呼ばれているのは、周りを紅葉の木で囲まれているからだろう。

そこを抜けて更に奥、紅葉の林の中へ行くと、沢がある。さっきの頭沢の水が、山の斜面に沿って緩やかに流れながら、ここまで続いているのだ。

「はっ、はっ、来た？」切れた息を整えながら、一足先に着いていた辰巳に訊いた。

「いや、まだ来てねえっ」

せせらぎを聞きながら、沢の上流を見つめる。ここへ来るまでに、いくつも水の落ち込みがある為、無事に流れてくる確率は五十パーセントといったところだ。できることなら、転覆しないで無事に辿り着いてほしい。陽菜ちゃんの喜ぶ顔が見たい。たとえひとつでもシダの葉の笹舟が流れてくれば、それが私のであろうと陽菜ちゃんのであろうと「これは陽菜ちゃんの笹舟だよ」と言って喜ばせてあげられる。

と、その時、優一くんたちがいつまで経《た》ってもやってこないことに気が付いた。私のすぐ後ろを走っていたはずなのに。

「あっ、どこ行くん」今か今かと待っている辰巳を置いて、公民館の表の方へ戻った。ここへ来るのは見えていたはずだから、見失うわけが――あっ。

私の目に飛び込んできたのは、公民館の手前で力なくしゃがみ込んでいる陽菜ちゃんと、それを抱きかかえるようにして介抱している優一くんの姿だった。

「陽菜っ、大丈夫？」優一くんは、慌てた様子で陽菜ちゃんが首から下げていたポーチの中から、何かを取り出していた。

「だっ、大丈夫？」慌てて駆け寄ると、優一くんがポーチから取り出したものを振って、苦しそうにしている陽菜ちゃんに咥《くわ》えさせていた。それは、L字型の吸入器だった。それを見てようやく、私は陽菜ちゃんが喘息を患っていたことを思い出した。

「陽菜、吸って」

陽菜ちゃんは苦しそうに、吸入器を咥えて息を吸っていた。

「はい止めて、いち、に……吐いて。大丈夫？　もう一回？」

優一くんは慣れた様子で陽菜ちゃんを介抱していた。顔には緊迫感があったけれど、その仕草はとても落ち着いていた。

「はい……陽菜、大丈夫？」落ち着いてきたのか、陽菜ちゃんはこくこくと頷いた。でも、その真っ赤な顔は今にも泣き出しそうに歪《ゆが》んでいて、満ち溢れていた無邪気さは消え失《う》せていた。呆然《ぼうぜん》と立ち尽くしていた私は、ようやく、

「ゆ、優一くん。こっちにベンチがあるから、座って休む？」

「うん。ごめんね。陽菜、立てる？」

「……うん」

陽菜ちゃんは優一くんに肩を抱えられて、よろよろと立ち上がった。そこへ、

「なんしよるんっ、着いたばい、笹舟っ」と辰巳が苛《いら》立《だ》ちながら現れたが、私たちを見て何かを察したようで、むっつりと黙り込んだ。


「ごめんなさい……」

公民館のベンチで休んでいる陽菜ちゃんと優一くんに謝りながら、私は申し訳ない気持ちで一杯になっていた。事前に知っていたのに。陽菜ちゃんが喘息を患っているということを。それをすっかり

忘れて、走ってしまったのだ。私が提案したくだらない遊びの為に、陽菜ちゃんが辛《つら》い思いをしたかと思うと、申し訳なくて、自分が情けなくて、涙が出そうだった。

何が、しっかり者のお姉さんになりたいだ。私は、馬鹿だ。優一くんの足元にも及ばない、馬鹿だ。気を付けなくてはいけなかったのに。命に関わることだったかもしれないのに。きっと、陽菜ちゃんの両親、山賀さんたちから怒られてしまう。うちの子に何をするのと。どうして走らせたりしたのと。

私は……私は……。

「大丈夫だよ、お姉ちゃん」

俯いていた顔を上げると、陽菜ちゃんが無邪気さを取り戻した顔で笑っていた。

「ごめんね。陽菜ね、走ったりすると、たまにああなっちゃうの」

その顔は、まるで私のことを責めている風ではなかった。

「違うの、私が笹舟レースしようなんて言ったから……」

「大丈夫だよ。陽菜も、もう落ち着いてるし」

「うん、もう大丈夫！」と二人から優しい言葉を掛けられて、沈んでいた私の心はほんの少しだけ軽くなったが、なんと切り出していいか分からず、また俯いていると、辰巳が裏の方へ駆けて行った。

と思ったら、すぐに戻ってきて、

「それより、笹舟来たばいっ。ほれっ」とシダの葉が挟まっている笹舟をひとつ差し出してきた。

「ずっと見よったけど、これしか流れてこんやった」

「これって、真由美ちゃんと陽菜の笹舟じゃないの？」

「……うん。でも、これ、私のじゃない。多分、陽菜ちゃんのだよ」

「ホント？　やったぁ！」陽菜ちゃんは目を耀かせながら、辰巳の手から笹舟を受け取った。その時、私はあることに気付き、喜ぶ陽菜ちゃんから辰巳の方へ顔を向けた。すると、辰巳は顔をフィッと逸《そ》らした。

この笹舟は私のものではないし、陽菜ちゃんのものでもない。多分、辰巳が作ったものだ。私が目印にしたシダの葉は濃い緑色をしていた。ところが今、陽菜ちゃんの手の中の笹舟に挟まっているシダの葉は黄緑色だ。

恐らく、辰巳は陽菜ちゃんに気を遣って、その辺に生えていたシダの葉を毟って挟んだのだろう。負けず嫌いで幼い性格の辰巳が、こんなことをするなんて。陽菜ちゃんが辛そうにしているのを目の当たりにして心が揺れ動いたのだろうか。表情を見て確かめようとしたが、辰巳は一向にこっちを向かなかった。慣れないことをしたせいで気恥ずかしいのだろう。

「陽菜ちゃんのだけが、無事に辿り着いたんだね」

そう言って、暗に辰巳に示し合わせていると、

「ねえねえ、みんなのは？」と陽菜ちゃんが訊いてきた。

「多分、どこかに引っ掛かっちゃったんだよ」

「ええーっ。ねえねえ、もう一回しよっ」

「ダメだよ、陽菜。今日はもう走っちゃダメ」

「やだっ、もう一回したいっ」

「陽菜っ」と優一くんが陽菜ちゃんを諭していると、不意にミャアという鳴き声がした。辺りを見渡すと、坂道の下の方からトテトテと上ってくるミルクの姿があった。

「あっ、猫！」頬を膨らませていた陽菜ちゃんの顔が、ミルクの登場によって綻ぶ。

「あの猫ね、ミルクっていうの。全然懐かない野良猫で……」朽無村の一員として紹介しようとしていると、ミルクは公民館の敷地へと入ってきた。そのまま、私たちがたむろしているベンチの前へとやってくると、地面にぺたんと寝そべった。

「可愛いー！　ミルクっていうの？　ミルクぅ」陽菜ちゃんが名前を呼ぶと、ミルクはぴこぴこと耳を震わせて、ミャアと返事をするように鳴いた。なぜか、逃げ出す様子もなく、くぁっと口を大きく開けて欠伸《あくび》までしている。

「嘘《うそ》ぉ……」ミルクのこんな姿を、今まで見たことがなかった。いつもの野良猫らしい警戒心はどこへ行ったのだろう。

「ミルクっ、ミルクっ」

「あっ、陽菜っ」

撫でようと、かがんで手を伸ばした陽菜ちゃんを、優一くんが止めた。

「触っちゃダメだよ。また喘息が出ちゃうかもしれないだろ」

「……むうー」陽菜ちゃんが残念そうに口を尖《とが》らせた。すると、ミルクはミャアアッと鳴いて立ち上がり、尻尾をフリフリと揺らした。まるで、陽菜ちゃんだけにサービス精神を発揮しているかのようだった。

「ミルクがこんなに人に懐いてるの、見たことない」

「そうなの？」

「おう、このバカ猫、俺にも懐かんっちゃん」

「バカ猫じゃなくてミルクっ」辰巳を一喝していると、ミルクは気持ちよさそうに伸びをした後、トテトテと裏の紅葉原の方へ去って行ってしまった。

「バイバイ、ミルクぅ」陽菜ちゃんが手を振ってミルクを見送ると、

「ミルクにはね、たまに煮干しをあげてるの」

「俺も一回、よっちゃんイカやったことある」

「猫って、よっちゃんイカ食べるの？」

「食ったばい。おやつカルパスも。でも、チョコバットは食わんやったな」

「バカ辰巳、猫はチョコ食べたら悪いんよ」

「バカっちなんかや！」

「陽菜はね、キティちゃんのマシュマロが好きっ」と、たわいもない会話が始まった。それから、あれやこれやと色んな話題で盛り上がりながら、ずっとベンチで話し込んでいると、いつの間にか長い時間が過ぎて、五時のチャイムが鳴り響いた。空を見上げると、真上にあったはずの太陽が山の向こうに移動していた。ジリジリと照りつけていた陽射しが弱まり、色んなものの影が濃く長くなって、夕方の気配が漂い始めている。朽無村は周りを高い山に囲まれている為、陽が沈むのが少し早いのだ。たとえ夏であろうと、五時を過ぎれば辺りが段々と薄暗くなってきてしまうほどに。

「……もう帰ろっか」なぜか、そうしなければいけない気がして、私たちは示し合わせたかのようにベンチから立ち上がった。その瞬間、遠くの方で、カナカナカナカナカナ……と、ヒグラシが鳴き始めるのが聞こえた。


「今日は、ごめんね」中原の坂道を下りながら、私は再度、優一くんに謝った。

「いや、大丈夫だよ。いつものことだったし」

優一くんは、なんてことないよという風に笑うと、前の方で辰巳と話をしている陽菜ちゃんを見つめた。二人はなぜか、トリビアの泉というテレビ番組の話題で意気投合し、盛り上がっている。

「……僕ね、不安だったんだ。陽菜が、他の人と上手くやっていけるか」

突然、優一くんは物憂げな表情を浮かべて語り始めた。

「陽菜って、昔から目が離せない子だったんだ。勝手にあっちこっち行っちゃったりして。買い物に行っても、しょっちゅう迷子になっちゃってさ。それで、知らない人に囲まれたら、怖くなって泣いちゃうんだ。だから、知らない人だらけの所に引っ越すのは不安だったんだけど……」

不意に、優一くんは私を見て、

「真由美ちゃんたちがいてくれたおかげで、大丈夫みたい。ありがとう」と微笑んだ。途端に、私は言い様のない感情が胸の内から湧き上がって、顔の表面が仄《ほの》かに熱くなるのを感じた。まただ。初めて会った時と同じ感覚。一体、何なのだろう。恥ずかしさとも違う、後ろめたさとも違う、このもどかしいような感情は……。

「そ、そんなことないよ。陽菜ちゃんがいい子だから……」

しどろもどろに謙遜していると、いつの間にか尾先の集落の前まで辿り着いていた。瞬間、私はあることを思い出し、顔から血の気が引いていくのを感じた。

――義則さんが、帰っているのではないか。

昼過ぎにここへ来た時、私は件のトラウマを思い出して嫌な気持ちになっていた。義則さんは五軒並んでいる尾先の集落の一番奥の家に住んでいる。普段は帰っていることが滅多にないが、今日は確実に、この朽無村にいるのだ。

目を瞑《つぶ》って、お願いだからいませんようにと願った。もう二度と、あんな思いはしたくない。お願いだから、お願いだから――、

「ここまででいいやろ？」

「うん。大丈夫」と辰巳と優一くんの会話が聞こえて、恐る恐る目を開けた。尾先の集落の奥の家の前に――義則さんの車である黒いシーマは停まっていなかった。

ほっと、胸を撫で下ろす。もう、村から出て行ってしまったらしい。

「それじゃな。本当に、明日からラジオ体操来るん？」

「うん、行くつもりだよ」

「うえーっ。ようやるね」と辰巳がおどけると、優一くんは陽菜ちゃんの手を取り、

「じゃあ、また明日ね」と手を振った。

「じゃあね、お姉ちゃんっ」

「うん。じゃあね」

家に帰って行く二人を、手を振って見送った。陽菜ちゃんは繋いでいない方の手で大事そうに笹舟を持っていた。私たちも家路に就く為に向き直って坂道を上り出す。

「なあ、真由美。なんで、あいつらと話す時、東京弁になるん？」

「東京弁？」

ああ、標準語のことを言っているのか、と理解した。そういえば、確かに。なぜ、私は優一くんたちと話をする時、標準語になっていたのだろう。

「分からん。なんでやろ」答えると、普通に方言に戻っていた。

「あいつら、俺たちの言いよること、分かっちょったんかな？」

「分かっちょったっちゃないと？　何も訊かれんやったし」と会話をしていると、なぜか方言で話していることが恥ずかしくなった。優一くんたちが前に住んでいた愛知県にも、方言があるのだろうか。いや、都会に住んでいる人は、方言など口にしないのだろうか。

「そうやな。その内、優一たちも俺たちと同じ話し方になるんかな」

「……なんか嫌」

「なんで？」不思議そうに言う辰巳に、私は「なんか分からんけど、嫌っ」と答えて、パタパタと坂道を駆け上った。競争だと思ったのか、後ろから辰巳が、

「待てやっ」と言いながら、楽しそうに駆けてくる足音が聞こえた。

その日の夜、父が一番風呂から上がって食卓に着き、夕食が始まると、私は今日の出来事を嬉々《きき》と

して家族に語って聞かせた。

「それでね、陽菜ちゃんと手を繋いだと。私のこと、お姉ちゃんっち言ってくれてね。楽しかったぁ」

「良かったねぇ。友達が増えてから」祖母が微笑む。

「おう。まさか、朽無村に人が増ゆるとは思わんやった。最近は減るばっかりやったきなあ。嬉しかろ、同年代ん子が増えて」

そう言うと、父は「おい、塩コショウ」と母に言い、ぐびりと缶ビールを煽《あお》った。

「うん。陽菜ちゃんがおるき、嬉しい。今まで、辰巳しかおらんやったき」

「はっはっは。そうやなあ。女ん子の友達がおった方が色々となあ」

「陽菜ちゃん、可愛かったぁ。妹がおったら、あんな感じなんかなあ」

と、その時、塩コショウを手に戻ってきた母が、

「……妹、欲しかった？」と訊いてきた。

「どうやろ。陽菜ちゃんくらい可愛かったらいいけど、生意気やったら嫌だ」

素直に答えると、父は、

「なぁに。兄弟がおっても、あんまりいいもんやねえぞ」

と零し、おかずの鶏肉《とりにく》のソテーに塩コショウを振りかけて頬張った。

「そうなん？」

「おう。一人っ子ん方が、色々と都合よくいくもんよ。兄弟がおったっちゃ、そげんいい思いはできんし、しっかり者にならんきなあ」

そういうものなのだろうかと思いながら、冷蔵庫へ麦茶を取りに行こうとすると、母がそれに気付いたのか代わりに立ち上がった。

「ねえ、ちゅうちゅうアイスある？」ついでに訊いてみると、母は振り向かずに、

「あるけど、食べるなら半分こせなばい。お腹壊さんように」と言った。

ふと、つけっぱなしにしている居間のテレビを見ると、千葉県で起きた地震のニュースをやっていた。あちこちで被害が出たが、幸いにも死者は出ていないという内容だった。


次の日から、私が想像していた以上に楽しい日々が始まった。

優一くんと陽菜ちゃんは、毎日欠かさずラジオ体操に来た。二人とも、すぐに雅二おじちゃんと幸枝おばちゃんと仲良くなった。毎朝みんなでラジオ体操をして、終わったら何をして遊ぶか話すのが日課になった。私たちは毎日のように集まって遊んだ。村を駆け回って遊ぶこともあったし、私の家でゲームをしたり、テレビを見たりして遊ぶこともあった。その時は約束通り、陽菜ちゃんに凍らせて美味しくしたこんにゃくゼリーを振舞った。

みんなで河津酒屋に行って、少ないお小遣いでお菓子を買い込み、紅葉原で遊びながら食べた日もあったし、ゼンマイ道と呼ばれている山道を探検して山菜を探し回った日もあったし、辰巳が持ってきた貰いものだという小玉スイカを頭沢で冷やした後にみんなで食べた日もあった。そんなに甘くはなかったけれど、みんなでシャクシャクと食べていると、わけもなくおかしくなってきて、ケラケラと笑い合いながら種飛ばし大会をした。

私たちが遊び回っている間に、大人たちも山賀さんたちと親交を深めていたようで、尾先の集落へ野菜を持って入って行く村の人をしょっちゅう見かけた。村の人たちの家の前で立ち話をしている山賀さんの奥さんを見かけたこともあった。

そんなこんなで、山賀家はあっという間に朽無村に馴染んだ存在になっていった。

それに拍車が掛かったのは、村中の田んぼから水が抜けて蜻蛉が空を舞い始めた頃に、公民館で開催された納涼会だった。納涼会と称していたが、要するにいつもの寄合がしたかったのだろう。村の大人たちは田んぼで行われる農作業が一段落する度に、公民館で寄合を行ってお酒を飲むのだ。だが、今回の納涼会と称した寄合いには、ちゃんと行うに当たっての有意義な理由があった。義巳さんが予《かね》てから言っていた山賀さんたちの歓迎会を兼ねていたのだ。

七月の最後の日、三十一日の夜、朽無村の人たちはみんな、公民館に集まった。いや、みんなというと語弊がある。来ていない人もいた。義則さんは当然のように姿が無く、久巳さんの姿も無かった。恐らく、今年の初め頃から患っているという難しい名前の病気のせいだろう。

久巳さんは去年まで、村中に響き渡るほどの怒号を飛ばしながら田んぼの仕事をするくらい元気のいいお爺さんだったが、病気のせいか、今年に入ってからは滅多に外で見かけなくなっていた。どうやら、身体を激しく動かすことができなくなってしまったらしい。

かといって、よぼよぼと弱っているわけではないというのは知っていた。終業式の日に見かけたように、久巳さんはしょっちゅう家族に対して怒鳴っていたからだ。

私は内心、来なくて良かったと思っていた。久巳さんのことだから、きっと山賀さんたちに対しても偉そうに振舞うのだろうと思われたからだ。

反対に、来てほしかった人たちが来ていなかったのはがっかりした。河津酒屋さんの所の絵美ちゃんと由美ちゃんの姿が無かったのだ。私は何より二人には来てほしかった。夏休みに入ってからは、ずっと会えずじまいだったので、色々と話をしたかったのだ。中学生ってどんな感じなのとか、今度一緒に遊ぼうとか、そういう話を。

文乃おばちゃんによると、二人は家でテレビを見ているということだった。どうしても見逃せない番組があるらしく「二人揃って齧《かじ》りついちょうばい」と笑っていた。

なので、公民館に来たのは、私の家族と、川津屋敷の義巳さんと、その奥さんの妙子《たえこ》さんに辰巳、雅二おじちゃんと幸枝おばちゃん、河津酒屋の秀雄おじちゃんと文乃おばちゃん、そして山賀家の人たちという面々だった。

公民館のお座敷に、足の低い長テーブルをコの字に並べて座っている大人たちを見ていると、朽無村の人って、随分と少なくなったのだなあと感じた。前は、尾先の集落の人たちがもっといて賑やかだったのに、みんないなくなってしまっている。コの字に並べたテーブルの端から端まで、人がひしめき合っていたはずなのに。

「ほしたら、今日は山賀さんたちの歓迎会っちゅうことで……」

そうこうしている内に準備が整い、義巳さんが立って挨拶を始めた。テーブルの上には、村中の女の人たちが作った御馳走《ごちそう》と、秀雄おじちゃんが持ってきたおつまみのお菓子、瓶ビールが並んでいる。

炊事場の方では、まだせわしなく料理が作られているようだ。

私たち子供は、コの字のテーブルではなく、その横に置かれた真四角のテーブルに座らされていた。こっちには御馳走と、秀雄おじちゃんがビールと一緒に持ってきてくれたペットボトルのジュースが並んでいる。

義巳さんの挨拶が終わると、代わりに山賀さんと奥さんが立ち上がった。合わせるように、優一くんと陽菜ちゃんも立ち上がる。

「ええ、みなさん。今日は本当にありがとうございます。私たちの為に、こんな催しをして頂けるなんて――」

山賀さんは小学校の校長先生よりも丁寧でテキパキとした挨拶をし始めた。時折、お調子者の雅二おじちゃんが飛ばす野次にも快く応えて、場を和やかに賑わして――と、その時、私はふと、山賀さん夫婦と村の人たちを見比べた。

どちらも年齢に大差はないし、なんてことの無い普段の服装をしているにもかかわらず、明らかに見栄えが良いのは山賀さんたちの方だった。なぜだろうと疑問に思ったが、それを上手く表現できる言葉を、私は見つけられなかった。強いて言うなれば、いつしか義巳さんが言っていたように、垢抜けているということなのだろうか。

山賀さんは村の男の人たちと違って日焼けをしていないし、髪は爽やかに整えているし、くたびれた枕のようなお腹をしていないし、着ている服はパリッとしている。奥さんもスラリとしていて、茶色に染められている髪は艶があって、若々しくて、村の女の人たちが着ているのを想像できないような服をラフに着こなしている。

なんだか、わけもなく恥ずかしく、情けなくなった。と同時に、私はいつしか、テレビのバラエティー番組で耳にした「田舎臭い」という言葉を思い出していた。司会のお笑い芸人が、東北地方出身のアイドルの母親が作った料理の見た目を指して、ゲラゲラと笑いながら言い放った言葉。あの言葉は、この朽無村にいるような人間のことも指していたのではないか。そして、それには当然、私も含まれていて――、

「――どうか、よろしくお願いします」いつの間にか挨拶が終わり、山賀さんが深々と頭を下げた。合わせて、奥さんと優一くんたちもぺこりと頭を下げていた。

村の人たちの拍手の後、義巳さんが乾杯の音頭を取った。大人たちはみんなそれぞれ、コップに注がれたビールで乾杯した。賑やかに宴会が始まり、村の人たちが御馳走とおつまみに手を付けながら、

「わざわざ遠いとこにある会社に通うて、大変じゃねえですか？」

「山賀さんとこの上のお子さんは、真由美と辰巳と同級生でしたかね？」

「ほお、二人兄妹。三人目を作る気はねえとですか？」

「乗りよる車、えらい高いんやないですか？」

「せっかく朽無に住んどるんやし、田んぼをしてみらんですか？」

と、山賀さんたちに質問の嵐を浴びせ始めた。

私たちもジュースで乾杯し、御馳走の唐揚げやいなり寿司《ずし》に手を付けて、子供なりの宴会を始めた。といっても、私たちはもうすっかり仲良くなっていたので、大人たちのように次々と質問を浴びせたりはしなかった。今度、あそこでどんな遊びをしようとか、テレビで観《み》たアニメ映画の話とか、そう

いった話題で盛り上がっていた。

そんな中、私は無意識に、自分と陽菜ちゃん、辰巳と優一くんを見比べていた。

やはり、違いがあるものなのだろうか？　この村で育った田舎臭い人間である私たちと、都会で育った垢抜けている優一くんたちとでは、差があるものなのだろうか？

「真由美、なん？」私の視線に気が付いたのか、辰巳が訊いてきた。

「なんでもない」と言うと、辰巳はなぜか不機嫌そうに「ふーん」と唇を尖らせた。かと思うと「おかあ、おかあっ」とコの字のテーブルの内側に着いてみんなのお酌をしていた妙子さんを呼んだ。その横では、母と山賀さんの奥さんが「私もやります」「いいですよぉ」と気の遣い合いをしていた。

「何、どうしたと？」

「コーラないと」辰巳が空のコップをかざしながら、妙子さんに訊いた。

「コーラ？　ええっと、コーラあったやろか」

妙子さんは眉をひそめながら炊事場の方へ向かい、すぐに戻ってきた。

「ごめんね。コーラ、無かった」

「ええーっ、飲みたかったんに」

「ファンタじゃダメ？」

「コーラがよかった」

「あっ、ラムネならあるかも――」

「もういい！」と駄々をこねた辰巳を見て、妙子さんは「はいはい」とお酌の番に戻って行った。私は思わず「我儘言わんと！」と言いそうになったが、妙子さんの前でそれをしてはいけないような気がして、黙っておくことにした。

　コの字のテーブルの内側で、背中を小さく丸めて、ゲラゲラと笑う義巳さんや秀雄おじちゃんにお酌をしている妙子さんを見つめる。妙子さんは、いつもあんな感じの人だ。静々とした控えめな人──というよりは、怒られ慣れているというか、感情を表に出さないというか……。いつも困ったように眉をひそめていて、小柄で、痩せていて、後ろで結っている髪の毛はパサパサで、艶が無い。いつ見ても、今にもぱたりと倒れてしまいそうな、そんな覇気の無い佇まいをしている人。

　その理由を、私はなんとなく察していた。きっと、久巳さんのせいだろう。

　久巳さんは誰に対しても高圧的な人だ。それは村の人たちだろうと、身内──川津屋敷の人間だろうと、変わりはない。現に、私は今までに何度か、そういった出来事を垣間見《かいまみ》ている。終業式の日に見た辰巳の件もその内のひとつだが……いつしか、辰巳を遊びに誘う為に川津屋敷に出向いた時のことだ。準備を終えた辰巳が玄関の扉を開けて出てこようとした際、家の奥から久巳さんの怒鳴り声が響いてきた。

「どげんなっちょるんかっ！　ろくに支度もしきらん、こんバカ嫁御がっ！」

　辰巳はいつものことだから、といった感じで「早よ行こ」と玄関の扉を閉めた。私はいたたまれなくなって、すたすたと外へ出て行く辰巳の後を逃げるように追った。

　私が垣間見たのは、ほんの数秒の出来事だった。その間だけでも居心地が悪かったのに、妙子さんは二十四時間三百六十五日、その居心地の悪い場所で生活せざるを得ないのだ。妙子さんはきっと、

そのせいであんな風に――、

「陽菜、どうしたの？」優一くんの声で我に返ると、唐揚げの油で唇をテカテカにした陽菜ちゃんが、お箸を置いてそわそわとしていた。と思ったら、もじもじと、

「……ここって、トイレどこにあるの？」

「あっ、こっちだよ」私は陽菜ちゃんを連れて襖《ふすま》を開け、賑やかなお座敷から出た。そこから玄関へ続く短い廊下の左側、炊事場の向かいにあるトイレへ案内する。

「ここがトイレだよ」扉を開き、中の電灯を点《つ》けてあげた。カビだらけの水色のタイルが張られた狭苦しい和式便所で、あまり清潔とはいえないトイレだ。反対を向いていた備え付けのスリッパをこっち向きに戻してあげていると、陽菜ちゃんが、

「……ねえ、お姉ちゃん。外にいて？」と不安に潤んだ目で私を見上げてきた。

気持ちは分かる。私も小さい頃、夜にここで用を足すのはなんとなく怖かった。

汚いし、薄暗いし、扉を閉めると人気が感じられなくなるし……何より、正面の壁の上に位置している小窓から、何かが覗いてきそうな気がするからだ。

「いいよ。待ってるね」と微笑むと、陽菜ちゃんは一安心といった表情を浮かべてトイレの中へ入った。私は扉に背を向けて、約束通りにその場で待った。

目の前の、廊下を挟んだ向こう側、炊事場の扉は開きっぱなしになっていて、中の流し台が見えた。シンクの上に、空になったのであろう瓶ビールが何本も置かれている。後で秀雄おじちゃんがケースに詰め直して持って帰るのだろう。それにしても、何で大人はあんなにお酒が好きなのだろう――と

思っていた時だった。背後で水が流れる音がしたと思ったら、ガララッと勢いよく扉が開き、

「お姉ちゃんっ！」と陽菜ちゃんが飛び出してきて、私に抱き着いた。

「どっ、どうしたの？」

「中に、むっ、虫がいたぁ」陽菜ちゃんは怖々と、私の後ろへ隠れた。

「虫？」まさかゴキブリだろうかと、恐る恐る中を覗き込んだが、どこにも虫の姿は見当たらなかった。一体どこに――と、その時、突然、目の前を小さな何かがパタタッと羽音を立てながら横切って、私は「きゃっ！」と短く悲鳴を上げてしまった。すると、弾《はじ》かれたように陽菜ちゃんが廊下へと出て行った。私も慌てて、その後を追った。二人でバタバタとお座敷に戻り、テーブルに着くと、

「どうしたん？」と辰巳が唐揚げを齧りながら呑気《のんき》に訊いてきた。

「と、トイレに虫がおった」

「虫ぃ？」

「うん。なんか、飛びよった」それを聞いた途端に、辰巳の顔が綻んだ。

「優一、行こうや。カブトムシかもしれん」

「えっ、トイレに？」

「おう。夜やき、灯《あか》りに飛んできたっちゃねえかな」辰巳はそう言うと、優一くんを引き連れてお座敷から出て行った。取り残された私たちは顔を見合わせた後、おずおずとその後を追った。あれは何だったんだろうという好奇心に加えて、あの二人がいるのならという安心感があったからだ。でも、あれはカブトムシなんかじゃなかった気がするが……。廊下に出ると、トイレの前で二人が何やら話

し込んでいた。

「いいか、俺が中に入るき、優一はそこで見張っちょけよ」

「うん。でも、虫網も何も無いよ」

「へへっ、そこは手掴みよ。見ちょけっ」

私たちはびくびくしながら歩み寄り、二人の後ろで事の次第を見守ることにした。

「準備いいかっ」

「う、うん」

「おしっ、いくぞっ」

辰巳が、意気揚々とトイレの中を覗き込んだ。と思ったら、

「あっ、なんかや」と落胆した様子で振り返った。

「なん、何がおったん」怖々と優一くん越しに訊くと、辰巳は、

「ただのモスラやんか」と肩をすくめた。

「モスラ?」優一くんが中を覗いた。私たちも続いて、恐る恐る中を覗いてみると、

「うわっ!」小窓に、私たちの掌《てのひら》くらいありそうな、大きな蛾《が》がとまっていた。

辰巳がモスラと言っていた意味が分かった。身体全体が茶色くて、いつしかテレビで観たあの怪獣モスラとはかけ離れた姿だが、あんなに大きな蛾は見たことがない。

よく見ると、蛾はシダの葉みたいな触角を生やしていた。ゆらゆらと動かしている翅《はね》には、目玉のような模様が四つ浮いていている。なんとも不気味で毒々しい姿だった。

「モスラめっ、退治しちゃるっ」辰巳が備え付けのスリッパを片方掴んで構えると、

「あっ、ダメだよ。逃がしてあげないと」と優一くんが止めた。

「あげな気持ち悪いの、逃がさんでいいっちゃ」

「でも、殺さなくたって……」

「じゃあ、優一、逃がせや」辰巳はニヤニヤしながらスリッパを置くと、どうぞ、と言いたげに身を引いた。どうやら、優一くんに度胸試しをさせるつもりらしい。

「……分かった」優一くんは意を決してスリッパを履き、トイレの中へ入った。大きな蛾は、相変わらず翅をゆらゆらと動かしながら小窓に張りついていた。そこへ、優一くんが恐る恐るといった風に手を伸ばし、鍵を開けて小窓をカラカラと開いた。すると、蛾はまるでそれを待っていたかのように、パタタッと飛び立った。が、窓から出て行けばいいものを、あろうことか、こっちに向かって飛んできた。

「わああっ！」私たちは我先にと踵を返して、お座敷へ逃げ込んだ。中に入り、咄嗟に振り返ると、蛾は廊下の電灯の下でパタパタと羽ばたいていた。またこっちに飛んできそうな気がして、慌てて襖を閉める。

「はあ……」白けた空気が流れ、私たちは揃ってすごすごとテーブルへ戻った。大人たちは私たちのことを気にも留めずに、賑やかにお酒を飲んで笑い合っていた。

「ビビったぁ……」

「俺、ビビっちょらんし」

「嘘。真っ先に逃げたやんか」

「優一が叫ぶきやろ」

「ご、ごめん。まさかこっちに飛んでくるなんて……」

「ねえ、帰る時もいるかなぁ？」

「大丈夫だよ。帰る時はどっかに行っちゃってるよ、きっと」

そんな会話をしながら、ジュースを飲んで一息ついていた時だった。突然、さっき閉めたばかりの襖が開いたかと思うと、ぬうっと中に入ってきた人がいた。

「……みな、揃うちょるな」途端に、賑わっていた大人たちが、水を打ったように静かになった。入ってきたのは、ごわごわした白髪をオールバックにして、口元と顎にも白い髭《ひげ》を生やし、シミだらけの日焼けした顔を険しく歪ませた老人――久巳さんだった。寝間着っぽい格好の上に、白い羽織を纏《まと》って、よたよたとコの字のテーブルの方へ歩いてくる。大人たちと同様に、私たち子供も固まっていた。辰巳は、久巳さんが来たと分かった途端に、顔を石のように強張《こわば》らせていた。

「お、親父《おやじ》、どげんしたとか」義巳さんが慌てて立ち上がり、久巳さんの元へ向かった。みんなとの間に立ち、何事か言おうとすると、

「いいき、黙っちょれ。今度ん、サトマワリのことを言いに来ただけて」

と、久巳さんが痰《たん》の絡んだ声で義巳さんを威圧的に退けた。

「ああ、そこんおる二人が、今度引っ越してきた山賀っちゅう人たちかね」

「あ、そうです。あの、もしかして、川津久巳さんでしょうか？　すいません。この間、お屋敷を訪

ねた時はご挨拶ができないままで……」山賀さんと奥さんが立ち上がり、頭を下げた。他の大人たちは、みんな固唾を呑んでその様子を見守っていた。

「いや、構わん構わん。あん時は身体ん調子が優れんでな。それより、義巳から聞いちょるかね。今度の、サトマワリのことは」

「いえ。サトマワリというと？」

「……義巳、まだ言うとらんかったんか」久巳さんが義巳さんを睨みつける。

「……まだ早いやろうが。そげん急がんでも――」

「もういいっ。お前んような奴は黙っちょれっ」

久巳さんは押し殺すように言うと、ゴホゴホと咳《せき》をしてから、

「いや、今度の八月八日にな、村で年に一度の、サトマワリっちゅう催しがあるもんやから、それに山賀さんたちも参加してもらえんかと思うてな」

「はあ……あの、それはどういった催しになるのでしょうか？」

「いや、なんちゅうことはない、村祭りみたいなもんでな。毎年それなりにしよったが、新しゅう村に来たもんがおるっちなれば、ちっと気を入れてせんといけん行事がある。やから、二人には――」

そこまで言うと、久巳さんは大きく咳き込んで肩で息をし始めた。が、一向に咳が収まらず、背中を丸めてゲホゲホヒュウヒュウと喉を激しく鳴らしたかと思うと「かっ……げぇあぁっ！」と、突然、何かを吐き出した。それは――あの大きな蛾の死骸だった。不気味で毒々しかった茶色い大きな翅と毛羽立った身体が、使い古して丸めたティッシュのようにズタズタに潰され、得体の知れない液体と、

痰と、唾液にまみれた汚物と化し、畳の上に吐き落とされていた。

お座敷のどこかで小さな悲鳴が上がり、

「お、親父っ！　な、何をしよるんかっ！」

義巳さんが久巳さんの肩を抱えて狼狽《うろた》え始めた。静まり返っていた大人たちも、何事かとざわつき始める。反対に、私たち子供はみんな固まっていた。まるで、見てはいけないものを見てしまったかのような——、

「た、妙子っ！」と義巳さんが呼び、妙子さんが介抱しようと駆けつけると、久巳さんは口元から涎《よだれ》を垂らしながら、

「がぁ、う、ああ……ええ、やから二人には、参加してもらわんと——」

と、何事も無かったかのように説明を続け始めた。

「親父っ、もういいき、後んことは俺が説明しちょくから、もう……」

義巳さんが、久巳さんの肩を揺さぶって諌めると、

「おお、ちゃんと説明をしちょけ。今度んサトマワリは一段と立派にせんと、シラカダ様が——」

「分かっちょる。分かっちょるき、ほら」そのまま義巳さんと妙子さんに介抱されながら、久巳さんはお座敷を後にした。かと思うと、義巳さんだけが布巾を手に戻ってきて、険しい顔をしながら黙々と畳の上の汚物を拭き取り始めた。

「……よ、義巳、久巳さんは大丈夫なんか？」父がおずおずと沈黙を破ると、

「いや、最近少し耄碌《もうろく》しちょってな。たまにわけの分からんことをするのよ。普段はガミガミうるせ

えくらい、しゃんとしちょるんやけどな……」

　そう零すと、義巳さんは汚れた布巾を手にお座敷を出て行き、少しして戻ってきた。疲れたような顔で、コの字のテーブルの元いた場所に着くと、

「いや、すいません、山賀さん。親父の奴が見苦しいところを……」

　と、申し訳なさそうに話し始める。

「い、いえいえ。でも、大丈夫だったんですか？　お身体の方が……」

「ああ、親父は今、妙子に家まで送らせてます。大体、歩き回らん方がいいと言われとるんですがね。まったく、医者の言うことを聞かんもんやから……」

　義巳さんは苦笑いをした後、

「それで、さっき言いよったサトマワリんことですけど……」

「ええ。八月八日に行うって言っていましたけど、一体どういったものなんです？　そのサトマワリって」と山賀さんが訊くと、

「サトマワリっちゅうのは、こん村でずうっとしてきた祭りんことですよ。なに、村をシラカダ様のお社ん方からずらずら歩いて、往復するだけのことですて」

　と、雅二おじちゃんが言葉尻を盗んだ。

「そうそう。文字通り、こん里をぐるっと回るだけの行事です。シラカダ様ん一筋縄を担いで、奉納米を撒《ま》いて回るだけで」秀雄おじちゃんも説明に加わり、

「まあ、大した催しじゃねえですけど、できれば参加してもらえんですか？　曲がりなりにも村でず

っとやってきた伝統行事ですき」父も顔色を窺うようにして続いた。

「はあ……」と山賀さんが、ぽかんとしながらも頷いていると、

「まあまあ、その辺のことは、また後で私から詳しく説明しますき、とりあえず飲み直しましょうや」

義巳さんが場を取りまとめてビールが入ったコップを掲げた。すると、張り詰めていたお座敷の空気が、ようやく元の賑やかな宴会の雰囲気に戻った。

「なに、サトマワリっち言うても、そげん仰々しくせんでもいいもんやきなあ」

「何を言よるか、マサ。人が少なくなった今こそ、ちゃんとせないかん時期やろうもん」

「なぁにが、ヒデ！　酒屋ん儲けが上がるきっち言うて張り切りよるだけやろうが」

「なんちや、マサ！　俺は商売人やぞ。それでなくてんなあ、お前んような酒を飲みきらん奴のせいで、俺ん儲けは下がる一方て」

「はっはっは！　違わんね！　昔っからマサん奴は、飲みきらんやったきなあ」

「なんちや、お前たち！　俺は飲める口ぞっ。さっきから何本も空けよろうがっ」

大人たちの雰囲気に流されて、私たち子供もおずおずと宴会を再開したが、誰も声を上げようとしなかった。みんな、むっつりと黙り込んでジュースを飲むだけで、御馳走に手を付けようともしなかった。

「え、えっと……優一くんちってＤＳあったよね？」

「え？　う、うん」

「いいなあ。私ね、一回欲しいって言ったんだけど、ダメって言われて買ってもらえなかったの。Ｄ

Sも、アドバンスみたいに通信で遊べるゲームとかあるの？」

「えっと、多分あると思うけど……」

「辰巳はそういうの、持ってないの？　うちにゲームいっぱいあるんでしょ？」

「……持っちょうけど、やったことねえ」

どうにか場の雰囲気を元に戻そうとしてみたが、会話は弾まなかった。

やがて夜が更けて、盛り上がっている男の人たちを残し、私たち子供はそれぞれの母親に連れられて公民館を後にした。出て行く際、私はあの蛾の姿を探してみた。もし見つかったら、お座敷で見た不可解な光景が無かったことになるような気がしたからだ。だが、どこにもあの蛾の姿は見当たらなかった。

　ということは、あの蛾は廊下を飛び回っている最中に、来訪した久巳さんの口の中へ――いや、久巳さんが蛾を捕らえて、喰らい、噛《か》み砕き、呑み込もうと……でも、なぜ……まさか、久巳さんも西島さんのようになってしまったのだろうか……？

　それ以上考えるのはやめにして、帰路に就いた。その夜、普段はすぐに眠れるというのに、私は中々寝つくことができなかった。もし眠りに落ちたら、あの光景のような、恐怖と困惑が入り混じった悪夢を見てしまいそうで――。

　納涼会兼山賀さんたちの歓迎会が終わって八月が始まると、途端に村中が騒がしくなったような気がした。私たちは相変わらず遊び回っていたが、村の大人たちはそれぞれ、女の人たちは公民館、男の人たちはシラカダ様のお社と川津屋敷にて、サトマワリの準備に追われているようだった。

サトマワリというのは、この朽無村で昔から行われている村祭りのことだ。毎年、年に一度、決まって八月八日の夕方に、川津屋敷の主導の下、行われている。祭りといっても、香ヶ地沢の街中で行われているようなものとは違って、屋台は出ないし、神輿《みこし》も担がない。内容も規模も、まったく違う。端的に言ってしまうと、サトマワリという名の通りに、村の人たちみんなで列になって朽無村を歩いて回るという催しだ。シラカダ様のお社を出発点として、ぞろぞろと坂を下って行き、尾先まで行ったらまた戻ってくるという形で。

しかし、ただ単に歩くだけではない。参加する人はみんな、それぞれに役割が与えられているし、形式もきちんと定められている。

まず、男の人たちが中心になって、一列になる。その先頭は〝先駆け〟と呼ばれていて、川津屋敷の当主——要するに、村長の立場である久巳さんが務めることになっている。その後ろは、義巳さん、私の父、秀雄おじちゃん、雅二おじちゃん……という風に続いていく。この順番は、本家がどうとか、分家がどうとか、家長がどうとか、そういう理由で定められているらしいが、詳しいことはよく知らない。

そしてその列の人たちはシラカダ様のお社のぐるりに掛けられていた、あの長い長い一筋縄を数珠繋ぎのようにして担いで行く。先端を先駆けの久巳さんが肩に襷《たすき》のようにグルグルと回して担ぎ、後続の人たちも同じ要領で一筋縄をグルグルと肩に回して担いで行く。最後尾の人は〝後備え〟と呼ばれていて、余った分を多めに抱えてついて行く。私たち子供と女の人たちは、その列の周りを歩きなから〝巡《めぐ》り唄《うた》〟を歌う〝露払い〟の役目をするのが決まりだ。巡り唄というのは朽無村に伝わる民謡で、その音頭は年配の女の人が取ることになっている。他の人はそれを歌いながら、去年からお社に奉納していた奉納米を列の前方や周囲にパラパラと撒いていく。

他にも細々したルールはあるけれど、サトマワリは大体こういった形で毎年執り行われている。シラカダ様が関わっているだけあって、これもやはり朽無村が繁栄するようにとか、ごこくほうじょうを願うとか、そういった意味合いがあるものらしい。

だが、今年のサトマワリは色々とやり方が変わるのではないだろうか。

まず、病気によって弱ってあんな調子だった久巳さんが先駆けを務めるのは難しいだろう。今年からは、とうとう義巳さんに代替わりするのではないだろうか。

先駆けだけでなく、これまで後備えを務めていた尾先の杉本《すぎもと》さんが去年に亡くなったので、今年は山賀さんがその役目をすることになるのだろうか。

それと、毎年、村中のお婆《ばあ》ちゃんたちが代わる代わる音頭を取って巡り唄を歌っていたが、その世代の人はもう私の祖母しか残っていない。祖母は、先々のことを考えて、そろそろ川津屋敷の人間である妙子さんに役目を引き継ぎたいという旨のことを言っていたので、今年からは妙子さんが音頭を取ることになるのだろうか。

また、今年は特別に、宵《よい》の儀という行事が催されるのだと聞いた。その聞き慣れない事柄について父に訊いてみると、

「サトマワリっちゅうのはな、元々、夕方と夜の二回に分けて行いよったのよ。みんなで村をそろぞ

村に住むっちなったら、宵の儀っちいうのを執り行わんといかんのよ。真由美が生まれてから今まで、他所《よそ》から来た人が新しく村に住むっちなったら、宵の儀っちいうのを執り行わんといかんのよ。真由美が生まれてから今まで、そげな人がおらんやったから、ここんところはずっと夕の儀だけをしよったが、山賀さんたちが来たきな。今年は宵の儀をせんといかん」と教えられた。「どういうことをするの？」とも訊いてみたが、父は詳しい内容までは教えてくれなかった。ただ、宵の儀は夕の儀が終わった後の夜にシラカダ様のお社で行われるということと、山賀さんたちを新たな朽無村の一員として迎え入れる為に行う必要があるのだということは教えてくれた。それと、例によってシラカダ様のお社には子供が入ってはいけない為、宵の儀に参加するのは大人だけ——山賀さんと奥さんの二人だけなのだということも。

　恐らく、久巳さんが歓迎会の時に口にしていた、気を入れてせんといけん行事というのは、宵の儀のことだったのだろう。よく分からないが、なんてことの無い村祭りの行事なのに、そんなに張り切って行わなければならないのだろうか。

　まあ、色々と変更点があったとしても、大して問題は無さそうだ。いつも通りに、行われるのだろう。毎年やっているように、きちんと、だけど、それなりに。

　でも——今年はなんだか、いつもと雰囲気が違っているような気がした。私の家族も含め、村の人たちはみんな、なぜか変に焦っていたり、緊張していたりするように見えた。その理由は分からなかったが、山賀さんたちの存在——ひいては、宵の儀という異例な催しの存在がそうさせているのではないか。私は、そんな気がしていた。

そして、あっという間に八月八日——サトマワリの日がやってきた。

サトマワリは夕方の六時から行われる決まりなので、諸々《もろもろ》の準備も昼過ぎからでいいはずなのだが、村の人たちはみんな朝からそわそわとしている様子だった。

やけにせわしない雰囲気の午前中が終わって昼になると、父はシラカダ様のお社へ、祖母と母は公民館へ、それぞれ準備をしに行ってしまった為、私は一人、家に残ることになった。しばらくは、ちゅうちゅうアイスを半分にせずに一本丸々食べたりして一人きりの家を満喫していたが、ごろごろしながらテレビを見るのもゲームをするのも、やがて飽きてしまい、暇を潰しに外へ出掛けることにした。

サンダルを突っ掛けて外に出ると、村の上方から喧騒《けんそう》が微かに聞こえてきた。大人たちがそれぞれ男の人と女の人に分かれて、サトマワリの準備をしているのだろう。

公民館でのお手伝いはしなくていいと母から言われたし、シラカダ様のお社にはそもそも立ち入ってはいけない。となれば——私は下へと続く坂道を歩いて行った。特に用など無いが、夏休みに入ってからずっと会えていない河津酒屋の絵美ちゃんと由美ちゃんを訪ねてみようか。

そんな思案をしていた時、村の下方、入口の橋の辺りに、辰巳と優一くんがいるのが見えた。何をしているんだろうと、私は駆け足で軽快に坂道を下って行った。そして、あっという間に河津酒屋を過ぎて尾先の集落の前まで着いた時、ふと、一番手前の空き家の庭先で、しゃがみ込んでミルクと戯れている陽菜ちゃんを見つけた。

陽菜ちゃんは私の足音に気が付いたのか、はっと顔を上げた。いつもなら私を見ると無邪気に微笑むはずが、その顔は「まずい！」といった表情を浮かべていた。そんな陽菜ちゃんには構わずに、ミルクは呑気に陽菜ちゃんの手にじゃれついていた。

「陽菜ちゃん……」私は坂を駆け下りるのをやめて、陽菜ちゃんの元へ歩いて向かった。すると、陽菜ちゃんは咄嗟に立ち上がって、

「お、お兄ちゃんには言わないでっ」と目を潤ませてきた。

「大丈夫、言わないよ。でも――」

「触っても大丈夫なのっ」

陽菜ちゃんは、私の言葉を遮って、

「最近ね、たまにね、ミルクと遊んでるの。でも、一回もきつくなってないし、遊ぶ時はお薬を持ってるし、触った後はちゃんと手を洗ってるし……だから……」

「そうなの？　そしたら、陽菜ちゃんの喘息って、良くなってるんじゃない？」

私は、必死に弁明する陽菜ちゃんを優しくなだめるように言った。

「……良くなってるのかなあ？　治ったのかなあ？」

「お医者さんじゃないから分かんないけど、触っても問題なかったのなら、いいんじゃない？　一緒に走ったりするのはダメかもしれないけど……」

私は前に陽菜ちゃんを辛い目に遭わせてしまったことを思い出し、胸がチクリと痛んだ。反対に、陽菜ちゃんは顔をパッと綻ばせて、

「ほんと？　良かったぁ。ミルク、遊んでもいいかもって」

ミルクはミャアと鳴いて、陽菜ちゃんの足に顔を擦りつけていた。一体どうして、陽菜ちゃんだけに、こんなに懐いているのだろう。私も撫でようと手を伸ばすと、ミルクはトテトテと空き家の裏の方へ逃げて行ってしまった。どうやら、私には懐く気がないらしい。まったく、私との方が付き合いが長いのに。可愛げのない猫め。

「それより、優一くんたちが下にいるよ」

「あっ、そうそう。辰巳お兄ちゃんがね、釣りしよって、うちに来たの」

「そうだったんだ。行ってみる？」

「うん！」

私は陽菜ちゃんと一緒に坂道を下って、辰巳たちの元へと向かった。近付くにつれて分かったが、二人とも難しい顔をして、竿を川へと垂らしていた。

「なんか釣れたん？」と声を掛けると、辰巳が「うるせえっ」と、こっちを見ようともせずに言った。この調子だと、どちらもまだ魚を釣り上げていないのだろう。

「お兄ちゃん、釣れないの？」

「うん。仕掛けが悪いのかなあ？」

優一くんが垂らしていた竿を上げた。辰巳が使っているものと違って、カラフルなウキが糸に付いている。餌に使っているのは、くたくたになったミミズだった。

「なんでやろ。ミミズ使ったら、すぐ釣れんとおかしいんに」

辰巳が竿を上げて上流の方へと垂らし直すと、優一くんもそれに倣っていた。と、その時、道路の下の方から河津酒屋さんの所の軽バンが上ってきて、バス停の前で停まった。と思ったら、後ろのドアから、制服姿の絵美ちゃんと由美ちゃんが現れた。

「あっ」私が声を上げると、軽バンは――運転していたのは文乃おばちゃんで、手を振ってきた――ブゥンと橋を渡って坂道を上って行った。残された絵美ちゃんと由美ちゃんは、微笑みながら私たちの方へと歩いてきた。

「絵美ちゃんっ、由美ちゃんっ、どうしたと？」

久しぶりに二人と顔を合わせた私は、一気に有頂天になった。

「久しぶりー、真由ちゃん。今日ね、登校日やったと」

「バスが無いき、お迎えで帰ってきたとこ。今日はスパルタ部活も休みやきね。それより、みんなお揃いで、なんしようと？」

二人は交互に話し、由美ちゃんの方が訊いてきた。

「みんなで釣りしよると。私たちは見よるだけやけど。あっ、優一くんっ」

私が呼ぶと、優一くんは釣竿を置いてこっちに来た。

「あっ、もしかして、尾先に引っ越してきたっち子？」

「うん。優一くんと、こっちが陽菜ちゃん」二人を前に出して紹介した。確か、絵美ちゃんと由美ちゃんとは、まだ面識が無かったはずだ。

「あの、山賀優一です。よろしくお願いします」礼儀正しい優一くんを見て、二人はそれぞれ「うわ、めっちゃいい子やん」「大人びちょうねえ」と驚いていた。

「あの、えっと……」

「あっ、こっちが絵美ちゃんで、こっちが由美ちゃん」

今度は、優一くんたちに二人を紹介すると、

「違うばい、私が由美」

「そうそう、私が絵美」

「あっ、ちょっとっ、分からんようになるやん」二人とも、同じ仕草でくすくすと笑った。絵美ちゃんと由美ちゃんは、何から何までそっくりの双子だ。顔も、髪型も、身体つきも、声ですら。昔から知っている私だって見分けがつかなくなる時がある。

「どっちでもいいよ。ほとんど同じじゃし」

「そうそう。慣れっこやしね」

「わ、分かりました」と口をもつれさせている優一くんを見ると、首筋と頬が少し赤らんでいた。二人を前に、緊張しているのだろうか。と、その時、私はふと、心の中に妙な感情が湧き上がるのを感じた。我儘に似ていて、でも少し違う、嫌な気持ちに近くて、でも少し違う……。

「お姉ちゃんが増えた……！」感情の正体を確かめられないでいると、陽菜ちゃんが二人を見上げながら、ポカンと口を開けていた。二人が揃って「かわいー！」と甲高い声を上げ、かがんで陽菜ちゃんを覗き込んでいたら、

「うおーっ！　優一っ！　釣れちょるっ！　獲ったどーっ！」と辰巳が叫んだ。

みんなで一斉に見遣ると、辰巳は優一くんの竿で、大きな魚を釣り上げていた。

「あれ、なんっちいう魚やったと？」

「オイカワよ。へへっ、模様がめっちゃ綺麗やったやろ」

私たちは、いつにもない大所帯でぞろぞろと坂道を上っていた。

「でも、釣れたの優一くんの竿やんか」

「うるせえっ、釣り上げたんは俺やろっ」

辰巳がムキになっていると、尾先の集落の前へと辿り着き、優一くんが、

「えっと、サトマワリは六時からだったよね？」

「うん。それまでに、白い格好で上にいればいいよ」

「分かった。じゃあ、また後で」

「じゃあねえっ」と手を振って別れ、二人は仲睦《なかむつ》まじく家へと歩いて行った。四人になって、また坂道を上って行く最中、私は二人に、

「ねえ、絵美ちゃんと由美ちゃんはサトマワリに来ると？」

と、訊いた。すると、二人は困ったような顔をして、

「うーんとねえ……」

「私たちは行かんことにしたと」

「ええっ、なんで？」

がっかりしていると、二人は揃って前を歩く辰巳の後ろ姿を眺めながら、

「うちからは、女手でおかあが行くき」

「いいかなっち思って」と零した。

「そっかぁ……あっ、そしたらね、また今度でいいき、遊ぼっ」

「うん、いいばい。ずっと部活やから、休みん日は少ないけどね」

そんな会話をした後、河津酒屋の前で二人と別れた。

「あーあ。来てほしかったんになあ」私が残念がっていると、辰巳が、

「別にいいやろ。あげな奴ら」と吐き捨てた。

「なん言よると！　そんなこと言ったら悪いやろっ」叱りつけたが、辰巳はまた、

「大事なサトマワリに出らん奴とか知らんっ！」と駆けて行ってしまった。

私は追いかけてやろうとしたが、さっきからお腹が少し痛くなっていたので、やめておいた。きっと、ちゅうちゅうアイスを一本丸々食べてしまったせいだろう。数時間前の卑しい自分を、叱ってやりたくなった。

大事なサトマワリの日にお腹を壊すなんて、お前はダメな子だ、と。


やがて、日が少しずつ傾き始め、私は白いTシャツに着替えて、きちんとサンダルではなくスニーカーを履き、シラカダ様のお社へと向かった。

既に村中の大人たちは頭原へと続く石段の下に集合していた。父を始めとした男の人たちは、みんな白一色の法被《はっぴ》を羽織っている。女の人たちは、みんな白い割烹着《かっぽうぎ》と頰被《ほっかむ》りを身に着けている。見慣

れた、いつものサトマワリの時の光景だ。唯一、その中に山賀さんたちが加わっているのだけが、いつもと違って目新しかった。二人とも、お下がりを貰ったのだろう。それぞれ、きちんと白地の衣装を着こなしている。

サトマワリを行う時は、必ず白い服を着なければならないという決まりがあるのだ。それで、大人たちはああいった格好をしている。子供はそこまでしなくてもいいので、私は毎年、白いTシャツを着て済ませていた。

大人たちに挨拶をしていると、やがて辰巳と優一くんたちが上ってきた。

「おお、辰巳。決まっちょうやねえか」雅二さんが冷やかすように言うと、辰巳は、

「うっせえっ」と突っぱねていた。Tシャツで済ませている私と違い、辰巳は川津屋敷の人間とあって、毎年、大人の男の人と同じ白い法被を羽織っている。優一くんと陽菜ちゃんも上にはそれぞれ白い服を着ていた。二人ともお行儀よく、大人たちにきちんと挨拶をしている。私はそれが終わるのを待って、辰巳たちの元へと向かった。

「辰巳くんは、衣装が違うんだね」

「おう、俺は本家んもんやきなあ」

「お姉ちゃんのは無いの?」

「私？　私のは無いよ」

「へへ、分家のもんは、そんなん無いきんな」

そんな会話を交わしていた時、周りの大人たちが急にどよめいた。どうしたんだろうと顔を上げる

と、みんな石段の上、シラカダ様のお社の方を見上げていた。

そこには、サトマワリの先駆けの衣装——上から下まで白一色の袴《はかま》を着た久巳さんの姿があった。そして、その両脇には、白い法被を羽織った義巳さんの姿と——なんと、同じく白い法被を羽織っている義則さんの姿があった。二人ともそれぞれ、よろよろとおぼつかない足取りで下りてくる久巳さんの肩を抱えている。

——なしてあん奴が——どげんなっちょうと——なんも聞いちょらんぞ
あちこちから、そんな声がざわざわと聞こえてきた。私も、息を呑んでその声に同調していた。どうして義則さんが。私のトラウマとなったあの件以降、サトマワリに顔を出すことはなかったのに。

「おお、みな揃うちょるな」

石段を下りてきた久巳さんはみんなの顔を見渡すと、ゴホンと大きく咳をして、

「今日はよう集まってくれた。毎年こなしてきたサトマワリやが、今年は特別、立派にこなさんといけんのは心得ちょるな。年々、田の実りも悪なって不作気味の年が続きよる上に、村の人間もウンと減ってしもうた。そんわけは、ここ最近のサトマワリに気を入れてこんかったことに他ならん。言うてみれば、村の守り神であるシラカダ様に見限られてしもうちょるっちゅうことやが……野土屋敷の川津ん当主として、こげな情けないことはない。こんままやったら死んでも死に切れん。どうにか命のある内に、シラカダ様のお力による朽無村の復興を今一度見届けんといかん。そういうわけやから、みな、今日は一段と気を入れるように」

お説教めいた口上が終わると、父がおずおずと、

「久巳さん、身体ん方は大丈夫とですか？」

と、訊いた。すると、なぜか横にいた義則さんがニヤニヤと笑いながら、

「親父がこげな風やからな。息子である俺たちが付き添うことにしたって」

と、久巳さんの肩に手を置いた。いつもなら怒鳴り出しそうなところなのに、なぜか久巳さんは焦点の合わない目で、ぼーっと父のことを見つめていた。その横では、義巳さんが苦虫を嚙み潰したような顔をしていた。

「……ちゅうことやから、例年通り、親父が先駆けを務めるき、俺と義則はそん後ろにつく。後のもんは、いつもの並びで並んでから……あっ、山賀さん。山賀さんは言よったように、後備えっちゅうて――」

義巳さんが困惑気味の場を取り繕うように説明を始める中、私は呆然としていた。先駆けの役目が久巳さんから義巳さんに代替わりしていないのはまだしも、どうして義則さんが……というより、義則さんはあの件以来、久巳さんと義巳さんとの仲が険悪になったと聞いていたのに、なぜあんな風に肩を並べて接しているのだろう。

「義則のおっちゃんは、おとうの後ろになるん？」

「おお。前におっても、大して変わらんけどなあ」

辰巳は予《あらかじ》め知っていたのか、無邪気に義則さんにじゃれついていた。義巳さんは説明をしながらも、チラチラとその様子を苦々しそうに見ていた。久巳さんは見向きもせずに、ぼーっと虚空を見つめている。川津家の人たちに、何があったのだろう？

「ほしたら、山賀さんの奥さんは子供らと一緒に、列ん前の方の露払いっちゅう役をお願いします。本当は横について回るもんやけど、新しゅう来た女ん人やから、大切な役回りになりますき、前ん方におってください」

「まあ、そんな風に扱ってもらっていいんですか？」

「ええ、特等席にお願いします。特等席っち言うても、やることは米を撒いて回るだけですき。ああ、真由美ちゃん。山賀さんたちにやり方を教えてやんなさい」

「えっ？」突然、役目を仰せつかって戸惑っていると、奥さんが、

「あら、なら先生の言う通りにします。真由美ちゃん先生、どうしたらいいの？」

と、笑いかけてきた。

「え、えっと、そしたら……」私は石段の傍の道端に置かれている、シラカダ様のお社から持ち出されてきた古くて大きな木の箱――長持の前へと奥さんたちを連れて行った。その上には、抱えて持つほどの大きさの古めかしい木の枡《ます》がいくつも並んでいる。中に詰まっているのは、去年からお社の中に奉納されていた奉納米だ。

「これが、奉納米の枡です。露払いの人は、これを持ってみんなが歩く列の前と周りに、ちょっとずつ中のお米を撒いていくんです」

「へええ。ずうっと？」

「はい。それで、建物の前に来たら、絶対に一握りずつ撒くんです。だから、歩く時はちょっとずつ撒かなきゃいけないんです。下に行き着くまで残しておかないといけないから。途中で使い切っちゃ

うと、よくないし……」

よくない、と濁したが、正確に言うと怒られるのだ。露払いの役割は、みんなが歩いて行く道を、お米を撒いて清めていくというものだ。だから、撒く量を間違えて途中で無くなってしまうと、久巳さんから怒られてしまう。……今日の久巳さんはどうか知らないが。

「そっか。じゃあ、慎重に撒かないといけないのね。陽菜、分かった？」

「うん！」

奥さんは陽菜ちゃんの手を取ってあやしながら、

「あっ、そうそう。歩く時は、唄を歌うんでしょう？」

「はい。巡り唄っていうんですけど……私もちゃんとした歌詞は知らないから、それっぽく合わせてればいいと思います」

「あら、そうなの？　おばちゃん、上手にできるかなあ」

そんな会話をしている内に、男の人たちが石段を上って行き、ぐるぐる巻きになった一筋縄を抱えて下りてきた。それがみんなの手によって丁寧に解かれると、カシラ杖《づえ》――蛇の頭を模した木彫りの飾りと、いくつもの鈴があしらわれている杖――が取りつけられた一筋縄の先端が、久巳さんへと回された。久巳さんが義巳さんの補助を受けながら、それを襷のように肩にぐるぐると回してカシラ杖を携えると、その後ろに同じ要領で一筋縄を肩に回しながら、義巳さん、義則さん、父、秀雄おじちゃん、雅二おじちゃん、山賀さん、という風に列が続いた。母や妙子さんを始めとした女の人たちは、その列の周りにまばらに着いた。私たち子供と奥さんは、言われた通りに列の前方、久巳さんたちの

真横に分かれて着いた。形式通りの列が形成されると、

「ほしたら、始めるか」と久巳さんが左手を上に掲げた。それを合図に、

「はぁ、やぁれぇ」と祖母が巡り唄の音頭を取り、久巳さんが一歩踏み出してカシラ杖で地面を突いた。シャン、と鈴の音が鳴り、

「──めぐうぅれえ、めぐうぅれえやぁあ、くぅちなぁのさとぉお」

巡り唄が始まり、一団がゆっくりと坂を下り始めた。先駆けの久巳さんがカシラ杖をシャン、シャン、と突き鳴らしながら進み、その後ろを歩幅を合わせながら一筋縄の列がついて行く。その周りを囲むように、露払いである私たちが、枡を抱えて中の奉納米を少しずつ撒きながら歩いて行く。それに倣って、山賀家の人たちも見様見真似で奉納米を撒いていた。

「──かたぁれえ、かたぁあれぇえやあ、さぁあとまぁわぁりぃい」

「ヨイ、ヨイ」

私は奉納米を撒きながら、巡り唄をそれなりに歌った。なんとなく調子に合わせながら、それっぽく口を動かして。

「──みなぁああ、いぃえにぃい、まぁねかぁれぇえやぁあ、のまぁれぇえやあ、ささぁあげぇえやぁあ、しぃらかださまぁにぃいい」

「ヨイ、ヨイ」

「──みのぉりいい、むすうぅびゃああ、ほぉおもたぁれえてえぇえ、としぃいのぉおお、せぇえにゃぁああ、はぁらもふぅくれよぉううう」

「ヨイ、ヨイ、ヨイヤサア」

女の人たちの歌声と男の人たちの合いの手が綴《つづ》る巡り唄が歌われながら、鈴の音を先導として一団が坂道を下って行く中、私は居心地の悪さを感じながら、露払いの役目を果たしていた。真横には久巳さんがいる。そして斜め後ろには義則さんもいる。

許されるのなら逃げ出してしまいたかった。でも、耐えるしかなかった。サトマワリは大事な行事だし、久巳さんはなぜか今年に限って力を入れているようだった。それを無下にすればどうなるのかは、容易《たやす》く想像がついた。

私はひたすら、露払いの役目に徹した。緊張のあまり、喉が詰まっても、冷たい汗が流れても、ただひたすら、巡り唄を歌って奉納米を撒いた。

早く終われ、早く終われ、と願っている内に、私は段々と気分が悪くなってきてしまった。昼過ぎから感じていた腹痛が緊張によって増幅されているような気がした。

やがて、尾先の集落の前まで辿り着き、奉納米の最後の一振りを撒く頃には、私は汗びっしょりになってしまっていた。それからまた上まで戻り――上りは奉納米を撒く代わりに枡の底を太鼓のように叩く――石段の前まで辿り着くと、一筋縄を肩に回した男の人たちだけがシラカダ様のお社へと上って行った。私たち子供と女の人たちは巡り唄をキリのいい所で歌い終えて、男の人たちが戻ってくるのを待った。

一筋縄はサトマワリが行われた後、一度お社の中に奉納するのだという。その後、田んぼの収穫が終わって稲藁ができたら、また新たな一筋縄が男の人たちによって作られ、お社に飾られる。その際に、古い一筋縄は裏手の焼却炉で焼いてしまうらしい。お社に入ってはいけないので、その光景を見たことは一度も無いが。

　どうにか最後まで耐えることができたなと、身体中に嫌な汗を滲《にじ》ませながら安堵《あんど》していると、奉納を終えたらしい男の人たちが石段を下りてきた。久巳さんもまた、義巳さんたちに肩を抱えられて下りてくると、

「ええ、みな、ようやってくれた。立派に夕の儀をこなせたき、シラカダ様も満足しちょるやろう。やが、こん後の宵の儀は、格別立派にこなさんと——」

　そこまで言うと、久巳さんはゴホゴホと大きく咳き込んだ。

「親父、後んことはやっちょくき、もう戻って休みない。夜のこともあるんやから」

　見かねて義巳さんがそう言うと、義則さんがニヤニヤとしながら、

「おう、親父。俺たちに任しちょけ」と続けた。久巳さんは咳が治まると、

「おお、頼んじょくぞ。妙子さん」

　呼ばれて、ビクッと妙子さんが反応し、久巳さんの元へと駆け寄った。そのまま、久巳さんは妙子さんに付き添われ、よろよろと川津屋敷へ帰って行った。

「さて、公民館のお膳の用意はできちょるかね？」義巳さんが呼びかけると、

「できちょうよ。もう並べちょるばい」と母が答えた。

「ほしたら、みんな先に行っちょってください。俺たちは片付けてから行くき」

　その義巳さんの言葉を機に、みんなが散り散りに動き始めた。女の人たちは抱えていた枡を長持に

しまって公民館へと向かい始め、男の人たちはまたシラカダ様のお社へと上って行く。私も、抱えていた枡を長持ちにしまっていると、

「おとう、宵の儀っち、男はみんな参加するんやろ。俺も出れると？」

辰巳が義巳さんを捕まえて、何やら交渉らしきことをし始めた。

「何を言よるか。宵の儀はお社ん中でするき、お前は出られんて」

「なんでかやっ。俺は本家んもんなんやろっ。参加できるっちゃねえとっ」

「いくら川津んもんでも子供やったら出られんに決まっちょるやねえか。シラカダ様は子供ん内に会うたらえらい罰が当たるっち、知っちょうやろ」

「俺は子供じゃねえっ」辰巳は義則さんの方を、助けを乞うように見た。すると、

「兄貴、そげん言わんと辰巳も参加させてやったらいいやねえか。いずれは——」

「お前、自分が何を言よるか分かっちょるんか……！」

義巳さんが不意に静かに、だが、今までに見たことがないほどの気迫で凄んだ。

「シラカダ様がどういうもんか、お前は——」

私は怖くなり、慌てて逃げるようにその場から去った。足早に坂道を下ると、途中で母を捕まえて
「ねえ、お母さん。一回家に帰ってもいい？」と訊いた。

「家に？　どうしたと」

「なんか、お腹痛い」

「まあ、大丈夫？　いいばい。薬飲むんなら、救急箱の場所は分かるやろ？」

「うん」

「飲んだら、お膳をよばれに来なさいね。今日はご飯が残っちょらんから」

「はぁい」私は公民館へと向かう集団からこっそりと抜け出すと、一人、奉納米が散らばった坂道を下って家へと向かった。サトマワリをしている内に日はすっかり暮れていたようで、ふと見上げた空は、不気味なほど綺麗な夕焼けに染まっていた。

家に帰り、とりあえずトイレに籠ったが、腹痛は改善されなかった。仕方なくトイレを出ると、居間の戸棚の中から救急箱を取り出し、腹痛薬を飲んだ。身体が怠くなっていたので、念の為に体温計で熱を測ってみたが、平熱だった。

気のせいだろうか。いや、きっと、さっきまで居心地の悪い環境にいて、酷く緊張していたせいだろう。それに腹痛が加勢して身体の調子が悪くなってしまったのだ。

私は居間のソファで一休みしてから公民館に出向いた。既に打ち上げは始まっていて、みんなは納涼会の時と同じように、お座敷にコの字に並び、昼の内に母たちが作ったお膳を食べていた。私も辰巳たちが並んでいた所へ加わり、一緒に食べ始める。

私たちは麦茶だったが、大人たちはみんなおちょこでお酒――御神酒《おみき》を飲んでいた。そのせいか、この間の納涼会ほどではなかったが、お座敷は多少賑やかだった。

「今日は、ありがとうございました。色々と教えてくださって……。ええと、露払いがちゃんとできたのも、真由美ちゃん先生のおかげですよ」

「まあ、先生？　ふふ、真由美、家の外じゃ優等生のふりをしよるみたいですね」

コの字の角の方で、山賀さんの奥さんと母が、お膳を食べながら談笑していた。それとなく窺っていると、奥さんの方と目が合い、笑いかけられたが、なんだか気恥ずかしくて、私はもにょもにょと俯くことしかできなかった。

「山賀さん、どうやったですか。初めてのサトマワリは」

「いやあ、緊張しました。あんな感じで良かったんでしょうか？」

「はっはっは、上出来上出来。立派に後備えをこなしよったですよ」

反対側の角では、父たちが御神酒の一升瓶を回しながら笑い合っていた。

「ああ、それなら良かったです。何分、ああいったものに参加するのは初めてで」

「ほう、名古屋ん方じゃ、ああいった祭りはしよらんですか」

「なん言よるか、マサ。都会んもんがこげなことしよるかいや。田んぼもねえのに」

「なんちや、ヒデ！　分からんめえもん！」

「やめないや、二人とも。山賀さんが困りようやろうが」

「いえ、そんなことは……。でも、私の住んでいた所では、ああいった催しはしていませんでしたねえ。盆踊りの時くらいでしょうか。地域の民謡を歌ったりするのは」

「ほれ見れ。しょらんやねえか。大体、サトマワリは朽無村だけに伝わってきた由緒ある伝統やき――」

「へっ、あげなことが由緒ある伝統っち言うんか」

「おい、マサ、酔うちょるんか。久巳さんがおらんきっち言って、そげな――」

「雅二」

義巳さんが秀雄おじちゃんの言葉を遮り、雅二おじちゃんを冷たい目で睨んだ。

「口を慎んじょけ。分かっちょろうな？」

雅二おじちゃんは、赤い鼻をヒクつかせ、

「……分かっちょるて」と俯いた。突然、場がヒリつき、息を呑んでいると、

「はっはっは！　そげん気張ることじゃねえやろう」高らかに笑ったのは、一番端に座っていた義則さんだった。お行儀悪く立膝を突いて、御神酒をグィッと飲み干し、

「雅二ん言う通りて。神様がどうたらこうたらとか、流行《はや》りよらんて、今の時代。まさか、みんな信じちょるっちゃねかろうな。サトマワリを立派にやりゃ、村が栄えて、田んぼが儲かるようになるっち思うちょるんか？　くだらんこっちゃ！」

その場にいたみんなが、怪訝《けげん》な顔で義則さんを見つめていた。冷ややかな雰囲気の中、義則さんがゲラゲラと笑う声だけが、お座敷に響いていた。

「……義則、何が言いてえんか」義巳さんが、義則さんをじろりと睨んだ。

「言うた通りんことて。なんか、まさか兄貴も本気にしちょるんか？　あげなもん、親父が言よるだけのことやろうが。ここんところ不作が続きよるんは、お前たちがただ単に立派に米を作りきらんだけのことやろ。神頼みしてん変わるかいや」

「……お前、そげな口が利ける立場と思うちょるんかっ！」

義巳さんはタン！　と、おちょこを勢いよくお膳の上に置くと、

「親父に何を言うて今回だけ取り入ったか知らんが、お前んような奴はそもそもサトマワリに参加する資格やらねえやろうがっ！　田んぼんことなんも知らん税金泥棒風情が偉そうな口利くなっ！」普段、温厚な義巳さんが豹変《ひょうへん》したのを目の当たりにして、私は凍りついていた。他のみんなも、同様に凍りついていた。隣にいた辰巳は、ばつが悪そうに俯いていた。膝の上に乗せている手が、僅かに震えている。

「……ハッ！　こげな風やき、田んぼくせえ連中は好かん」

沈黙の後に捨《す》て台詞《ぜりふ》を吐いて、義則さんは立ち上がり、お座敷から出て行った。

その後も場はしんと静まり返っていたが、やがて、

「みんな、すまんやったな。うちんバカタレが失礼なこと言うてから」

と、義巳さんが頭を下げた。すると、

「なに、気にしちょらんや。あげな奴の言うことやら」

「おお、好きなように言わしちょけ。俺たちは立派に田んぼをしよるや」

父や秀雄さんらが気遣って声を掛け、場が次第に元の賑やかさを取り戻し始めた。

「大体、あん奴がこん村に残っちょる方がおかしいのよ」

「そうて。独りもんやったら寮かなんかにおればいいんに」

「あげな奴に警察ん仕事がまともに務まりよるとやろうか」

みんなが次々に義則さんを馬鹿にし始めた。ふと隣を見ると、辰巳はもう震えていなかったが、相変わらずばつが悪そうに俯いていた。辰巳は義則さんのことを好いているから心苦しいのだろう。大

っぴらには口にしないが、辰巳は久巳さんに反抗的な態度を取っている義則さんを尊敬している節がある。久巳さんの言うことが絶対な辰巳にとって、それに逆らう義則さんはヒーローのように映っているに違いない。

ただ——私にとって義則さんは、トラウマを植えつけた人でしかない。

私は辰巳に声を掛けるのをやめて、反対側の優一くんに「なんか、ごめんね」と声を掛けた。

「あの人、いつもあんな感じなの。あんまりよく思われてなくて。優一くんたちも、何か変なこと言われたりしてない？」

「いや、別に何も無いよ。そもそも、あんまり見かけないし……」

「……あの人、前に、ミルクに石投げてた」

気まずそうに、優一くんの隣にいた陽菜ちゃんが声を上げた。

「当たらなかったけど、可哀相《かわいそう》だった。ミルク……」

私がため息をつくと、俯いていた辰巳が、

「なんかや、あげなバカ猫」と呟いた。

「バカ猫じゃないっち言よるやろ。猫に石投げるとか、そっちの方がバカやんか」

「バカっち言うな。義則のおっちゃんはバカじゃねえっ」

「なん言ようと。猫に石投げるとか、最低やんか。ね、優一くん」

私はムッとして、優一くんに助太刀を求めた。

「え、えっと……うん。何があっても、猫に石を投げちゃダメだよ」

気まずそうにだが、優一くんは期待通りに常識的なことを言ってくれた。

「フン、なんか真由美。優一ん方が偉いっち思っちょるんか」辰巳が顔を赤くしながら私のことを睨みつけてきた。その視線は優一くんにも向けられているようだった。

「なん言ようと。私は――」

「優一んこと、好いちょるんか」

辰巳が吐きかけてきた言葉が、ぐさりと胸に突き刺さって沁《し》み込んで、

「そ、そ、そんなわけないやろっ」私はパニックになりかけながら答えた。すると、

「優一ん方が頭も良いし、背も高えし、大人っぽい都会もんやもんなっ」

と、吐き捨てて、辰巳は立ち上がり、お座敷からバタバタと出て行ってしまった。

「あっ、辰巳っ」慌ててお座敷の入口まで追いかけたが、既に辰巳は玄関で靴を履いていて、振り向きざまにこちらをキッと睨みつけた後、外へ出て行ってしまった。

後を追いかける気になれず、すごすごと元いたお膳の席へ戻り、

「ご、ごめんね。辰巳が変なこと言って」

と、謝った。顔が真っ赤になっている気がして俯いていると、優一くんが、

「だ、大丈夫だから」と、しどろもどろに答えた。おずおずと顔を上げると、優一くんの頬がほんのり赤らんでいた。私と同じように、伏し目がちにしている。

……私と同じように？　ドクンと、心臓が高鳴るのを感じた。

「辰巳お兄ちゃん、どうしちゃったのかな？」

陽菜ちゃんが不安げに呟いたが、私も優一くんも、何も言えないでいた。大人たちの会話が、ぼうっとした頭に入ってきては流れて行った。

「そうそう、山賀さん。宵の儀のことは聞いちょるやろ？」

「ええ、聞いてます。十時までに、妻と一緒にお社に行けばいいんですよね？」

「そうです。すいませんねえ。本当やったら、毎年、夕の儀だけやって終わりよるんですけど……村に新しゅう人が来たっちなると、宵の儀までやる決まりになっちょるんですよ。親父がやたらに張り切っちょったのも、そのせいでから……」

「いえいえ。郷に入っては郷に従えですから、きちんと参加させて頂きますよ。でも、詳しい内容はまだ聞いていなくて……どういったことをするんでしょうか？」

「なに、大したことはせんですよ。お社ん中で、みんなで座って御神酒飲んで、久巳さんの祝詞《のりと》を聞くくらいのもんです。年初めに神社で参ったりするでしょう。あれと似たようなもんです。まあ、みんなっち言うても集まるのは男連中だけですけんど」

「しかし、何年ぶりかねえ。最後にやったんは、誰が来た時やったやろうか」

「最後っち言うと、雅二たちじゃねえかい。幸枝さんが嫁に来た時にしたんが」

「ああ、そうやったかねえ。すると、もう大分昔ん話か」

「確か、村に新しく来た人を迎え入れる為に行われているんでしたっけ？」

「ええ、大雑把に言えば、そういった意味合いのある催しですよ。お社に祀られちょるシラカダ様に、こん朽無村においてもいいか認めてもらうようなもん。そうやな……ご挨拶ちゅうか、通過儀礼っち言った方がいいんやろうか――――」

やがて、打ち上げは早々にお開きになった。山賀家の人たち以外はお膳の片付けや宵の儀の下準備があるとかで、公民館に残ることになったので、私は山賀さんたちと一緒に帰路に就くことになった。坂道を下る最中、山賀さんと奥さんからそれぞれお礼を言われたり、陽菜ちゃんとテレビアニメの話をしたりしたが、優一くんと会話を交わすことはなかった。が、私の家の前で、優一くんは別れ際に、

「……またね」と手を振ってきた。既に夜が始まっていて、薄暗闇のせいで見え辛かったが、その顔はどこか、ぎこちなく笑っているようだった。

「う、うん」私も、ぎこちない笑みを返して家に入った。そのまま、手も洗わずに階段を上がって自分の部屋に向かうと、ベッドにどさっと突っ伏すように倒れ込んだ。

なんだか、頭の中が色々なことで取っ散らかっている。山賀さんたちから褒められたことへの嬉しさ、豹変した義巳さんへの恐怖、義則さんへの嫌悪、辰巳に対する後悔、そして――優一くんへの想《おも》い。

枕にぐりぐりと顔を押しつけていると、またお腹がツキツキと痛んだ。色々なことに脳を使い過ぎたのか、ぼーっとして考えるのが嫌になってきた。

ああ、お風呂に入らなきゃ、とベッドから起き上がろうとしたら、変に身体がふらついた。まさか、と額に手を当ててみると熱があった。打ち上げに行く前に測ってみた時は無かったのに。風邪だろうか。でも、今日は汗を掻いたから、お風呂に入らないと。それに、お薬も飲まなきゃ――しかし、身

体は言うことを聞かなかった。

少し、横になろう。少し、ほんの少しの間だけ……。

私はベッドに沈み込むと、ぐったりと気怠い身体を放り出して目を瞑った――。


――気が付くと、薄暗くて何も無い闇のような空間に、私は立っていた。

目の前を、何かがひらひらと飛んでいる。何だろう。

……ああ、蛾だ。翅が、私の掌ほどもある大きな蛾だ。

翅の模様に、見覚えがあった。いつか、どこかで見たような……。

私は躊躇《ちゅうちょ》なく、その飛んでいる蛾に手を伸ばして捕らえた。逃れようともがく蛾の翅を両手で掴み、完全に動けなくする。自由を奪われた蛾は尚《なお》も、絨毯《じゅうたん》みたいな毛が生えた小さな身体や、シダの葉みたいな触角を、ふるふると震わせていた。

私はその様をひとしきり見つめた後――大口を開けて蛾にかぶりついた。

蛾の小さな身体が口の中に収まり、毛羽立った塊が舌の上に乗り、それを奥歯で容易く噛み潰した。粉っぽくて、筋っぽくて、にゅるにゅるしたものが、口の中に広がった。両手に掴んでいた千切れた翅も、残さず口の中に詰め込む。咀嚼《そしゃく》する度、鼻から粉っぽいものが吹き抜けた。時折、プチプチと奥歯が何かを潰した。

――美味しい。十二分に蛾を味わうと、ごくりと喉を鳴らして飲み込んだ。と、その時、不意に足元に影が差した。何だろうと振り返ると、そこには――蛇がいた。

見上げるほど巨大な、真っ白い身体をした蛇だった。鎌首をもたげて、チロチロと赤い舌を出し、無気味な目で私のことを見下げていた。

ああ、食べられるんだ……仕方ないや、私だって食べたんだし。

そう思っていると、蛇は音も無く大口を開けて私に喰いついた。視界が肉色の赤に染まる。ぬらぬらしたものが顔に触れる。上半身に万力で締め上げられているような痛みが走る。そのまま、私は、じわじわと、大きな白い蛇に、呑み込まれて――。


「うあっ！」飛び起きると、足元でタオルケットがのたくっているのが見えた。

……夢か。ここは、私の部屋で……いつの間にか、寝てしまっていたのか……。

息を整えていると全身が汗びっしょりになっているのに気が付いた。部屋全体が、むわっとした熱気に満ちている。窓を開けようと立ち上がると、頭がくらっとした。

ああ、そういえば、体調が悪いのだった。どれくらいの間、寝ていたんだろう。もう、みんな家に帰っているだろうか。

壁掛け時計を見ると、針は十時過ぎを指していた。

とりあえず、涼しい風に当たろうと窓を開けた。外はすっかり暗くなっていて、いつものように蛙たちがグワグワグワと大合唱をしていた。

窓辺にぐったりと頭を預けて、外の空気を吸い込む。それにしても、嫌な夢だった。あまりにも非現実的で、それでいて妙に感触がリアルで……なんで、あんな悪夢を――と、その時、

――ぁあ……

……何だ？　今、暗闇の中から、何か聞こえたような……。

――なぁあ……

また聞こえた……誰かが、遠くで叫んでいる？

――ひなぁあ

……陽菜ちゃん？

重い頭を持ち上げて外を眺めると、暗闇の中に小さな灯りが蠢いているのが見えた。その灯りは、中原小屋の前の坂道を駆け上っているらしかった。

――ひなっ

今度は、声が鮮明に聞こえた。これは、優一くんの声――よく見ると、小さな灯りの下方に、もうひとつ灯りがあることに気付いた。その懐中電灯らしき灯りは、尾先の坂道を駆け上って……坂道を駆け上る陽菜ちゃんを、優一くんが追いかけている？

何かあったのだろうか。窓から叫んでみようかと思ったが、頭がぼーっとしていて叫ぶ気になれなかった。とりあえず、外に出てみよう。今から急いで外へ出れば、ちょうど上ってくる陽菜ちゃんを止められるかもしれない。そういえば、山賀さんたちは今日、宵の儀とかいうのに参加する為にシラカダ様のお社に出向いているのではなかったか。となれば、家で二人きりで留守番をしている時に何かあったのだろうか。

私はふらつく身体をどうにか動かして部屋を出た。そのまま階段を下りよう――として、不意に脳裏に、とある考えがよぎった。

……家には今、誰もいないのでは？

まさか、そんなはずは……階段の手前から、階下の様子を窺った。が、やけに静かで、灯りも点いていなかった。家族が帰っている気配が微塵《みじん》も感じられない。

まるで、一階が黒々とした暗闇の海に沈んでしまったかのようだった。そこに、何かが潜んでいるような気がして、急に怖くなり、息が詰まった。

そういえば、私は一人で家に帰ってきたではないか。父も母も祖母も宵の儀の下準備があるとかで、公民館に残っていたではないか。いや、でも、もう十時過ぎだ。宵の儀に参加すると言っていた父はまだしも、母と祖母は帰っているはずでは……。

――ピシッ、と音がして、私は弾かれたように階段の電灯を点けた。チカチカッと蛍光灯が瞬いて、階段が薄く照らされ、黒々と溜まっていた暗闇が暴かれる。

……家鳴りだ。家にいるとたまに聞こえる、あの音だ。怖がる必要はない。

ゆっくりと、階段を下りて行った。本当ならドタドタと下りて、わざとらしく大声でも上げてやりたかったが、体調が悪くて空元気を出せなかった。下に着くと、すぐに廊下の灯りを点けた。居間にも、父と母の寝室にも、それぞれ扉の磨《す》りガラス越しに灯りが点いていないのが分かった。やはり、まだ帰ってきていないのだろうか。

そのまま玄関へ――行こうとして、灯りを持っていないことに気が付いた。居間の引き戸をスウッと開くと、電話機が置いてある戸棚へと向かう。確か、電池を入れてある引き出しの中に懐中電灯があったはずだ。筒状の懐中電灯が……ほら、あった。

懐中電灯を携えて、さっさと居間を出ようとした時、私はあることに気が付いた。

和室から、灯りが漏れている。しかし、それは電灯の灯りではなかった。ぼやあっとしたオレンジ色の弱々しい光が、居間と和室を仕切る襖の開け放たれた部分から漏れ出している。一体、何が……私の足は自然とそちらに向かっていた。途中、居間の電灯を点ければよかったと後悔したが、今更入口の方まで戻る気にはなれなかった。

誰かいるのだろうかと、そっと中を覗き込むと、そこには――仏壇に向かって、身体をガクガクと震わせながら一心不乱に手を合わせている祖母の後ろ姿があった。

「……っ!?」思わず口を手で押さえた。祖母は電灯も点けず、薄暗闇の中、仏壇の前に正座し、合わせた手を頭の上に掲げてブルブルと震わせながら、身体全体をがくんがくんと上下に揺らしていた。まるで尋常ではない心持で必死に何かを祈っているかのように。弱々しく漏れていたオレンジ色の光の正体は、仏壇の蠟燭《ろうそく》の灯りだった。

私は咄嗟に身を翻し、足音を立てないように居間から出た。引き戸を閉めないまま、逃げるように玄関へと向かい、物音が立たないようにサンダルを履いていると、背筋にぞわぞわと冷たいものが走るのを感じた。心臓も、バクバクと脈打っている。

一体、祖母は何をしていたのだろう。目撃したのは後ろ姿だったというのに、普段の優しい祖母からは考えられないほどの、鬼気迫るものが伝わってきた。

私は今、見てはいけない祖母の一面を垣間見たのだろうか……。

一体、どんな顔で、何を、あんなにも必死に祈っていたのだろうか……。

そんな疑問が湧いた瞬間、急に家にいるのが怖くなった。震えそうになる手で、玄関の扉をそっと開ける。祖母はとても優しい人だ。何をやっても許してくれる人だ。だから、こんな時間に一人で家を抜け出しても、怒られやしないだろう。たとえ見つかったとしても、わけを話せば理解を示してくれるはずだ。でも——あの祖母とは話したくない。対面したくない。あの祖母と家に二人きりでいるのは、たまらなく怖い。

するりと外へ出ると、音を立てないように玄関の扉を閉めた。和室の掃き出し窓が庭に面している為、バレないように懐中電灯は点けないまま、暗闇の中を足音を立てないようにコソコソと家の敷地の外、坂道へと向かう。

塀のように茂った馬酔木の前まで来ると、もう安心だと懐中電灯を点けた。灯りを坂道の下へと向けてみたが、誰もいない。もしかして、もたもたとしている内に陽菜ちゃんも優一くんも家の前を通り過ぎて行ってしまったのだろうか。と、その時、

——ひなっ
優一くんの声が、上の方から小さく聞こえた。見遣ると、ひとつの灯りがシラカダ様のお社へ続く石段を上っていた。そのまま、奥へと消えていってしまう。

「あっ、ダメッ……」思わず、声が出た。

子供がシラカダ様のお社に入ってはいけない。きっと、中では宵の儀が行われているはずだ。村の男の人たちと山賀さん夫婦で、久巳さんの主導の下に。

どうしよう。優一くんたちがこっぴどく怒られるかもしれない。いや、でも、あそこには父もいるし、義巳さんも――不意に脳裏に、公民館で目の当たりにした義巳さんの剣幕が浮かんだ。あれが、優一くんたちに向けられてしまったら……ああ、どうすればいい？　止めなければ、でも、間に合うかどうか分からないし、あそこに行ったら、私も……どうしよう、大人しく家に戻って――家に？あの祖母がいる家に？

気が付くと、私は坂道を駆け上っていた。懐中電灯を握り込み、気怠い身体を引きずるようにして、シラカダ様のお社を目指し、走っていた。

あの祖母がいる家に戻りたくなかったのが一番の理由だが、なぜだか、私は二人を追いかけなければならない気がしていた。

何か、胸の奥で嫌な予感がする。急がなきゃ、二人を止めなきゃ……！

「はあっ、はあっ……」坂道を駆け上っていると、すぐに息が切れた。体調が悪いせいだ。足を踏み出す度に、熱っぽい頭がジンジンして、下腹部がズゥンと沈み込むように痛んだ。胃が震えて、気を緩めると吐いてしまいそうだった。それでもどうにか公民館の手前まで上ってくると、まだ中の灯りがともっていることに気が付いた。

そういえば、母は帰ってきていなかった。となれば、まだ中にいて――、

――ぁあああっ！

ビクッと身体が跳ねて、立ち止まる。……声がした。誰かの……悲鳴？

――うっ、ううっ、あああっ

……公民館の中で、誰かが泣いている？

と、その時、公民館の玄関の扉が半分ほど開いているのに気が付いた。早く上に行かなければならないのに、私の視線は吸い込まれるように、そこに釘付けになった。

公民館の内部が見える。薄暗い廊下の向こう、お座敷の襖も開け放たれている。

その奥に、土下座をするかのように畳に突っ伏して泣いている妙子さんの姿があった。それを、母や文乃おばちゃんたちが寄り添って介抱していた。恐ろしいほどの無表情で。一体何が……と思っていると、突然、妙子さんが、

「うっ……うう……くくっ、あっ、ははっ、くくくっ……」と、くぐもった声で笑い出した。かと思うと、泣き笑いのようだったその声はやがて、

「アハハッ！　アハハハハッ！」という、調子の外れた甲高い笑い声に成り果てた。

「ひっ……！」私は咄嗟に踵を返して、坂道を駆け上った。

何だったのだ、今のは!?　一体、妙子さんに何が起きて……。熱を帯びた脳が、ぐわんぐわんと揺れ始めた。心臓がドクドクと脈打つ度に、それが加速していくような気がした。何かがおかしい。何かが変だ。村に、異変が起きている。

「はっ、はっ、はあっ……！」何もかもから逃げるように一心不乱に走っていると、いつの間にか石段の前へと辿り着いていた。酷く気分が悪くて、膝に手を突いて必死に息を整えていると、目眩《めまい》がした。首筋が、ジンジンと唸《うな》っている。

上に、行かなきゃ。優一くんたちを――、

――ミャア
顔を上げ、石段の上を照らすと、ミルクがいた。光る目でこちらを見下げている。

――ミャアアッ
眩《まぶ》しかったのか、ミルクは踵を返して姿を消してしまった。もしかして、ミルクも陽菜ちゃんを追いかけてここへ？　そんな考えが頭に浮かんだ。

分からないが、とにかく上へ行かないと。

目眩を堪《こら》えて、石段を上った。いつもならなんてことのない行為が、やけに困難なことに思えた。一段一段上がる毎《ごと》に、下腹部の鈍痛が増していくようだった。

「ううっ……」どうにか上り切ると、足元にオレンジ色の光が差した。その出所は、鳥居の向こうに焚《た》かれていた篝火《かがりび》の灯りだった。シラカダ様のお社の前に、三本足の篝火が二つ備えられている。そのおかげで、辺り一帯はぼんやりと明るかったが――石造りの道にも、その横の原っぱにも、鳥居の下にも、篝火の周りにも、人の姿は無かった。やはり、間に合わなかったのだろうか？　まさか、既にお社の中に……。

目眩や腹痛を堪えながら、石造りの道をよろよろと歩いて進んでいると、不意に視界がどろりと歪んだ。頭の前の方がクラクラする。

私は、まだ悪夢を見ているのだろうか？　そうだったらいいのに――、

――ミャアア
歪んだ視界の中、鳥居の下辺りにミルクがいた。私を置いて、トテトテと中に入って行ってしまう。

待って、私も、中に、本当は、入ったら、いけないけど、優一くんたちに、父に、会わないと、弁解を、しないと――。

鳥居の下まで辿り着くと、歪んでいた視界が元に戻った。暗闇の中、シラカダ様のお社が篝火の灯りにゆらゆらと煽られながら妖しく佇んでいる。

よく見ると、板張りの壁と軒の間、ぐるりと回っている格子の隙間から、灯りが漏れていた。色合いや光量からして、中で蠟燭が焚かれているらしい。

あれ、ミルクはどこに――と、その時、いつもは鎖と南京錠によって閉め切られている入口の開き戸が、僅かに開いていることに気が付いた。篝火で照らされていたから気が付かなかったが、数センチほど隙間が空いていて、そこからも弱々しく灯りが漏れている。が、遠目からでは、中の様子は窺えなかった。

……中で、何が行われているのだろう。

私は、いけないと分かっていながらも、足を踏み出して鳥居を越えた。瞬間、

――げぇえぇぁあああああああっ！

「ひっ……！」身体が跳ね、息が止まった。

……今のは、何だ？　叫び声？　だが、明らかに悲鳴ではなかった。というよりも、人間が上げたものだとは、とても思えなかった。

まるで、獣が威嚇する為に吠《ほ》えたような――いや、得体の知れない化け物が怒りに震えながら、顎が外れんばかりに大口を開け、そこから喰らった者の血を滴らせながら轟《とどろ》かせたかのような……そん

な見たことがないはずの恐ろしい光景を幻視させられる、今まで聞いたことがない種類の、汁っぽく濁った、不協和音の絶叫だった。

恐怖のあまり、硬直していると、

――ドタッ……

という、何か重いものが倒れるような音。

――ばぎゃっ……

という、生々しい音。

――ガチャンッ、ガラガラッ……

という、食器類が床に散らばって転がるような音。そしてまた、

――ぼぎゃっ……ぐぎゃっ……

という、生々しい音が立て続けに聞こえた。かと思うと、数秒の間を置いて、

――なんをしよるかぁっ！

誰かの怒鳴り声が響き、

――ドタッ！　ガランガランッ……

という、物が倒れて転がるような音がした。それを契機として、

――こっ、こげなっ――どげえするんかっ――まさか――あああっ――ゆ、ゆるされん――ゆるされんことがっ――しっ、しんだんかっ――おいっ――こげな――ああああっ――おいっ――おいっ
――なっ、なにがっ――ああああああああああっ

というざわめきが、人がドタドタと動き回る音や、ガタガタッ、ゴトンッと何かを蹴飛ばしたような音と混ざり合って聞こえてきた。中で、大勢の大人たちが慌てふためき、右往左往しているかのようだった。

気が付くと、私は息が荒くなっていた。身体も、ガクガクと震えていた。

こんなことが……まさか……許されない………死んだ？

胸の奥が、ざわついてならなかった。何か、絶対に起きてはいけないことが、中で起こっているような気がした。と、その時、

——うぁあああああああっ！

甲高い叫び声が聞こえて、また息が止まった。今のは……子供の悲鳴？

扉から目が離せないでいると、それが突然、ギィッと軋《きし》んで揺れ動いた。

「……っ！」私は咄嗟に身を翻すと、鳥居の外、支柱の横にずらっと植わっている馬酔木の陰に隠れた。慌てて懐中電灯の灯りを消してしゃがみ込み、身を縮めて必死に息を殺していると、予想通りに、

——バンッ、ギイイッ、ドタタタッ！

と、入口から誰かが出てきて石段を転がるように駆け下りたのであろう音がした。

「おいっ！　待てっ！　待たんかっ！」間髪を容《い》れずに、誰かの怒鳴り声と、ドタッ、ドタタタッ！

という石段を駆け下りる足音がして、

——ザッザッザッザッザッ……ダッダッダッダッダッ……

と、二人分の足音が慌ただしく遠ざかって行った。

誰かが、逃げた誰かを追いかけて、裏手の方へ走り去って行った……？

すると、また入口からドタドタと誰かが出てくる気配があった。が、

「待てっ！」さっきとは違う怒鳴り声がして、その誰かの足が止まった。

何が起きているのか確かめるべく、私は怖々と、馬酔木の陰から向こう側の様子を窺った。大人たちはなぜか酷く殺気立っている。見つかってはいけない。もし今、見つかったら、絶対にまずいことになる。絶対に……。

息を潜めながら、馬酔木の枝葉の隙間を見つけて覗き込んでみると、そこには、

「……戻れ、カズ」開け放たれた入口の扉の前に佇む義巳さんと、石段の下で項垂《うなだ》れる父の姿があった。二人とも、サトマワリの時と同じく白い法被を羽織っていた。

父は肩を落としながら振り返り、義巳さんを見上げ、力なく、

「……どげえするんか。こげなこと、これからどげえして……」

義巳さんも、同じように力なく、

「……とりあえず、中ん戻れ。もう、どげえもならんが……」

二人とも、まるで何もかも終わったと絶望しているかのようだった。

父は項垂れながら、石段を上って義巳さん共々中へ入って行った。すると、入れ違いに中から誰かが現れた。

「お、おいっ！　何しようか、マサッ！」

それは、雅二おじちゃんだった。中にいる誰か——声からして、恐らく秀雄おじちゃんから呼び止

められた様子だったが、雅二おじちゃんはドタドタと石段を下りると、何事かをモゴモゴと言いながら、こっちに向かって歩いてきた。

「おいっ！　マサ！　戻ってこんか！」中からまた秀雄おじちゃんが叫び、雅二おじちゃんは足を止めた。そして、お社の方に振り向き、

「こげなこと、こげなこと、俺は……」

「戻らんかっ！　後んことを――」

「やっちょられるかっ！　俺は知らん！　お前たちでやれっ！」

そう怒鳴ると、雅二おじちゃんは向き直り、手に持っていた何かを顔の前に掲げた。それは公民館で回されていた御神酒の一升瓶だった。ゴプゴプとそれを浴びるように煽ると、ボソボソと何事かを呻《うめ》きながら、こっちに向かって歩いてくる。

「……っ！」私は咄嗟に、鳥居の支柱に身を寄せた。暗闇に紛れるようにして身を縮めていると、足音が近付いてきた。酔っぱらっているのか、雅二おじちゃんの足取りはふらついている様子だった。

やがて、その不規則な足音がすぐ前まで迫り、私は息を殺した。ぎゅっと目を瞑り、見つからないように必死に祈っていると、不意に足音が止まった。まさかと思い、ゆっくりと目を開けて支柱の陰から恐る恐る様子を窺うと、雅二おじちゃんは、私のほとんど目の前で立ち止まっていた。背中を丸めて俯き、震えながら何事かを呻いて――いや、泣いているのだろうか？

「ううっ……こげな……こげなこと、元から俺は……」雅二おじちゃんはそう呻くと、また一升瓶を煽り、ふらふらと石段の方へ歩いて行ってしまった。良かった、気付かれなかったと、安堵したのも

束《つか》の間《ま》、今度はお社の方から足音が聞こえてきた。ビクッとして、また枝葉の隙間から覗き込んでみると、お社の裏手から白い法被を着た誰かが、肩で息をしながら入口の方へ歩いてきていた。よく見ると、その誰かは、もう一人、誰かを連れてきていて――、

「……っ！」篝火の灯りに照らされて、ようやくその二人が誰か分かった。

白い法被を着ていたのは義則さんで、連れられているのは、辰巳だった。

義則さんはしかめ面をして、忌々し気に辰巳の手を引っ張っていた。辰巳は今にも泣きそうな顔で、ずるずると引きずられていた。

さっき、悲鳴を上げて、お社から飛び出して逃げたのは、辰巳？　それを追いかけたのは、義則さん？　でも、宵の儀は、大人たちだけで行われていたはずでは……。

もしかして、辰巳は参加することを認められたのだろうか？　でも、お社に子供が入ったら、シラカダ様に対面したら、酷い罰が当たるとされていたはずでは……。

義則さんはそのまま石段を上ると、入口の前で辰巳を打ち捨てるように放り出した。辰巳は、声も上げずに縁側の床にドタッと倒れ込んだ。すると、お社の中から義巳さんが現れた。かと思うと、辰巳を見るや否や、肩をわなわなと震わせながら、カッと目を剝《む》いた。傍にいなくとも、とてつもない怒りに震えているのが分かった。辰巳は義巳さんが来たと分かると、土下座をするかのようにビクビクと身を縮めていた。が、不意に義巳さんが、辰巳の首根っこを摑んで無理矢理立たせると、

「お前は……何をしよるかぁっ！」バチンッ！　と頬をひっ叩いた。辰巳が吹っ飛び、縁側にまたドタッと倒れ込む。そこでようやく、辰巳はわあわあと声を上げて泣き出した。わけの分からない状況

に困惑していると、義巳さんが今度は義則さんに、

「お前もっ、なんちゅうことをしたっ！　自分のしたことが分かっちょるんかっ！」

と、食って掛かった。が、義則さんは、義巳さんの胸ぐらを掴み、

「俺がやったっちゅうんかっ、ああっ!?　俺のせいじゃねえやろうがっ！　そもそも、親父があげなこと言い出さんけりゃあ、それを俺が止めんけりゃあっ――」

「やからっちゅうて、あげなやり方があるかっ！　あげなっ……これから村がどうなるか、分かっちょるんかっ！　シラカダ様が――」

「じゃあどげえすりゃあ良かったんか！　他になんか方法があったっちゅうんか！」

「やからっちゅうてっ……親父をっ……」

「どうもこうもならんかったやろうがっ……」

激しい言い争いの後、二人は俯いて言葉を詰まらせていた。やり場のない怒りや後悔に苛《さいな》まれているかのように。そのまま、しばらくヒリついた沈黙が続いたが、やがて義巳さんの方が顔を上げ、覚悟を決めたような表情で、

「ともかく、どげんかするぞ。親父はともかく、山賀さんたちを……」

と、呟くと、義則さんをお社の中へと押しやった。そして、ずっと床に突っ伏して泣いていた辰巳の手を掴むと、無理矢理お社の中へ引きずって行った。

辰巳の泣き叫ぶ声が響く中、お社の扉がギィイッ、バタンッ……と閉められた。それっきり、扉が開く気配はなかった。外に誰もいなくなると、私はいてもたってもいられず、恐る恐る馬酔木の陰か

ら出た。鳥居の下で、シラカダ様のお社を前に、不穏にまみれたいくつもの疑問が、頭の中をぐるぐると渦巻き始める。

中で何が起きたのか。あの得体の知れない叫び声は一体何だったのか。山賀さんたちは、優一くんたちは中でどうしているのか。逃げ出そうとした辰巳はどうなってしまうのか。ざわめきから聞こえてきた〝こんなことが〟〝まさか〟〝許されない〟〝死んだ〟という言葉。そして、義巳さんたちの言い争いの中での〝これから村がどうなるか〟〝シラカダ様が〟〝親父はともかく、山賀さんたちを……〟という言葉は、一体何を意味しているのか――。

その間も、ずっと辰巳の泣き叫ぶ声が、お社の中から響いていた。それを聞いていると、自分の中で、絶対に崩れないと信じていたもの――朽無村という日常が、バラバラに瓦解していくのを感じた。

嫌だ、そんな、なんで、どうして、こんなことが――。

未経験の恐怖に襲われて、息が上がり、身体が震えた。頭が爆発しそうなほどに熱を発し、下腹部の鈍痛がズキンズキンと増していった。と、その時、

――うぁああああああああああっ！

お社の中から、辰巳の絶叫が響き渡った。さっきまで聞こえていた泣き叫ぶ声とは違う、逃げ出す直前に上げていた悲鳴とも違う、絶対的な恐怖に対面して、気が触れてしまったかのような絶叫が――瞬間、私は一目散に逃げ出していた。感情や思考ではなく、本能がそうさせていた。石造りの道を飛ぶように駆け抜け、石段を二段飛ばしで下りていると、ようやく置かれている状況に感情が追いついたのか、目に涙が滲んだ。熱を帯びた頭の中に散らかっていた、いくつもの不穏な疑問が、たっ

たひとつの感情の波によって押し流されていた。絶対的な恐怖という感情に。

逃げなきゃ、逃げなきゃ……！

逃げないと、私はきっと、辰巳のように、おかしくなってしまう……！

石段を下り切ると、そのままの勢いで坂道を駆け下りた。懐中電灯を点ける余裕も無かった。真っ暗闇の中を、息を切らして一目散に走った。川津屋敷の前をぐるりと曲がり、公民館へと続く坂道を下って――、

「ひっ……！」私はあることに気付いて、足を止めた。暗闇の中、坂道の中腹辺りに、謎の黒い影があった。それは地面の上を這うように蠢いていて――、

「げぇっ……げぇえあああっ……」

あの得体の知れない声と、似た響きの呻き声を上げて――、

「う……うぁあぁっ！」私はか細い悲鳴を漏らすと、踵を返した。下ってきたばかりの坂道を駆け上り――咄嗟に、川津屋敷へと飛び込んだ。

他に逃げ場が無かった。また上へ戻れば、あの恐怖が待っている。かといって、あの得体の知れない影の横を通る気にもなれなかった。

ああっ、どうしよう。慌てて入ってしまったが、恐らく誰もいない。家には灯りがともっていないし、川津家の人が出払っているのはこの目で確認したのだ。もし、いたとしても、助けを乞う気にはなれない。どうすれば……。

私はおろおろとしながらも、とりあえず懐中電灯を点けた。川津屋敷は家の周りをぐるっと板塀で

囲われていたはずだ。入ってきた正面の入口以外に出られる場所は……あっ、そうだ、確か、裏手の方に畑に出る戸口があったはず。そこから逃げれば……でも、畑の方から私の家へと帰れるのだろうか。でも、そこ以外に出口は――――、

――――げぇ……ぁああ……

「……っ！」ヒュッと喉が鳴った。今の声は……。

――――ぁあ……げぁ……

まさか、あの黒い影がここへ……!?　咄嗟に入ってきた入口の方へ懐中電灯を向けた。が、そこには何の姿も無かった。どこだ、どこで声が……！

――――げぁああっ

「……っ！」声のした方へ懐中電灯を向けた。その灯りが照らしたのは、屋敷の建屋とは別にある、白い漆喰壁の土蔵に設けられた格子窓だった。

――――げぁあああっ

「ひっ！」ガラスの張られていない、白塗りの格子が縦に三本通されているだけの窓。その両端の格子を握り、隙間からこちらを食い入るように――久巳さんが見下げていた。その口は、裂けるのではないかというほど大きく開かれていて――――、

――――げぇあああああああっ！

「うああああっ！」私は弾かれたように、屋敷の方へ駆け出した。

なんで、どうして、久巳さんがっ！　お社にいたはずではなかったのか!?　いや、でも、姿を見た

わけでは、それに、もしかしたら、いや、そんなはずは、でも、でも、あの久巳さんは……！

「はあっ、はあっ！」暗闇の中を無我夢中で駆けた。屋敷の裏手へ、板塀沿いに走って、走って、戸口を見つけて、跳ね飛ばすようにそれをこじ開けて、畑へ飛び出す。

なりふり構ってはいられなかった。広々とした畑の中を無造作に突っ切り、植わっている何らかの野菜を踏みつけ、下の方を目指した。どこでもいい、下へ向かえば私の家がある。棚田の縁を下りて突っ切れば、私の家が。

暗闇の中、ただひたすら、息を切らして、下へ、下へ――、

「うあっ！」一心不乱に踏み出していた足が、不意に沈み込んだ。と思ったら、身体がガクンッと前へつんのめった。バシャンッと水音がして、胸と腹と腿《もも》に衝撃が走り――落下したのだと理解した。

「ううっ……」身体中の痛みを堪えて顔を上げた。目の前に、懐中電灯が転がっている。その灯りがぼんやりと辺りを照らしている。ここは……棚田の脇のあぜ道だ。どうやら、土手のように田んぼの水を遮っている所へ落ちたらしい。

「う……ううっ……」懐中電灯を摑んで、よろよろと立ち上がると、下腹部が爆発を起こしたように重く痛んだ。足に力が入らない。服が濡れたせいで気持ちが悪い。自分の身体を照らしてみると、泥や草きれが足にべったりとへばりついていて――、

「……え？」穿《は》いていた短パンの裾から、ぬるりと血が垂れていた。泥水に交じって、太腿の内側に赤い筋がぬらぬらと這っている。怪我をした？　まさか、そんな。

血を見た途端に、下腹部に感じていた鈍痛が増幅した。内側から殴られているかのような気持ち悪

い感覚が、じわじわと広がって行く。

「い……いやっ……」泥だらけの手で拭ったが、真っ赤な血は絶えずドロドロと短パンの裾から垂れ続けて止まらなかった。慌てて傷口を探し――それが、どこから流れ出ているのかを突き止めた瞬間、

「……っ!?」何だ、これは、一体、私の、身体に、何が、起きて、私は、死ぬのか、死んでしまうのか――、

「いっ……いやっ……いやあっ……!」恐怖に駆られた私を嘲笑《あざわら》うかのように、そこら中で無数の蛙が鳴いていた。グワグワグワと、ゲアゲアゲアと。

それが、まるで、あの得体の知れない声と同じように感じられて――、

「いやぁあああああああっ!」私は、悲鳴を上げて、半狂乱になりながら、暗闇の中、転がるように、田んぼのあぜ道を駆けて――。


次に気が付いた時、私は家の風呂場にいた。浴槽に裸になって座り込んでいた。膝を抱えて震えている私に向かって、祖母が生温《なまぬる》いシャワーを浴びせていた。祖母からは何か声を掛けられていた気がするが、私は呆然と黙り込んでいた。

どこをどうやって家に帰ってきたのか、まったく記憶が無かった。あの田んぼのあぜ道で、悲鳴を上げて駆け出したところまでは覚えているが、それ以降のことは覚えていない。暗闇の中を泥だらけで走ったような気もするし、歩いたような気もする。

祖母に身体を洗われながら、ぼーっと俯いていると、浴槽の底を、泥と、草きれと、私の血が混ざ

り合った汚い水が流れて行った。それが排水溝へゴボゴボと吸い込まれていくのを、じっと見つめていた。風呂から上がると、寝間着に着替えさせられた。そのまま、祖母の寝室になっている和室の横の納戸に連れて行かれ、祖母の布団で寝かせられた。しばらくすると家の中が騒々しくなり、閉め切られている襖越しに、父と母が帰ってきたのだと気配で分かった。次いで、祖母と父と母が言い争っている声が聞こえてきた。何を言っているのか、はっきりとは聞き取れなかったが、

「お前たちは何も知らんでいいき黙っちょれっ！」という父の怒鳴り声を最後に、襖の向こうはしんと静まり返った。途端に、私はまた怖くなって、ブルブルと震えながら必死に身を縮めていると――いつの間にか気絶するように眠っていた。

気が付くと朝になっていて、布団の傍には母と祖母がいた。目覚めるなり、母から「真由美っ……！」と抱き起こされ、祖母から「大丈夫かいっ、痛いところはねえかいっ」と心配された瞬間、私はなんだか何もかもが元通りになったような気がして、わんわんと泣き出してしまった。ひとしきり泣いた後に、祖母が運んできてくれたお粥《かゆ》を食べていると、母から、私の身体に起こった変化は何も問題が無いことなのだと教えられた。私はその時初めて、ぼんやりと概念だけ認識していた生理というものが、自分の身体に訪れたのだと気付かされた。

お粥を食べ終えると、母と祖母が出て行き、入れ替わりに酷く疲れた様子の父が入ってきた。びくびくしていると、父は優しい口調で――だが、眉をひそめながら、

「昨日ん夜、何があった？」と問いかけてきた。私がむっつりと黙り込んでいると、父は心配そうに私を見つめてきた。その目はどこか、何かに対して怯《おび》えているように映った。私よりも、父の方がび

くびくしているように感じた。私はしばらく迷った後、やがて正直に、優一くんたちを追って家を抜け出したことを打ち明けた。懐中電灯を携えて、シラカダ様のお社まで向かったと。すると、父が突然、私の肩を摑み、

「真由美、お前、中にっ……鳥居を越えたんかっ、お社ん中を覗き込んだんかっ？」

と、慌てた様子で訊いてきた。私はその剣幕に思わず、

「は、入っちょらん。鳥居ん前まで行ったけど……変な声が聞こえて、怖くなって、逃げた。そ、そしたら、慌てちょったから、転んで、田んぼに落ちて……」

と、嘘をついた。なぜだか、一歩だけ鳥居を越えたことと、お社で見た一連の出来事を正直に話すのは、よくないことのような気がしたからだ。

するといと、父は緊張の糸が切れたかのようにドッと息を吐き、

「ああ……ならいい……」とだけ呟いてから、ぐったりと項垂れた。そのあまりの安堵ぶりを見て、今度は私が、

「……昨日ん夜、何があったん？」と訊いた。が、父は、酷く悩まし気な、やり切れないような表情を浮かべながら「……今は何も言えん」とだけ零した。目頭を押さえて肩を落とす父を前に、私はそれ以上、何も訊けなかった。

その日は安静にしておくようにと言われて、そのままずっと納戸から出ずに寝て過ごした。納戸には窓が無かった為、壁の掛け時計だけが私に時間の経過を知らせてくれた。傍にはずっと祖母がついていて、ドクダミ茶を飲ませてくれたりした。

祖母にも「昨日、仏壇の前で何をしていたの」と訊くことはできなかった。父だけでなく、母や祖母に対しても、昨日の夜のことを問うてはいけない気がした。追及したが最後、これまで、この朽無村で過ごしてきた平穏な日常が終わってしまうのではないか——そんな不安が胸の中で絶えずざわめいていた。そして、なぜか一日中、家のあちこちでカン、カン、と釘を打っているような音が聞こえていた。

次の日の昼頃、祖母から納戸から出ていいと言われ、階段を上がって自分の部屋に戻った私は、愕《がく》然《ぜん》とした。部屋の窓を、木板によって完全に塞がれていたのだ。僅かな隙間や穴も無いほどに。木板は外から打ちつけられているようで、押しても叩いてもビクともしなかった。困惑していると、父が上がってきて、

「……今日から夏休みが終わるまで、絶対に外を見たらならんぞ。外に出ることもならん」と暗い表情で零した。そんな、何で、どうして、と訊く前に、父は部屋を出て行ってしまった。呆然としていると、入れ替わりで母が入ってきて、

「これ、欲しがっちょったやろ?」と前に一度だけねだったことがあるニンテンドーDSと、そのゲームソフトを置いていった。まるで「ずっと家にいることになるだろうから、その代わりだ。これで我慢しろ」と言われたようだった。

普段だったら飛び上がって喜んでいたところだったが、私はそれらの封も破らず、困惑しながら下に降りた。すると、真昼だというのに一階はやけに暗く感じられた。

その理由はすぐに分かった。居間、台所、和室、廊下、洗面所やトイレに至るまで、窓という窓が

ひとつ残らず完全に塞がれていた。鎧戸《よろいど》が備えつけてある窓はそれが閉め切られ、無い窓は私の部屋同様に外から木板が打ちつけられていた。まるで過剰な台風対策でもしているかのように。わけが分からず玄関まで向かうと、祖母が三和土《たたき》でしゃがみ込んでいた。祖母は私が来たことに気付くと、私の元まで来て、

「真由美、絶対に外に出たらいかんきな。ああ、ごめんなぁ、許してなぁ……」と泣きながら抱きしめてきた。玄関扉を見ると、はめ込まれている磨りガラスの窓は唯一塞がれていなかったが、その下には小皿が置かれていて、塩が盛られていた。

それから、私は言われた通りに、残りの夏休みを家から一歩も出ずに過ごした。有り余る膨大な時間を、ほとんど自分の部屋で消費した。ゲームをしたり、宿題をしたり、本を読んだりして。最初の内は良かったが、すぐに息が詰まった。陽の光を浴びずに部屋でじっとしていることが、こんなにも苦痛で退屈だとは思わなかった。

五日ほど経った時、私は食事の際に、恐る恐る訊いてみた。

「……外に出たら悪いと？」瞬間、家族全員の箸が止まった。父も母も祖母も黙り込んで沈痛な面持ちになり、途端に食卓の空気が重苦しくなった。やがて、父が、

「……ならん」下を向いたまま、ボソリと呟いた。

「で、でも、お父さんもお母さんも出よるやんか」私は怖々と反論した。現に、父も母も頻繁に外へ出て行っていたからだ。家にはずっと祖母が、まるで私の見張り役のようにいたが、その祖母も母が代わりに家にいる時は外へ出て行くことがあった。もちろん、それは仕事や買い物の為だったのだろ

うが、なぜ私だけが外へ出てはいけないのだろうと、薄々不服に思っていた。

「父さんたちは問題ねえけどな……真由美はならん。絶対に外に出たらいけん……」

「な、なんで――」

「絶対にならんっ！」と父が怒鳴り、食卓は水を打ったように静かになった。私は黙り込むことしかできなかった。母も祖母も、ずっと俯いていた。

父は顔を赤くしていたが、やがて、眉をひそめて、

「……すまん、真由美。でも、外に出たらいけん。絶対に……」と頭を抱えながら謝ってきた。それでも、私は諦めることができず、

「……窓から外を見てもいけんと？」と泣きそうになりながら訊いた。

すると、父は顔を上げ、遠い目をしながら思い詰めたように考え込んだ後、

「……シラカダ様がな――」

「和成っ！」厳かに切り出した父を、祖母が制した。祖母は――母も同様に――何かに怯えているような表情を浮かべていた。が、父は二人を見遣った後、何かを示し合わせたかのように小さく頷き、

「……子供が、シラカダ様に会うたらいけんのは、知っちょるやろ」

「う……うん」

「やから、外に出たらいけん。大人やったら何ともねえが、真由美はまだ子供やから……もし、シラカダ様に会うたら、目が合うてしもうたら……恐ろしいことになる。やから……絶対に外に出たらいけんし、窓から外を見てもいけんのや……」

そう重々しく言うと、父は力なく黙り込んだ。祖母も母も顔を伏せて黙り込んでいた。父の言葉が何を意味しているのか、理解できるようで、できなかった。いや、理解することが恐ろしかった。だから、私も黙り込むことしかできなかった。

次の日、母が新しいゲームソフトを買ってきた。それ以来、私は外に出たいと願うことをやめた。長い長い夏休みだった。ただひたすら、自分の部屋で時計の針が進むのを眺めていた。宿題は恐ろしいほど早く終わり、母が買ってきてくれたゲームもあっという間にクリアしてしまった。辰巳や優一くんたちと立てていた遊びの計画は、すべておじゃんになった。みんなで頭沢に秘密基地を作る約束も、夜の紅葉原で花火をする約束も、街の市民プールに行く約束も、ポケモンの映画を観に行く約束も、果たされることはなかった。お盆も、何も無かった。母の実家がある大分市へお墓参りに出掛けることも無かったし、公民館で行われる盆踊りも無かった。去年に尾先の杉本さんが亡くなっているので、初盆の行事として行わなければならないはずの年だというのに。

ラジオ体操もサトマワリの日の朝に行ったのが最後になった。八月九日以降の欄にスタンプが押されることはなかった。家の裏手に置いていたゴーヤの観察日記も、様子が分からず、書けなかった。その二つの宿題だけが、ずっとできずに残っていた。

一日だけあった小学校の登校日も休むことになった。母が電話口でその旨を学校に伝えるのを聞きながら、辰巳も休むのだろうかと考えていた。辰巳の家の電話番号は知っていたが、掛ける気にはなれなかった。山賀さんちの電話番号は知らなかった為、私は完全に外部との接触を絶ったまま過ごすことになった。

何度も、家から抜け出そうと思った。その度に、父の怒鳴り声と力なく項垂れながら言われた言葉を思い出して諦めた。それでも陽の光が恋しくなり、時折玄関に行っては、唯一塞がれていない扉の磨りガラス窓を見つめていた。

一度だけ魔が差して、玄関扉に手を掛けたことがあった。だが、どういう仕組みになっているのか、内鍵は開いているというのにビクともしなかった。まるで、外から別の鍵を掛けられているかのように。それでもどうにか開けようと試みていると、帰ってきた父と鉢合わせてしまった。慌てて扉から離れ、出迎えをしにきたと嘘をついた。が、考えていたことを見透かされたのか、父は無言で私の手を掴むと、家の奥へと引っ張って行った。その時、父の着ていた作業着が、やけに煙臭かったのが気になった。まだ稲刈りの時期ではなく、野焼きや藁焼きをするはずがないというのに。

そのまま、祖母の寝室である納戸へ連れて行かれると、

「……ここにおれ。絶対に、外を見たらいけんからな」と言われて襖を閉められた。一人、取り残された私は、暗闇の中にいるのが怖くなり、慌てて電灯の紐を引っ張った。途端に、パチパチという音を立てて灯りが点き、納戸が光で満たされた。

その時、ふと気が付いた。なぜ、この納戸には窓がひとつも無いのだろう。

今まで疑問に思うことなど無かったが、普通は壁が外部に面している部屋ならば、窓がひとつくらい設けられるはずではないか。それがなぜ、どの壁面にも、明り取り窓すら無いのだろう。襖を閉めたら、真っ暗闇になってしまうではないか。

なぜ、窓が……いや、窓をわざと設けていないのか？　外を見られないように……いや、外から見

られなくする為に？　一体、何から――不意に背中に冷たいものが走り、それ以上考えるのはやめにした。父に言われた通り、その日は夕食に呼ばれるまで納戸で過ごした。その次の日、外へ出掛けようとする父に、祖母がしきりに線香の束を持たせようとしているのを物陰から目撃した。

やがて、九月一日がやってきて、私はようやく外へ出ることを許された。久しぶりにランドセルを背負い、妙に白々しい態度の家族に見送られながら久しぶりに家を出て、村の景色を眺めながら坂道を下った。青々としていた棚田は、稲穂が垂れてすっかり色褪《いろあ》せ、一面が乾いた淡黄色になっていた。村の家々も見てみたが、窓が塞がれている様子は無かった。村の人には会わなかったが、別段変わりの無い、いつも通りの、九月の朽無村の風景が広がっていた。バス停まで行くと、辰巳がいたので、

「……辰巳」と声を掛けたが、辰巳はむっつりと下を向いた。いつも落ち着きがなく、騒がしい辰巳が、ずっと俯いて黙り込んでいるのを変に思った。

「ね、ねえ。辰巳は、サトマワリの次ん日から、外に出られたと？　それとも、休みん間、ずっと家におったと？」と訊いてみたが、辰巳は顔を上げなかった。よく見ると、肩が小刻みに震えていた。まるで、何かに怯えているかのように。

私は諦めて、他の人が来るのを待った。ところが、今日から小学校に通うはずの優一くんたちが、いつまで経ってもやってこなかった。それどころか、絵美ちゃんと由美ちゃんも、姿を現さなかった。やがて、バスが来て、私は辰巳と二人だけで乗り込んだ。もしかしたら、優一くんたちは初登校なんだし、車で早めに学校に行っているのかもしれないと思った。絵美ちゃんと由美ちゃんは寝坊か、中学校は今日まで休みなのかもしれないと思った。バスの中でも、辰巳はずっと黙って俯いていた。

学校に着くと、教室で朝の会が始まるのを待った。きっと、優一くんが担任の先生と一緒に入ってきて、挨拶をするのだと思っていた。

ところが、先生は一人で入ってきた。それから、いつものように朝の会が始まった。その後、始業式が体育館で始まったが、優一くんも陽菜ちゃんも現れなかった。

あっという間に一日が終わり、私は帰り際に、先生に尋ねてみた。

「あの、今日から転校してくるはずの山賀優一くんって……」すると、先生は、

「転校？　……ああ、そうそう、二学期から転入してくる子が二人いるって夏休み中に聞いてたんだけど、そのお話ね、急に無くなったみたいなの。先生も詳しいことは聞かされなかったのに、真由美さん、よく知ってたね」

愕然とした。そんなはずはないのに。優一くんたちは、今日から転校してくるはずなのに。確かに、そう言っていたのに。釈然としないまま、バスに乗って帰った。行きと同じく、辰巳はずっと黙って俯いていた。朽無村に着くと、辰巳を誘って尾先の集落へと立ち寄ってみた。山賀さんの家の前まで来ると、私は再び愕然とした。

家の前にあの白いワンボックスカーは停まっておらず、玄関に掲げられていたはずの真新しい〝山賀〟の表札が無くなっていた。試しにチャイムを鳴らしてみたが、誰も出てこなかった。家中のカーテンが閉め切られていて中の様子は分からなかったが、やけにしんとしていて人の気配がまったく感じられなかった。

「……帰ろ」と辰巳に言われて、トボトボと尾先の集落を後にした。その日初めて、辰巳の声を聞い

された気がした。家に帰ると、家中の窓の鎧戸が開かれていて、塞いでいた木板も、ひとつ残らず取り外されていた。その日の夕食時、私はおずおずと、

「……ねえ、山賀さんたちって――」

「引っ越した」父が食い気味に答えた。

「ひ、引っ越したっち、どこに？」

「……仕事ん都合で、元おった名古屋に戻ることになったっち言よった」

そう言うと、父は不味《まず》そうに缶ビールを煽った。祖母も母も、黙々とご飯を食べていた。私はそれ以上、山賀さんたちについて訊くことができなかった。重苦しい空気になった食卓は、それ以降誰も喋《しゃべ》ろうとしなかった。

やがて、なんてことの無い日常が戻ってきた。家族とは、サトマワリや山賀さんたちのことについて訊かなければ、いつも通りの会話ができるようになった。気兼ねなく笑い合える食卓が戻ってきた。辰巳も、段々と元の快活な辰巳に戻ってきた。でも、見つめ合って話をしていると時折、顔を赤くして背けるようになった。

村の大人たちも、何事も無かったかのように暮らしていた。九月の半ばになると稲刈りの季節になり、みんな汗を流しながら忙しそうに田んぼで働いていた。すれ違うと、わざとらしく感じられるほどに、みんなニコニコと声を掛けてきた。

一度だけ、こっそりと頭原まで行ってみたが、遠目に見る分には、シラカダ様のお社にも、何も変化は起きていないようだった。

何もかも、元通りの日常が朽無村に——いや、私が家に籠っている内に、朽無村の様相は少しだけ変わっていた。

久巳さんは、亡くなったのだと聞かされた。患っていた病気のせいで、家で静かに息を引き取ったのだという。お葬式は川津家の人間だけで執り行われたらしかった。不謹慎だが、やけにあっさりした死に際だなと思った。

久巳さんがいなくなったせいなのか、義則さんは尾先の集落から川津屋敷に戻ってきたようだった。相変わらず村で見かけることは滅多に無かったが、家にいると時折、義則さんの黒いシーマが騒々しく坂道を上ってくる音が聴こえてきた。

雅二おじちゃんは、やけにやつれていた。丸々と膨らんでいた頬がこけて、まるで一気に十歳ほど老け込んでしまったように見えた。以前と変わらず、気さくに話しかけてこそきたが、その顔はいつも赤黒くて、息がお酒臭かった。

河津酒屋の絵美ちゃんと由美ちゃんは、市内の親戚の家に引っ越したのだと聞かされた。スパルタと言っていたバドミントンの部活に専念する為らしかった。確かに、バス停で立ったまま寝てしまうほど疲れるのだから、朽無村から通うよりも中学校に近い市内で暮らす生活の方が、体力的な負担は少なくなるだろうと思った。

尾先の集落は、山賀家も義則さんもいなくなったことで、完全に無人になった。

そして、ミルクがいなくなった。サトマワリの日の夜に見て以来、ミルクの姿を目にすることが無くなった。

だが、変化という変化はそれくらいで、そのどれもが、あくまで日常の範疇《はんちゅう》に収まるような出来事ばかりだった。サトマワリの日の夜に経験したような、日常を逸脱した非現実的な出来事は、以降、何も、一度たりとも、起きなかった。

その証拠にといっていいのか、次の年から、ごく普通にサトマワリが催された。

先駆けの役割が義巳さんに代替わりし、義則さんも参加し、雅二さんが後備えを担い、祖母が巡り唄の音頭を取って、それぞれがそれぞれの役割をきちんと全うして、何事も無く夕の儀をこなして――だが、村の人たちはどこか、機械的にサトマワリを執り行っているように見えた。みんな「やった所で無駄なのに……」とでも言いたげな顔をしているように見えた。

村に新しく人が引っ越してくることは無かったので、宵の儀が行われることは無かった。まるで、そんな催しなど、そもそも無かったかのように、夕の儀だけが粛々と執り行われていった。

次の年も、その次の年も、その次の年も、その次の年も――。

幕章　死ぬ程洒落にならない怖い話【Q州K村の○○○○様】

小学五年生の頃の話になるんだけど、父親の仕事の都合で、Q州地方にあるK村っていう所に引っ越したことがある。

村っていうだけあって、そこはすごい田舎だった。周りには山と川と田んぼしかない。家も数軒しかなくて、どれもめちゃくちゃ古い和風家屋で、住んでる人はみんな農家で、最寄りのコンビニまで行くとしたら車で三十分も掛かるような土地。

なんで街中じゃなくて、そんな所に引っ越したかっていうと、遠い親戚の持ち家がそこにあったてことと、妹が病気がちだったから空気のキレイな所に住もうっていう考えが両親にあったからなんだけど、正直ちょっと落胆してた。それまで、ずっと都会暮らしだったから。

まあ、それでも住めば都って感じで、段々と暮らすのが楽しくなっていった。運がいいことに、自分と同い年の子が二人、村にいてさ。すぐに仲良くなって、妹と一緒に遊んでもらったりしたよ。山とか川とか、大自然の中で遊ぶのは、都会っ子だった自分にはすごく新鮮だった。

その時はちょうど夏休みで、二学期から転入する予定だったから、学校にはまだ行ってなかった。だから宿題も無くて、その子たちと毎日のように遊んでたんだけど、引っ越して二週間ぐらい経《た》った頃だったかなあ。その村で行われるお祭りに参加しなきゃいけなくなったんだ。家族総出で。

なんでも、その村で毎年行われてるお祭りだったらしいんだけど、今にして思えば、変な内容だった。

村の住民全員で（といっても、二十人もいなかった気がする）、民謡みたいなのを歌いながら、ぞろぞろと列になって村中を練り歩くんだ。それも、運動会の綱引きの時に使うような藁《わら》でできた長縄を、肩に回して担いで。

正確に言うと、長縄を担ぐのは大人の男の人だけ。先頭は、村の長老みたいな立場のお爺《じい》さんが務めて、鈴の付いた杖《つえ》をシャンシャン鳴らしながら歩いて行く。長縄の先端はその杖に繋《つな》がってて、長老、長老の息子さんたち、別の家のお父さんたち……っていう風な順番で、長縄をぐるっと肩に回して担いで一列になる。女の人と子供は、その列の周りを囲うみたいにしてついて行く。それだけじゃなくて、枡《ます》っていうのかな。木でできた箱を持って、その中に入ってるお米を道にパラパラ撒《ま》いていく。

ちゃんと衣装もあって、男の人たちは白い法被《はっぴ》、女の人たちは白い割烹着《かっぽうぎ》を着てた。その中で、長老のお爺さんだけは立派な白い袴《はかま》の姿だった。

自分たちの衣装は無かったけど、白い服で来るように言われたから、上だけ白いシャツで行った。子供ながらに、変なお祭りだなあって思ったけど、郷に入れば郷に従えって感じで参加してた。村の子たちにやり方を習って、見様見真似《みようみまね》でそれっぽく。

お祭りの主旨としては、村の上手にある神社に祀《まつ》られている、○○○○様っていう五穀豊穣《ごこくほうじょう》の神様に豊作を願う、みたいなものだと聞いてた。（なんで名前を伏せてあるのかは、また後々）

で、夕方にその催しが終わって、公民館で打ち上げみたいなことをやってたんだけど、お祭りはそれで完全に終わりってわけじゃなかった。自分と妹はそれで終わりだったんだけど、両親はまだ参加しなきゃいけない行事が残ってた。それが、宵の儀とかいう行事だった。

聞いた話だと、その宵の儀っていうのは、K村に新しい人を迎える度に神社で必ず執り行っている、伝統的な催しらしかった。宵の儀って名前の通り、それは必ず夜に行わなきゃいけないんだと。

ちなみにその神社〝○○○○様のお社〟って呼ばれてて、子供は入っちゃいけない場所だって村の子たちから聞かされてた。大人しか立ち入ることができないって。だから自分と妹は、その催しに呼ばれなかったんだろう。

打ち上げが終わって、家に帰って一息ついた後、両親はその宵の儀に参加する為《ため》に出掛けて行った。当然、自分と妹は家でお留守番だったんだけど……そんな時に限って、妹がぐずり始めたんだ。なんでパパとママがすぐ帰ってこないのって。

仕方ないだろ、もうすぐ帰ってくるよって言ってなだめてたんだけど、ちょっと目を離した隙に、妹が耐えられなくなったのか、おもちゃのペンライト片手に家を抜け出して、その神社に行っちゃったんだ。

すぐに気が付いて、懐中電灯持って家を飛び出したら、神社の方に走ってく灯《あか》りが見えた。何かあっちゃいけないと思って、慌てて追いかけたんだけど、妹は案外すばしこくて、一足先に神社に辿《たど》り着いちゃったんだ。

ああ、子供は入っちゃいけないって言ってたのに、怒られるかな、まあ両親もいるし大丈夫か、って思いながら、妹を追いかけて神社の建物の中に入ったら……異様な状況が待ち構えてた。中には、村中の男の人たちが祭りの時と同じ格好で集まってた。みんなで、ぐるっと車座になってて、その中心に両親がいたんだけど、二人とも様子がおかしかった。尋常じゃないくらいぶるぶる震えながら、床にへたり込んで身を寄せ合ってたんだ。まるで、すごく怯《おび》えてるみたいに。よく見ると、母親の方に汗だくの妹が取り縋《すが》ってた。母親はなぜか必死に妹の目を手で覆ってた。

その奥には、お膳を使った簡易的な祭壇みたいなのが並んでて、その向こうに、村の長老のお爺さんが立ってた。やっぱり祭りの時と同じ、白い袴姿だったんだけど、なぜか、顔に白い仮面を着けてた。両目のところに、縦に細長い切れ込みを入れたような覗《のぞ》き穴《あな》がある、なんていうか……蛇が睨《にら》んでる顔を模したような仮面だった。

中に入った瞬間、村の男の人たちがどよめいてたのを覚えてる。自分も自分で、え？　何この状況？　って戸惑ってたら、急に白い仮面を着けてた長老のお爺さんが、

「げぇえぇぁああああああああっ！」

って、気持ちの悪い叫び声を上げながら、こっちに向かってきた。うわっ！　って思った瞬間、その仮面の向こうに見えてた目と、目が合った。

それは、不気味なほど真っ白な目だった。黒目が白く濁ってて、生気を感じられなくて、大きく見開かれてて、吸い込まれてしまいそうで――。

……気が付いたら、布団の中にいた。あれ？　って起き上がったら、その神社とは比べ物にならない程だだっ広い、別の神社の本堂に自分はいた。傍《そば》には両親と妹がいて、三人共オイオイ泣いてた。

「良かったぁ、良かったぁ」って言いながら。

わけが分からなくて、何が起きたのって訊《き》こうとしたら、上手《うま》く声が出なかった。喉がヒリヒリして、身体《からだ》もやけに怠《だる》い。それで、軽いパニックになってたら、奥の障子が開いて、高齢のお坊さんが現れた。

「おおっ、目が覚めたか」

自分を見るなり、お坊さんはそう言って、布団の傍に着いた。そして、自分に向かって「なんまんだぶなんまんだぶ……」って唱えた後、

「坊ちゃん、もう大丈夫やからな」って、笑いかけてきた。

それから、両親が質問攻めにしてきたり、妹が縋ってきたりしたんだけど、お坊さんがそれを「今はともかく、体調を戻さんといけんから」って制して、どこからか、お粥《かゆ》を持ってきた。それを食べている時に聞かされたけど、祭りの日から、なんと三日も経ってた。どうりで、身体が弱ってたわけだった。

その後、栄養剤を飲まされたり、風呂に入れられたり、また寝かせられたりして一日が終わって、次の日の朝になると、すっかり体調は良くなってた。それを起こしに来たお坊さんに伝えると、本堂にまた家族が集まってきた。そして、自分だけが布団の上にいる中、お坊さんが状況の説明を始めた。

ここは、あの村から遠く離れた町にある神社であること。四日前の明け方、両親が自分を連れて、ここに駆け込んできたこと。その時、自分には、とんでもない悪霊が取り憑《つ》いていたこと。その悪霊を祓《はら》う為に、二日に亘《わた》ってお祓いをしていたこと。そして三日目にしてようやく、お祓いが無事に終わり、自分が意識を取り戻したこと。

……とても信じられなかった。だって、まったく記憶が無いんだ。村の神社で、仮面の向こうの白い目と目が合った時から、記憶がブッツリ途切れてて、何にも覚えてない。呆然《ぼうぜん》としてたら、両親がお坊さんに、

「自分たちは、一体どういう目に遭ったんですか。あの村の住民たちは、自分たちをどうするつもりだったんですか」って、訊いた。普段は能天気な母親が、その時はすごく真剣な表情をしてたのを覚えてる。すると、お坊さんは険しい顔をして黙り込んだ後「話せる範囲でしか、話すことはできんが……」って、前置きして、次のようなことを語り出した。（方言がきつかったから、標準語に訳してある）

端的に言うと、あなた方は呪いを受けさせられそうになるところだったのだ。あの村の神社に、仮面を御神体として祀られていた、○○○○様という悪霊の呪いを。

あまり名を呼ぶことは良くないので、以降は〝アレ〟とさせてもらうが、村の者たちは、アレのことを五穀豊穣の神様だと言って崇《あが》めていただろう？

だが、アレは決してそんな存在などではない。さっきも言ったように、アレはれっきとした悪霊なのだ。それも、かなり危険且つ、邪悪な力を持っているモノ。

しかし、アレが――アレの仮面が、未《いま》だに存在していたとは……。私も先代から、その存在は聞かされていたが、とうの昔に消え失《う》せたモノだと思っていた。

アレが、どういった出自を持ち、どういった経緯であの村に祀られているのかは、話すことができ

ない。そのわけは、先程からアレを〝アレ〟と呼んでいることにも関係している。

アレは、その名を口にするだけでも危険なのだ。それだけで、アレの穢《けが》れに触れる恐れがある。だから、こうして話をしているのも、本来ならばするべきではないことなのだが……あなた方はアレに接触してしまった。致し方ないので、アレの障りが及ばない程度に、簡潔な説明をしよう。

アレは、あの村に古くから巣食っているモノでな。いや、アレがいるからこそ、あの村が生まれたといった方がいいかもしれん。ともかく、アレとあの村は切っても切り離せない関係にあるのだ。

村の者たちは、アレ無くして生きていけない。アレも、村の者無くしては存在できない。共生関係というと聞こえはいいが、ある種、呪いのようなものだ。村の者たちは、アレを崇め続けなければ生きていけない運命にあるのだから。

だが、アレのもたらす力によって、あの村が発展してきたことも事実なのだ。今は見る影も無いが、あの村にも栄華を誇っていた時代があった。それは、アレの力無くしては成り立たなかっただろう。

傍《はた》から見れば、恐ろしいことだが……。悪霊を崇めることによって、村の繁栄を成してきたなどと……。しかし、それよりも恐ろしいのは、あの村の者たちが未だにアレを信仰していたことだ。

先代は、過疎化が進んで人が減り、村が廃れていったのと同様に、アレも力を失《な》くしてこの世から消え失せただろうと言っていた。私も、そう思い込んでいたが、まさか、この現代に至るまで、悪《あ》しき伝統と共に残存していたとは……。

悪しき伝統というのは、あなた方も参加したという村祭りのことだ。目的としては、アレを崇める為に行われているものだろうが、宵の儀という催しに関しては、また別の目的を含んでいる。

村の者たちは、村に新しく人を迎え入れる為の催しだと言っていたのだろう？　言い得て妙というべきか……。その儀式は、あなた方にアレの呪いを受けさせる為に行われたのだ。あの村では、アレの呪いを受けることによって、ありとあらゆる繁栄を成すことができるとされてきた。それは迷信ではなく、事実としてそうなのだ。

逆に、アレの呪いを受けなければ、あの村でまともに生きていくことはできない。アレを受け入れなければ、最悪の場合……命を落とす可能性もある。

信じられないかもしれないが、あの村はそういう村なのだ。あの村で生きていくには、否《いや》が応《おう》でもアレの呪いを受ける必要がある。アレの呪いを受けて初めて、村の一員として認められるのだ。故に、村の者たちからしてみれば、悪意などなかったのだろう。あなた方を村に迎え入れる為の通過儀礼として、当たり前に儀式を執り行っていたのかもしれん。村の者たちにとっては、アレの呪いを受けるというよりも、御加護を受けるという認識だろうからな。

だが、私に言わせれば、それはあまりにも危険な行為だ。悪霊の穢れの下で生きていく為に呪いを受けるなど、正気の沙汰ではない。

……いや、それは村の者たちも分かっているのかもしれないな。でなければ、この時代になってまで、アレを信仰しているはずがない。もう、アレの穢れの下でしか生きていくことができないと、諦めているのだろう。

しかし、話を聞くに、その儀式は失敗に終わったようだ。お嬢ちゃんと坊ちゃんのおかげでな。二人が偶然にも社に踏み入れたことによって場の調和が乱れ、儀式の規律が破られたのだろう。アレは古くから、子供と取り合わせが悪い存在だからな。

だから、安心してほしい。あなた方は、アレの呪いを受けずに済んでいる。お嬢ちゃんの方もな。ただ、坊ちゃんの方には穢れが及んでしまったのだが、それもどうにか祓うことができたし、今のところは大丈夫なようだから、心配は要らんよ。

恐らくだが……あなた方に向けられるはずだったアレの呪いは、儀式が失敗に終わったことによって、災いへと形を変え、あの村の者たちに跳ね返っただろうな。

なに、あなた方家族が気に病むことはない。因果応報、自業自得という言葉が相応《ふさわ》しい結末だろう。長きに亘って、生兵法で悪霊の力を利用し続けてきた連中に、天罰が下ったのだ。

たとえ、あの村の長老が命を落としたとて、それは当然の報いといえる――。


い、命を落とした？

慌てて両親に話を訊いたら、あの夜は、それはもうしっちゃかめっちゃかだったとだけ疲れた顔で言われた。色々と事が起き過ぎて詳しく話したくはないらしかった。

一応、後からぽつぽつと断片的に聞かされたことをまとめると、あの時、両親は白い仮面を被《かぶ》った長老を前に、身体の自由を奪われたようになっていたらしい。まるで、魔法をかけられたように手も足も動かせず、声を上げることもできなかったと。

そこへ、妹が駆け込んできた。途端に場がどよめいて、両親はなぜか少し動けるようになって（お坊さんが言っていたように、子供がお社の中に入ってきたことによって場の調和が乱れたから？）これはまずいと察した母親が、必死に妹の目を覆った。

　母親はそれを、本能的な行動だったと言っていた。絶対に目の前の光景を見せてはいけないと、直感したそうだ。

　その後、自分が入ってきて、気を失って倒れて……それから何があったのかだけは、両親は頑《かたく》なに話してくれなかった。とても恐ろしいことが起きたって言うだけで、それ以上のことは教えてくれない。ただ、なんとなく、その時、長老のお爺さんの身に何かが起きて、命を落とすことになったんじゃないかと思ってる。

　結果的に、両親は気絶した自分と泣きじゃくる妹を抱えて家に逃げ帰り、着の身着のままで車に乗って村を出たらしい。そのまま、藁にもすがる思いで、お寺というお寺に押しかけ、お祓いをしてくれと頼み込んだそうだ。それで、たらい回しにされた末に受け入れてくれたのが、自分が目覚めたお寺だったらしい。

　それを聞かされた時、自分は気絶している間、どうなっていたんだろうと背筋が寒くなった。どこかのホテルでも病院でもなく、真っ先にお寺を目指したってことは、自分は一体どういう状況に陥っていたんだろう、って。両親は幽霊とかお化けとかをまったく信じていなくて、心霊番組とかも鼻で笑って見ていたような人間なのに。それも、色んなお寺でお祓いを断られ続けるなんて……。

　疑問に思って、お坊さんに訊くと「……それは知らん方がいいやろう」って言われた。両親の方を見ても、首を横に振られた。それは訊かないでくれって感じで。

　腑《ふ》に落ちないでいると、それを見かねたのか、お坊さんから、

「無理もない。アレの御神体である面を被った者——アレがその身に憑依《ひょうい》した者と目が合ったんやからな。大人やったら身動きができなくなる程度で済むが、アレの悪しき力は子供に対してやと一際強く作用してしまう。とても、まともじゃおられんよ。多分、もう一日ここに来るのが遅かったら、今頃坊ちゃんの命は無かったやろうな」

って、言われて、ゾッとした。怖くて、それ以上は何も訊けなかった。

それから自分たち家族はK村には戻らず、しばらくそのお寺で生活することになった。離れの住まいを借りて、居候みたいな形で。

家族の中で自分だけが日に一回、必ず本堂で簡易的なお祓いを受けた。お坊さんの唱えるお経を聞くだけだったけど、そうしていると不思議と心が安らいだ。

お寺で過ごしている間は、色んなことを考えてた。これからどうなるんだろうとか、引っ越したばかりの家はどうなってるんだろうとか、あの村の人たちはどうしてるんだろうとか、仲の良かった子たちはどうしてるんだろうとか。

そうこうしている内に、父親から元住んでいた都会に戻ると聞かされた。自分と妹が寺で過ごしている間、両親は着々と引っ越しの準備を進めていたらしい。(後から聞かされたけど、父親は勤めている会社に相当無理を言って話を取りつけたらしい)

村に戻っても大丈夫なの？　って訊くと、もうとっくにあの家は引き払ったと言われた。自分が知らない間に、父親はお坊さんに付き添ってもらって村に戻り、必要最低限な物だけをバタバタと積み込んで逃げるように帰ったらしい。

「……村の人たちには会ったの？」そう訊いてみると、父親は、

「村の人たちとは一切話をしてないし、顔も合わせてない。もう、あんな連中と関わり合うのはごめんだ」って、苦い顔で答えた。恐る恐る、

「ぼ、僕たちは村に戻れないの？」って、訊いてみた瞬間、父親は血相を変えて、

「絶対にダメだっ！　……あの村は、子供が外を出歩ける状況じゃなくなってる」

……どういうことなんだろうって思ったけど、あまりの剣幕に、それ以上は何も訊けなかった。結局、自分と妹がK村に戻ることはなかった。

それから、お寺に居候させてもらって三週間ほど経った、そろそろ八月が終わるなって頃、元住んでいた都会に戻れるようになって、最後に家族全員でお坊さんに挨拶をした。家族揃《そろ》って本堂に正座して、両親が深々と頭を下げながらお礼を言っていると、お坊さんが、

「いや、どうにか丸く収まって良かった。あなた方も、これで心置きなく元いた土地に戻れるやろう。坊ちゃん、もう何の心配も要らんからな」って、笑った。その時、これが最後のチャンスだと思って、

「あ、あの、K村って、どうなっちゃったんですか？」って、訊いてみたら、

「……あの村は、もうダメやろうな。アレが社の外に出て、探しもんをしよるから」

「探し物？」

「……坊ちゃんを探しよるのよ。自分と目が合った者をな」

「えっ……？」

「いやあ、心配はいらんよ。アレは村の外には出られんからな。ここまでは来られん。せいぜい、村

の中をうろうろするだけやろう」

　ほっとして、安心しかけたけど、

「で、でも、あの村にいた子たちは？」思わず、訊いた。だって、アレは子供に対しては相当に危険な力があるって聞いてたから。それも、命に関わるほどの……。

　すると、お坊さんはため息交じりに、

「……まあ、おちおち外には出られんやろうなあ」

　愕然《がくぜん》とした。それと同時に、父親の言葉を思い出してた。

　まさか、悪霊であるアレが社から出て、村中を徘徊《はいかい》してるっていうのか……。

　想像して、恐ろしくなってたら、

「坊ちゃん、心配するな。夏の盛りが終われば、アレは社に引っ込んで、村の子らは外に出られるようになるやろうて。やが……恐らく、あの村はこれから災厄が続くやろうな。アレがうろついたせいで、土地と気が穢れてしもうたから……。なに、気にすることはない。あの村の者たちが、またどうにかしてアレを鎮めるやろう。どこまでアレを信仰し続ける気か知らんが……」

　そう言うと、お坊さんは自分と妹の方を見て、こう締めくくった。

「いいか、坊ちゃん、嬢ちゃん。これから元々おった所に戻ったら、たくさん楽しいことをしなさいよ。勉強も大切やけど、たっぷり遊んで、遊び回って、思い出をたくさん作んなさい。そして、あの村で起きたことも、ここで過ごしたことも、何もかも全部忘れなさい。いらんことは思い出さんでいい。楽しいことだけ考えて、お父さんとお母さんと仲良くして、ずうっと元気でおりなさいよ

――」


それから、自分たち家族は元住んでいた都会に戻った。

結局、引っ越し前に住んでいたマンションにそのまま舞い戻る形になって、自分も妹も、元々通ってた小学校に復学することになった。友達からは喜ばれたけど、夏休みが明けたら転校したはずの奴《やつ》が教室にいたから、不思議な気持ちだっただろう。

当の自分も、あっという間に元の生活が戻ってきて、なんだか不思議な気持ちだった。引っ越してすぐ舞い戻ってきたっていうよりも、旅行から帰ってきたっていう感覚だった。夏休みの間だけ、遠いところで過ごしてたみたいな。なぜか、父親も母親も、妹ですら、あの村で過ごしてたことを一切口にしなかったから、余計にその感覚が強まった。まるで、家族全員が、あの村での経験を無かったことにしようとしてるみたいだった。

そんな日常を過ごしていく内に、自分も段々と、あの夏に起きたことは夢だったんじゃないかと思い始めてきた。

本当は、引っ越しなんてしてなくて。Q州になんて行ってなくて。K村なんて無くて。何にも起きてなくて。おぼろげに覚えていることは、すべて幻で――。

……何てことだったら、良かったんだけどなあ。

半年も経たない内に、自分はまた意識を失ってしまった。何の前触れもなく突然。

それは病気ではなくて、アレのせいらしかった。慌てて両親がQ州のお坊さんに連絡すると、もの凄《すご》く謝られたらしい。

「本当にすまん。まさか、アレが村から出られるとは思わんやった。アレが、それほどの穢れを及ぼす力を持っとったとは……」

どうやら、祓えたと思っていたアレの穢れが自分の中にまだ残っていて、その残り香を頼りにアレが憑いてきてしまったみたいだった。

結局、Q州のお坊さんに言われるがままに、住んでた県内にある大きなお寺で、またお祓いを受けることになった。そこにいる御住職さんはQ州のお坊さんの知り合いで、その筋では有名な凄腕の人らしくて、確かな信頼があるって紹介された。実際に、その御住職さんのお祓いのおかげで、自分はまた意識を取り戻すことができた。

そのお祓いは、Q州のお坊さんとはやり方が違って、すごく変わった形で成し遂げられたらしかった。なんでも、祓ったアレを追っ払うんじゃなくて、ある物に閉じ込めて封印してしまうっていう手法で行われたらしい。その方が、より安全なんだって聞かされた。

けど、それから一か月もしない内に、自分はまた意識を失った。どうやら、アレが封印を破って、また自分に取り憑いて、穢れを及ぼしたみたいだった。

それで、前と同じようにお祓いを受けたんだけど、その時、御住職さんから、

「もう、息子さんはここで暮らした方がいいのかもしれません。アレの封印と並行して、断続的な祓いを続けるしか道はないでしょう。その身に染みついたアレの穢れが完全に消え去ってしまうまで、うちで預かります。それがいつのことになるかは分かりませんが、いつまたこのような事態に陥ると

も限りませんし、最悪の場合、命の危険があります。私どもの管理下、仏様のお膝元で過ごしていた方が、きっと安全です。それに、引き離さずに、反《かえ》って近くにいた方が、アレもやたらに穢れを及ぼさないかもしれない」って言われて、そのお寺に引き取られることになった。

それ以来、今に至るまで、自分はずっとお寺で暮らしてる。別に、お坊さんになる為の修行をしてるわけじゃなくて、ただ単に住まわせてもらってるだけなんだけど。

それでも、お寺の人たちはみんな優しくて、自分のお世話をしてくれてる。申し訳なくて、お寺の仕事の手伝いをしてたら、御住職さん（普段は先生って呼んでる）から仏門に入らないかって言われたけど、それはちょっとさすがに断った。

普通に学校にも通ってるし、家族とも週に一回は会ってる。両親と妹がお寺に来てくれて、話をしたり、一緒にご飯を食べたりするんだ。家から結構遠いのに、週末はかかさずに来てくれるから感謝してる。迷惑を掛けっぱなしだっていうのに。

ちなみに、御住職さんの判断は正しかったみたいで、三度目のお祓い以降、意識は失ってない。定期的にお祓いを受けて、染みついているアレの穢れを少しずつ取り除いてもらってるおかげで。

でも、御住職さん曰《いわ》く、アレの穢れは未だに自分の中にしつこくこびりついているみたい。だから、まだまだ自分が安心して過ごせる日は遠くて――。

……まあ、それは自分が一番、分かっているんだけど。

だって、ずっと呼ばれてるような気がするんだ。

K村で、アレと目が合ってしまったあの日から、ずっと、ずっと。

Q州のお坊さんの言う通り、御住職さんの言う通り、忘れるべきなんだと思う。楽しい思い出とかで、上書きして。

だけど、無理なんだ。無理なんだよ。

もう、自分は、逃げられないんだと思う。

アレの穢れに、触れてしまったからには。アレに、魅入られてしまったからには。

だから、行かなきゃ。アレと一緒に、帰らなきゃ。

アレが、かつて巣食っていた場所へ。Q州の、K村へ。

これはきっと、罰みたいなものなんだ。

向き合わなきゃいけないんだと思う。

たとえ、家族と離れ離れになってしまっても。たった一人でも。

あの忌まわしい記憶に。自分を苦しめる穢れに。この痛みに。

きっと、ずっと、永遠に、
○○○○様という、呪いに――。

第二部　2011年　夏

トロトロと走るバスに揺られながら、私は無気力に窓にもたれていた。

後ろの方からは、辰巳《たつみ》がやっているＰＳＰ《プレイステーション・ポータブル》のゲーム音声が騒々しく聞こえてくる。イヤホンを使えばいいものを、運転手が注意しないからと言って、遠慮なしに大音量でやっている。はた迷惑だが、乗客は私と辰巳しかいないので、被害に遭っているのは私だけ。いつものことなので、注意する気も起きない。

窓の外は、一面がうんざりするほど青々とした田んぼだった。広大な田んぼ、田んぼ、田んぼ……。他に見えるものといったら、その向こうの鉄塔が点在している壁のような山。入道雲が立ち上った青空。つまらない、何の輝きも無い、田舎臭い景色。

私は鼻からため息を逃がしながら、ぼんやりと思った。

ああ、〝くねくね〟でも見えたら面白いのに――。

朽無村《くちなむら》に着くと、私は定期を見せずにさっさとバスを降りた。見せたところで、あのヨボヨボのお爺《じい》ちゃん運転手の対応は変わらない。フケがこびりついた眼鏡越しに、ぼーっと見つめてくるだけだ。

咳《せ》き込むようにブルンと車体を揺らして去って行くバスを背に、下を向いて坂道を上っていると、辰巳が追いついてきて横に並んだ。

「……なぁ、一組もどっさり出たんか？　宿題」

辰巳が携帯をカチカチと弄《いじ》りながら、それとなく訊《き》いてくる。今度は携帯のモバイルゲームをやっているらしい。忙しいことだ。

「当たり前やろ。五組よりも多いんやから」

「ハッ、さすが、エリートの一組やな」

皮肉っぽく言われたが、言い返さなかった。偏差値がどうたらこうたら言ったら、また面倒臭いことになるに違いない。下を向いて、粛々と歩いて行く。

尾先《おざき》の坂道を通り過ぎて中原《なかばら》に入り、河津《かわづ》酒屋《さかや》の前まで来ると、辰巳が、

「なあ、ジュース買おうや。コーラ飲みてえ」

私は中に聞こえないようにボソッと「……いらん」と言うと、さっさと通り過ぎて坂道を上った。

「ちっ、なんかや」と、辰巳が毒づきながら追いついてくる。

「飲みたいなら買えば良かったやん」

「お前が寄らんなら、別にいい」

その程度の願望なら最初から口にするなと、心の中で小さく毒づいていると、

「なあ、一組も五組も宿題は一緒んやつがあるやろ。終わったら写させろや」

……まったく、辰巳は何も成長していない。身体《からだ》はゴツゴツと大きくなったが、中身はしょうもない悪ガキのまま……いや、外見も悪ガキか。

ワックスで立てたツンツン頭に、細く薄く剃《そ》った眉。見せつけるように白くてガチャガチャしたベルトを通しているくせに、腰パンでだらしなく引きずる太めのズボン。真夏だというのに、ティンバ

ーランドのブーツをドタドタと履いている。耳のピアス穴の痕も含めて、校則違反のロイヤルストレートフラッシュだ。ダサいと指摘して以来、ウォレットチェーンを外しているのがせめてもの救いか。

「ちゃんと自分でやらんと、また成績落ちるばい」

「別にいいわ。五組のままで」

「また怒られるっちゃない？　義巳《よしみ》さんから――」

「親父《おやじ》は関係ねえっ！」

辰巳が声を張り上げ、しまったと後悔した。未《いま》だに反抗期真っ盛りか知らないが、義巳さんの名を口にするだけでいつもこうだ。

「あんなん知らんわっ……どげえでもいい」

辰巳が黙り込み、私も黙り込んだ。が、それも束《つか》の間《ま》のことで、

「……なあ、真由美《まゆみ》は進路どげえするん？」

と、訊いてきた。

「やっぱ、大学に行くんか？」

「……関係ないやろ」

「なんかや、それ」

「まだ決めちょらん」

「あっそ」

実は、なんとなくの希望はあるが、別にそれを言う義理はない。しかし、意外と辰巳も将来のこと

を考えているのだな、と感心した。こんななりをしていても、やはり進路というものは気になるらしい。いや、きっと五組の先生から発破を掛けられたのだろう。お前ら、そろそろやばいぞ、と。

とはいえ、私もあまり人のことは言えない。まだ高二の夏といえど、すぐに将来のことを考えなければならない時期がやってくる。私たちはもう十七歳なのだ。大人になるまでの猶予は、あと僅か。

やがて、私の家の前に辿《たど》り着き「じゃあ、終わったらメールしろや。もらいに行くき」と捨《す》て台詞《ぜりふ》を吐いて辰巳は去って行った。私はやれやれと思いながら、家の中に入った。ただいまは言わずに洗面所で手だけ洗って階段を上がろうとすると、和室の襖《ふすま》越しに「あぁぁー」という祖母の声が聞こえた。私は無視して階段を一段上がったが、また「あぁあぁー」と聞こえて、渋々階段にカバンを置き、居間へと向かった。

「お母さん、いないの」

「うぅん」母の代わりにまた祖母が声を上げた。仕方なく和室を覗《のぞ》くと「あぁあー」と布団の中の祖母が反応し、しきりに首を動かした。私はため息をつきながら、

「どうしたの？　おむつ？」と訊いたが、祖母の返事は要領を得なかった。布団を捲《めく》ってみたが、酸っぱい臭いがするだけで最悪の事態にはなっていない。

「あぁあ、あは、あは」と祖母が皺《しわ》だらけの頬を引きつらせながら、不器用に笑った。私の顔を見たかっただけだろうか？

「はいはい、大丈夫ね」と祖母をあしらうと、和室を出た。台所で麦茶を飲んでから、そそくさとカバンを拾い上げて階段を上がり、自分の部屋へ向かった。その間、ずっと祖母の残念がっているよう

な呻《うめ》き声《ごえ》が小さく聞こえていた。

カバンを放り出して部屋着に着替えると、ベッドに寝転がって携帯をパキンと開いた。何件かメールが来ていたので確認すると、同じクラスの友達五人の一斉送信のメールグループだった。新しい着うたのサイトを見つけたという話題で盛り上がっている。読んでいる内にまた新着メールが届いたが、加わる気になれなかったので無視しておくことにした。一々着うたが鳴り響かないようにサイレントマナーのままにして、ブラウザのブックマークからいつものサイトに飛び、暇を潰すことにする。

〝放課後洒落怖《ほうかごしゃれこわ》クラブ〟新着記事は……二つ。タイトルは〝跳び箱の怪〟に〝絶叫のトイレ〟だった。更新順に追うことにする。まずは〝絶叫のトイレ〟から。

二つとも読み終わると、ふうとため息をついた。ありきたりで、つまらない話だった。ちっとも怖くない。チープで凡庸な内容。仕方なく、別のリンクを踏まないように気を付けながら〝カテゴリー〟の項目を選ぶと〝殿堂入り〟のページへと飛んだ。〝八尺様〟〝猿夢〟〝リョウメンスクナ〟〝コトリバコ〟〝きさらぎ駅〟〝リアル〟〝姦姦蛇螺《かんかんだら》〟……。ずらりと見慣れたタイトルの記事が更新順に並ぶ。

まだ夕食までには大分時間がある。できるだけ長いものを読み返そうか……。私は〝リゾートバイト〟の記事を選ぶと、小さな画面の中に現れた文章に没頭した。

やがて、階下から「ご飯よぉ！」と母に呼ばれて、むっくりと身体を起こした。もうそんな時間かと部屋の掛け時計を見遣《みや》ると、円状に並ぶ数字がぼやけて見えた。

まただ。小さい画面を凝視し続けたせいで、視力が一時的に落ちている。

瞼《まぶた》越しに眼球の表面を揉《も》むと、階段を下りて居間へ向かった。食卓には既に父と母が着いていて、黙々とご飯を食べていた。祖母は既に食事を終えたようで、食器が流し台に置かれていた。また母に食事係を任せたことに罪悪感を覚えながら席に着くと、同じように黙々とご飯を食べ始める。点《つ》けっぱなしにしているテレビでは、三月に東日本で起きた大規模な震災の爪痕を伝えるニュースが流れていた。

「真由美、明日から夏休みか？」父が缶ビールのゲップ混じりに訊いてきた。

「……うん」嫌悪感が湧いたが、仕方なしに返事をした。

「そうか。なんか、出掛ける予定はあるんか？」

「……関係ないやろ」と答えると、場がヒリつこうとしたのを察したのか、母が、

「そげん言わんと、教えてあげなさい」と間を取り持った。

「……別に、今んとこはなんもない。もしかしたら、ライブに行くかもしれんけど」

「なんのライブか、バンドか」

「どうせ知らんやろ」

「どこであるんか」

「やから、関係ないやろっ」思わず、語気が強まった。母の手がビクッと震えた。

「……それは、八月八日じゃないやろうな？」

八月八日？　私はわざとらしくため息をついてみせると、

「サトマワリに出るのは、去年で最後っち言ったやんか」

そういう約束だったはずだ、と父を睨《にら》んだ。去年、私は強く拒否したのに、結局父に言い包められ

て、渋々参加した。ダサくてくだらない地域行事に。

「そげん言わんと、今年も出れ。もう朽無村におる子供はお前と辰巳くんだけやろうが。参加せんとサトマワリが成り立たん」

「子供やないし、別に私が出らんでも変わらんやろ。あんなダッサい行事──」

「ごちゃごちゃ言わんで、出れ！」と父が怒鳴った。唾の飛沫《しぶき》が手に掛かった気がして、感じていた嫌悪感が一瞬にして増幅、爆発し、

「絶対に出らんっ！」と反射的に言い返した。そのまま箸を叩《たた》きつけるように置いて席を立つと、おろおろしている母を尻目に居間を出て脱衣所へと向かった。

「なんなん、もう……！」

洗面台で入念に手を洗っていると、父と母が言い合っている声が聞こえてきた。

──お前んせいで──あげな言い方をするき──大体、お前が言い聞かせんとわりいんに──なんで私が、お義母《かあ》さんの世話で疲れちょるのに──またそん話か、金が無いきヘルパーは雇いきらん言うたやろうが

聞くに堪えない言葉ばかり耳に入ってきて苛立《いらだ》ちが増した。私はそのまま服を脱ぐと、逃げるように風呂へ入った。風呂場の扉を閉めると、ようやく二人の声が聞こえなくなった。髪と身体を洗い、湯船に汚らしく浮いている父の体毛を洗面器で掬《すく》って捨て、綺麗《きれい》にしてから浸《つ》かった。肩まで熱い湯に沈むと、ようやく怒りに震えていた脳が落ち着きを取り戻してきた。浴槽に力なくもたれ、独り、ため息をつく。

ああ、いつから、こんな風になってしまったんだろう。

昔は違った。小学生や中学生の頃の食卓は、みんなで笑い合う場所だった。家族全員、仲が良かった。喧嘩《けんか》をすることなど一度も無かった。ところが、いつからか、目に見えて家族仲が悪くなった。何かをきっかけにして。

何か——思い当たるのは、やはり、祖母が倒れたこと。

あれは中学校を卒業間近の頃だった。それまでずっと元気だった祖母が突然、何の前触れもなく脳梗塞で倒れた。学校に連絡があり、先生の車で送られて病院に行くと、父と母が肩を落として待っていた。祖母は緊急治療中で会えなかった。

母によると、祖母は和室で箒《ほうき》を持ったまま倒れていたのだという。母は台所にいたが、何の声も物音も聞こえなかったそうで、ふと居間に行った際に倒れている祖母を発見したらしい。その後、パニックになりかけながら救急車を呼んだのだと、さめざめと泣く母から聞かされた。父はその横で、終始重苦しい表情を浮かべていた。

結果として、祖母は無事に一命を取り留めたが、後遺症が残り、脳血管性認知症になってしまった。もう少し発見が早ければ後遺症は残らなかったかもしれないと、医師から説明を受けた。だからといって、もうどうにもならないということも。

それ以来、父と母の仲はなんとなく、ギクシャクし始めたような気がする。

それに追い打ちを掛けるかのように、祖母の病状は悪化していった。退院したての頃は物忘れをしたり、今いる場所が分からなくなったりすることがたまにある程度で、普通に会話もできた。が、ある日、ふらふらと玄関から出て行こうとして土間で転び、足の骨を折ってしまった。自力で動けず、ほとんど寝たきりの状態になると、心と身体が弱ったせいか、認知症が急速に進行していった。

今では、失語症によって、きちんとした会話ができなくなってしまったので、呻き声でなんとなくの意思の疎通をしている。時折、思い出したかのように言葉を発する時もあるが、一方的で要領を得ないものだ。

そんな祖母の介護をするのが母の役目になり、母は段々と疲弊していった。

無理もない。ほとんど一日中家にいて、ずっと祖母の面倒を看《み》ているのだ。さっきのように、愚痴のひとつも零《こぼ》したくなるだろう。母を気遣って私もたまに手伝っているが、介護というのは思っていたよりも、体力と気力を使う。

こんなこと、考えてはいけないのだろうが……できれば、やりたくはない。すっかり弱って、変わり果ててしまった祖母の世話をしていると、辛《つら》くなってきてしまう。血の繋《つな》がった家族なのに、他の誰かに任せてしまいたいとさえ思ってしまう。

だが、それが無理だというのは分かっている。

さっき、父が金が無いと言っていたが、どうもここ最近、田んぼの調子が悪いらしいのだ。悪天候や稲の病気が災いし、実りの少ない不作の年が続いているらしく、思うように収入が得られなくなったのだという。加えて、母が祖母の介護に徹している為《ため》、農作業はほとんど父一人だけで行うことになった。それで父も疲弊し、苛立っているのだ。その捌《は》け口《ぐち》はお酒か、母に対して当たり散らすこと。

そんな父の矛先が、たまに私に向くことがある。私も私で、家にいると息が詰まりそうになり、苛々《いらいら》して反発してしまう。こんなことになるのも珍しくない。もう反抗期なんて年齢でもないというのに。

あまり辰巳のことを言える立場ではないな、と自嘲した。お湯を掬って顔を洗うと、伸ばしていた足をたたんで膝を抱えた。

――いつから？

ふと、言い様のない感覚が頭の中に湧き起こった。

いつから、こんな風になった。一体、いつから……あの日から？

その感覚の正体がデジャヴだと分かった瞬間、ブルッと背中が震えた。あの日の夜と同じ場所、同じ姿勢。思わず、膝を抱えるのをやめて、代わりに肩を抱える。

……そうだ。祖母が倒れたことがきっかけではない。そのずっと前から、家族の仲はギクシャクしていたではないか。六年前の八月八日――サトマワリの日を境に。

あの日以来、私と家族の間には溝ができた。家族のことを心の底から信用できなくなってしまった。身体が変化を迎えて思春期が始まったから？　いや、多分違う。

あの日以降、何をするにしても、家族から白々しい態度で接されているように感じた。みんなが、わざとらしく凝り固めた笑顔をしているように見えた。だから、私も家族とそれなりに接することにした。白々しい態度で、心の内を曝《さら》け出さずに。

あの頃から、とっくに家族の仲は綻んでいたのではないか。それが、祖母が倒れたことによって、完全に解け、バラバラになってしまったのではないか――。

不意に、頭の前の方がジンジンと唸《うな》っていることに気が付いた。

……もう上がろう。私は風呂場から出ると、自分用のバスタオルで身体を拭き、寝間着に着替えて髪を乾かした。そのまま、居間には寄らずに階段を駆け上がり、自分の部屋へと戻った。父と母は、未だに小言を言い合っていた。それに交じって、祖母の残念がっているような呻き声も、また小さく聞こえたような気がした。

部屋に戻るとベッドに寝転がり、ずっと無視していたメールをチェックした。受信ボックスには未読メールが五十件近く溜《た》まっている。古いものから順に見ていくと、着うたのサイトについての話題が続いていた。その後、それぞれの学校やら家族やらに対する愚痴へと変わっていき、いつの間にか私の話題になっていた。私が返事をしないのは、きっと辰巳とイチャついているからだろうという、からかいの内容だ。

〝そんなわけないでしょ〟という文言と、しらけ顔の絵文字を打ち込んで送信した。慣れたものだ。私と辰巳がそういう関係だとからかわれることは。他人から見れば、そういう風に見えるのだろう。一応は幼馴染《おさななじみ》だし、通学バスがずっと一緒だから二人でいることは多い。でも、私は辰巳に対してそんな感情を抱いたことはない。

辰巳の方は……知らないが、私は年々、辰巳のことが苦手になっていた。

年を重ねるにつれて、段々と辰巳が義則《よしのり》さんに似てきているからだ。がっしりとした身体つきや、横暴な言動が。やはり、一緒に暮らしていると影響を受けるものなのだろうか。中学生の頃から、辰巳は義巳さんと折り合いが悪くなった。それもあって、当てつけのように義則さんの方へ傾倒しているのかもしれない。

画面をぼんやりと眺めていると、友達から返事が来た。

〝照れちゃってぇ〟その文言の横に、からかうような笑顔の絵文字があった。

返事の内容を思案していると、別の友達から返事が来た。みんなで一緒にライブに行こうと言っていたロックバンドのメインボーカルが重い病気を患った為に、ライブツアーが急遽《きゅうきょ》中止になってしまったという内容だった。メールグループの全員から、それに対しての驚きや嘆きのメールが届き始める。

中止。そう、中止ね……。別にいい。みんなに合わせて聴いていただけのバンドだったし。そこまでショックではない。でも……機会を失ったのか。

たった一日と言えど、この村から出て外の世界へと行ける貴重な機会を。

やけ気味に携帯を放り出し、ベッドから起き上がると窓へ向かった。網戸を開け放して窓辺にもたれ、真っ暗な外の景色を眺めていると、辰巳の言葉を思い出した。

〝——進路どげえするん？〟〝やっぱ、大学に行くんか？〟

……大学、か。あの時は濁したが、私はそのつもりでいた。でも、具体的に何を学びたいとか、将来どんな仕事に就きたいとか、そういう目標は見出《みいだ》せないでいる。

ただ——ひとつだけ、明確な目標がある。それは、この村を出て行くこと。

どんな形でもいい。とにかく私は、一刻も早くこの朽無村から出て行きたい。こんな、山と川と田んぼ以外に何も無く、鈍臭い空気が漂うばかりの、ダサい田舎から。

昔はそんな風に思わなかった。生まれ育ったこの村が好きだった。自然の中で遊び回り、暮らすことが楽しかった。何もかも、輝いて見えていた。が、歳《とし》を重ね、背が高くなるにつれて、否《いや》が応《おう》でも視野が広がり、色々なことに気付かされた。

目の前に、可能性のあるものが何も無い。ダサいものばかり身の回りに溢《あふ》れている。住んでいる人間もみんなダサくて鈍い。何をするにしても、時間が掛かる。何をするにしても、取り残されていく。

中学校に上がると、外で遊び回ることが無くなった。理由は二つ、単純につまらなくなったのと、恥ずかしくなったからだ。驚きや輝き、新鮮さが微塵《みじん》も無い、もっさりとした村の風景の中に、自分がいることが。

代わりに、家でテレビを見たり、音楽を聴いたり、ファッション雑誌を読んだりするようになった。クラスのみんなの話題について行く為に。みんなの輪の中に溶け込むことに、必死になった。鈍臭い村育ちのダサい人間だと思われないように。

でも、どうしても住んでいる場所が邪魔をした。僻地《へきち》だからか、村のテレビのチャンネル数は市内の街に比べてずっと少なく、みんなが見ている番組が見られない。そもそもCDや雑誌が手軽に入手しにくい等々、様々な問題があったのだが、何よりも大きかったのはバス通学という足枷《あしかせ》だった。バスから降りて学校のある街へと放り出されたら、後は徒歩で移動しなければならなかったのだ。

クラスメートの大半は市内の街に住んでいて、自転車通学だった。みんな学校が終わったら、自転車でお互いの家や街中の施設に和気あいあいと繰り出して行ってしまう。徒歩移動の私は、ひとりポツンと取り残されてしまうのが常だった。

それでも多少無理をして、みんなと一緒に遊んだり、話をしたりしていても、バスの時刻が来ると村へ帰らなければならなかった。すると、あっという間にみんなから置いて行かれてしまった。話題について行けなくなり、ぼんやりとした溝ができてしまった。元々、内向的な性格だったのも手伝って。

それが嫌で仕方なくなり、絵美《えみ》ちゃんと由美《ゆみ》ちゃんの足跡をなぞるように、バドミントン部に入った。部活に入れば、帰りは遅くなるが、その間みんなと一緒にいることができたからだ。ところが、絵美ちゃんと由美ちゃんの言っていた通りだった。通うことになった中学のバドミントン部は、凄《すさ》まじいスパルタ部活だった。

とても運動音痴な私に、闘争心に欠けている私に、みんなと一緒にいたいからという半端な理念しか持ち合わせていなかった私に、ついて行けるものではなかった。

それでもどうにか頑張ったが、ある日、顧問の男の先生から、みんなの見ている前で「こんノロマがっ」と怒鳴られ、頭をはたかれた瞬間に心が折れてしまった。それがきっかけで、入部して一年も経《た》たない内に私は退部した。みんなの視線が痛かったが、あんな惨めな思いをするくらいなら、それに耐える方がマシだった。

疎外感を抱きながら中学生活を過ごした。暇になったので、家でゲームをして時間を潰すようになったが、プレイしている内に、あることに気が付いて虚《むな》しくなった。

ゲームの主人公は、どれだけ冒険をしても外の世界には出られない。どんなに強くなろうと、仲間が増えようと、ゲームマップの中に囚《とら》われたままなのだ。

まるで、村から出られない私のようだった。いや、ゲームの主人公は最初に自分が生まれ育った村から出て冒険を始めるから、私はそれ以下の存在だった。

嫌気が差してゲームをしなくなった。そろそろ高校受験という頃だったから、ちょうど良かったのかもしれない。

ぼんやりと緩く絶望しながら中学校を卒業した。進学先に選んだのは香ヶ地沢《かがちざわ》市内にある、これといって特徴のない公立の普通科高校だった。高校生になっても、孤独で退屈な現状は変わらないだろうと思っていた。だが、そんな私に救世主が訪れた。

携帯を買ってもらえたのだ。途端に、私は孤独と退屈から救われた。

iモード通信を使えば、離れていても友達と繋がることができるメールや電話はもちろんのこと、多種多様なモバイルゲームで遊ぶことができるサイトに、色々な映像を見ることができる動画サイト、アバターを作ってプロフィールを書き込み、メッセージを送り合ったりして遠くの人と交流することができるサイトなどにアクセスすることができた。携帯は私に、ゲームソフトなんかよりもずっと新鮮で、刺激的で、好奇心を満たしてくれる上に、孤独すら解消してくれる術《すべ》をもたらしてくれたのだ。

折り畳み式のボディに付いている画面は昔遊んでいたゲーム機のものよりも小さかったが、それは私にとって、未知なる刺激に溢れた遠い世界へと通じる窓だった。それも、限りある光景しか映さないゲームや、一方的に眺めることしかできないテレビとは違い、こちらから世界へと発信することができる、希望の窓。

中学での経験で部活動というものが嫌になっていたから帰宅部だったし、バスは相変わらず早々と迎えに来て私を街から連れ去ったが、村に電波さえ届けば関係なかった。私は家で、暇さえあればカチカチと携帯を弄っていた。孤独と退屈を紛らわす為に、希望の窓である小さな画面を覗き込んでいた。

そう、窓。今、身体を預けている窓とは違う、村の外の世界へ通じている窓だ。いつかきっと、私はその向こうに飛び込んでやる。こんな村から飛び出して、香ヶ地沢の街からも飛び出して、未知なる刺激に溢れた外の世界へと繰り出してやるのだ。

だが——そんなことを熱望する度に、私は一抹の後ろめたさを感じていた。

こんな村と切り捨てたものの、その中には、父や母や祖母も含まれているのだ。私を見守り、育ててくれた家族が。

でも……私は決して家族のようになりたくない。この村で生涯を終えたくない。

湯船に浸かっていた時と似た種類の思考が頭をよぎる。これも、視野が広がった故に見えてきたことのひとつだ。

子供の頃、働き者だと思っていた父は、仕事しかやることがない、つまらない人間だと思うようになった。ただひたすらに、仕事、仕事、田んぼ、田んぼ。何の趣味も持たず、強迫観念に囚われているかのように働いている。

母は、そんな父に付き従う奴隷だ。父の言うことは絶対で、自分の意思を表明することはほとんど許されない。父の仕事には必ず同伴し、常に何がしかの手伝いをさせられている。繁忙期ではない時であろうと、悪天候であろうと。それだけでなく、日頃の行動すらも制限されている。例えば、母は連続ドラマを見るのが趣味だが、家に一台しかない居間のテレビのチャンネル決定権は父にある。内容によっては、父が「くだらん。見るな、こげなもの」と切り捨て、見させないようにしてしまう。いつだったか、母が市内の市民体育館で行われているというバランスボール教室に通いたいと言った時も「そげなくだらんことをするな」と却下していた。

父は決して母の趣味を認めようとしない。権限を奪い、自分と同じ無趣味な人間でいることを強要しているのだ。反論くらいすればいいものを、母は黙々と従うだけ。

そのきらいは、元気だった頃の祖母にもあった。父の言うことは絶対ではないものの、何事も父を通して決めていた。金魚を飼いたいという些細《ささい》な要望すら、父に対して許可を求めていた。そして、父はそれを「生き物やら飼うな」と却下していた。実の母親の、何てことのない願いだというのに。

母も祖母も、父の言いなりだった。一家の大黒柱なのだから、そういう権利もあるのだろう。そう思っていた時期もあった。だが、それが間違いだと気が付いたのは、市内の街に住んでいる友達の家に泊まった時のことだった。

その友達の父親は、家族に対して何も強いていなかったのだ。父と違い、自分以外が一番風呂に入るのを許し、自分が食卓に着く前に食事を始めるのを許していた。家族が趣味の話をしてもニコニコと聞き、テレビのチャンネル権も家族に譲り、箸も小皿も調味料も自分で取りに行っていたのだ。

「お父さんより先に食べてもいいんですか?」と訊いた時の「……この子、何を言ってるの?」という周りの反応が忘れられない。

それから、私は自分の家が他の家と違うのだろうかと意識するようになった。普段の友達との会話の中で、それとなく家での日常を窺《うかが》ったりするようになった。

　すると、明らかに自分の家が異常だと知った。たまに似たような生活様式の者も見受けられたが、自分の家ほど酷《ひど》くはなかったのだ。そしてそれは、自分の家ではなく、朽無村全体がおかしいのではないかという考えに繋がっていった。私の家と同様、いや、それ以上に、川津屋敷《かわづやしき》――辰巳の家は、もっと酷かったからだ。小さい頃に辰巳から聞かされていたことや、妙子《たえこ》さんのことを思い返せば。

　当主たる家がそうなのだから、この村では、男が絶対的な立場で振舞い、女は奴隷のように付き従うのが普通とされているのではないか。だとすれば――いや、間違いなくそうなのだから、ここにいる限り、女である私は、このままだと母や祖母のような奴隷になってしまう。そんなの、絶対に嫌だ。絶対に、絶対に、嫌だ。

　だから、私は、絶対に、この村から出て行ってやる。その為には、まず進路相談をしなければならない。将来の展望を、父と母に打ち明けなければならない。

　……受け入れてくれるのだろうか。村を出て行くという、私の意思を。

　色々な考えや思いを巡らせていたせいか、むしゃくしゃとしてきた。網戸を閉め、ベッドに戻って倒れ込むと、放り出していた携帯を手繰り寄せ、iモードのメニューからラストURLを選び、〝放課後洒落怖クラブ〟のサイトへと飛んだ。

　怖い話が好きになったのは、クラスメートに「何か、暇を潰せる面白いサイトってないかな」と訊いた時に「今、こういうのがネットで流行《はや》ってるらしいよ」と教えてもらったのがきっかけだった。

それまで、別に怖い話に興味など無かった。図書室に置いてあったそういうジャンルの本を見かけても、手に取ることなど無かった。せいぜい、夏にテレビでやっているホラー番組を怖々と見るくらいだった。

だが、いわゆるネット怪談というものを読んだ時、私はなんて面白いのだろうと思い、あれよあれよという間にハマった。どこかの誰かが匿名でネット上に書き込んだ〝洒落怖〟というものを知り、片っ端から読み漁《あさ》った。フランクな砕けた文章で綴《つづ》られる、現実なのか虚構なのか分からない、けれど書き手の息遣いが確かに感じられる話を読むのは新鮮で楽しかったし、何より数が多くて種類に事欠かなかった。

不可解な話、呪われた物の話、妙な場所に迷い込む話、土地に根差した化け物に襲われる話、触れてはならないものに触れてしまった話、意味が分かると怖い話、生きた人間が怖い話、現代社会を舞台にした恐怖の都市伝説……それらを読み、ゾクゾクするのが日課になった。生まれて初めて、趣味と呼べるものに出会えた気がした。

今、ブックマークに登録しているこの〝放課後洒落怖クラブ〟は、そういったものを探し回っている内に見つけたサイトだ。私の携帯はフィルタリングを掛けられている為、怪しい広告が貼りつけられていたり、コメント等の書き込みができたりするサイトにはそもそも入れない。その点、この〝放課後洒落怖クラブ〟はそういったものが設けられていない安全なサイトだ。管理人が淡々とネット怪談を収集しては、記事にまとめてくれている。更新頻度も多いので、最近はずっとここに入り浸っている。

また、ひとつだけだが新着記事が出ていた。タイトルは〝コクリヒメ〟だ。

なんとなく、不穏な雰囲気があって良い。八尺様のような化け物遭遇系の話だろうか。それとも、コトリバコのような呪物発見系の話だろうか。どちらにせよ、ありきたりな内容でなければいい。私をゾクゾクさせてくれる内容ならば……。

私は希望を込めてその記事を選ぶと、未体験の刺激を求めて、外の世界へ通じている希望の窓を覗き込んだ。


次の日から、起伏に乏しい干からびたような夏休みが始まった。

ほとんどの日を家で過ごした。朝食は摂《と》らず、惰眠を貪り、起きても部屋でずっと携帯を弄り、「昼ご飯よ」と呼ばれたら下へ行き、食べ終えたらすぐに部屋に戻り、ある程度宿題に手を付けてから「夜ご飯よ」と呼ばれるまで、また携帯を弄り……そんな生活サイクルを続けた。父と母が家にいない時は、居間にある家族共用のパソコンで動画サイトに入り浸っていた。祖母の世話をしながら、ホラーゲームの実況動画や、ホラー映画の怖いシーンなどを見漁った。

外出といえば、街へ買い物に出掛ける母に、たまについて行くことくらいだった。その時は必ず図書館に寄ってもらい、怪談本やホラーミステリー小説をどっさり借りた。レンタルビデオ店に寄ってもらって、ホラー映画のＤＶＤを何本か借りる日もあった。借りてきた本は自分の部屋で読み耽《ふけ》り、ＤＶＤは父と母がいない時を見計らって、こっそりと居間のテレビで見た。

ひたすら、ホラーにまみれた生活に明け暮れた。朝からバスで出掛けて、街で友達と遊ぶこともあったが、やることはファミレスで駄弁《だべ》ったりするくらいで、大して楽しくなかった。映画館にホラー映画を観《み》に行こうよ、とか、どこかへ肝試しに行ってみようよ、とか提案してみようかと思ったが、やめておいた。周囲にホラーやオカルトの類が好きだということを打ち明けたが最後、「そんなのが好きなんだ、気持ち悪い」と仲間外れにされるのが目に見えていたからだ。

別に、自分の趣味嗜好《しゅみしこう》をみんなに理解してもらおうなんて思わなかった。というより、否定されたくなかった。だから、みんなに合わせて大して好きでもないロックバンドや男性アイドルの話をした。くだらないと思いながら、コンビニでそのアイドルのコラボ商品を買ったりした。みんなが戦利品を見せ合いながらはしゃぐ中、私は、こんなものにお金を使うくらいなら、雑誌コーナーに置いてある都市伝説を特集した本や、ホラー漫画の本を買いたかったなと、作り笑顔の裏でぼんやり考えていた。

そんな日々を送っていたある日の朝のことだった。私は、いつもよりやけにけたたましく鳴き喚《わめ》く蟬《せみ》の声によって、強制的に起こされてしまった。苛々としながら目覚め、開きっぱなしになっていた枕元の携帯を手繰り寄せると、画面が真っ暗だった。

なぜ電源が切れて……ああ、そうだ。昨日の夜、三時近くまで〝放課後洒落怖クラブ〟で怖い話を読んでいて……寝落ちしたのか。仕方なく充電ケーブルを繫ぐと、目を擦《こす》って部屋の壁掛け時計を見た。視力が落ちているせいで中々ピントが合わなかったが、時刻は九時前を差していた。ああ、嘘《うそ》でしょ。最悪。早く起き過ぎた。

二度寝を試みたが、なぜだか妙に目が冴《さ》えていて眠ることができなかった。仕方なく起き上がり、一階に下りて洗面所で顔を洗っていると、和室の方から何やら慌ただしい物音が聞こえてきた。何事

かと覗いてみると、

「あああっ、あせびぃ、あせびをつんじょかなっ」と布団の中でバタつく祖母を、母が「やめてっ、もういいですからっ」と必死になだめていた。

「つんじょかんとっ、あああっ」

「もう、私がやりますからっ、だから、いいのっ、やめてっ」

母が腕を押さえつけていると、ようやく祖母は大人しくなった。さっきまでの暴れ方が嘘のように「あ、うう……」と力なく呻き、動かなくなる。

「……どうしたん？」と肩を落としている背中に呼びかけると、

「真由美？　今日はえらい早起きやんか。どうしたと」

母は振り返りながら立ち上がった。顔が、いつもよりやつれて見えた。

「別に……おばあちゃん、どうかしたと？」

「ううん、何でもない。大丈夫よ。朝ご飯食べた？」

「いや、食べんでいいよ」

「そう。でも、たまには食べり。パンもあるき……」

「……分かった」

母を無下にするのが心苦しくなり、私は久しぶりに朝食を摂ることにした。食パンをトーストにして齧《かじ》っていると、母がインスタントのコーヒーを用意しながら、

「真由美、それ食べ終わったら、ちょっと河津酒屋に行ってきてくれん？」

「河津酒屋？　いいけど、どうしたと？」

「おつまみ菓子をこれで買うちょって。お母さん、これから郵便局に行かなき」

中にお金が入っているであろう白い封筒を、ひらりと食卓の上に置かれた。表には、何も書かれていない。

「街まで行くならスーパーで買えばいいやんか。河津酒屋のお菓子、高いんやろ」

「それが……秀雄《ひでお》さんがうちで買うてっちうるさいんよ。約束してしまったき、暇な時でいいから行っちょって。この封筒渡して、貰《もら》ってくるだけでいいき。お願い」

「……分かった」と了承し、コーヒーでトーストの最後の一口を流し込んだ。その後、車で出て行く母を見送ってから、歯を磨き、ある程度の身支度を整え、和室の祖母に「ちょっと、出てくるきね。すぐ戻るから」と一声掛けて、外へ出掛けた。

家の敷地から出る際、ふと和室の掃き出し窓を見ると、祖母は布団に寝たまま、ぼーっと庭を見つめていた。さっき布団の中で暴れていたのは庭の馬酔木《あせび》が伸び放題になっていたせいだろうか？　祖母は庭いじりが好きだったが、倒れてからは手入れができなくなったので、庭はやや荒れ気味になっている。きっとそれを見て、手入れをしなければならないと思い立ったのだろう。床に伏せながらも……。

母は「私がやりますから」と言っていたが、きっと言葉だけだろう。帰ったら、私なりに庭を手入れしてみようか。

そんなことを思いながら、私はだらだらと坂道へ繰り出し、河津酒屋へ向かった。

携帯を置いてきてしまったので、仕方なくつまらない村の風景を眺めた。遠くの緑ですら、少しぼやけて見えるような気がする。このままでは眼鏡が必要になってしまうだろうか。それもこれも、携帯の画面が小さいせいだ。今度の携帯は絶対にガラケーではなく、最近普及し始めたスマートフォンにしてもらおう。

そんなことを考えていると、

「おお、真由美やないか」と痰《たん》が絡んだ声で呼ばれた。振り返ると、田んぼの中で黄ばんだ作業着姿の雅二《まさじ》さんがニヤニヤと笑っていた。

「なんか、えらい久しぶりに見たような気がするな。身体も出るとこ出て、大きゅうなってから。どげえか？　学校に楽しく行きよるか？　うっ……」そこまで言うと、雅二さんは下を向いてオゲオゲとえずき始めた。そのまま、顔を上げる様子がない。

気持ち悪い……。私は無視することにして、さっさと坂道を下った。

雅二さんに対する印象は、昔と比べて随分変わってしまった。昔は何でも話せる気さくなおじさんといった感じだったのに、今は下品で気持ちの悪いオヤジだ。向こうは親し気に接しているつもりなのだろうが、いつも脂ぎった赤黒い顔で酒臭い息と下品な言葉ばかり吐き散らすので、近寄りたくなくなってしまった。

中原小屋の前まで下りてくると、中で父が農機具を弄っていた。見つからないように、素早く通り過ぎる。最近は食卓でしか顔を合わせないし、まともに会話もしていない。サトマワリのことで口喧嘩して以来、冷戦状態が続いているのだ。

そそくさと坂を下って、河津酒屋の前まで辿り着いた。中へ入ろうとすると、いつも開け放たれている戸口の向こうから、

「なんか！　俺ん金勘定が間違っちょるっち言うんかっ！」

という秀雄さんの怒鳴り声が聞こえて、ビクッと足を止めた。

「いや、そげなことは言うちょらん。けど、最近は、ほら。みんな田んぼん調子が悪いで、苦労しよるやろ。やから、ちっとくらい……」

続いて、か細く聞こえてきたのは義巳さんの声だった。

「俺に割を食えっち言うんか。ただでさえ、ここいらの人間が減って移動販売の売り上げが無くなりよるのに、これ以上稼ぎ口を失《な》くせっちゅうんか。うちん売り上げの要が、お前たち村んもんの酒盛り代っちゅうのは知っちょるやろが」

「それは分かっちょる、分かっちょるけど、いくらサトマワリの打ち上げ代っち言うたって、そげんも……」

「確かにうちは店と田んぼの二本刀やけどな。絵美と由美の大学ん金でカツカツなんやぞ。田んぼ一本のお前たちより、よっぽど懐は苦しいんやきな」

「……分かった。ほしたら、そん勘定で頼む」

中から誰かが出てくる気配がして、私は咄嗟《とっさ》に三歩ほど退《ひ》いた。すると中から、ふらりと義巳さんが現れた。久しぶりに会ったが、身に着けているヨレヨレの白い作業着と同じくらい、顔が皺だらけでくたびれていて、覇気の無い佇《たたず》まいをしていた。

「おお、誰かと思や、真由美ちゃんか。久しぶり。アイスでも買いに来たとかい？」

「あ、はい……」

「ハハ、暑いもんなあ……あっ、そうそう。真由美ちゃん、今度んサトマワリ、お願いやから出てくれんか？」

「えっ？」突然のことに、口ごもった。まさか、こんな所でこんな話になるなんて。

お願いやから——その言い方にも引っ掛かった。もしかして、父は義巳さんに私が出たくないと言ったことを……どうしよう。父に対しては突っぱねたが、川津家の人となると……でも、あんなダサい行事に参加するなど……。

「いいかい？」返事を催促され、私は思わず、

「は……はい……」と答えてしまった。すると、義巳さんは、

「ああ、よかった……ほしたら、八日ん日は頼んじょくね」と言い、とぼとぼと坂道を上って行ってしまった。私は慌てて訂正しようとしたが、その背中がやけに小さく、寂しく、頼りなく見えて——

結局、呼び止めることができないまま、義巳さんは父のいた中原小屋の方へと行ってしまった。

……ああ。しまった。来る時間を間違えた。鉢合わせなければ、こんなことにはならなかったのに。

どうしよう。やっぱり嫌だと父から伝えてもらおうか。いや、そもそも父が仕向けたことだ。無理に決まっている。母を介して……いや、母に気苦労を掛けるようなことはやりたくないし……。

迷った挙句、私は今更どうにもならないと諦めた。憂鬱だが、仕方がない。たった三十分くらいの間、我慢すればいい話だ。適当に口パクして、米を撒《ま》きながら歩くだけ。その代わり、本当に今年で

最後だと、父に釘《くぎ》を刺しておこう。

ため息をつきながら河津酒屋へ入ると、

「おっ、真由美やんか、珍しい。どげえしたと」

と、秀雄さんが出迎えた。さっきの剣幕はどこへやら、ニコニコ顔で接してくる。

「えっと、お母さんからおつまみのお使いを頼まれたんやけど、聞いちょぅ？」

「ああ、そんことね。はいはい」秀雄さんは代わり映えのしない陳列棚からカルパスやさきいかなんかのおつまみ菓子をガサガサと乱雑に集めて袋に詰めると、

「はい。言われちょった分ね。カズに言うちょきない。あんまり酒飲みよると、マサんようになるぞっちな」ニカッと笑いながら差し出してきた。その時、初めて気が付いたが、秀雄さんは前歯の上下がほとんど無くなっていた。

「……うん」と、ぎこちなく頷《うなず》きながら母から預かっていた封筒を差し出した。

「はぁい、どうもねえ」

会計を済ませて外へ出ると、袋の中からおつまみ菓子をひとつ取り出した。パッケージはよく見ると埃《ほこり》だらけで、賞味期限を確認したら三か月ほど前に切れていた。

……母はあの封筒の中に、いくらのお金を入れていたのだろう。

ふと、振り返った。〝河津酒屋〟の文字が掲げられている看板は、昔よりもずっとボロボロになっていた。塗装が剝げて一面に錆《さ》びが浮いている。それを眺めていると、段々とやるせない気持ちになってきた。

どうして、この村は変わってしまったのだろう。昔は、こんな風ではなかった。みんな活力に溢れていて、仲が良かったはずなのに。

心の奥に密《ひそ》かに抱いていたノスタルジーが、薄汚れていくのを感じた。醜く老いた大人たちのせいで、子供の頃の綺麗な思い出が色褪《いろあ》せていくような……いや、もしかしたら、私が気付かなかっただけで、この村はずっと前からこんな風だったのだろうか？　私が大人に近付いたせいで視野が広がり、見えていなかったものが見えるようになっただけで、子供の頃からずっと、村の人たちはみんな、何かしらの汚い部分を抱えていたのではないだろうか？

そんな——違う。そんなはずはない。絶対に違う。私のノスタルジーは薄汚れてなどいない。子供の頃の朽無村は、もっと清らかで美しいものだったはずだ。

そう感じた瞬間、なぜか六年前のことを思い出していた。サトマワリが行われた八月八日——村に異変が起きて、村の人たちの異様な一面を垣間見《かいまみ》てしまったあの日。

あの日を境に、この朽無村は変わってしまったのではないか。いつしか風呂場で感じたように、あの日を境に私は家族とギクシャクし始めた。溝ができ、心の底から信用できなくなった。それは家族だけの話ではなかったのではないか。あの日以降——正確には、あの奇妙な夏休みが明けてから、村の人たちもどこか様子がおかしかったではないか。笑顔が、どこかわざとらしいものに見えたではないか。

それだけなら気のせいで片付けられるが、明確に変わったこともある。久巳《ひさみ》さんは亡くなり、絵美ちゃんと由美ちゃんは街中に引っ越し、山賀家《やまがけ》は忽然《こつぜん》と姿を消した。

それまで何の問題もなく回り続けていた朽無村の営みという歯車が、あの日に何かが起こったことによって、狂い出してしまったのではないか。それ故に、清らかだった村の人たちが醜く老いる羽目になってしまったのではないか。

あの日、あの夜に、何かが起こった。シラカダ様のお社で——矢継ぎ早に浮かんできた思考が急に弾《はじ》けたかと思うと、あの日の夜の光景がフラッシュバックした。

仏壇に向かう祖母の背中、公民館で泣き崩れていた妙子さんの姿、シラカダ様のお社で見た異様な雰囲気の父や義巳さんたち、泣き喚く辰巳、暗闇の坂道で蠢《うごめ》いていた謎の黒い影、逃げた先の川津屋敷で見た土蔵から覗く久巳さんの顔——。

「……っ」ブルッと身が震えた。やめよう。これ以上、思い出すのはやめよう。

手にしていたおつまみ菓子を袋の中へ戻して、帰ろうとした時だった。上の方から、ブゥーッと聞き慣れない音が聴こえてきた。見遣ると、九十九《つづら》折《おり》の坂道をジグザグと原付が下ってきていた。乗っているのは辰巳で、ヘルメットを被《かぶ》っておらず、ツンツン頭を風になびかせている。

「おう、真由美」辰巳は原付を見せつけるように、私の目の前で停《と》めた。下は黒地に黄色いラインが入ったプーマのジャージに、上は白いタンクトップ、胸には銀色のネックレスという出《い》で立《た》ちで、どうだと言いたげに見つめてくる。サンダル履きの足をドカッと乗せている黒いボディの原付は、見た感じ中古のようだった。

「……なんしよると?」

「見たら分かるやろ。バイク買うたき、乗りよる」

「まさか、無免許？」

「そんなわけないやろ。ちゃんと免許は取っちょるわ」

「でも、ノーヘルやんか。警察に見つかったら、どうするつもりなん」

「へへっ、こげな所に警察が来るわけないやろ」

「……義則さんは？」

「こんバイク、義則のおっちゃんがくれたき、問題ないわ」

どや顔をする辰巳を前に、私は呆《あき》れた。仮にも警察官という立場なのに。一体どういう倫理観をしているのだ。辰巳が事故でも起こしたらどうするつもりなのだろう。

「これから下ん道路をひとっ走りしてくるんやけど……真由美、後ろに乗ってみらんか？　なんなら、街まで連れて行ってやーぞ」

「乗るわけないやろ。バッカみたい。見られたら恥ずいし」と突っぱねると、辰巳は顔を赤くしながら「フン、ならいいわ」と吐き捨ててエンジンをふかし、坂を下って行った。そのまま下の道路へと繰り出して行く。まったく、いくら暇だからといって、あんな馬鹿なことをしなくてもいいのに。オンボロ原付に二人乗りなんて誰がしてやるものか。ダサいったらありゃしない。さっさと帰ろうと向き直り、坂道を上ろうとして――ふと、足を止めた。普段は見向きもしない村の風景を眺める。

……あの頃と変わらないものが、まだどこかに残っているのでは――。

気が付くと、私の足は自然と坂道を下っていた。別に、大した理由は無い。家に帰っても暇だし、やることも無いから適当に時間潰しを……いや。

私は、きっと欲しているのだ。子供の頃の、清らかなノスタルジーを。

そのまま、吸い込まれるように尾先の集落へと入って行った。

ここは六年前に無人になったから、ありとあらゆるものが荒れ果てている。五軒並んでいる空き家は、どれも壁に蔦《つた》が這《は》い回っているし、庭先は草がぼうぼうだ。家々の間に植えられている欅《けやき》の木は、相変わらず集落全体を覆うように鬱蒼《うっそう》と茂っている。そのせいでやけに薄暗く感じられるし、道には枯葉や枯れ枝が散らばっていて汚らしい。まるで、土地自体が人の出入りを拒んでいるかのような、薄気味の悪い場所。そういえば、昔からここにはあまり立ち入るなと教えられていたっけ。

でも、ここには……中ほどまで歩いてくると、私は真ん中の空き家の前で足を止めた。途端に、脳裏に子供の頃の懐かしい記憶が蘇《よみがえ》ってくる。

――ここで、私たちは出会った。

引っ越しのトラックが停まっていて、中から荷物が運び出されていて、爽やかな感じの男の人――山賀さんがいた。山賀さんに呼ばれて、家の中から綺麗な女の人――奥さんが現れた。二人に挨拶したら、辰巳と口喧嘩してしまって恥ずかしかったっけ。そして、山賀さんが呼んで、玄関から小さな女の子――陽菜《ひな》ちゃんが飛び出してきて、その後を追うように、男の子――優一《ゆういち》くんが出てきて。

私たちは、すぐに仲良くなった。四人で村中を遊び回った。紅葉原《もみじばら》や頭沢《かしらさわ》、下の道路沿いの川。私の家に集まったこともあった。

今でも、鮮明に思い出せる。陽菜ちゃんの可愛《かわい》らしい天使のような姿。くりくりした目で見つめてきて、頬がぷくっとしていて、いつも小さなポーチを首に下げていて……そう、私のせいで体調が悪くなってしまったこともあった。あの時は、とても胸が痛んだ。でも、天真爛漫《てんしんらんまん》な笑顔で許してくれた。

その横には、いつも優一くんがいた。背が高くて、スラッとしていて、大人びていて、優しくて……目の前にすると、声を聞くと、微笑《ほほえ》みかけられると、胸が高鳴って——今にして思うと、あれが私の初恋だった。でも、それはほんの短い間の出来事だった。あの奇妙な夏休みが終わると同時に、山賀家は村から消え去ってしまった。

……あのひと夏の日々は、白昼夢だったのだろうか？

今にして思うと、何もかも現実離れしていた。こんな辺鄙《へんぴ》な村に、新しく人が越してくるなど。それも、同級生のかっこいい男の子と、実の妹のように思える可愛らしい女の子がいる家族が。あの夜の、悪夢のような出来事もそうだ。その後の、窓という窓が塞がれた家に閉じ込められた奇妙な日々も。

あの六年前の日々は、本当に現実だったのだろうか？　頭の中で現実と妄想が絡まり合い、架空の日々を脳内に創り上げたのではないだろうか？　人の息遣いが微塵も感じられない朽ちた空き家を前にすると、そんな考えが湧いた。

気が付くと、ふう、とため息をついていた。子供の頃の清らかなノスタルジーを求めていたのに、その思い出が現実だったのかどうかも曖昧になってしまうなんて。

色々と思い返しても虚しいだけか。肩を落とし、帰ろうと坂道の方へ向き直った——瞬間、坂道へと出る入口の方に、人影があるのに気が付いた。

……誰？　目を凝らしたが、朝から視力が落ちているせいで分からなかった。少し距離があるということもあって、姿がぼやけて見える。

辛うじて、服装だけが分かった。上は白い半袖のシャツに、下は黒い長ズボンだ。まるで、男子の学生服のような……——優一くん？

えっ？　となった瞬間、ドシャッと手にぶら下げていたビニール袋を落としてしまった。慌てて拾い上げ、顔を上げてもう一度見たが、そこにはゆらゆらと陽炎《かげろう》が揺れているばかりで、誰の姿も無かった。

今のは一体……誰かがいた気がして、なぜかそれを優一くんだと思って……。

まさか、そんな、あり得ない。きっと見間違いだ。陽炎の中に幻を見たのだ。あまりにも、優一くんに会いたいと願ったばかりに……会いたいと願った？

ブンブンと頭を振った。ああ、私はなんて愚かなのだろう。まるで少女漫画の主人公ではないか。初恋の人の姿を幻視するなんて。

暑いし、今度こそ、さっさと帰ろう。ノスタルジーなんて、もうどうでもいい。

フウッと鼻でため息をつくと、歩いて尾先の集落から出た。一応、辺りを見渡してみたが、誰の姿も無かった。振り返り、出てきたばかりの尾先の集落の方も見たが、やはり誰の姿も無く、薄気味の悪い風景が広がっているばかりだった。

ただ——入る前と違い、その景色はどこか、寂しいものに見えた。

家に帰ると、祖母の様子だけ見てから、すぐに自分の部屋へと戻った。帰ったら庭の手入れをしようと思い立っていたはずだったが、なんだか気分がくさくさしていて、結局やらなかった。充電ケーブルを繋いだまま携帯を弄っていると、いつの間にか昼になっていて「ご飯よ」と呼ばれた。〝放課後洒落怖クラブ〟のサイトを開いたまま、パタンと携帯を閉じて下へ行くと、食卓で父と母が素麺《そうめん》を食べていた。無言で椅子に着き、素麺を啜《すす》っていると、父がボソリと、

「サトマワリ、出る気になったっちな」

……もう義巳さんから聞いたのか。早いものだ。うんざりして無視していたら、

「川津屋敷んもんに言うたからには、ちゃんと出らなぞ。辰巳くんも毎年、立派にやりよるんやから。村ん子供が参加せんと、サトマワリは――」

「分かっちょう！」と説教を垂れてくる父を一喝すると、お椀《わん》の中の素麺を口の中に詰め込んだ。そのまま自分の分の食器を流し台に持って行き、居間を後にした。

子供だと？　私はもう十七歳だ。もう言われるがままに言うことを聞く子供ではないのだ。心も身体も既に立派な大人なのだ。いつまでも子供扱いしないでほしい。

苛々しながら、ドスドスと階段を踏み鳴らして部屋に戻った。ベッドに寝転がり、また〝放課後洒落怖クラブ〟に寄せられた怖い話を読み耽っていると、キシキシと音がして、階段を上がってくる気配があった。この控えめな足音は、きっと母だ。

コンコンというノックの後、案の定「入ってもいい？」と母の声が聞こえた。起き上がり、ベッドの縁に座って「うん」と返事をすると、母がおずおずと入ってきて、

「ごめんね、お父さんがあげなこと言うて」と言いながら隣に腰掛けた。

「……なん。お父さんから謝ってこいっち言われたと?」

「そげなこと言われちょらんよ」

母は眉をひそめて否定したが、きっと図星だろう。

「……真由美、今度のサトマワリはね、みんなえらい気を入れちょるんよ。ほら、ここんとこ、誰も彼も田んぼの調子が悪いっち言よるやろ?」

「うん」

「それで、サトマワリをいつもより立派に執り行おうっち張り切っちょるのよ。やから、出たくないやろうけど、出てあげり。村ん人たちの為に。それにね、あげな風やけど、お父さんも結構田んぼのことで落ち込んじょるんやから」

そこまで言うと、母は悲し気な顔で見つめてきた。

「……分かっちょうよ。ちゃんと出るき。でも、本当に今年で最後やからね」

「うん。お父さんには、ちゃんと言うちょくから」と言うと、母は安心した様子で部屋を出て行った。

一人になると、そのままベッドに仰向《あおむ》けに倒れ込んで天井を見つめる。こんな調子では、いつまで経っても進路相談ができない。そろそろ切り出さないといけないのに。そう、せめて、この夏休みの間には。いつか、きっと、でも……。

考えている内にむしゃくしゃとしてきて、先程の怒りをぶり返した。

村の為? 知ったことか。こんな村、さっさと滅びてしまえばいいのに――。

ぼんやりと世界を呪っていると、大してご飯を食べていないのに、やけに眠たくなってきた。私は扇風機をつけて寝転がると、すべてを放り出すようにして眠りに落ちた。そして次に気が付いた時には夕方になっていて、空虚な一日が終わりを迎えた。

次の日の朝、階下から、やけに騒がしい気配が伝わってきて、私はまた早くに目が覚めてしまった。昨日、昼寝をしたせいで眠りが浅かったこともあるのだろう。

時計を見るとまだ十時前で、ああ、何事だ、惰眠を遮ってと、苛々しながら一階に下りてみると、和室の方から大勢の来客の気配がした。慌てて洗面所に行き、身なりを整えてから向かうと、和室には村中の女の人が詰めかけていた。

「あらぁ、真由《まゆ》ちゃん。おはよう」

「ああ、真由ちゃん。今起きてきたと」

「おはよう、えらい久しぶりに見た気がするねえ」

文乃《ふみの》さん、幸枝《さちえ》さん、妙子さんが次々に声を上げた。みんな、祖母の布団の傍《そば》で正座していて、畳の上に置かれた古めかしい帳面を覗き込んでいたようだった。

「あ、はい……」

会釈をしていると、一団の中にいた母が慌てた様子で立ち上がり、こっちに来た。

「おはよう。今、サトマワリの相談をしよるから、そっちで朝ご飯食べよきなさい」

「……うん」と襖を閉めると台所で冷蔵庫を物色した。サトマワリの相談とは一体何だろうか。そういったことは、いつも公民館でやっていたはずなのに。それを口実に伏せっている祖母のお見舞いに来たのだろうか。それとなく、聞き耳を立ててみる。

——やき、この作り方でいいっちゃねえかい——分からんねえ。早苗《さなえ》ちゃんも知らんと？——ううん、これに書いちょる通りでいいと思うけどねえ——でも、美千代《みちよ》さんもしっかりしちょったねえ。こげえやって作り方を残してくれちょったんやから——ずっと美千代さんが担当やったきねえ
——美千代さん、ありがとうねえ
美千代さんというのは、祖母の名だ。恐らく、サトマワリで振舞われるお膳のレシピの打ち合わせでもしているのだろう。

来客があるとなると、少々居心地が悪かったので、私は牛乳だけ飲むと、歯を磨いてからすぐ部屋に戻った。放課後洒落怖クラブでも見て時間を潰そうと携帯を開くと、今日が八月の七日であることに気が付いた。ということは……もう明日がサトマワリなのか。ここのところ、月日や曜日を気にせずに過ごしていたせいで気が付かなかった。どうりで母たちが準備に追われているわけだ。昨日、義巳さんに会った時に今度と言われていたので、もう少し先のことかと思っていたが……もう明日か……。

はあ、とため息をついていると、携帯が鳴った。画面に〝バカ辰巳〟の表示が出ている。

「もしもし」

「おお、真由美、起きちょったな」電話の向こうで、辰巳が嬉《うれ》しそうな声を上げた。

「起きちょったよ。急になん？　宿題の話？」

「いや、それもあるけど、ちょっと今からバス停んとこに下りてこいや」

「……なんでよ」

「いいもん見せてやるき。早よ来い」と言われ、一方的に電話を切られた。

まったく、何だというのだ。いいもん見せてやる、か。私が原付を馬鹿にしたので、別のバイクでも用意したのだろうか。辰巳の家はお金持ちだから、あり得ない話ではない。もしそうだったら、思いきり馬鹿にしてやろう。

私は身支度を整えて、母たちに声を掛けずに家を出た。案の定、庭の前を突っ切る時に開け放たれていた掃き出し窓から何事か言われたが、説明するのが面倒臭かったので、無視してそそくさと坂道へ繰り出した。

バス停まで下りてくると、昨日とまったく同じ出で立ちの辰巳の姿があった。予想に反して、昨日乗っていたオンボロ原付に跨《また》がっている。

「おおっ、やっと来たな」

私が来たことに気が付くと、辰巳は原付から降りながら嬉しそうにはにかみ、

「いいやろ、これ」と、ハンドルに引っ掛けていた赤いヘルメットを被った。

「それ、コメリで買ったん？」

「違うわ。これは前から持っちょった。これで違反じゃないやろ」

「ちょっと、まさか、それ見せびらかしたいき呼びつけたん？」

辰巳は「違うわっ」と反論しながら、原付のシートをガパッと開くと、中から同じタイプのクリーム色のヘルメットを「おらっ」と差し出してきた。

「なん、これ」

「お前のやつ。これで二人乗りしても安全やろ」

……ああ、来て損した。どうやら何が何でも二人乗りをしたいだけだったらしい。

「そこの下の田んぼの直線道、走ってみようや」

「……バッカみたい。なんで二人乗りとかせなと。危ないだけやし見られたくない」

「見る奴《やつ》とかおらんわ。いいき、ちょっとそこまで走ろうや」

「乗らんっ。バカ辰巳」

「バカっち何かや！　せっかく乗せてやるっちゅうんに！」

そんな言い合いをしている時だった。不意に、ブウンッとエンジン音が聞こえて、下の道路から街でたまに見かける緑色の車体のタクシーが上ってきた。物珍しい光景に二人して固まっていると、タクシーは緩やかに減速し、ちょうど私たちのいるバス停の前まで来て停まった。かと思うと、後部座席のドアが開き、中から――ぬうっと大柄な男が一人、降りてきた。

その男はタクシーに首を突っ込んで運転手に何事か言うと、中から荷物を引っ張り出し、バタンッとドアを閉めた。そして、Uターンして去って行くタクシーを背にこちらを向くと、固まっている私たちの方へ、ゆらりと歩み寄ってきた。

「……ヨォ、ここって朽無村って所で合ってるよな?」

目の前まで来て話しかけられたが、私も辰巳も、思わず口を噤《つぐ》んでいた。

男の風貌が、あまりにも異様なものだったからだ。

背が高い。猫背気味なのに辰巳よりも大きいということは、一八〇センチ以上はあるだろうか。細身だが、肩幅が広く、手足が長い。その威圧的な体軀《たいく》に、上はド派手な金色の和柄の長袖シャツ、下は黒い細身のデニムを通し、足元は黒革のショートブーツ、首には黒いヘッドホンを引っ掛けているという、奇異な出で立ちをしている。

そして何よりも、男の風貌を異様たらしめていたのは、面長気味のいかめしい顔つき《つ》だった。目はティアドロップのミラーサングラスを掛けていて見えなかったが、その上からグンと吊り上がった眉毛がはみ出し、眉間には深い皺が寄っている。主張の強い鷲鼻《わしばな》に、もの言いたげに尖《とが》った口。オールバックの長髪はジェルで撫《な》でつけているのか、テカテカと光っていた。

「オイ、聞こえてんのか？　訊いてるだろ」二人とも固まっていたせいか、再度、男が喋《しゃべ》った。低く掠《かす》れた、威圧感のある重い声色だった。

「えっ、あっ、そ、そうですけど……」しどろもどろに答えると、男はティアドロップのサングラスを外して柄シャツの襟に引っ掛けた。そして、私たちの後ろ――朽無村を見上げて睨みつけた。その目は、ギラリと鋭い眼光を湛《たた》えた切れ長の目だった。まるで、獰猛《どうもう》な猛禽類《もうきんるい》を思わせるかのような……。

「ここか。あのタクシーの親父、適当なこと言いやがって……」

男はブツブツと言うと、手にぶら下げていた荷物――やけに大きな黒いトートバッグに手を突っ込み、ゴソゴソと漁り出した。

「嬢ちゃんら、この村の人間か？」

「は、はい……」

「ちょっと訊きてえことがあるんだが……」

男はトートバッグから一枚の写真を取り出すと、私たちの前に掲げた。

「このガキに、見覚えはねえか？」

その写真には、一人の青年が神社らしき場所を背景にして写っていたが、

「……っ！」私は、その青年の顔を見た瞬間、息を呑《の》んだ。

……ゆ、優一くん？

青年は、無表情でこちらを見つめていた。整った顔立ちに、白い肌。もう少し伸ばせば、女子と間違えてしまいそうな黒髪。スラリとした細身の身体に着ているのは、黒いズボンに白い半袖のシャツ……恐らく男子の夏の学生服だ。

「オイ、何か知ってんのか？」

戸惑っている私の様子に気が付いたのか、男が睨んできた。

「えっ？　い、いや……」

「何か知ってるなら教えろ」男がトートバッグを背中に担ぎ上げながら、ズイッと詰め寄ってきた。

瞬間、シャツの袖が捲《まく》れて――手首から黒い刺青《いれずみ》がチラリと覗いた。

「……っ！」こ、この人、もしかして、ヤクザ……!?

と、その時、ずっと黙り込んでいた辰巳が、私と男の間に割り込み、

「おいっ、なんか、お前、何の用かっ、ああっ!?」と肩を怒らせて声を荒らげた。が、男はそれをじ

っと切れ長の目で見下げるばかりで、まったく動じていなかった。

ヒリついた沈黙が流れ、息を呑んでいると、男が不意に、写真をトートバッグにしまい、またゴソゴソと漁り出した。まさか、と思わず身構えていると、男が取り出したのは——濃青の小瓶の香水だった。それを首元にシュッシュッと吹きつけると、

「フン……知らねえならいい」と吐き捨て、橋を渡って村の方へ歩いて行った。後には男の香水の、ツンと鼻を刺すような、やけに刺々《とげとげ》しいミントの香りが残った。

男が目の前からいなくなり、辰巳がフウッと怒らせていた肩を萎《しぼ》ませた。よく見ると、背中が小さく震えている。どうやら、不良ぶっているとはいえ、ああいった経験をするのは初めてのことだったらしい。その背中を見つめながら、私は呆然《ぼうぜん》としつつも男から見せられた写真のことを考えていた。

あれは……優一くん？　いや、まさか、気のせい？　人違い？

でも、あの青年は私たちと同い年くらいに見えたし、あの顔は、あの佇まいは、まるで思い出の中の優一くんがそのまま成長したかのようで……。

「なんかや、あいつ……」と辰巳が呟《つぶや》いた。未だに、坂道を上って行く男の方を睨みつけている。男は尾先の集落の前で立ち止まっていたが、入って行かずに河津酒屋の方へと上って行った。

「真由美、あいつ、知っちょうか」

「し、知るわけないやろ。腕見た？」

「おお、あいつ、ヤクザなんやねえか。けど、なんかここいらのもんっぽくねえな」

言われてみれば、確かに男の口調には違和感があった。なんというか……そう、九州っぽくないの

だ。どこか別の地方から来たような感じがする。

「真由美、乗れや。危ねえき家まで送るわ」と辰巳が原付に跨ったが、

「い、いいよ。一人で帰れるき」

「でも、なんかあったら」

「そん時は叫ぶわ。それに、あの人、車で来てないやろ。パッと逃げられんき、変なことはせんと思うけど……」

辰巳は不安そうに唇を噛《か》んでいたが「……分かった」と言い、原付のエンジンをブルンと掛けた。咄嗟に「たっ、辰巳。あの写真の人、見た？」と訊いたが、

「俺、ずっとガンつけようったき、よう見らんやった。知っちょう奴やったんか？」

「い、いや……」言葉を濁していると、辰巳は、

「ともかく、サッと帰れ。絡まれてん口利くなよ」と言い残し、ブゥーッと坂道を上って行った。一人、バス停に残った私は、後を追うように早足で坂道を上り始めた。あの男は辰巳が追いつく前に、河津酒屋に辿り着いて中へと入って行った。

気になっているのか、辰巳は何度も河津酒屋と私の方を振り返っていた。今、あの男は、河津酒屋で何をしているのだろう。やはり、あの写真を見せて、何か知らないかと訊いているのだろうか。駆け足気味に尾先の坂道を上った。あの男が出てくる前に河津酒屋を通り過ぎないと鉢合わせてしまう。なるべく足音を立てないように、河津酒屋の前の折り返しを駆け抜けた。その勢いのまま、中原の坂道を上り続ける。

「はあっ、はあっ……」ずっと引き籠っていたせいでだらけている身体を引きずるようにして、どうにか家の前まで辿り着くと、川津屋敷の前から辰巳がこっちを見ているのに気が付いた。大丈夫だという視線を送ると、不意に辰巳の視線が私を通り越した。下を見ると、あの男が河津酒屋から出てきている最中だった。そのまま、坂道を上り始めたかと思うと、ジロリとこっちの方を睨んでくる。

「……っ！」私は慌てて、家の敷地へと引っ込んだ。そのまま、逃げるように玄関に向かって家に上がり込み、ピシャッ！　と扉を閉めた。が、もう大丈夫だと安心したのも束の間、すぐに気が付く。

あの男は、村中の家を順番に訪ねる気なのでは……だとしたら、私の家にも？

「お、お母さんっ」慌てて居間へ向かうと、母が台所でお盆に麦茶のボトルとコップを用意しているところだった。和室の方は、相変わらずガヤガヤとしている。

「あら、どこ行っちょったと。急に出て行ってから」

「な、なんか、変な、ヤクザみたいな男が村に来たっ」

「ヤクザぁ？」母が眉をひそめながら、素っ頓狂な声を上げた。

「お父さんは？」

「お父さんなら、農協の用事で昼過ぎまで戻らんっち言よったけど……」

まずい。何かあった時に頼れる人がいないではないか。おろおろとしていると、

「落ち着きなさい。ヤクザかなんか知らんけど、何か変なことでもされたと？」

「い、いや、別に……」

「ほしたら、大丈夫。みんなもおるし、怖かったら部屋におり」

「う……うん」母の冷静さに中《あ》てられて、段々と落ち着きを取り戻してきた。確かに、実害は被っていない。ガラこそ悪いが、あの男は人探しをしているだけだ。

お盆を持って和室に消えて行く母を横目に、私はポケットの中の携帯を握りしめていた。もし何かあったら、父を呼べば……辰巳も呼んだらすぐに来てくれるかもしれない。それに、あまり頼りたくはないが、この村には警察官の義則さんがいる。今、川津屋敷にいるかは分からないが、曲がりなりにも心強い存在であるのは確かだ。

自分の部屋ではなく、ここにいよう。あの男が来たら、それとなく様子を窺って、何かあれば人を呼べばいいのだ。

和室の方では、打ち合わせが終わったのか、みんな談笑しているようだった。女の人ばかりといえど、多勢に無勢だ。何も変なことは起きないとは思うが……。

心配していると、不意に和室の談笑が止《や》んだ。まさか、と恐る恐る襖を少し開けて中を覗くと、そこには――掃き出し窓の外、庭先に立って、みんなに話をしている秀雄さんの姿があった。あれっ、と襖を開ける。

「――やから、妙な奴が来たって。ここらじゃ見たことねえ余所者《よそもの》が」

「妙な奴っち、どげなよ」

「チンピラんような格好をしちょる、ガタイのいい背の高え男よ。なんか人を探しよるらしいけど、知らんっち言うたら、カップ酒をドカドカ買うて出て行った」

「酒や？　こげな時間から？」

「おお、妙な風やろ。今はマサん家に行っちょるが」

「う、うちに？　いくらうちん人が酒飲みっちいうても、そげな知り合いおらんよ」

どうやら秀雄さんは、あの男を怪しんでここへ注意しに来てくれたらしかった。

「もしかして、真由美の言よった人っち、そん人かい？」

私に気が付いた母が訊いてきた。

「う、うん。その人、腕に刺青があった」

「刺青？　ほしたら、ヤクザもんか」

「まさか、こげな所に何の用があると。誰も、そげな身内おらんはず」

「もしかしたら、川津屋敷やねえか。ほら、義則ん奴は警察やろ。それで、怨《うら》みかなんか買っちょるっちゃねえか」

秀雄さんがそう言った瞬間、妙子さんがビクッと背中を震わせた。

「まさかぁ、そげなVシネんようなことが……」

「いくらなんでも、あり得んやろ」

「でも、義則ん奴やったら、もしかすると……」

みんなが眉をひそめて不安がっていると「あっ」と秀雄さんが坂道の方を向いて身構えた。やはり私の家にも来るのか――と思ったが、誰も敷地に入ってこなかった。

「あ、あん奴、通り過ぎて行ったぞ」

「やっぱり、川津屋敷に用があるっちゃねえかい」

「どげえすると。義則は屋敷におるとかい？」みんなの視線が妙子さんに集まる。

「た、多分おらんと思います。朝から出掛けて行ったき……」

妙子さんは身を縮めながらボソボソと呟いた。

「ちょいと、みんなで川津屋敷に行こうや」秀雄さんがみんなに呼びかけると、

「な、なんで私たちが行かなとよ」

「そうよ、なんでわざわざ……」

「もしなんかあったら……」と妙子さん以外が口々に不満を漏らした。

「みんなで行った方がいい。いくら妙な奴でも、大勢に囲まれりゃ悪さはしきらんよ。それに、川津屋敷のことも気にかかるやろ」

秀雄さんは心配しているようで、どこかこの状況を楽しんでいるようにも見えた。きっと野次馬根性で、みんなを扇動しているのだろう。と、不意に妙子さんが、

「わ、私、帰ります」と立ち上がり、そそくさと出て行こうとした。

「た、妙子ちゃん。危ねえっちゃねえかい」

「そうよ、何も今から……」

「ほれ、妙子ちゃんを守る意味でも、みんなで行った方がいいやろうが」

秀雄さんの言葉に納得したのか、みんなが立ち上がって、ぞろぞろと和室から出て行った。私は咄嗟に「お、お母さん」と母を呼び止めた。

「真由美は残っちょき。なんかあったら――」

「わ、私も行く。一人で残るより、みんなとおった方が……」

食い気味に答えると、母は仕方なしといった風に「ほしたら、みんなで行こ」と言い、みんなの後を追った。私も、おずおずとついて行く。

なぜ、行く気になったのか。それは決して、野次馬根性などではなかった。

あの男は、優一くんについて――六年前、この村から突然消え去った山賀家について、何か知っているのではないか。あの写真の青年が優一くんだという根拠も無いのに、なぜかそんな風に思えてならなかったからだ。

ぞろぞろと外へ出た私たちは、坂道に男の姿が見えないのを確認して、とりあえず坂ひとつ下の雅二さんの家へ向かうことにした。万が一のことを考えると、一人でも男手があった方がいいという秀雄さんの発案に従ってのことだった。

みんなで家の前で待っていると、幸枝さんが寝癖の付いた雅二さんを連れて出てきた。どうやら雅二さんは二日酔いで寝こけていたらしく、男が来たことに気が付かなかったらしい。その場にいた全員が、やれやれとため息をついていた。一応訊いてみたが、やはり雅二さんもそんな男に覚えはないとのことだった。その後、おえおえとえずく雅二さんを加えてから、私たち一団は恐る恐る川津屋敷へと上って行った。

「妙子ちゃん、家には誰かおるとかい？」

「は、はい。うちん人と辰巳がおると思うけど……」

妙子さんがビクビクとしながら、秀雄さんに答える。

最後尾からその様を見ていると、妙子さんだけが随分と怯《おび》えているように映った。小さな背中を、より一層縮めて――いや、文乃さんも、幸枝さんも、そして母も、その背中は酷く頼りなさそうに見えた。髪にちらほらと白いものが交じり、老いて、枯れて、覇気を失っているように見えた。みんな、やがて祖母のようになってしまうのだろうか。今、正に、その後を追っている私も。

そんな暗い考えが頭をよぎっていると、川津屋敷の前に辿り着いていた。

「おい、あれ」

先頭の秀雄さんが、コソコソと門の向こうを指差した。

「義巳と何やら話しよるぞ。車が無いき、やっぱり義則はおらんみたいやな」

みんながどやどやと中を覗き込んだ。私も、その後ろからチラリと中の様子を窺った。だだっ広い敷地の、土蔵の前辺りで、作業着姿の義巳さんとあの男が対峙《たいじ》している。何やら会話をしているようだが――と、その時、

「何が言いてえんかっ！」と義巳さんが男に向かって怒鳴った。まずいと判断したのか、秀雄さんが「行くぞ」と声を掛け、みんなでぞろぞろと屋敷の中に入って行く。

「おう、義巳。どげんしたとか」秀雄さんが偶然を装って白々しく言った。すると、みんなが現れた途端に心強くなったのか、義巳さんは表情を僅かに緩めて、

「い、いや、こん男が、妙な言いがかりをつけてきてな」

「言いがかり？　なんちゅうや」と秀雄さんが腕を組んで男の方を見た。しかし、男はそちらには目もくれずに、義巳さんをじっと睨みつけていた。

「それが……俺が何か悪さをしちょらんかとか、隠し事をしちょらんかとか、わけの分からんことを言うてきてな」

「ほお……。おい、兄ちゃん。何の用があってここに来たか知らんけどな。川津屋敷んもんに妙な真《ま》似《ね》するなら、俺たちも黙っちゃおらんて」

場がヒリつき、水を打ったように静かになった。

「大体、どこんもんかも知らんが……ああ、義巳。今日は義則ん奴は非番なんか?」

「おお、警察ん仕事が休みやき出掛けちょるが、そろそろ帰ってくるやろうて」

義巳さんが苦々しい顔で〝警察ん仕事〟の部分を強調して言った。男に対して、暗に脅しているのだろう。しかし、男はまったく動じることもなく、義巳さんを睨み続けていた。が、不意に顔を上げ、義巳さんの頭上を睨みつけると、

「……フン、そうかい」と鼻を鳴らし、襟元に掛けていたサングラスを掛けた。そして、右手に提げていた大きなトートバッグを肩に担ぎ上げ、

「邪魔したたな。何も知らねえならいい」と門の方へ向かった。途端に、一団がわらわらと左右に散らばり、その中を男が、ザッ、ザッ……と通り過ぎていると、

「ふん、どこんヤクザ崩れか知らんが……」と秀雄さんが小さく毒づいた。瞬間、男がザリッと足を止め、ゆらりと振り返り、

「……オイ、勘違いすんなよ。俺はヤクザなんかじゃねえ」

その威圧感のある低く掠れた声に、その場にいた全員がビリビリと気圧《けお》されていた。そんな中、男

は左手の中指でクイッとサングラスのブリッジを押さえてから向き直って、ザッ、ザッ……と門の外へ出て行き、そのまま坂道を下って行った。

男の姿が完全に見えなくなると、その場にいた全員が一斉に、どっと息を吐いた。まるで、緊張の糸が一気に切れたかのように。

「義巳。なんか、あん奴は……」秀雄さんが苦い顔で言うと、義巳さんは、

「し、知らん。見たこともねえ。いきなり来てから、妙なことを……」

「義則ん知り合いやねえんか？　警察やき、ヤクザもんに恨まれることもあるやろ」

「……分からんけど、義則ん名前を出しても何も反応せんやったしな。いや、みんなありがとう。来てくれて助かった。命拾いをしたかもしれん」

義巳さんが、みんなに頭を下げた。

「おお、そうやろうが。それもこれも、俺のおかげやな」

秀雄さんがニカッと笑い、辛うじて残った歯が覗く。

「なんを言よるかい。私たちを危ねえ目に遭わせてから」と文乃さんが毒づくと、

「なんちや。女は男に守られてなんぼやろうが。どうにかなったんも、俺がパッと閃《ひらめ》いてみんなを連れてきたき――」

秀雄さんが弁を振るっている間、私は、じっと土蔵の方を見つめていた。

あの男は立ち去る直前、不意に顔を上げ、義巳さんの頭上を睨んでいた。その視線の先には、土蔵の明り取り用の格子窓があった。あの格子窓が――、

「……っ」思わず視線を逸《そ》らすと、屋敷の中から窓越しに、辰巳がこちらを見ているのに気が付いた。その顔は、さっきバス停で話していた時と違い、やけに不安げな表情を浮かべていた。まるで、何か得体の知れない恐怖に怯えているかのような……。

その日の夕食時は、謎の男の話題で持ち切りだった。

母は一連の出来事を事細かに父に報告していた。父は顔をしかめながらも、好奇心満々の様子でそれを聞いていた。時折、私の方にも事実確認をするかのように母から質問が飛んできたが、私はその度に曖昧な返事をした。

あの男が見せてきた写真のことで、頭が一杯だったからだ。

確証は無い。ただ、なんとなく、そんな気がするだけだ。いや、そんなわけがない。でも……あの写真の青年は、優一くんだったのでは……しかし、仮にそうだったとして、あの男の正体は何だ？　なぜ、優一くんを探している？　それに、優一くんがこの村にいたのは六年前。それも僅かな期間のことだ。なぜ、今になってここへ？　いや、それ以前に、なぜ、あの男は成長した優一くんの写真を持っている？　そもそも、あの男と優一くんは一体どういう関係なのだ？

何もかもが、分からない……。

「それで、そん男、もう帰ったんか？」

「うん。みんなでコソコソ見よったけど、バス停んとこでタクシーに乗りよった。そのまま帰ったっちゃねえかい」

「ふうん。わざわざタクシー使うてくるっちゃあ、余程の用事があったとしか思えんが……川津屋敷んもんも、心当たりは無《ね》えっち言よるんか？」

「そげな風ばい。秀雄さんは義則ん奴が怪しいっち言よったけど、帰ってきた義則さんに訊いても知らんっち言うたみたい」

「ほお。しかし、義則ん奴の言うことやきなあ。大体、税金泥棒とヤクザもんは昔から折り合いが悪いき――」父と母が男に関する推論を展開していると、和室の方から「ううあぁっ」と祖母の呻く声がした。「あらっ」と箸を置いた母を「いいよ、私が行く」と制して席を立ち、和室へ向かう。

「どうしたと？」

布団の傍に着くと、祖母はガタガタと震えながら、窓の方に顔を向けて、

「あ、うう、ああ、お、恐ろしい……恐ろしいもんが来ちょる……」

と、窓の外を見つめていた。

「……え？」

顔を上げ、窓の外を見たが、そこには暗闇に染まった無人の庭があるだけだった。


風呂と歯磨きを済ませて自分の部屋に戻った私は、ベッドに寝転んでいつものように〝放課後洒落怖クラブ〟をチェックしていた。新着記事が三件更新されていたので、ひとつひとつ目を通したが、どれも凡庸でつまらない内容だった。もう何度見てきたか分からない、お決まりの展開。

飽き飽きして携帯を閉じると、外の空気を吸いたくなり、窓辺に向かった。網戸を開けてもたれ、外を眺めたが、暗闇の中に蛙《かえる》の大合唱が響いているだけだった。深く息を吸うと、むわと湿気《しけ》た

空気が肺に満ちていく。それを追い出すように「はあ……」とため息をついた後、ふと、手の中の携帯を見つめた。

小学生の頃に、これを持っていれば、今も優一くんと繋がっていただろうか？

そうだったとしたら、この頭の中のモヤモヤも、あっという間に晴れるというのに。気兼ねなく電話を掛けて、事実確認をしてみればいいのだから。他にも、色々な話をしたい。学校の話とか、家族の話とか、趣味の話とか、将来の話とか……何を考えているんだろう。くだらない妄想をして。もう、あれこれと考えるのはやめよう。大体、あの写真の青年が優一くんだという確証は無いのだから。

また、ため息をつき、網戸を閉めようと――した時だった。ふと、暗闇の中、小さく見える灯《あか》りに目が留まった。まるで寿命間近の豆電球が光っているような弱々しい灯りが、遠い暗闇の向こうにぼんやりと見えている。

あの辺りは、尾先の集落だ。位置的に、ちょうど真ん中の……山賀家の、二階？

えっ？　と思った瞬間、その小さな灯りはフッと消えた。途端に、景色は暗闇一色に染まり、何も見えなくなってしまった。

今のは一体……見間違いだろうか？　いや……山賀家に、誰かがいる？

まさか、そんな、あそこは空き家なのに……。

それからしばらくの間、窓の外を眺め続けてみたが、再度小さな灯りが見えることはなかった。

次の日の朝、私は酷く目覚めが悪かった。別に、徹夜で窓の外を眺めていたわけではなく、あれからすぐにベッドに入ったが、なぜだか妙に目が冴えていた上に、暑さのせいで酷く寝苦しく、夜中に何度も目が覚めてしまい、熟睡できなかったのだ。

寝不足で重たい頭を起こして時計を見ると、時刻は八時過ぎだった。ああ、また早く起き過ぎたと二度寝をしようとしたが、変に意識が覚醒していて微睡《まどろ》むことすらできなかった。仕方なく起き上がって一階に下りると、父と母の姿が無かった。

……ああ、そうか。今日は八月八日──サトマワリの日だ。恐らく、二人とも諸々《もろもろ》の準備をしに、早くから出掛けているのだろう。

憂鬱な一日が始まるなあと思いながら、祖母の様子を見に和室に向かった。昨日のこともあったので心配だったが、祖母は存外に布団の中で大人しく眠っていた。一安心していると、庭の馬酔木が刈られていることに気が付いた。乱雑に伸びていた枝葉が、いくらか刈り取られている。母が手入れをしたのだろうか。結局、私が出る幕はなかったなと思いながら、台所に向かった。食欲が湧かないのでアイスコーヒーを作り、一人で食卓に着いて啜っていると、不意に昨夜の灯りのことを思い出した。

あれは、一体何だったのだろう。尾先の集落に一時だけともった小さな灯り。

……まさか、ね。

コーヒーの最後の一口を流し込みながら、食卓に頬杖《ほおづえ》を突いて考える。

夕方に行われるサトマワリまで、何をして時間を潰そうか──。

その十五分後、私は尾先の集落の真ん中、かつて山賀家が住んでいた空き家の前に立っていた。猛暑の前兆のような、じっとりとした熱気に包まれて。

なぜ、ここへ来たのか。それは、あの小さな灯りの正体を確かめることにしたからである。別に、家にいても暇を潰すことはできた。携帯を弄ったり、借りているホラー小説を読んだり、ホラー映画を見たりして。だが、どうしても頭の中に昨夜の灯りのことがチラついて仕方が無かったのだ。

もしかしたら……と思い、祖母に一声掛けて家を出た。道中、村の人たちに会うことは無かった。父と母と同じく、女の人たちは公民館へ、男の人たちは川津屋敷かシラカダ様のお社へそれぞれ集まって、サトマワリの準備に追われているのだろう。

やるのは夕方からなのに、何をそこまで時間を掛けて準備することがあるのだろうかと疑問に思いながら、目の前の空き家を見上げる。一昨日に訪れた時と変わりない、閉ざされたままの玄関。雑草が伸びて荒れ放題の庭先。壁にびっしりと這う蔦。薄汚れた窓の向こうに見える、閉め切られたカーテン。どこをどう見ても、人の気配が微塵も感じられない空き家だが——……え？

鍵が、壊されていた。自分の家とほぼ同じの、磨《す》りガラスがはめ込まれた引き戸の真ん中、鍵穴を差す金具の部分が、捻じり切ったかのように取り去られている。

一昨日に訪れた時も、こうなっていただろうか？　思い出せない。だが、こうなっているということは……恐る恐る手を掛け、引いてみると、玄関扉はカラカラと音を立てながら、すんなりと開いた。思わず、息を呑む。

どうしよう……気休めに見に来ただけなのに、まさか開くなんて思ってもみなかった。中に入ってみようか？　でも、不法侵入になってしまう。空き家と言えど持ち主はいるはずなのだから。

でも……。

躊躇《ためら》っていたが、フウッと短く息を吐き、覚悟を決めた。ここまで来たのだ。とことん確かめてみようではないか。

どうせ誰も来やしないと、扉は開け放したままにして中へ踏み込んだ。妙にひんやりとした空気が身体を包み、埃っぽい臭いがふわりと鼻先を撫でる。黒いタイル張りの三和土《たたき》に、上に壺《つぼ》型の花瓶が飾られている造りつけの焦げ茶色の靴箱。板張りの玄関から、廊下が真っ直ぐに伸びていて、左手には開き戸。右手には襖。

全体的に薄暗く、埃にまみれていたし、花瓶に挿されていたのはカラカラに萎《しお》れた茶色い植物の残骸――恐らく向日葵《ひまわり》――だったが、在りし日の懐かしい光景が記憶に残っていた。と、その時、式台を見て、思わず、あっ！　と声が出そうになった。

足跡がある……！　一面に薄く埃が積もっているせいで、はっきりと視認することができた。私より少し大きめの、恐らくスニーカーであろう靴の足跡が残っている。

よく見ると、その足跡は廊下の奥の方へと続いていた。いや、それだけではない。こちらへ引き返している足跡もあるし、左手の開き戸の前や、襖の前にも、来訪したらしき足跡がある。つまり、誰かが土足で家に上がり込み、中を探索した？

「あ、あの――」誰かいるんですか？　と続けようとして、喉が詰まった。神経を研ぎ澄まし、耳を澄ましてみる。が、不気味なほど何の物音も聞こえてこない。無人の廃屋という独特の雰囲気に呑まれて、声を張り上げることができない。

でも、もしかしたら、ここは無人の廃屋ではなく――。

少し躊躇ったが、先客に倣って土足のまま玄関へと上がった。仄《ほの》かな恐怖と微《かす》かな期待を胸に、中へと踏み込む。西島《にしじま》さんが一人で住んでいた頃も、山賀家が住んでいた頃も、中に入ったことが無かったので、家全体が未知の領域だ。

とりあえず、左手の木の開き戸を開けてみると、そこは八畳ほどの板張りの部屋だった。試しに壁のスイッチを探して押してみたが、電灯は点かなかったので、窓からカーテン越しに差す陽《ひ》の光だけを頼りに中を見渡す。恐らく、山賀夫妻の寝室だったのだろう。ベッドが二つ並んでいて、その間にはサイドテーブル。窓辺には籐椅子《とういす》。隅には扉が開きっぱなしで中が空っぽの洋服簞笥《ようふくだんす》が置かれていた。ベッドは二つとも埃だらけで、茶色く腐った枕とタオルケットがのたくっている。サイドテーブルの上には埃を被ったスタンドライトに、針の止まった目覚まし時計、徳利《とつくり》型の小さな花瓶があった。玄関の花瓶と同じく、向日葵の残骸が挿さったままになっている。

人が生活していた痕跡に、生々しさと妙な違和感を覚えたが、特に目を引くものも無かったので部屋を出た。今度は、反対側に並ぶ襖へ手を掛けてみる。が、家が古いせいで立て付けが悪いのか、どの襖もビクともしなかった。ガタガタと揺らしてみても、開く様子がないので諦める。

となれば……。廊下の奥の方を見る。陽の光が届かないせいで薄暗かったが、足跡を追いかけるようにして進むと、左手に開き戸、右手には磨りガラスが一面にはめ込まれた引き戸があった。左側の開き戸を開けると、そこは物置のようだった。奥の窓から差す陽の光が、何も掛かっていないハンガーラックや空の衣装ケース、古めかしい書棚、積まれた段ボール箱などを弱々しく照らしている。

ごちゃごちゃとしていて中に入る気にならず、向き直って引き戸の方をスルスルと開くと、そこは広々とした板張りの部屋だった。左側にビニールクロスが掛かった脚の長い食卓テーブル。右側に脚の短い、冬には炬燵《こたつ》になるのであろうテーブルがあった。食卓テーブルの向こうには銀色の流し台とガス台があり、左の壁には食器棚や冷蔵庫が並んでいる。炬燵テーブルの向こうの角にはテレビ台と、今となっては懐かしい箱型のブラウン管テレビが置かれている。台所と居間の続き間といったところか。

中に入り込むと、ひとまず台所の方を調べてみた。食器棚の中には皿やコップが一通り揃《そろ》っていて、炊飯器や電子レンジなども定位置であろう場所に収まっていた。流し台にも、洗剤やスポンジが備わっている。

冷蔵庫の中を検《あらた》める気にはならなかったので、そのまま居間の方へと向かった。炬燵テーブルとテレビ以外には、電話台や籐編みの棚、黄ばんだ扇風機などがあった。テーブルの上には、リモコンにペン立て、爪切り、ティッシュの箱。ブラウン管テレビの上には陶器製の小さな猫の置物とポストの形をした貯金箱。電話台には筆記具類と電話帳が備えられていて、やはり向日葵の残骸が挿さったラッパ型の花瓶が置かれていた。上の壁には、二〇〇五年八月のカレンダーが留められている。

奥さんの趣味だったのだろうか。家の至るところに花が飾られていて――ふと、違和感を覚えた。最初に部屋を調べた時に覚えたのと、同じ種類の妙な違和感を。

……さっきから、何かがおかしいような気がする。何かが……そう、そうだ。

なぜ、こんなにも生活感がある？　ここに住んでいた山賀家は引っ越したのだと聞かされた。元いた愛知県に急に戻ることになったと。私自身は引っ越しなど経験したことがないが、普通はある程度、家の中を片付けていくのではないだろうか？

　引っ越す際に、荷物になるから大きな家具や家電製品は置き去りにしていったのかもしれない。だが、いくらなんでも、この有り様は妙だ。寝室のベッドの上でのたくっていたタオルケットや、揃い過ぎているキッチン用品、居間のあちこちに置かれている生活用品。そして何よりも、あちこちに置いてある花瓶がおかしい。普通、引っ越すのなら、花瓶に生けてある花くらい片付けていくものだろう。それがなぜ、そのままになって朽ち果てているのだ？

　しかし、山賀家が引っ越したという点については、偽りは無いように思えた。なぜなら、この家には衣類や貴重品の類が一切見当たらないからだ。寝室の洋服箪笥は空っぽだったし、物置のハンガーラックには服が掛かっておらず、衣装ケースも中身は入っていなかった。鞄《かばん》やバッグなども、ひとつとして目にしていない。

　引っ越した、というのは紛れもない事実なのだろう。だが、だとしたら、これではまるで、必要最低限の物だけ持って、大急ぎでバタバタと出て行ったかのようではないか。花瓶に生けてある花を処分する暇も無く、さながら夜逃げのように。

　それほどまでに急いでいた理由とは、一体……。

　——ふと、我に返った。

　……何をやっているんだろう。こんなこと、今更考えたって仕方がないのに。

　ふう、と息を吐き、気を取り直して足跡を辿ると、あちこち歩き回った末に台所の反対側、壁一面が襖になっている方へ向かっていた。位置的に恐らくは、と襖を開けてみると、やはりそこは和室だった。玄関の右手にあった開かなかった襖は、ここへ続いていたのだ。下を見ると、フローリングと違って畳のせいで、足跡がよく分からなくなっていた。が、一応、中を確認してみようと、踏み込んだ——瞬間、不意に背筋に冷たいものが走った。

……何だ？　家に入った時とは違う種類の、何か言い様のない雰囲気に呑まれたような気がした。ここだけ空気の温度や、漂っている臭いが明らかに違うような……。

仄かな恐怖を感じながら、中を見渡す。右側には開かなかった襖があり、正面には掃き出し窓があった。ヨレたベージュ色のカーテンが掛かっていて、陽の光がぼんやり差している。敷き詰められた畳は、どれもカビが生えて所々黒ずんでいた。

そして、左側を見た瞬間、私はあるものに目が釘付けになった。自分の家にある和室と似た構造で、左側に押し入れ、右側に床の間があったのだが、その真ん中の空間に、大きな黒い箱——扉が閉め切られた仏壇が鎮座していたのだ。

途端に、薄気味が悪くなった。空き家に、仏壇が放置されている……。

この家は、普段からまともに管理されている様子は無い。ということは、この仏壇は、ずっとここに放置されたままになっているのか。本来なら、きちんと人の手で管理するか、供養されるべきものが……。

不意に、いつしか放課後洒落怖クラブで読んだ話を思い出した。きちんと仏壇を供養しなかったせいで、持ち主である一家が祟《たた》られたという内容の怖い話。

この仏壇も、もしかしたら——思わずブルッと身が震えて、和室から出ようと入ってきた襖の方を

向くと、

「ひっ……！」あるものが目に入り、ビクッと身体が跳ねた。

襖の上に、遺影の額縁がずらりと並んでいたのだ。陰影の濃い白黒写真の中から、見たこともない老人たちが、真っ黒な目で私をじっと無機質に見下ろしていた。

――見られていたのか。入った時からずっと。

思わず、ジリリと後ずさりをした瞬間だった。右の方から、キィィ……と木が軋《きし》むような音が小さく聞こえた。恐る恐る、そちらへ顔を向けると、

「……え？」仏壇の扉が片方、開いていた。なぜ、と思ったのも束の間、もう片方の扉がキィィ……と開き、中からヌウッと何かが伸びた。

「……っ!?」それは、腕だった。血の気が失《う》せ、肉が垂れた生白い腕が二本、仏壇の中――絶対にあり得ない場所から現れていた。

その生白い腕は、だらりと力なく下に垂れると、真下の畳をザリザリと撫ぜた後、ベタッ！　と手を突いた。そして、もう一本が、同じようにヌウッと現れて、仏壇の真横にあった木の柱を、ベタッ！とはたいた。

突然の、あまりに非現実的な出来事に動けないでいると、今度はその二本の腕の間から、ズルッ……と生白い頭が現れた。

それは、まるで水を吸ったようにブヨブヨと膨れていて、頭髪は無く、肉が垂れ、目も鼻も埋もれて、大きな口だけが、どろどろと、糸を引きながら開いて、

――ごぉおお……げぇ……げぁああっ！

汁気を含んだ声で叫んだ。と同時に、その何かが仏壇からズルルッ、ベチャッ！　と這い出てきた。人の形をしているが、確実に生きている人間ではない、何か。それが畳の上でぬらぬらと蠢き、私の方へ、ベチャベチャと這い寄ってきて――、

「ひあああっ……！」悲鳴を上げたつもりが、喉が強張《こわば》って、まともな声にならなかった。瞬間、ようやく身体が動き、弾かれたように和室から飛び出した。

な、何だ、あれは!?　幽霊!?　いや、化け物!?　初めて見た、まさか、そんなはず、本当にいるなんて、でも、そんなことはいい！

今は、とにかく、逃げなければっ！

転がるようにドタドタと居間を駆け抜けると、開け放していた引き戸から廊下へと飛び出た。そのまま、光の差す玄関の方へ駆けて――、

――バダァアアンッ！　バリバリバリバリッ！

と、あのビクともしなかった襖が、目の前で無理矢理に破られた。和室側から体当たりを喰《く》らわせたらしい化け物が現れて行く手を塞いだかと思うと、げぇあああっ！　と吠《ほ》えながら、匍匐前進《ほふくぜんしん》のようにベチャベチャとこちらへ這い寄ってきて、

「きゃあああっ！」反射的に踵《きびす》を返して、廊下の奥へ駆け戻った。

どこか別の所から逃げなければっ、外へ出なければっ！

バタバタと廊下の突き当たりへ辿り着いた。咄嗟に、目に付いた正面の扉をこじ開けると、そこは

トイレだった。窓はあるが、小さくて出られそうにない。ダメだと扉を閉めると、右の、恐らく脱衣所へ続く扉をこじ開けようとしたが、立て付けが悪いのか、ビクともしない。

――げぇああっ！

「ひっ！」あの汁気を含んだ声がして、足が竦《すく》む。と同時に、ベチャベチャという音がこちらへ近付いてきていることに気が付いた。

まずいまずいまずいっ！　他の出口をっ――と反対側を向くと、左手前の階段と、その奥の開き戸が目に飛び込んできた。慌てふためきながら開き戸に飛びつき、こじ開けると、そこは――、

「あ、ああっ、嘘っ……」真っ暗闇の畳張りの部屋――納戸だった。どこにも窓が無い。私の家の納戸と同じように。つまり、出られない、そんなっ……！

――げごぁああああああっ！

汁気を含んだ叫び声がして振り返ると、あの化け物が背後に迫っていた。水膨れの肉に覆われた身体をぬらぬらと蠢かせて、匍匐前進のようにこちらへ向かってくる。

「いやあああああっ！」最早《もはや》、道はひとつしか残されていなかった。二階から外へ出られるのか、などと考える余裕も無く、私は這い上がるようにして、ドタドタと階段を駆け上った。一直線の急な階段を上り切ると、左側に廊下が短く伸びていた。手前に閉まっている扉があり、奥に開け放たれている扉があった。そこから光が差しているのが見え、反射的に奥へと転がるように向かう。

とにかく、どうにか、逃げなければ、外へっ！　部屋の中に飛び込むと、左側にあった窓へ飛びついた。カーテンを跳ねのけ、鍵を――、

「……っ！」私の目に飛び込んできたのは、格子だった。窓の向こう一面に、錆びついた格子が檻《おり》のように張り巡らされている。慌てて部屋を見渡すと、反対側のベッドが寄せて置かれている壁にもうひとつ窓があった。咄嗟にそこに飛びつくが――、

「あ、ああっ……！」そこにも、格子が張り巡らされていた。嘘だ、そんな、と絶望した瞬間、ベチャベチャベチャッ！ と音が聞こえて、

――げぇえっ、げぇあああっ！

あの化け物が、気持ちの悪い呻き声を上げながら、部屋の中へと入り込んできた。

「うあっ、あああっ……！」私は為《な》す術も無く、部屋の奥の隅に追い詰められた。部屋の中には身を隠す場所も、身を守る物も無く、どうすることもできなかった。そんな無力な私を前に、化け物はズルズルとこちらへ這い寄ってくると、不意に部屋の中央で動きを止め、四つん這いになって身体を起こした。まるで自分の悍《おぞ》ましい姿を見せつけるかのように。

生白く、所々紫がかっているブヨブヨと膨れた身体。ぬめぬめとした質感の肌をしていて、体毛はどこにも見当たらず、得体の知れない透明な液体が、ねばねばとそこかしこから滴り落ちている。言葉を失っていると、その異形の存在はブヨブヨと膨れ上がった喉を震わせて、

――げっ、げっ、げあっ
と、声を――笑い声を上げた。顔はぐずぐずに溶けた蠟燭《ろうそく》のようになっていて、表情は読み取れなかったが、その声は確実に、私を追い詰めたことを嘲笑《あざわら》っていた。

「い……いやっ……いやあっ……」

あまりの恐怖に、腰が抜けてへなへなと崩れ落ちると、化け物が私に飛び掛かろうと、手足に力を込め、身体を震わせた。理性が、今にも吹き飛びそうになる。

なんで、どうして、私は、これから、この化け物に、襲われて、死ぬのか？

そんな……そんな……私は……もしかしたら……会えるかもと思って……いるのかもしれないと思って……探しに来た……だけなのに……私は……私はっ――、

「優一くんっ……！」

涙に滲《にじ》む目を瞑《つぶ》り、心の奥底で追い求めていた人の名を叫んだ。瞬間、

――げぎゃあっ！

化け物の声がして、ベチャチャッ！　という音が響いた。痛みを覚悟したが――何故《なぜ》か襲ってこない化け物に、恐る恐る目を開く。涙で滲んで視界がぼやけていたが、化け物が、なぜか部屋の右隅の方に倒れているのが分かった。そして、化け物がいたはずの部屋の中央に、誰かが立っている。

――ゴツッ……ゴツッ……ゴツッ……

その誰かが、重たく尖った足音を立てながら近付いてきた。慌てて涙を拭い、顔を上げると、そこには――、

「……オイ、ここで何してやがる」

あの刺青の男が、異様な存在感を放ちながら、ぬらりと佇んでいた。昨日見た時と同じ、ギラギラとした威圧的な格好だったが、サングラスは掛けておらず、眉間に皴を寄せ、切れ長の鋭い目で、じっと私を見下ろすと、

「オイ、訊いてんだろ。なんでここにいる」だが、それに答えたのは、

――げごぁああっ！

右隅の方にいた化け物だった。体勢を立て直して四つん這いになり、まるで男を威嚇するかのように、汁気を含んだ気味の悪い声で吠えている。

「……チッ、うるせえな」男は気怠《けだる》そうに化け物を見遣ると、徐《おもむろ》に手に持っていた物――小瓶の蓋を、パキッと取り去った。その中身を、

「黙ってろ、ボケ」ビシャッ！　と化け物に浴びせる。

――げっ！　げぎゃっ！　げぎゃあああああっ！

液体を浴びせられた化け物が悲鳴を上げ、床でビタビタとのた打ち回った。が、男はそれを気にする風でもなく、空になった小瓶をゴトンと床に放り、

「あぁ？　クソが、汚しやがって……」と右足を上げて黒革のショートブーツを忌々し気に眺めていた。よく見ると、べっとりと得体の知れない粘液が付着している。

……私が襲われる直前、男が化け物に蹴りを入れて、右隅の方に追いやった？

コツンと、力なく放り出していた足の先に何かが当たる。それは、ついさっき男が放った空の小瓶だった。青いシール……これは、ワンカップのお酒？

「オイ、さっさと答えろ」と男が再度、私を睨んで言ったが、わけの分からない状況に言葉が出なかった。得体の知れない化け物に襲われたと思ったら、思いも寄らない人物が目の前に現れて、撃退して――、

——げあっ！　げごぁああああっ！

化け物が、身体から肉が焼けるような音を立てながら、男に向かって威嚇するかのように吠えた。先程まで襲おうとしていた私のことなど、眼中にないようだった。男にだけ敵意を——いや、男の存在を恐れ、怯えているかのようだった。

「チッ、消えなかったのか」と吐き捨てると、男はデニムのポケットから何かを取り出し、胸の前に掲げた。それは——竹筒だった。コーヒー缶ほどの大きさの、表面がツヤツヤとした枯れ色の竹筒。その両端を摑《つか》み、引っ張ると、どういう仕組みなのか、竹筒がスライドして、中心にいくつもの丸い穴が生じ、

——フィリィイイイイッ！

突如として、透き通った鈴の音を思わせるような高周波音が響き渡った。瞬間、

——げぇ、げげっ、げぅあああっ！

化け物が、もがき苦しみ始めた。耳を塞いで、頭をブンブンと振り、部屋の隅へと後ずさって行く。まるで、響き続ける高周波音から逃れようとしているかのように。

「持ってろ」と男が竹筒を私に投げて寄こした。「え、えっ？」と慌てて受け取ると、男はデニムのポケットから、今度は濃青の瓶を取り出した。

あれは、初めて会った時、首元に吹きつけていた香水——、

——げごぁあああああああっ！

竹筒から響き続ける高周波音に耐えかねたのか、化け物は人間離れした動きでベタタッ！　と背中

から壁に張りつき、天井の隅にじりじりとよじ登った。男の方を見下ろし、身体を震わせて、威嚇している。

「ケッ、まだ消えねえのか、クソ野郎が」男は不意に、右の袖をグイッと捲った。びっしりと刺青が入った、筋肉質な長い右腕が露《あら》わになる。そのまま、左手に持っていた香水を右腕全体にシュッシュッとまんべんなく振りかけながら、ゆらゆらと化け物に歩み寄って行く。私は呆然と、その後ろ姿を見つめていた。今、目の前で一体何が起きているのか、自分がどういう状況に置かれているのか、まったく理解できないでいた。だが、そんな混乱した脳でも、はっきりと分かることがあった。

男が、この場を支配している。先程まで、化け物による恐怖で支配されていたこの部屋が、今となっては、男が支配する領域へと塗り替えられている。男が全身からギラギラと放つ、言い様のない異質な威圧感に蹂躙《じゅうりん》されたことによって。

「テメーみてえなのはさっさと――」

男がじわじわと追い詰めるかのように、化け物の前まで迫った。瞬間、

――げげぇっ、げぇあああっ！

逃げ場を失った化け物が、突如として男へ飛び掛かった。が、

「――消え失せろっ！」

男は刺青だらけの右腕を鞭《むち》のようにしならせて拳を握り込むと、襲い掛かってきた化け物の下顎に向かって、勢いよく叩き込んだ。

――げがっ！

「……っ！」息を呑んだ。

叩き込まれた男の右腕は化け物の下顎にめり込み、脳天へと突き抜けていた。その拳は、中指だけが槍先《やりさき》のようにピンと突き立てられていて――、

――げぎゃあああああああああっ！

男の右腕によって宙に吊り上げられ、じたばたと暴れていた化け物が、断末魔のような叫び声を上げた。瞬間、バヂュンッ！　と化け物の身体が破裂した。

「きゃあっ！」思わず、腕で顔を覆ったが、間に合わなかった。身体中に、どろどろとした粘液の飛沫を浴びていた。一体何が……と粘液まみれの腕を眺めていると、男の方もべっとりと粘液まみれになっていることに気が付いた。構えられたままの右腕の肘から、ボタボタと粘液が垂れている。それだけでなく、男の足元や壁も、バケツで撒き散らしたかのように粘液の飛沫が飛んでいた。

「……ああ、マジかよ、クソッ」

男は右腕を下ろすと、忌々し気に呟き、呆然としている私をジロリと睨みつけた。いつの間にか、あの透き通った鈴の音を思わせるような高周波音は止んでいた。

「お前、ここで何してやがったんだ？」

一度部屋から出て行ったと思ったら、またすぐに戻ってきた男は、タオルで顔を拭きながら訊いてきた。手には、あの大きな黒いトートバッグを提げていた。

「あ……あの……えっと……」私は相変わらず、部屋の隅で呆然とへたり込んでいた。すると、そん

な私を見かねたのか、男はトートバッグの中からタオルを取り出し、投げて寄こしてきた。慌てて受け取り、とりあえず全身を拭いている時に気が付いたが、あの化け物が破裂した時に飛び散った粘液からは、酷い腐敗臭がしていた。

「クソッ、あのバケモン、よりによって……」

男はブツブツと言いながら上半身を拭いていたが、諦めたのか粘液まみれの柄シャツを脱ぎ捨て、更にその下に着ていた黒いタンクトップも脱ぎ捨てた。

「……っ!?」何だ、あれは……。男の両腕と肩と背中には、異様な柄の刺青があった。いや、柄というより、それは文字だった。ひらがなでもない、カタカナでもない、漢字でもない、判読不能の奇怪な文字が、腕はびっしりと全体に、肩は胸板から肩甲骨の辺りを覆うように、背中はまるで背骨に沿うように、無数に彫られていた。それだけではなく、男の身体のあちこちには切り傷のような痕や、火傷《やけど》のような痕、赤黒い痣《あざ》があった。細身の筋肉質の身体に、痛々しい傷痕がいくつも残っている。

「何、ジロジロ見てやがんだ」しゃがみ込んでトートバッグを漁っていた男に言われ、慌てて下を向いた。タオルで全身の粘液を拭いながら、この男は一体何者なのだろうと考えていると「それ、返せ」と男が手を差し出してきた。まだ拭き終わっていないのにと思いながら、粘液で濡《ぬ》れたタオルを差し出すと、男は「違えよ、それだ」と私がへたり込んでいる床を指差した。そこには、あの枯れ色の竹筒が転がっていた。いつの間にか、手放してしまっていたようだった。おずおずと、それを拾い上げて手渡すと、男は竹筒の両端を引っ張り、スポンッと二つに分離させて中を覗き込んだ。

「あーあ、やっぱり死んじまったか」

そう言うと、男は竹筒をひっくり返した。すると、中からポトッと何かが落ちて、

――フィリ……リ……リィ……

「……!?」それは、今まで見たことがない虫だった。姿形は蟋蟀《こおろぎ》に似ていたが、その身体は、まるで精巧に造られた繊細なガラス細工のように透き通っていた。

床の上で弱々しく蠢いていたその透明な虫は、やがて力尽きたのかピクリとも動かなくなった。かと思うと、身体がサラサラと崩れ出し――みるみる内に、ひとつまみほどの灰になってしまった。その光景に唖然《あぜん》としていると、男は竹筒をトートバッグにしまい、中から、これまた派手な紅《あか》い柄シャツを取り出して袖を通した。

「そういや、お前、さっき、優一って言ったな」

「えっ？」

「知ってるのか、優一を」

「は……はい」おずおずと答えると、男は柄シャツのボタンを留めながら、

「あのクソガキ、今どこにいやがるんだ」

「ちょ……ちょっと待ってっ。さっきから何なのっ!?」

とうとう、脳が不明瞭の過剰摂取を起こし、

「あなた一体何者なの!?　なんで優一くんのことを知ってるの!?　ここに来た目的は何なの!?　さっきのあの……化け物にやったことは何なの!?　そもそも、あの化け物は何なの!?　さっきの虫は何なの!?　その刺青は何なの!?　なんでここにいるの!?」

次々と、つっかえていた疑問が口から溢れ出た。まくし立てるように喋ったせいで、言い切ると、はあはあと息が切れていた。そんな私とは対照的に、男は眉ひとつ動かさずにいた。が、不意にハッと短く息を吐くと、

「質問に質問で答えんじゃねえよ。俺が訊いてんのは優一の居場所だ」と睨んできた。その威圧的な態度に、思わず息を呑んだが、私は必死に自分を奮い立たせて、

「さ、先に私の質問に答えて！　じゃないと、優一くんのことは教えないっ……！」

と、啖呵《たんか》を切った。もちろん、それはハッタリだった。私は優一くんについて、何も知らない。たった今、男が持っていた写真の青年が優一くんだったという確証を、ようやく得たくらいだ。

だが――いや、だからこそ、知りたい。優一くんについて。

この家に来た目的も、そうだった。もしかしたら優一くんに会えるかもしれないという、淡く馬鹿馬鹿しい希望を抱いて、ここへ来たのだ。それらしき人影を見た。かつて住んでいた家に灯りがともっていた。そんな、ただの見間違いという言葉で一蹴されてしまうような根拠の下に。結果として、優一くんはいなかったが、尻尾を摑むことには成功した。この、何もかもが謎の男から、優一くんのことを聞き出せるかもしれない。もしかしたら、優一くん――ひいては山賀家が、六年前、急に村から姿を消したことについても。その為なら、嘘のひとつやふたつ――。

「チッ……、どいつもこいつもクソガキかよ」

男は諦めたのか、忌々し気に呟いて立ち上がると、

「こっちに来い。ここじゃ臭くて話にならねえ」と、トートバッグを手に部屋を出て行った。言われ

るがままに、震える足でその後をついて行くと、階段を上がってすぐの、閉まっていたはずの扉が開いていた。その中へ入ると、そこは五畳ほどの小さな部屋で、壁際に置かれているベッドの骨組みに、男が足を広げて腰掛けていた。マットレスは引き剝がされ、壁に立てかけられている。

「まあ座れ」男が目の前に置かれていた小さな椅子を顎でしゃくった。よく見ると、奥の窓辺に小さな勉強机が置かれていて、椅子はそれとセットのようだった。言われた通りに、そこへ腰掛ける。部屋の中には他に、花柄のクッションやぬいぐるみ、こぢんまりとした子供用らしき鏡台などが置いてあった。どれも女の子趣味のものばかりなので、恐らく、ここが陽菜ちゃんの部屋だったのだろう。

そんな中、男の足元に置いてあるワンカップの空き瓶と、グラビアアイドルが表紙を飾っている青年向け漫画雑誌と、コードの先にウォークマンが繫がった黒いヘッドホンだけが、不自然に浮いていた。これらは、男が持ち込んだものなのだろう。と、その時、床に円を描くようにして水を撒いた跡が残っていることに気が付いた。私たちのいる部屋の中央を中心として。

……男が、この部屋にワンカップの中身を撒いたのだろうか？

「で、どれから答えりゃいいんだ。好みのタイプか？　それともスリーサイズか？」

男が気怠そうに首をポキポキと鳴らしながら切り出し、私は、

「……あなたは、何者なの？」とりあえず、一番の疑問をぶつけた。が、男は、

「別に、何者でもねえよ」と、ぶっきらぼうに言い放った。

「こ、答えになってない」

「うるせえな、誰だっていいだろ」

「ちゃんと答えてよっ」食い下がると、男はフンと鼻を鳴らし、

「俺は……そうだな。この場合……カイシュウ屋っつったらいいか」

「か、回収屋？」思わず、素っ頓狂な声を上げてしまった。が、すぐさま、頭に黒い考えが浮かんでくる。この風貌、上半身の刺青、まさか……、

「オイ、なんか勘違いしてねえか？　俺は闇金の取り立て屋なんかじゃねえぞ」

男は、私の考えていることを飄々《ひょうひょう》と否定してきた。

「じゃ、じゃあ何だっていうの？」

「だから、カイシュウ屋だ」

「分かるように、ちゃんと言ってよっ」語気を強めると、男は舌打ちをひとつして、

「鳳崎業司《ほうざきごうじ》」

「……え？」

「俺の名前だ。鳳崎業司。歳は二十一。これでいいか？」と言うと、男は膝に頬杖を突いて、ため息をついた。自己紹介は以上だ、と言わんばかりに。

「……に、二十一歳？」私は、また素っ頓狂な声を上げた。名前はともかくとして、とても信じられなかったからだ。目の前にいる男が、私のたった四つ上の年齢だと。

時代遅れのチンピラのような容姿に、皺が刻まれたいかめしい顔つき、低く掠れた重い声色。どれひとつとっても、二十代前半の人間のそれとは思えなかった。

何より、男の全身からギラギラと放たれる異様な種類の威圧感——まるで、後ろ暗い経験を幾年も

積んできたかのような危険な種類の老練さが、二十一歳という年齢にそぐわないものだったからだ。もっと、ずっと、年上に見える。

「何だ、人を見た目で判断しやがって」

ポカンとしている私を一喝するように、男が言い放った。

「ご、ごめんなさい……」私はもにょもにょと謝ると、とりあえず目の前にいる人間が、鳳崎業司という名の二十一歳の男だということを理解した。回収屋というのはいまいち理解できなかったが、それについて追及するのは一旦諦めて「……さっきのは何なの？　あの……化け物は？」と恐る恐る訊いてみる。

「知らねえよ。お前が連れてきたんだろ。あいつ、どっから湧いて出たんだ？」

「い、一階の和室にあった仏壇から、急に……」

「なら、前にこの家に住んでた人間だろ。水死したか知らねえが、ひでえモンに成り下がりやがって」

「……前に住んでた？　水死？」ふと、頭に突拍子もない考えが浮かんだ。

まさか、あの化け物の正体は……西島さん？　確かに、西島さんはかつてこの家に住んでいて、道路沿いの川に落ちて、溺れ死んで……でも、まさか、だとしたら、

「あ、あれって……幽霊だっていうの？」

「ああ」男――鳳崎は、私が怖々と放った言葉を、あっさりと肯定した。

……本当にいるんだ。

私は呆然としながらも、心のどこかで感動していた。幽霊という概念が実在するものだったなんて

……。そういった類のものは好きだったが、実在するものなのかどうかについては懐疑的だった。今までに、実体験として見たことなど無いし――いや、六年前にそれらしきものを見た記憶はある。サトマワリの夜の、夜道を這う黒い影に、土蔵の格子から覗いていた、そこにいるはずのない久巳さんの姿。

だが、その後、日々を過ごす内に、あれは見間違いだったのではないかと思うようになった。パニックに陥った私の脳が生み出した、ありもしない虚構の経験だったのではないかと。やがて、ホラーやオカルトの類に興味を持ち、そういったものに触れれば触れるほど、その思いは加速していった。くだらない。いくらなんでも、あり得ない。幽霊なんて、いるわけがない。そんな風に、嘲笑するようになっていった。好きなことには違いなかったが、それとこれとは別で、そういったものの存在を心の底から信じることなど無かった。

だって、あまりにも、非現実的なことに思えたから。でも……身をもって体験した今、疑い様など無かった。幽霊は、現実に存在する。いや、しかし、そうだとして、

「な、なんで私、襲われたの？　それに、霊感なんて無いのに……」

あの化け物が西島さんの幽霊だったのならば、襲われる理由が分からないし、そもそも、どうして霊感の無い私に姿が視《み》えたのだろう。

「お前、今、体調悪いだろ」

「えっ？」ポカンとしていると、鳳崎は私の顔をじろじろと見ながら、

「顔色が悪い。ちゃんと寝てんのか？　それとも、精神的に参ってんのか？」

「ど、どうして……」

　精神的に参っているかどうかはともかく、体調面には心当たりがあった。ここのところ、あまり健康的とは言えない生活を送っていたからだ。まともに寝ていなかったり、朝食を摂らなかったりして。

「フン、やっぱりな。霊感が無い人間でも、心と身体が弱ってたりすると、この世のモンじゃねえ奴が視えることがあるし、目を付けられやすくもなるんだ。あんな目に遭いたくなかったら、ちゃんと飯食って、しっかり寝て、陽の光を浴びることだな」

　困惑していると、鳳崎は突然思い出したようにトートバッグを漁り、中からあの濃青の香水の瓶を取り出して、シュッシュッと着替えたばかりの柄シャツと首元に入念に吹きつけた。刺々しいミントの香りが漂ってきて、ツンと鼻を刺す。

「……それ、化け物を退治する時も腕に吹きつけてたけど、何なの？」

「あ？　これは……そうだな、魔除《まよ》けみたいなもんだ。ああいう奴等《やつら》を撃退する効果があるし、吹きつけてりゃ寄ってこなくなる」

「……もしかして、ファブリーズ？」

「はあ？　んなわけねえだろ」

　とんでもない馬鹿を見るような目を向けられ、

「これは俺が独自に調合した特別製の香水だ。ファブリーズも効果が無いとは言わねえが、直で肌に吹きつけるとか、バッカじゃねえの」と悪態をつかれた。思わずムッとしたが、私は段々と、鳳崎という男の属性が分かってきたような気がした。

奇異な風貌はともかく、この男はどうやら霊感がある上、そういった方面に対して随分と造詣が深いらしい。眉ひとつ動かさず、てきぱきと答えている所を見るにつけ、適当なことを言っているわけでもなさそうだ。

会話をしたせいか、さっきまで動揺していた心と身体が少しずつ落ち着いてきた。続けて、気になっていたことを訊いてみる。

「その刺青は何なの？」

「この刺青も魔除けだ。耳《みみ》なし芳一《ほういち》って知ってるか？　あれと似たようなことをやってるだけだ。俺の場合は経じゃなくて梵字《ぼんじ》だけどな」

「さっき、私に渡してきた竹筒に入ってた、あの透明な虫は何なの？」

「オイ、いつまで質問する気だよ。いい加減に優一の居場所を教えろ」

「ちゃんと答えてよ。じゃないと、教えない」

きっぱりと断った。この男の身の上を理解するまで、切り札を切るわけにはいかない。もっとも、そんな切り札など持ち合わせていないのだが。

鳳崎は舌打ちをひとつすると、

「あれは、霊虫《れいちゅう》だ」

「霊虫《れいちゅう》？」

「この世のモンじゃねえ虫だ。俺の仕事道具だよ」

「仕事道具って……あなたの職業って、一体何なの？」

「さっきも言っただろ。俺はカイシュウ屋だ」

「だから、答えになってない。何なの、その回収屋って？」

しつこく追及すると、鳳崎はわざとらしくため息をついた後、

「……この世のモンじゃねえ霊的なモノ——怪異が引き起こした厄介事が起きた時に、そこへ派遣されて、事態を収束させる人間のことだ」

鳳崎がそう言った瞬間、私の頭の中にふと、ある文字列が浮かんだ。

怪異が引き起こした事態を収束させる？　怪異を収める？

怪……収……怪収？　回収屋ではなく……怪収屋？

——そういうのも、実在するんだ……！　先程からの漠然とした感動が、興奮に変わっていくのを感じた。現代の科学では説明できない、幽霊という非現実的、超自然的、神秘的な概念が実在する上に、それを対処する人間も実在するなんて！

今まで読み漁ってきた怖い話や、ホラー小説や、ホラー映画の登場人物のような、完全にフィクションの中の存在だと思っていた人間が今、私の目の前にいる！

だとしたら、霊虫《れいちゅう》とかいうのはともかくとして、この鳳崎という男は——、

「あ、あなたって、もしかして霊能者なの？　それとも拝み屋とか退魔師とか——」

「ああっ!?」

興奮を抑えられずに飛び出た私の言葉を、鳳崎がドスの利いた声で遮った。思わず面食らい、ヒッと喉が鳴る。

「俺をそんなクソみてえな連中と一緒にすんじゃねえっ！　さっきから何回も言ってるだろうがっ！　俺は回収屋だっ！」

真正面から凄《すご》まれ、私は為す術も無く縮こまった。慌てて、

「ごっ、ごめんなさいっ！」と謝ると、鳳崎は忌々し気に口を歪《ゆが》ませた。

「いいか。俺のことをもういっぺんでも拝み屋だの、霊能者呼ばわりしてみろ。さっきの化け物どころじゃねえほどの目に遭わせるからな」

切れ長の目が、ギラギラと私を脅していた。よく分からないが、やけに信憑性《しんぴょうせい》があるように感じられる、その恐ろし気な言葉に「は、はい」と素直に従う。

「フン。もういいだろ、俺のことは。いい加減にこっちの質問に答えろ。優一の野郎は今どこにいる？」

会話の主導権を奪われそうになり、慌てて、

「ちょ、ちょっと待ってよ！　まだ何もよくない！　あなたが何者なのかは、なんとなく分かったけど、なんで優一くんのことを知ってるのっ？　あなたと優一くんは、一体どういう関係なのっ？」と、まくし立てた。

まだ白状するわけにはいかない。優一くんのことを聞き出さなければ、何の意味もない。幽霊が実在するものだったとか、興奮している場合ではないのだ。

鳳崎はまた忌々し気に、しかしどこか、やれやれといった感じで言った。

「そんなに知りてえなら教えてやる。いいか、単刀直入に言うぞ。まず、俺と優一の関係性は、追跡者と逃亡者だ」

「つ、追跡者と逃亡者?」また突拍子もない言葉が出てきて、面食らう。

「ああ。俺は優一を追って、ここまで来たんだ。遠路はるばる愛知の名古屋から、こんな九州の片田舎までな」

名古屋と聞いて即座に、それが優一くんの出身地だということを思い出した。

「……優一くんのことは、昔からよく知ってるの?」

「知らねえわけじゃねえが、別に深い仲でもねえよ。ともかく、俺はあいつを連れ戻しに来たんだ。そういう依頼を受けてな」

「依頼?」

「ああ。正確に言えば、あいつと、あいつが持ち出した物を、無事に回収してこいっつう依頼をな」

「優一くんと……持ち出した物? それって――」

「教えるわけにはいかねえ。こっちにも色々と事情があんだ。部外者を巻き込むわけにはいかねえ。それに、どうせ言ったって信じねえだろうしな」

「し……信じるから、教えてっ」

「しつけえな。危険な目に遭いたくなけりゃ、これ以上――」

「教えてよっ! 優一くんは一体、何に巻き込まれてるっていうの!」

「……」

「教えてっ! じゃないと――」

「あいつが、とんでもなくヤバいモノに魅入られてる可能性があるんだ……!」

鳳崎のドスの利いた声が、狭い部屋に重々しく響き渡った後、場がしんとした静寂に包まれた。私の心臓だけが、バクバクと音を立てているような感覚に襲われる。

「…………とんでもなく、ヤバいモノ？」恐る恐る沈黙を破ると、

「そうだ。あいつが持ち出した物には、とんでもなくヤバいモノが封印されてる。恐らく、あいつはそれに魅入られて、危険な状態に陥ってやがる。だから、一刻も早くどうにかしなきゃならねえ。手遅れになる前にな」

手遅れという言葉が頭の中でわんわんと反響したかと思うと、忌まわしい記憶が鮮明に蘇ってきて、困惑に揉まれた思考が、グルグルと高速で渦を巻き始めた。

とんでもなくヤバいモノ？　それは何？　意味が分からない――いや、分かっている？　私は、それを知っている？

六年前の今日。八月八日。サトマワリの日。村の人たちの様子がおかしかった、あの夜。シラカダ様のお社で行われていた、宵の儀。悪夢から目覚めた私は、優一くんたちを止める為に、暗闇の中を追いかけて、そこで――。

鳥居を越えた瞬間に響き渡った、得体の知れない不協和音の絶叫。扉越しに伝わってきた異様な気配。聞こえてきた不穏な言葉と物音。義巳さんと義則さんの言い争い。そして、辰巳の気が触れてしまったかのような絶叫。尋常ではない恐怖に襲われ、なりふり構わず逃げ出した。だが、坂道にも川津屋敷にも恐怖が待ち構えていた。それからも逃げて、逃げて、田んぼに落ちて、短パンの裾からぬるぬると血が垂れて、怖くなって、叫んで……気が付いたら風呂場にいて、次の日から、窓という窓

が塞がれた家での軟禁生活が始まって、きつく言いつけられた。

絶対に外に出てはいけないし、外を見てもいけないと。わけを訊いたら、シラカダ様に会ってしまうと、目が合ってしまうと、子供は恐ろしいことになると教えられた。

まさか――いや、あの頃から、なんとなく勘付いていた。でも、ずっと考えないようにしていた。それを認めたら、朽無村という私の生まれ育った地が、悍ましい場所に成り果ててしまうから。

だが……やはり、六年前、山賀家が朽無村からいなくなったのは……。

朽無村が、村の人たちが、私たちが信仰している……シラカダ様のせい？

優一くんが魅入られている、とんでもなくヤバいモノ。それは……シラカダ様？　そして、そのせいで、優一くんは、あれから六年も経っているというのに、手遅れ？

「そんなっ……そんなっ……」いつの間にか、息が荒くなっていた。心臓が破裂しそうなほどに高鳴り、手足が震えて、目眩《めまい》が――、

「そんなはずっ……優一くんがっ……なんでっ……あの時っ……そんなっ……」

「オイ、どうしたんだ」

目の前にいるはずの鳳崎の声が、遠く聞こえた。あの日の夜のように、頭がジンジンと熱を帯びて、下腹部がズキズキと痛むような気がして――思考と感情がぐちゃぐちゃになり、思わず叫び出してしまいそうになった瞬間、

――プシュッ！

鳳崎が突然、私の顔に向かって、あの香水を吹きつけてきた。

「うあっ……」刺々しいミントの香りが、一気に鼻から抜けて肺に満ち、目にも染みて――心と身体が、緩やかに落ち着きを取り戻していった。さっきまでぐちゃぐちゃに乱れていた思考と感情が、波ひとつ立たない静かな水面のように澄み切っていく。

「落ち着いたか？」

「な……何をしたの？」

「これには心と身体をクールダウンさせる効果もあるんだ。安心しろ。何も変なもんは入ってねえ。だが……どうやらお前、色々と知ってるみてえだな。今度はこっちの番だ。教えてもらおうか。お前が優一について知っていることのすべてを――」

それから私は言われた通りに、優一くんについて知っていることをすべて、鳳崎に話した。正確に言うと、六年前の夏に起きた一連の出来事を、何から何まで。

今まで誰にも打ち明けることがなかった、当時の私の感情――朽無村の大人たちに対して感じた不可解な恐怖を織り交ぜながら。サトマワリの説明をする必要があったので、必然的にこの朽無村の成り立ちや地名、風習も、分かる範囲で一通り話した。

なぜ会ったばかりの鳳崎にそこまで話そうと思ったのか、自分でも分からなかった。見るからに怪しい風貌で、説明された身の上や目的も本当かどうか分からないというのに。だが、詳しい事情こそ分からないものの、優一くんが危険な状況に陥っていて、それを鳳崎がどうにかしてくれるのならば躊躇うことなど無かった。助けたい、そして会いたいという一心で、私は鳳崎にすべてを打ち明けていった。

　時折、質問を飛ばしてきたが、鳳崎はほとんど無言で私の話を聞き入っていた。

「――はあっ……」ようやく話し終えて、切れた息を整えていると、鳳崎が、

「フン……」と鼻を鳴らした。そのまま、また何も言わなくなったので、

「ね、ねえ。やっぱり六年前、優一くんはシラカダ様に魅入られてしまっていたってことなの？」と訊いたが、鳳崎は天を仰いで、

「あいつ……まさか……いや……んなわけねえか……」と、ブツブツ呟き始めた。

「ね、ねえ、優一くんのこと、何か分かったの？」

「白蛇……地神……シラカダ……サトマワリ……逢魔《おうま》が時《とき》……川津と河津……」

「ねえっ」と語気を強めると、鳳崎はようやく「ああ？」と思い出したかのように私に視線を合わせたので「何か、分かったの？」と再度訊くと「分かるわけねえだろ」と吐き捨てられた。なんだ、と拍子抜けしていると、

「だが……何か裏がありそうだな。この村には」

「えっ？」

「来た時から思ってたが、どうにも胡散《うさん》くせえ。お前の言う村の成り立ちやら風習やらも、俺に対する村の連中の態度も」

「胡散臭いって……」

　それはあなたのことじゃないかと思っていると、それを見透かされたのか、

「フン、お前はまだガキだから分からねえだろうがな。人間の本質ってのは、外っ面で判断できるもんじゃねえんだ」と睨まれた。思わず、ムッとして、

「ちょっと、ガキガキって、あんまり馬鹿にしないでよ。私、もう十七なんだから」

「だからガキだっつうんだ。世間知らずの高校生じゃねえか」

「あ、あなただって、まだ二十一歳じゃない。私とたった四つしか変わらないのに」

「一緒にすんじゃねえよ。お前みたいなガキとは経験してきたモノが違うんだ」

ムカついたが、その言葉に説得力があるのは事実だった。鳳崎には言葉の通りに、とても普通の人生を歩んできたとは思えない何かがあったからだ。

言い負かされて、ぐぬぬと黙り込んでいると、

「とにかく、ここにいたって仕方がねえな。優一は来ねえんだろうし」

鳳崎が荷物をトートバッグにしまって立ち上がった。慌てて私も立ち上がり、

「ま、待ってよ。そういえば、そもそも何でここにいたの？　もしかして、霊能力でそういうことも分かるの？」

「んなわけねえだろ。ちゃんと足使って探したんだ。お前らから追い出された後に」

「追い出されたって……あの後、タクシーで帰ったんじゃなかったの？」

「フン、お前ら、やっぱり見張ってやがったのか。あの後、俺はすぐにタクシーを降りて、この村に歩いて戻ったんだ。何が何でも優一を探し出さなきゃならなかったからな。で、とりあえず、この空き家通りに来た。それで一通り見て回ってたら、なぜかこの家だけ玄関の鍵が壊されてやがった。入

ってみたらビンゴ、足跡が残ってる。それを辿ってみたんだが、どうやら優一は、向こうの部屋で一晩過ごしたらしいな」

「えっ？」さっき、化け物に追い詰められた部屋に、優一くんがいた……？

「何も残していってなかったが、床の埃の痕からして、ベッドにもたれて寝たみてえだな。んで、その後、玄関から出て行ってる。何の目的があったか知らねえが、一昨日の晩、ここにいたことは確かだった。それで、俺は待ち伏せすることにしたんだ。もしかしたら、また戻ってくるんじゃねえかと思ってな。結局、一晩待って来たのは、お前とあのバケモンだったが」

「ちょ、ちょっと待って。あなたはどうやってここまで来れたの？　この家には、一人分の足跡しか残ってなかったのに……」

「そりゃ、優一の足跡をなぞって踏んだんだ。俺がいるって悟られねえようにする為にな。苦労したぜ、靴脱いで、爪先立ちでよ、まったく……」

　想像してみると、中々シュールな光景だったが、

「じゃあ、昨日の夜、私がこの家で見た灯りは？」

「もしかして、これのことか？」

　鳳崎はトートバッグの中から、小ぶりな懐中電灯を取り出した。

「昨日の夜、ちょっと居眠りしちまったからな。その間に戻ってきたかもしれねえと思って、一度だけ向こうの部屋に様子を見に行ったんだ。なるほどな、それでお前、この家に優一がいると思って来たのか」

「う、うん。もしかしたら、六年ぶりに会えるかもと思って」

「オイ、ちょっと待て。その口ぶり……お前、本当に優一の居場所知ってんのか？」

「あっ……」しまった、と思ったが、遅かった。鳳崎は私をギロリと睨み、

「このクソガキ……」

「ご、ごめんなさい！　優一くんっぽい人影を遠目に見ただけなの……でも、まさか本当にこの村にいたなんて……」しどろもどろになりながら謝ったが、鳳崎は、

「色々話して損したぜ。クソッ」と吐き捨て、部屋から出て行こうとした。慌てて、

「ちょ、ちょっと待って！　確かに優一くんの居場所は知らないけど、探しに行くなら私も連れて行ってよ！　この村のことを知ってるから、きっと力になれるし……」

だが、鳳崎は振り返りもせず、

「さっき粗方聞いたから、必要ねえな。こんな狭い村、迷うこともねえし」

「で、でも……」

「案内役なんざ要らねえ。さっさと家に帰ってクソして寝ろ、クソガキ」

その時、不意に黒い考えが浮かんだ。咄嗟にポケットから携帯を取り出して開き、

「む、村の人たちに、まだあなたがいるってバラしてもいいのっ？　まずいことになるでしょ？　今度こそ追い出されて、優一くんを連れ戻せなくなるでしょっ？」

「……てめえ、俺を脅そうってのか？」

鳳崎はぬらりと振り返ると、背中を曲げ、異様に迫力のある顔を近付けて凄んできた。まるで、こ

ちらが脅されているようだったが、私は精一杯の気力を振り絞って、

「お、お願い。私も一緒に、優一くんを探すからっ……」

真《ま》っ直《す》ぐに鳳崎を見つめ返した。そのまま睨み合いが続いたが、やがて、

「……フン、いい度胸しやがって」

やれやれといった風に呟くと、鳳崎は曲げていた背中を伸ばし、

「分かった。お前にも協力してもらおう。だが、あくまでも村の案内役としてだけだ。俺の仕事の邪魔をするのは許さねえぞ」

トートバッグを担ぎ上げて、部屋から出て行った。

「あっ。ちょ、ちょっと待ってよっ。どこに行く気なの？」

慌てて後を追うと、鳳崎はゴッゴッと階段を下りながら、

「とりあえず、そのシラカダ様のお社とかいう場所だ。優一を探すのと並行して、確認しておきたいことがある」

「……シラカダ様の……お社」私は思わず足を止めて立ち尽くしたが、すぐに鳳崎の後を追って階段を下りた。六年前の忌まわしい記憶に対峙する覚悟と、これから待ち受けているであろう、様々なものに対する不安と期待と興奮が入り混じった、複雑な感情を胸に抱きながら。

「……オイ、マジかよ。ここを進めってのか」

「しょうがないでしょ。文句言わないでよ」ゼンマイ道を前に文句を垂れる鳳崎に、私は諭すように

言った。あれから家を出た私たちはコソコソと尾先の坂道を下って、ゼンマイ道の入口へとやってきた。誰にも見つからずに、村の頂上にあるシラカダ様のお社へと向かう為に。

　名前の通り、ここは山に生えているゼンマイを採る為に作られた山道だ。といっても、山の斜面の藪《やぶ》が少し開けているだけなので、まともな道とはいえない。だが、ここをずっと上って行けば、村の頂上の頭原《かしらばら》へと辿り着くことができるのだ。その上、周りは鬱蒼とした雑木林に囲まれているので、村の方から見えることはない。

　要するに、このゼンマイ道は、誰にも見つからずにシラカダ様のお社へと赴くことができる唯一のルートなのだ。

　私は先導するように、ゼンマイ道へ踏み込んだ。足首を雑草にくすぐられてむず痒《がゆ》くなり、サンダルではなく、ちゃんとした靴を履いてくれば良かったと後悔する。

「チッ、汚れるじゃねえかよ」と鳳崎が文句を垂れながら、ついてくる。ショートブーツを履いている上、上も下も長袖だというのに、まったく。サンダルに家着同然の短パンと半袖Tシャツという私の身にもなってほしい。絶対に虫に刺されるし、草負けすること間違いなしだ。

「オイ、ちょっと待て」

　呼び止められて振り返ると「これを付けとけ」と、あの香水を全身に振りかけられた。刺々しいミントの香りに包まれ、全身がスウスウとする。

「なんで、また……」

「俺の傍にいると、危ねえからだ」

「危ない？　どういう意味？」

「言葉通りの意味だ。俺の傍にいると、妙なモンが寄ってくる可能性がある。念の為に、予防しておいた方がいい」そう言うと、鳳崎は自分にも一吹きして香水をしまい、またゼンマイ道を上り始めた。

慌てて、その後を追いながら、

「寄ってくるって、どういうこと？」

「俺は、そういう体質なんだ。俺の気に中てられると、あいつらは勝手に存在を濃くして擦り寄ってきやがる。活性化するって言った方が分かり易《やす》いか。あの家にいたバケモンがいい例だ」

「えっ？」

「あの家には恐らく、前に住んでた人間の霊魂が中途半端な状態でフラフラ留《とど》まってた。この世にどういう遺恨があったか知らねえが、仏壇がほったらかしにされてたからな。大方、まともに供養されなかった怨みが原因だろ。とはいえ、別に何の害もねえ薄っぺらい存在だったが、そこに俺が現れて、一晩過ごしたせいで、存在が濃くなっちまったってとこだな。お前みたいな霊感の無い人間にも視えるほどに。一応、香水と酒で抑えてたつもりだったが、やっぱ安酒撒いたくらいじゃダメだな」

「薄っぺらな存在が、濃く……」信じ難い話だった。普通、霊能力者というものは、悪《あ》しき霊的な存在を跳ねのける力を持っているものなのではないのだろうか？　それとは真逆に、悪しき霊的な存在を引き寄せる上に、力を与えてしまうなんて……ん？

「ちょっと待って。じゃあ、私はあなたのせいであの化け物に襲われたってこと？」

「まあ、そういう見方もできるな」

飄々とした物言いに、腹が立った。さっき、私にちゃんと寝ろだの飯を食えだの言ってきたくせに、あんな目に遭ったのが、すべて鳳崎のせいだったとは。

「何なのっ、私のせいじゃなかったんじゃない！」

「いや、お前にも非があるだろ。日頃からフニャフニャしてるから、あんなモンに目を付けられんだ」

「フニャフニャなんかしてないっ！」

「フン、それだけ喚く気力があるなら、香水振ってやらなくても大丈夫だったな」

この男はっ……。苛々と歯噛みしていたが、どうにか冷静さを取り戻して、後を追いつつ、気になっていた別のことを訊いてみる。

「ねえ、幽霊って、生きていた頃の記憶は無いものなの？　あの化け物も、元は人間だったんでしょう？」

「そりゃそうだが、あいつに触れた時に感じたのは怨みや悲しみ、怒りの念だった。そういう感情だけで存在してたから、元の記憶なんかほとんど無かっただろうよ」

「感情だけ？　幽霊って、そういう存在なの？」

「……オイ」

鳳崎は足を止めると、ちらりと振り返って私を睨み、

「まず、その幽霊って言い方はよせ。色々と面倒臭えから、奴等のことは総称して、怪異とかモノって呼べ。一々分類してたらキリがねえし、そもそも奴等は分類できるほど、存在にはっきりとした定義がある連中じゃねえ。一体一体パターンが違うし、その上、現世の常識はほとんど通用しねえとき

てる。分かるか？　あれは浮遊霊、あれは地縛霊、あれは生霊って風に易々とカテゴライズできるもんじゃねえんだ」

と、まくし立てるように説明してきた。

「わ、分かったけど、元は人間だったたんでしょう？　それが、なんで……」

「人間だったからだ。人間ってのは、感情があるだろ。他の生き物にも感情は多少なりあるが、人間は特別だ。一際強い思念――感情を持てる。怪異の元に成り得るのは、多くの場合、そんな人間の感情なんだ」

「感情って……さっき言ってた、怨みとか、憎しみとかってこと？」

「そうだ。他にも種類があるが、とにかく何らかの強い感情を抱いたまま死ぬ、もしくは死後に抱くと、成仏できずに魂が形を変えてこの世にフラフラ留まり続けることになる。感情という名の鎖に縛られてな。だが、それは全員が全員じゃねえ。魂にも何つうか……個人差ってものがある。くだらねえ理由でこの世に留まり続けられる奴もいれば、どれだけ惨《むご》い死に方をして、どれだけ強い感情を残して死んでも、この世に留まり切れねえ奴もいるんだ。あの家にいたのは、どっちかっつったら前者の方だな。まともに供養されなかった恨みや悲しみ、怒り。そんな感情の残滓《ざんし》が、中途半端な霊魂となって留まってた。それを俺が濃くして、あんな姿にしちまった」

そう言うと、鳳崎は一瞬、苦虫を嚙み潰したような表情になった。が、すぐに向き直って、また足場の悪いゼンマイ道を上り始めた。

「……ねえ、そういう体質だって言ってたけど、それって生まれつきのものなの？」

「ああ」

「だから、魔除けの刺青を入れて、その魔除けの香水をずっと付けてるってこと？」

「あぁ」

「さっき、化け物を退治してたけど、ああいうことって日常茶飯事なの？」

「あー」鳳崎は心底鬱陶しそうだったが、興味が尽きなかった私は、その後の道中も、あれこれと質問を続けた。不躾《ぶしつけ》なことをしているとは思ったが、まさか有識者に会えるとは思ってもみなかったので、好奇心を抑えることができず、ありとあらゆる疑問を鳳崎に投げかけていった。その答えを聞くところによると、どうやら鳳崎のような〝怪収屋〟は、全国各地にいるということだった。が、その全員が一枚岩の組織というわけではないらしく、仏教のように、それぞれ宗派が分かれているのだという。鳳崎自身はその中の、愛知県のとある寺を拠点とする一派の一員だと言っていた。が、鳳崎が所属しているその一派は、他の宗派と違って異端な存在なのだと言った。その理由として、

「俺みてえな霊虫《れいちゅう》を使って仕事をしてるはぐれ者が所属してるくらいだからな」

という説明を受けた。肝心の霊虫《れいちゅう》がどういうものなのかはほとんど教えてくれなかったが、鳳崎は霊虫《れいちゅう》を使役することによって、怪異そのもの、ないしは怪異が引き起こす問題を処理しているということだった。他にも、種類にもよるが酒は怪異に対して効果があるとか、特定の手段を使えば怪異を直接処理することも可能だとか、様々なことを聞いた。が、物言いこそ、はっきりとしていたものの、鳳崎は繰り返し「怪異に、こっちの常識が通用すると思うな。あいつらは、俺たちのいる現世とは似て非なる次元に存在してる」と付け加えた。それだけ、怪異というモノは危険かつ不確定な存在であ

ると、忠告するかのように。

　その内、ふと私は「ねえ、死ぬ程洒落にならない怖い話って知ってる?」と訊いてみた。シラカダ様のお社に、もうじき着くだろうという辺りで。

「ああ」

　……知ってるんだ。

「ね、ねえ、それにお祓《はら》いができる人たちが出てきたりするんだけど、それってもしかして、あなたたちのことだったりするの?」

　ずっと気になっていたことを、興奮混じりに訊いた。

〝洒落怖〟には、そういった話が多数存在する。多くの場合は、書き込み主が怪異に取り憑《つ》かれて酷い目に遭い、お寺のお坊さんや霊能者にお祓いをしてもらい、解決するというパターンだ。中にはチープで粗雑な語り口のものもあれば、やけにリアルで生々しい語り口のものもある。それに関しては怪異に懐疑的だった私も、真実っぽいなと思っていた。

　もしかすると、それらは、怪異に襲われた末に、鳳崎のような人間を頼った者が、一連の体験談をネットに書き込んだものなのでは――、

「ハッ、ファブリーズが効くっつうことを知ってた上に、やけに興味津々で物分かりが良いと思ってたら、そういうことか。お前、ネットで流行ってるような怖い話が好きなんだろ? くねくねだの、八尺様だの」

「う、うんっ」鳳崎の口から洒落怖の名作の題名が出て、興奮していると、

「バッカじゃねえの。あんなもん、全部作り話だぞ」

「えっ……」はっきりと全否定されて、思わず言葉を失った。そんな、まさか、いや、全部が全部、本当のことだとは思っていなかったけど……。

「ぜ、全部？」

「ああ、全部だ」その口ぶりはやはり、はっきりとした物言い――断言だった。

「なんで、そんなことが分かるの？」

「読んだら一目瞭然だろ、あんなもん。嘘くせえ話ばっかりじゃねえか」

「で、でも、中には本当の話だって――」

「あるだろうが、お前の思い浮かべてる有名なのは、どれもこれも完全な作り話だ」

「ど……どうしてそう言い切れるの？　どこの誰が書いたか、分からないのに」

鳳崎は、チラッと振り返ると、衝撃的なことを言い放った。

「どこの誰が書いたか、知ってるからだ」

「……え？」思いも寄らない返答に、開いた口が塞がらなかった。洒落怖の書き込み主を知っている？　だから、作り話だと分かる？

「ど、どこの誰が書いたっていうのっ？」思わず、語気が強まった。そんなはずはない。あの名作たちは、確かな真実味があって、作り話なはずが――、

「あれは、俺たちが書いたんだ」

「えっ？」

「正確に言えば、俺たちみたいな職業の人間が、怪異を弱体化させる為に、その辺の物書きに頼んで書かせたんだ」

「……怪異を弱体化させる為？」

「ああ、ある種の対処法だな。少々危険な怪異に対しての」

わけが分からなかった。少々危険な怪異の対処法が、洒落怖？

「ネットに書き込むことが、危険な怪異を弱体化させることに繋がるっていうの？」

「そういうことだ」

「でも、そんなことしたって、怪異の力が……」

「それが、弱まるんだ。ある性質を持ってる怪異に対してはな」

「ある性質？」

「名前やら特徴やらの独自性に、強い自我と自己意識――いわゆるアイデンティティを持ってる連中には、その方法が効く」

「えっと……自分が何者か分かってる怪異には、ってこと？　でも、怪異って感情だけで存在してるんじゃ……」

「それはあの家にいた化け物みてえな低級の怪異の場合だ。その辺にいるような有象無象の連中はいくらかの感情だけで存在するのが精一杯だが、少々危険な怪異――いわゆる、ちょっとヤバいモノは、大概の場合、アイデンティティを持ってる。自分が何者なのか、どういう存在なのか認識してるんだ。いや、自分がどういう存在なのか認識してるから、ヤバいって言った方がいいか」

……低級の怪異と上級の怪異の違いはなんとなく分かったが、

「でも、それがネットに書き込むことと、どう繋がるの？」それが分からない。自己意識を持っている上級の怪異の対処法が、どうしてそういった手段になるのだ？

「怪異のアイデンティティを、多くの人間に広めることで攪乱《かくらん》してやるんだ」

……完全に分からなくなってしまった。一体どういうことなのだ？

「いいか、例えば――」顔を見ずとも私が困惑しているのが分かったのか、鳳崎は不意に立ち止まると、足元の地面に生えていた草の葉っぱを一枚摘み取って振り返り、

「これが怪異だとするぞ。それも、その辺にはそうそういないようなヤバい奴だ」

と、私の前に掲げた。

「こいつは自分が何者か理解してる、アイデンティティを持ってる怪異だ。仮に、その名前を〝葉っぱ様〟だとする。要するに、こいつは自分のことを〝葉っぱ様〟だと認識している。自分かどういった存在なのかも」

目の前で、ひらりと葉っぱが揺れる。何の変哲もない葉っぱが。

「こういう上級の怪異となると、俺たちでも完全に祓うことはできねえ。せいぜい、一時的に追っ払えるくらいで存在を完全に抹消することはできねえんだ。だが……存在自体を消すことはできなくとも、薄めることはできる」

「薄める？」

「ああ、多くの人間に存在を知らしめてやることでな。これには、信仰って概念も関係してくるが

……。例えば、学校でお前の教室に、こいつが突然現れて、俺は葉っぱ様だっつって暴れたとするだろ。すると、クラスメートたちはみんな怖がるわけだ。こいつの姿や名前、特徴を知ってな」

想像してみると、中々シュールな光景だ。ただの葉っぱが、いきなり教室に現れ、それをみんなが怖がるなんて。

「元来、怪異ってのは生きている人間の隙につけ込んでくる。ここでいう隙っつうのは、疲れている身体やら、参っている精神やらのことも差すが、主体を大雑把に言うと、負の感情のことだ」

「負の感情？」

「妬み、嫉《そね》み、怨み、憎しみ。怒りに不安に悪意。そして何よりも恐怖……。怪異ってのは、生きている人間のそういう部分につけ込んで力を強めるんだ」

ふと、あの家で化け物に襲われた時のことを思い出した。あの時、私は和室に入り込み、ほったらかしにされている仏壇を見て、気味が悪くなった。そして、出て行こうとして、襖の上にずらりと飾られていた遺影に見られていたことに気付いて……そう、恐怖したのだ。

その瞬間、化け物が現れて……あの化け物は、私の感じた恐怖という隙につけ込んで力を強め、それをきっかけに姿を現した……？

「話に戻るぞ。葉っぱ様を見て、クラスメートたちは恐怖する。それを吸収して、葉っぱ様は力を強める。分かるか？　恐怖という信仰心が、怪異を強くして、存在を濃くするってことだ」

教室の教卓の上で、葉っぱ様が威張っているのを思い浮かべた。みんなが各々、それに恐怖している。葉っぱ様という怪異に対して。それを受けて、葉っぱ様がどんどん増長していく。もっと怖くて、もっと恐ろしい存在へと。

「こうして、お前のクラスは完全に葉っぱ様の恐怖の独壇場になった。全員が葉っぱ様を実際に目にして、怖いと思っている。だが、そこでクラスメートの何人かが、他のクラスに葉っぱ様についての噂話《うわさばなし》を流すとどうなる? 学校中で〝葉っぱ様〟って概念が一人歩きを始める」

また想像してみる。他のクラスの人たちが葉っぱ様の名を口にして、噂話をしている。教室や廊下で。

「お前のクラスメートは、葉っぱ様がどういう存在なのかを知っている。ところが、他の連中は〝葉っぱ様〟って名前しか知らねえ。どんな姿で、どんな風に怖くてっつう説明をされても、いまいちピンと来ねえわけだ」

確かに、と納得した。私は、目の前の葉っぱ様を知っている。トランプのスペードみたいな形で、緑色で。ところが、他の人は葉っぱ様という言葉を聞いただけでは、想像が付かないだろう。どんな形で、何色の葉っぱなのか。

「中には、葉っぱ様ぁ? とか言って、小馬鹿にする奴もいるだろう。全員が全員、信じるわけもねえ。すると、どうだ? お前のクラスの中じゃあ恐怖の存在だった〝葉っぱ様〟は、学校全体じゃあ、胡散くせえ〝葉っぱ様〟になるわけだ。本当にいるかどうかも、怖いのかも分からねえ、くだらない〝葉っぱ様〟にな。気が付けば、本物の葉っぱ様を見たはずのクラスメートたちも、それに乗っかり始める。あれって、嘘だったんじゃねえか? 何かの勘違いだったんじゃねえか? ってな。こうなると、葉っぱ様はみるみる力を弱めていく。恐怖の存在だったはずが、多くの人間に知られたことによって信仰を失い、お笑《わら》い種《ぐさ》の葉っぱ様に成り下がっていくんだ」

想像の中で、葉っぱ様がどんどんくだらない存在になっていく。教室を恐怖で支配していたはずが、外に広まった途端に他のクラスの人から小馬鹿にされ、学校全体から嘲笑の対象にされ、終《しま》いにはすっかり飽きられて、誰からも存在を忘れ去られて。

「分かったか？　俺たちは同じことを、インターネットを使ってやってるんだ。怪異が引き起こした事象を、背景はぼかして、いかにも作り物っぽく思えるように脚色して、怪異の特徴や名前——アイデンティティを上手《うま》いこと広めてやる。どこかの誰かが体験した怖い話としてな。便利な世の中だよなあ。あっという間に怪異は有名になる。多くの人間が怪異の存在を知る。そして大概の奴は信じねえし怖がりもしねえ。すると怪異は、存在こそ消えやしないが、みるみる力を失くしていく。自分のアイデンティティを、信仰という概念の下、多くの人間に掻《か》き乱されたことによってな。そして最終的には、その辺にいるのと変わらねえようなくだらない低級の存在に成り果てる……。こうやって、俺たちは上級の怪異を処理してるんだ」

そんな……。私の愛していた——怖いと思っていた洒落怖の名作たちが、途端に薄っぺらいものに思え始めた。くねくねも、八尺様も、リョウメンスクナも、ヤマノケも、姦姦蛇螺も、現実に存在こそしていたものの、作り話にされていた上に、それによって弱体化していたなんて……。

「だから洒落怖なんてものは、みんなくだらねえ作り話に過ぎねえんだ。夢を壊して悪かったな」そう言うと、鳳崎はつまんでいた葉っぱ様をピンと弾いた。葉っぱ様はひらひらと地面に落ち、似たような草の中に紛れ込んで、どれだか区別がつかなくなってしまった。まるで、鳳崎が言ったことを体現するかのように。

それを見ていると、いつの間にか鳳崎は先を行っていた。慌てて追いつき、

「そんなの信じられない。怪異を世間に広めるなんて、反《かえ》って逆効果になるんじゃないの？　呪いが連鎖していくみたいに、怪異が感染していくんじゃ……」

「ああ、何年か前にそういうホラー映画が流行ってたよな。呪いのビデオだの、呪いの家だの、呪いの着信だの。ああいうのは所詮、フィクションの世界だ。現実は違う。人から人へ感染する怪異ってのもいないことはねえが、接触もせずに大多数の人間を一斉に呪うなんて芸当は、いくら上級の怪異だろうとできねえもんなんだ」

「そんな……」せっかく有識者に会えて理解を深められたというのに、がっかりすることの連続だった。知れば知るほど、ホラーやオカルト、心霊といったもののメッキが剝がれていくような……。これが、現実を見るということなのだろうか？

「まあ……中には、例外も存在するがな」

肩を落としていると、不意に鳳崎がボソリと言った。

「例外？」

「ああ。さっき説明したやり方は、言ってみりゃあコップ一杯の毒薬を人が大勢泳いでるプールに放り込むようなもんだ。毒は毒だが、大量の水で薄めちまえば大した影響はねえ。だが……中には、どれだけ薄めても毒性を失わない、劇薬のような奴がいる。放り込んだが最後、水を瞬く間に猛毒に変えて、泳いでた全員を殺しちまうような奴がな。そういう特級の怪異は禁忌とされて、その言葉の通

り、世間に広めることができねえ。名前も、特徴も、何もかもな。それを口にすること自体が禁忌なんだ。そういうレベルの存在は、アイデンティティだの信仰心だの関係ねえ。俺たちも手の施しようがねえんだ」

その言葉を聞いた途端、あの家での鳳崎の言葉を思い出した。

〝あいつが、とんでもなくヤバいモノに魅入られてる可能性があるんだ……！〟

……とんでもなくヤバいモノ。それはつまり、シラカダ様が、そういう特級の禁忌とされているモノだということを意味しているのでは──、

「オイ、あれか？」

我に返ると、鼻先に鳳崎の背中があった。慌てて立ち止まり、横に並ぶと、

「……うん」ゼンマイ道の終わり──目的地に辿り着いていた。朽無村が横たわっている山の頂上、頭原。その周囲にずらりと植えられている馬酔木。その向こうに見える、古めかしい神社然とした建物。あれが、シラカダ様のお社。

「村の連中は、誰もいねえんだろうな？」

「分からない。サトマワリの準備があるから、誰かいるかも……」

「じゃあ、お前が先に行け。誰もいなかったら、俺も行く」

「えっ……」と尻込みしたが、確かに鳳崎の言う通りだった。もし鳳崎が見つかったら、優一くんを救うという目的が危ぶまれる。私も私で見つかったら怒られるかもしれないが、その程度で済むのなら大した問題ではない。

「……じゃあ、ここで待ってて」私は覚悟を決めると、熊笹《くまざさ》の林を掻き分けて進み、馬酔木の囲いの前で止まった。身をかがめて様子を窺ってみるが、人影は無いし、物音や気配も感じられない。男の人たちは、みんな川津屋敷の方に行っているのだろうか？　だといいのだが……。

馬酔木の隙間から、恐る恐る中へ——踏み込もうとして、足が止まった。

いつの間にか、息が止まっていた。うるさいほどに聞こえていた蟬の鳴き声が、遠くなっていく。手が汗でじっとりと滲んでいくのを感じる。

「……っ」覚悟をしたじゃないか。優一くんを救う為なら、私の心の傷など——。

決意を固めると、馬酔木の隙間をガサッと掻き分けて、六年ぶりに忌まわしい記憶が残る頭原に踏み込んだ。改めて辺りを見渡す。お社と、その裏手にある藁《わら》焼《や》き場《ば》のブロック塀で造られた焼却炉。それ以外に目を引くものは無かった。裏手を見るのは十年ぶりくらいだったが、懐かしさなど微塵も感じない。

足音を立てないように、お社へと向かった。外壁の上部にずらりと回されている一筋縄が外されている。夕方から行われるサトマワリに使う為だろう。お社まで辿り着くと、壁伝いにそろそろと歩き、建屋の陰から正面の入口と鳥居の方を窺った。

……やはり人の気配は無い——と、その時、お社の扉が僅かに開いていることに気が付いた。いつも取っ手に回されている鎖と大ぶりな南京錠《なんきんじょう》が外されている。まさかと思い、お社の壁に耳を付けてみたが、中から物音はしない。ということは……。

十分に注意しながら、正面へ向かった。石段は上らずに手前から、十センチほど開いている扉の隙間を覗き込んでみると、薄暗いせいで内部の詳しい様相は分からなかったが、人がいる気配は微塵も無く、やはり無人のようだった。身を引いて、今度は鳥居の方へ向かい、外の石造りの道に人がいないのを確認してから出ると、石段の上から見下ろすようにして村全体の様子を窺う。

……坂道にも、田んぼにも、村の人の姿は無い。が、すぐそこの川津屋敷と公民館からは、人の喧《けん》騒《そう》が微かに伝わってきた。

「……ふうっ」と緊張の糸が切れる。どうやら、ここには今、誰も寄りついていないらしい。鍵が開いていたので、準備は行われていたらしいが――、

「……っ」不意に視線を感じて、咄嗟に後ろへ身を引いた。今、誰かから見られていたような……。耳を澄ましてみる。が、微かな喧騒の気配がこちらへ上ってくる気配は無かった。気のせいだろうと思い直し、お社の真横へ戻ると出てきた雑木林の方に手で合図した。ガサガサと馬酔木を掻き分けながら鳳崎が現れ、服を入念にはたきながら歩いてくる。そこでようやく私は、半袖半ズボンにサンダルで山の中を歩いてきたというのに、ひとつも虫刺されをしていなかったことに気が付いた。鳳崎が吹きつけてきた香水の効能なのだろうか？

そういえば祖母は昔、庭の馬酔木を煎じて虫除け薬を作っていた。それを霧吹きで草花に吹きつけておくと、虫が寄りつかなくなるのだと言って。鳳崎の香水も、刺々しいミントの香り――察するに、原料は植物由来のものだ。そして、吹きつけておくと怪異を寄りつかなくする効果があるという。虫と怪異を同一に考えていいのかは分からないが、もしかすると、馬酔木には魔除けの効果があるのだろうか？　もし、そうだとするならば、この頭原を囲うようにして植えられている馬酔木は……。

「大丈夫なのか？」

「……うん。今は誰もいないみたい」

訊いてみたかったが、どうせ面倒臭がられるだろうと思い、やめた。

気を取り直し、鳳崎を引き連れて正面へと回った。今にも、鳥居の向こうの石段から村の人が上ってくるのではないかと思い、ヒヤヒヤとしていると、

「ここが、か……」鳳崎が、お社を睨みつけるようにして見上げていた。

「……何か、感じるの？」怖々と訊いてみたが、振り向きざまに、

「見ただけで分かるわけねえだろ」と一蹴されてしまった。鳳崎がどういう感覚で霊的なモノを捉えているのか分からないが、どうやらパッと見ただけで判断はできないらしい。仕方なく、考え事が終わるのを黙って待っていると、

「……なあ、お前はそこの陰から、一部始終を見てたんだろ」

鳳崎が鳥居を指差した。人差し指ではなく、なぜか中指で。

「うん」

「もう一回、状況を一から説明しろ」

「え、えっと……」言われた通りに、私は六年前の夜の一部始終を説明し直した。

すると、鳳崎は「フン……」と鼻を鳴らした後、腕を組んで虚空を睨みながら考え事を始めた。きっとまた、あれこれ訊いても無駄なのだろうと思っていると、

「なあ、お前がここから逃げ出す前に、おっさんが一人、酒を飲みながら出て行ったんだよな？」

「う、うん」おっさんとは雅二さんのことだろう。あの時、雅二さんは酷く思い詰めた様子で、自棄《やけ》気味に一升瓶の御神酒を煽《あお》り「――――こげなこと、元から俺は……」と呻きながら、ここを後にしたのだ。

「で、その後、お前は逃げ出して、坂道で謎の黒い影に遭遇した」

「……うん」今も耳にこびりついている。あの得体の知れない黒い影が上げた「げぇえあああっ」という不協和音の濁った声が。

「その黒い影って、おっさんだったんじゃねえか？」

「……えっ？」

「お前、懐中電灯は点けてなかったんだろ？　真っ暗な夜道で黒い影に遭遇して、そいつは地面に這いつくばってゲアゲア言ってた。それって、そのおっさんが酔っぱらって倒れて、ゲロゲロ吐いてたんじゃねえのか？」

まさかとは思ったが、確かに言われてみれば、雅二さんが去った後、私もすぐに出て行ったのだ。千鳥足でふらついていた雅二さんに一目散に逃げ出した私が追いつくのは不思議なことではない。そして雅二さんは、今でこそアル中になっているが、当時は村のみんなから酒に弱いとからかわれていた。そんな人間が酔っぱらっている状態で、更に御神酒をゴプゴプと煽れば……。

「ずっと幽霊だと思ってた……」なんだか拍子抜けしてしまった。今まで、ゲロを吐く酔っぱらいを得体の知れないモノと勘違いして怖がっていたなんて。

「まあ、気が動転してたんならしょうがねえな。で、その後、お前はあのでけえ屋敷に逃げ出して、土蔵でジジィの姿を見たんだな?」

「うん。久巳さんは、絶対にここにいたはずなのに」宵の儀は久巳さん主導で行われていたはずだ。土蔵にいるはずがない。それに、あの時、お社の中から聞こえてきた不穏な物音と言葉。そして、両親から聞かされた——サトマワリの日という明言こそされなかったが——夏休みの間に久巳さんが亡くなったという事実。

久巳さんは宵の儀の最中に何らかの理由によって亡くなったのでは……。そして、その何らかとは、恐らくシラカダ様が関係していて——、

「でもお前、ここではっきりとそのジジィの姿を見たわけじゃねえんだろ?」

「えっ? ……うん」確かに、この目ではっきりと確認したわけでは……。

「そのジジィ、本当にここにいたのか? 元から、あの土蔵に閉じ込められてたんじゃねえのか?」

「と、閉じ込められてた? なんで、そんなこと……」

「理由は知らねえが、あの屋敷に行った時、俺はお前と同じように、土蔵の格子から覗くジジィを見た」

「……え?」そういえば鳳崎は、川津屋敷で土蔵の格子窓を睨みつけていた。あの時、鳳崎にはあの夜に見たのと同じような久巳さんの姿が視えていた……?

「影しかねえような有象無象の存在だったがな。よっぽど、あの土蔵に遺恨があるのか、囚われてるように見えた。これは推測に過ぎねえが、あのジジィ、土蔵で死んだんじゃねえか?」

「ど、土蔵で?」

「ああいうのは、自分が死んだ場所に執着して留まってることが多いからな。可能性は高い。だから、俺は優一の写真を見せた後、ついでに屋敷の人間に訊いたんだ。家族に妙な死に方をした人間がいねえか、土蔵で何か妙なことが起きてねえか、ってな。こっちは心当たりがあるんなら祓ってやろうと親切心で言ったんだが、あのオヤジ、やけに慌ててやがった。それで、何か怪しいと思って、あれこれ追及してたら村の連中を呼んで反論して、終いには俺を追い出しやがって。俺なんかより、この村の連中の方がよっぽど胡散くせえよ」

「ちょ、ちょっと待って」紐《ひも》解いていくどころではない。鳳崎の説を信じるのならば、また新たな疑問がいくつも立ち上がる。

「確かに久巳さんの姿を直《じか》に見たわけじゃないけど、他の人たちの物言いからして、ここにいたのは確実だし、もし土蔵に閉じ込められてたとしても、その理由は何なの？　それに、生きてたなら普通は助けを求めるはずだし、死んでたとしたら、やっぱり私が見たのは幽霊だってことになるじゃない」

「まあ、そうだな。だが、お前の見たジジイの生死はともかく、ここで死んだって線は薄くなる。姿を直に見てねえのと、未だに土蔵に執着してるのを見る分にはな」

「で、でも、お社から聞こえてきた声は？　死んだのは、誰なの？」

「お前が聞いたのは〝死んだのか？〟って声と物音だけだろ。誰の死体も見たわけじゃない。つまり、ここで本当に人が死んだのか、確証はねえわけだ」

鳳崎は淡々と、私の記憶の中の霊体験を理詰めで否定していった。地に足の付いた、まるで霊的なモノを信じていないかのような物言いで。

「ねえ、さっきから何が言いたいの？　確かに私は霊感なんて無いし、証明のしようもないけど、あの時見た久巳さんは絶対に生きてる人間じゃなかった。雅二さんのことならまだしも、あれが勘違いだなんて思えない」

思わず、ムキになった。私があの夜に見たこと、感じたことは、決して間違ってなどいないはず。それだけは、どうしても譲れなかった。

「俺はなるべく、現実的に考えようとしてるだけだ。ハナっから怪異がどうだこうだの考え出したら、キリがねえからな。それに――」

鳳崎は不意に、またお社の方を睨むと、

「俺にはどうしても、シラカダ様とかいう奴が危険な怪異だとは思えねえ」

「……えっ？」

「お前の話――サトマワリとかいう行事やら、村の成り立ちやらを聞くに、そこに祀《まつ》られてるのは、せいぜい地域レベルの農耕神、地神や田の神の類としか思えねえ。その程度の存在が人に悪影響を及ぼすなんざ考えにくい。ましてや、五穀豊穣《ごこくほうじょう》の祭事如《ごと》きで人が死ぬってのもな」

……言われてみれば確かにそうだが、だとしても、不可解なことだらけだ。

「じゃあ、なんで子供はここに来ちゃいけないの？　子供が対面しちゃいけない五穀豊穣の神様なんているの？　子供に対してだけ危険な存在なんて……」

他にも無数の疑問がある。なぜ辰巳はお社の中に入っていたのに無事だったのか？　なぜ祖母や妙子さんの様子がおかしかったのか？　あの得体の知れない怪物が上げたような不協和音の絶叫は？

お社の中から聞こえた村の人たちの不穏な声は？　その後の落胆ぶりは？　義巳さんと義則さんの言い争いの意味は？　次の日から始まった家での軟禁生活は？　夏休みが終わった後の村の変わり様は？

「……シラカダ様って、一体何なの？」諦めたように呟くと、

「それを今から確かめるんだろうが」鳳崎が、お社の入口へ歩き始めた。

「あっ、ま、待ってっ」慌てて呼び止めたが、鳳崎は止まらず、

「お前はそこにいろ」

「で、でも……」

「何があるか分からねえし、安全だって保証もねえ。そこで見張りをしてろ」

そう言って石段を上って行く鳳崎の背中を、複雑な気分で見つめた。ついさっき、ここへ踏み込む時に決意した。六年前の恐怖と対峙してみせると。

だが……いざ、お社を目の前にすると、みるみる内にそれが薄らいでしまった。あの夜のことを思い出して足が竦んでしまっていた。中に入りたくないと身体が本能的に拒否しているようだった。いや、心もだ。中に待ち受けているものと対峙すると私は正気でいられなくなってしまうのではないか。

そんな風に思えてならなかった。

私が入らなくても、鳳崎がどうにかしてくれるのならば……いや、

「ちょ、ちょっと待ってっ」

「なんだよ、しつけえな」鬱陶し気に振り向いた鳳崎に、

「もし、シラカダ様が危険な存在だったら、どうするの？　あなたがどうにかできないほどの、ヤバいモノだったとしたら……」元も子もなくなってしまうのではないか。優一くんを救うという第一目的が、その時点で何もかも終わりに……。

「ハッ」鳳崎は私を見下ろしながら短く笑うと、石段を下りてきて、

「お前、誰に向かって言ってんだ？」

「誰って、あなたに……」すると、鳳崎は「フン」と鼻を鳴らして、

「いいか、どんなにヤバイ奴だろうと相手をできるから、俺がここに来たんだ。誰の手も借りずに、たった一人で、こんな九州の片田舎までな。……いや、他に相手にできる奴がいねえから、俺一人だけが差し向けられたって言った方がいいか。俺よりヤバい奴なんざ、いねえからな」と、どこか自棄気味に、自嘲気味に言い放った。

「……どういう意味？」

「お前は知らなくていい。ともかく、俺はそういう体質なんだ」

そういう体質――鳳崎がそう言った時、私はふと、感じるものがあった。

慣れている。飽き飽きしている。そして、突き放されている。恐らく、鳳崎は今まで、その言葉を幾度となく人に言ってきたのだろう。そしてその度に、煩わしく感じてきたのだろう。他の誰にも、自分の身の上を理解してもらうつもりなどないと。

本当に、この鳳崎という男は何者なのだろう。まったく得体が知れず、底が見えない。

「もしかして心配してんのか？　また危険な目に遭うんじゃねえかって」

「そ、そんなわけじゃ——」

「フン、だったらこいつを持ってろ」鳳崎はトートバッグを漁ると、中から取り出したものを差し出してきた。それは、あの家で渡されたのと同じような枯れ色の竹筒だった。だが、今度は少々小ぶりで、単一電池ほどの大きさしかない上に、真ん中辺りに白いマスキングテープが巻かれている。

「これって……」

「霊虫《れいちゅう》だ。お前に妙なモンが近寄ってくれば、鳴き声で危険を知らせる。怪異のセンサーアラームみたいなもんだな。有象無象には反応しねえが、存在感のある奴が寄ってくれば鳴き始める」

「あの家で使ってたのとは、また違うの？」

「ああ。こいつは危険を知らせるだけだ。もし鳴き出したら、さっさと逃げろ」

そう言うと、鳳崎は表面のテープをベリッと剥がし、

「開けたら死んじまうから、絶対に開けるなよ。霊虫《れいちゅう》は現世の大気と陽の光に耐えられねえ」と竹筒を私に押しつけた。

「ね、ねえ、あの家で使ってたようなのはいないの？　私を怪異から守ってくれる、守護霊みたいな霊虫《れいちゅう》は……」

「んな都合のいいのがいるか、バカ。いいか、そもそも守護霊なんて概念はねえし、そいつらにそんな役目を期待すんな。霊虫《れいちゅう》っつっても、所詮は虫けらだ。虫けらに感情なんざねえ。俺は、そいつらの習性と、それによって起こる現象を利用してるだけなんだ。〝現象〟に〝感情〟なんか通用しねえよ」

「そんな……」淡々と言い負かされ、ごにょごにょと口ごもった。

さっきから感じていたが、鳳崎はやたらと弁が立つ。雄弁で澱《よど》みなく、論理的で、先回りまでしてくる。言い合いになったら、まるで勝てる気がしない。

また突き放された気がして、心細くなった。このセンサーアラームの霊虫《れいちゅう》だけで大丈夫なのだろうか。

小さな竹筒を見つめながら、しょぼしょぼと肩を落としていると、

「それに、怪異から身を守る上で何よりも大事なのは、お前自身の精神力だ」

「精神力？」

「ああ、さっき説明しただろ。怪異はこっちの隙につけ込んでくるってな。怪異を相手にするに当たって一番重要なのは隙を見せねえこと。要するに怖がらねえことだ。てめえなんざ怖かねえ、くたばれクソ野郎が、舐《な》めんじゃねえっつう精神でいろ」

「つまり……強がれってこと？」

「強がるんじゃねえ。実際に強くなるんだ。自分は強《つえ》え、一ミリもブレねえ、何に対しても動じねえ。そう思ってりゃあ、その信念の鎧《よろい》は自分の身に馴染《なじ》んで、いずれ本物の血肉になっていく。分かるか？　要はヒップホップ精神だ」

「ひ、ヒップホップ？」困惑していると、鳳崎は柄シャツの袖を捲り、刺青だらけの両腕の甲を見せつけるようにして掲げてきた。よく見ると、そこには漢字の刺青が彫られていた。右腕にも左腕にも、細かな梵字の羅列に交じり、手首から肘にかけて達筆の漢字四文字が力強く太字で記されている。

左腕には〝不破突句〟、右腕には〝幽焦流布〟と。

「な……何なの？　それ」

「ヒップホップ精神に基づいて入れた魔祓いの呪《まじな》いだ。俺なりに色々と念を込めてるが、大まかに訳したら〝てめえでくたばれ〟って意味だ」

「て、てめえでくたばれ？」

「フン、分からねえならいい。ともかく、そういう心持でいろってことだ」

そう言うと、鳳崎はポカンとしている私を置き去りにして、また石段を上って行った。扉の前に立つと、躊躇う様子も無く、ギイイッ……と開け放す。

高低差があるせいで、こちらから中の様相が見えることはなかったが、それでも私は無意識に下を向いていた。扉の向こうに目が行かないように。

ゴツッ、ゴツッ、ゴツッ……ギイイッ……と音がして、ようやく顔を上げると、お社の扉が閉まっていた。

……鳳崎は、中で何を見るのだろうか。一体、何と対峙するのだろうか。

どうしようもない居心地の悪さを感じながら立ち尽くしたまま、鳳崎が出てくるのを待った。気を強く持てという旨のことを言われたが、一人になると、やはり心細くなってしまった。頭の中を、不穏な考えばかりが巡る。鳳崎がシラカダ様をどうにかできなかった場合、どうなるのだろう。鳳崎は心配無用といった風だったが、あれがハッタリだったとしたら……鳳崎も、私も、村のどこかにいる優一くんの身も危険に晒《さら》されるのではないか。もしかしたら、村の人たちも……。

ふと、小さい頃から幾度も聞かされてきたことを思い出す。

――シラカダ様は白蛇の姿をした神様だ。

子供の頃――あの日の夜に見た悪夢に出てきたような真っ白の大蛇。あれが、お社の扉からぬらぬらと這い出てきて、私たちを、朽無村を、恐怖に陥れて――思わず、身が震えた。まさか、そんなことが起こるわけがない。でも……手の中の竹筒を見つめる。もし怪異が迫ってきたら、この中に入っている霊虫《れいちゅう》が鳴いて危険を知らせてくれるという。その時は言われた通りに逃げよう――と不安に駆られていた時だった。

「真由美っ！」急に名前を呼ばれ、ビクッと振り返ると、そこには、

「た、辰巳？」鳥居の向こうから、こちらへ走ってくる辰巳の姿があった。そのまま躊躇うことも無く鳥居を越え、鬼気迫った様子で目の前まで来ると、

「お前、何でここにっ……」

「な、何でっち、辰巳こそ――」

「さっき、部屋ん窓からお前がここにおるのが見えたっ」

先程、村を見下ろして様子を窺っていた時、不意に視線を感じたのを思い出した。あれは、川津屋敷にいた辰巳からの――、

「こげなとこにおったら悪いっ、出らんとっ」

辰巳は私の手を摑むと、強引に引っ張って鳥居の外へ連れて行こうとした。

「ちょ、ちょっと待ってて、離してっ！」

慌てて振り払うと、咄嗟に竹筒をポケットにしまった。

「お前、今何を――」

「なんでもないっ」辰巳は不審がっていたが、鼻息荒く、

「ともかく出るぞっ。ここんおったら――」

「何があるっちいうと！」

思わず、語気が強まった。私に伸びていた辰巳の手が止まる。

「辰巳、やっぱり何か知っちょると？　ここの――シラカダ様のこと。六年前、ここで何が起きたんか、知っちょるんやろっ」

あの日以来、気を遣ってずっと言わなかった言葉を吐き出した。

「何があったとっ。あのサトマワリの日、宵の儀がありよったここで、何が起きたとっ。なんで優一くんたちがっ――」

「やめろっ！」

突然、辰巳が悲鳴を上げるかのように怒鳴ったかと思うと、

「やめろっ……！　言うなっ……！　あの日のっ……夜んことはっ……！」

大きな身体をブルブルと震わせて狼狽《うろた》え始めた。まるで、あの時の辰巳に戻ったかのようだった。

夏休み明け、無言で俯《うつむ》いて、ビクビクと何かに怯えていた辰巳に。

「……教えて。ここで、何が――」その時だった。辰巳の背後、鳥居の奥の方から、ガヤガヤと人の気配がしたと思ったら、

「おい、そこでなんをしよるかっ」と、義巳さん、義則さん、父、秀雄さんが石段を上ってきた。全

員が、慌てた様子でこちらへ駆けてくる。

「真由美っ、お前、なんでここにおるとかっ」

「辰巳も、急に出て行ったかっち思うたら、なしてここに来ちょるんかっ」

それぞれの父親から詰問され、私は「ち、違っ……」としどろもどろに、辰巳は「うるせえっ！」と逆切れしながら答えた。そのまま、銘々に言い合っていると、

「いいき、ともかく外に出ようやっ！」

秀雄さんが一喝し、程なくして場が静まり返った。

「とりあえず、屋敷に戻ろうや。喧嘩はそれからすりゃよかろうが。ここでごちゃごちゃ騒いでん、ロクなことはないやろ」

「へっ、意地汚え守銭奴の割にゃ、まともなこと言うやねえか」

秀雄さんは、義則さんからの下劣な茶々を無視すると「ほら、早よ行こう」と私たちを鳥居の外へ出るように促した。大人しく、それに従おう――として、お社の方へ振り返った。

中に、まだ鳳崎が――、

「真由美、何をしよるか、早よ来んかっ」

父から怒鳴られたが、どうするべきかで頭が一杯だった。中にいる鳳崎に騒ぎは伝わっているだろうか。それなら、ともかくこの場を離れて後から合流して……しかし、これからお灸《きゅう》を据えられるとなると、接触するのが難しくなるのでは……。

「おい、真由美っ」

また呼びかけられ「い、いや……」と言葉を濁していると、

「……まさか、中に入ったんか？」と父が青い顔をして迫ってきた。

他の人たちも――辰巳すら――同様に顔色を変えていた。

「おい、まさか、お社ん中に入っちょらんやろうなっ」

「は、入っちょらんっ。別に、何も――」

「本当かっ、本当に入っちょらんっちゃろうなっ！」

肩を摑まれ、揺さぶるようにして問い詰められ、

「入ってないっ！」家で口論をする時のように、父に対して啖呵を切った。気が昂《たかぶ》って、はあはあと肩で息をしていると、みんなは反対に、ほっと息をついていた。

「……ならいい」と消え入るような声で父が零すと、

「はっはっは！　お前たち、何をそげえカリカリしよるんか。別に、何も問題はねえやろうが。二人とも、もう子供じゃねえんやきなあ」

突然、義則さんが緊迫した場を嘲るように声を上げた。

「義則っ……お前は黙っちょけっ！」義巳さんが睨みながら一喝したが、

「兄貴、何をビビりよる。二人とも、もう立派な大人やろ。やったら、何ともねえやろうが。ちゃんと出るとこ出て、出すもん出すようになった大人やったらなあ」

義則さんはヘラヘラとした面持ちで辰巳の肩を叩くと、私の方をニヤついた目で一瞥《いちべつ》した。耐えがたい下劣な侮辱を受けて、反射的にキッと睨みつける。

相変わらずこの人はっ……久しぶりに会ったが、何も変わっていない。無作法で、傍若無人で、下品極まりない。普段あまり村で見かけないし、私も中学に上がってからは家に引き籠って過ごすことが多くなったので、まともに対面するのは、それこそ毎年行われているサトマワリの時くらいだし、子供の頃と比べて、そこまで恐怖することも無くなったが、それでも嫌でたまらない。視界に入れるだけで嫌悪感が湧く。

「もしかして、辰巳。お前がここに呼び出したんか？　ハハハ！　こげな人気のねえ所で何するつもりやった？　まさか、もうたまらんようになって――」

「違うっ！　そげなことせんっ！」と辰巳が顔を真っ赤にして義則さんに怒鳴った。すると、鎮まった場がまた荒れ模様になるのを危惧したのか、

「ほらほら、とにかく、屋敷に戻ろう」と秀雄さんが再度、促した。険悪な空気が流れる中、それぞれがもの言いたげな表情を浮かべて鳥居の方へと身体を向けた――その時だった。ギイィッ……と扉が軋む音がして、その場にいた全員が、一斉にお社の方に振り向いた。そこには、扉を開けて出てくる鳳崎の姿が――、

「お、お前、なんで……」

「そこで、な、何を……」

その場にいた全員が、息を呑んで固まっていた。それに構う様子もなく、鳳崎はゆっくりと石段を下り、こちらへ歩いてきた。私は、ああ、見つかってしまった、どんな弁明をしようと慌てていたが――同じ地面の上に立った時、鳳崎の様子がおかしいことに気が付いた。

目の焦点が、合っていない。ギラギラとしていた、切れ長の目の焦点が。それだけでなく、肩がわなわなと震えている。息も、やけに荒い。

「おいっ、何で、お、お前がここにおるんかっ！　何をしよるんかっ！」

鳳崎が私たちの前まで来ると、義巳さんが声を震わせながら怒鳴った。鳳崎が振りまく異様な雰囲気に気圧されているようだったが、数秒の沈黙の後、

「……村の守り神だと？　……五穀豊穣の神だと？」

鳳崎が、口元でブツブツと呟いた。かと思うと、

「……ふざけんじゃねえっ！」鬼のような形相になり、義巳さんに殴り掛かった。

「ぶがっ！」

「お、お前っ！」父が慌ててのけぞった義巳さんを受け止めたが、

「てめえらっ……てめえらはっ！」

鳳崎が、勢いのままに父の胸ぐらを摑み、

「なんてことしやがったっ！　自分らのやったことが分かってんのかっ！」

尋常ではない怒りに震えた声で、食って掛かった。

「ちょ、ちょっと！　何がっ――」慌てて止めようとすると、

「うるせえっ！」と一喝された。が、なぜか鳳崎は私を見るなり、鬼のような形相を、まるで躊躇うような、何かに揺らいでいるような表情に変えた。

だが、それも一瞬のことだった。

「おいっ、なんか、お前はっ！」

義則さんが怒号を上げ、鳳崎がまた鬼の形相になり、そちらを向いた。

「どこんもんかっ！　おい、ヒデっ、こん奴が言よったヤクザ崩れかっ」

「お、おうっ」いつの間にか義則さんの後ろに逃げていた秀雄さんが答え、

「ほお。お前、俺が誰か分かっちょるっちゃろうなっ！　誰ん目の前で喧嘩しよるんか、分かっちょるっちゃろうなっ！」

「……んだと、コラ」鳳崎が、怒気――というよりも殺気に近いものを発しながら、父を義巳さん諸《もろ》共《とも》突き飛ばし、義則さんの前に立った。大柄な二人が向かい合い、爆発寸前の睨み合いが始まった。

いつの間にか辰巳が私を庇《かば》うように前に立っていた。

「俺ん仕事が何か知っちょるんかっ、ああっ!?」

「知るか、ボケがっ！」鳳崎が、勢いよく義則さんに殴り掛かった。が、さすが警察官と言うべきなのか、義則さんはその腕を手際よくからめとると、いとも簡単に鳳崎を地面へ叩きつけた。そのまま、腕を背中側に捻《ひね》り上げて跨ろうとしたが、

「ふざけんなクソがっ！　ゴラァッ！」鳳崎は猛獣のように暴れ回り、振り払おうとした。優勢に見えた義則さんが怯《ひる》み、鳳崎が立ち上がりかけた時、

「お、おいっ！　手伝えっ！」の声を受けて、父と義巳さんが鳳崎に飛びついた。

「放せゴラァッ！　があぁっ！」三人に組みつかれても尚《なお》、鳳崎は暴れ回っていた。無茶苦茶に振り回した手足が父らの顔や肩にぶつかり、それぞれが怯んでいたが、さすがに無理があったのか、とう

とう膝立ちの状態で身動きを封じられ、義則さんに背後から首をギリギリと絞め上げられた。しかし、そんな状況においても鳳崎は、

「があぁあっ！　放せクソがあぁあっ！」

と、雄叫《おたけ》びを上げながら、もがいていた。が、やがて絞り出すように、

「てめえらっ……！　てめえらのやったことはっ……！　何がシラカダ様だっ……！　あんなもんのっ……何が守り神だっ！」

そこまで言うと、限界が来たのか鳳崎は顔色がみるみる赤黒くなり「ぐぅっ……」という呻き声を最後に、ぐったりと項垂《うなだ》れた。それを見計らったかのように、義則さんは鳳崎を組み伏せたまま、地面に倒れ込ませた。気絶してしまったのだろう。呼吸こそしているが、ピクリとも動かない。その一部始終を辰巳の背中越しに見ていた私は、いつの間にか息が止まっていた。今までに未経験の光景を目にしたせいで。

人間が、人間を殴って、怒鳴り合って、暴力で、気絶させた……。

「はっ……はっ……こ、こん奴、さっき何ち言うた……？」

「し、シラカダ様が、どうこうっち……やったことが、どうこうっち……」

「ま、まさか、こん奴……知っちょるんか？」

「そ、そげなわけがっ……」

父らが肩で息をしながら、やけに慌てた様子でそれぞれの顔を見合わせていた。まるで、先程の辰巳のように——何かに怯えているかのように。

「……おっ、親父っ。こん奴、ど、どうするんか」と辰巳がしどろもどろに訊くと、義巳さんは、なぜか辰巳ではなく、ちらりと私の方を見て、

「と、ともかく、うちに運んでっ……警察に――」

「俺に任せろ」と義則さんが酷く冷静な声で義巳さんを遮った。

「ど、どげえする気なんかっ。警察を呼ばんと――」

「俺が警察官っちいうんを忘れたんかっ！　普段から税金泥棒だ何だ言いよってからっ！　いいき、俺ん言うことに従わんかっ！」

全員が、義則さんの怒号に口を噤んだ。誰も、異論はないようだった――というよりは、逃げているように見えた。物騒な事の顛末《てんまつ》の責任から。

「とりあえず、うちに運ぶぞ。色々と訊き出さんといかん。心配するな、なんかあってん、俺が警察に話を通すっ。おら、ヒデ、タオル寄越《よこ》せっ」

義則さんの指示に従い、秀雄さんがおずおずと頭に巻いていたタオルを解いて差し出した。義則さんはそれを使って、鳳崎の腕を背中側に縛り上げた。

「おらっ、兄貴っ、そっち持たんかっ」

そのまま、ぐったりとした鳳崎は、義則さんと義巳さんに両肩を抱えられて、さながら容疑者連行のようにズルズルと引きずられて行った。

「……ともかく、お前たちも来い」

父が肩を落として俯きがちに呟いた。私も辰巳も返事をできないでいたが、父はそれを意に介して

いないようで、私たちの方を見ようともしなかった。

それから、私たちは言われるがままに川津屋敷に連れられて行き、庭先で父と義巳さんから、今度は淡々とした詰問を受けた。なぜ、あの場にいたのか。なぜ、あの男がお社にいたのか。何か、知っているのか、と。

口火を切ったのは、辰巳だった。ぶっきらぼうに、自分は窓から頭原にいる私の姿が見えたので、家を出て連れ戻しに向かったのだと説明をした。それだけ言うと、私を一瞥して、むっつりと黙り込んでしまった。

私はどう言うべきか迷った挙句、咄嗟に作り話をすることにした。

朝から何気なく村を散歩していると、あの男に遭遇し、なぜかお社に案内しろと脅された為、わけが分からないままに、ゼンマイ道を通って連れて行ったのだと説明した。自分も被害者の一員だという風に思わせて。真実を言っても、まともに信じてもらえるはずがなかったからだ。それに、何よりも真実を——優一くんのことを話すのが怖かった。六年前に、お社で何があったのかを訊くのは、何か……朽無村の安寧を揺るがしてしまうような気がしたのだ。現に、父も義巳さんも、落ち着いている風を装っていたが、酷く殺気立っていた。まるで、私の口元を睨みながら、脅しているかのようだった。絶対に、余計なことを口走るな、と。

そんな刺すような空気の中、ボソボソと、だが、なるべく怪しまれないように説明を終えると、二人ともドッと息を吐き、父の方が、

「そうか……」と安堵《あんど》した。そう、安堵したのだ。実の娘が、見知らぬ男に脅されて、無理矢理一緒に行動させられていたというのに。不自然に思ったが、それを口には出さなかった。その安堵が、何を意味していたのか。何かもっと別の、比べ物にならないほどの脅威が私に迫っていたとでもいうのかと、気にはなったが。

そんな父を尻目に、本当に何もされていないのかとしつこく訊いてきた辰巳に何度も大丈夫だと説明を繰り返して、ようやく詰問は終わった。義巳さんはまだ辰巳に何か言いたげだったが、それどころではないようで、鳳崎に殴られて赤黒く腫れた頬を押さえながら、屋敷の方へと去って行った。

「……帰るぞ。後んことは義則ん奴に任せりゃいい」

そう言う父に連れられて、立ち尽くしている辰巳を置き去りに、私は川津屋敷を後にした。去る直前まで、辰巳はじっと不安気な目で見つめていた。

気絶したままの鳳崎がズルズルと運び込まれた土蔵を。

トボトボと家に帰ると、父から「家から出るな」と言いつけられた。大人しくそれに従い、居間で呆然としていると、母が慌てた様子で帰ってきて、

「真由美っ、大丈夫やったとっ？　本当に、何も無かったんやろうねっ？」

と訊かれ、重ね重ね説明をすることになった。それを終えると、

「良かった……何も無かったとね……」と母も父と同じように安堵した。やはり引っ掛かるものがあったが、それについては何も言わないことにして、

「ね、ねえ、あの人、どうなったと？」と鳳崎のことを訊いてみたが、

「……いい、お前は何も気にせんでいい」と父が零し、

「あっ、真由美。お母さん、これからおばあちゃんにご飯食べさせなき、お昼の素麺を湯がいてくれん？　それとも、ラーメンが食べたい？」

母が、どこか白々しい口調で提案してきた。私は「……素麺でいいよ」と答えると、二人から逃げるようにして台所へと向かった。

程なくして十二時のチャイムが鳴り、三人で食卓に着いて黙々と昼食を摂った。我が家の食卓は普段から賑《にぎ》やかな方ではなかったが、今日は異様なほどに誰も言葉を発さなかった。父の汚らしい咀《そ》嚼音《しゃくおん》と、箸が食器を突く音だけが静かに響いていた。が、やがてボウルの中の素麺が無くなった頃、

「……真由美、今日はもうサトマワリがある夕方まで、家を出るな」

父が、下を向いたまま切り出した。黙りこくっていると、

「お母さんたち、昼から公民館に行かんといけんき、家におらんから、おばあちゃんの面倒を見よって。いい？」加勢するかのように母が続けた。私は黙って頷くと、

「……公民館で、何があると？」と訊いた。

「別に、何も――」

「大したことはせんよ、みんなで集まって、ちょっと話をするだけ」

父を遮って母が答えた。母は言葉の通り、なんてことないといった風を装っていたが、その笑顔にはどこか、懸念の色が潜んでいるような気がした。

昼食の後、無言で部屋に戻った私は、虚脱感に苛《さいな》まれながらベッドの端に座り込んだ。朝から激動

の連続で、心と身体が酷く疲れていた。

だが、疲労よりも強く感じていたのは、シラカダ様についての疑問と、優一くんの身の心配と、鳳崎が豹変《ひょうへん》したことへの恐怖だった。

私は、鳳崎に対して信頼を寄せていた。私を化け物から救ってくれたこの人なら、怪異に対して造詣の深いこの人なら、優一くんを救おうとしているこの人なら、頼れるのではないかと。だから、私は心の傷まで曝け出して説明したのだ。過去に、この朽無村で起こった不可解な出来事を。

だというのに、あんな裏切られ方をするなんて。私が最も忌み嫌う、粗暴で、野蛮で、他人を傷つけることを厭《いと》わない暴力的な人間に、豹変するなんて……。

だが、そんな恐怖とは別に、私は違和感を覚えていた。

一体何が、鳳崎をあそこまで豹変させるに至ったというのだろう。

〝……村の守り神だと？　……五穀豊穣の神だと？〟

〝……ふざけんじゃねえっ！〟

〝なんてことしやがったっ！　自分らのやったことが分かってんのかっ！〟

〝てめえらっ……！　てめえらのやったことはっ……！　何がシラカダ様だっ……！　あんなもんのっ……何が守り神だっ！〟

あの家で化け物と対峙している時でさえ、冷静で飄々としていて微塵も動じていなかった鳳崎が、あんなに感情を剝《む》き出《だ》しにするなんて。

一体、お社に何が——気が付くと、ハーフパンツ越しに竹筒を握りしめていた。ポケットから取り出し、手の中のそれを眺める。

……豹変したことはともかく、これを託してくれたことは事実で――。


麦茶でも飲もうかと思って、という言い訳を喉元に用意しながら一階に下りた。先程、玄関が開いた音がしたが……やはり、父と母の姿が無い。時計を見ると、一時過ぎ。やはり、公民館に行く為に出て行ったらしい。和室を覗いてみると、布団に寝ている祖母は虚《うつ》ろな目で天井を見つめていた。

「……ちょっと出て行くけど、すぐ戻るから」そう声を掛けて、背中を向けた瞬間、

「……真由美」

「えっ？」

慌てて振り返ったが、祖母は相変わらず、天井に顔を向けていた。

「……おばあちゃん？」傍に寄り、顔を覗き込んでみたが、祖母はいつの間にか目を閉じ、すうすうと寝息を立てていた。……気のせいだろうか？

「……すぐに、戻るから」私はもう一度祖母に声を掛けると、サンダルではなく靴を履いて家を出て、見つからないように注意しながら川津屋敷へ向かった。

川津屋敷の入口――門の前で、コソコソと身を縮める。誰にも見つからずにここまで来られたことに安堵しながら、敷地内の様子を窺った。

あれからあれこれと考えた末に、私が出した結論はこうだった。

鳳崎という人間の本質はともかくとして、まずはお社に何があったのかを訊き出す。その後、鳳崎

を信じるかどうかの判断をする。

怖かった。豹変した鳳崎と対面することが。でも、このままでは優一くんを救うことができないし、何も解決しないままに終わってしまう。それだけは嫌だった。

庭先には誰もいないが、屋敷の中も同様だろうか？　母はみんなで公民館に集まって話をすると言っていたが、その〝みんな〟に辰巳は含まれているのだろうか？

思案した末に、門に備えられていたインターホンを押した。もし誰かいるのなら出てくるだろう。何せ、この事態なのだ。来客には過敏になっているはずだが……誰も出てこない。どうやら、辰巳も公民館に行っているらしい。ということは、私一人だけが除け者《の　もの》に……村の人たちは、私に何を隠しているというのだ。

疑問というよりは憤りに近いものを感じながら、サクサクと砂利を踏んで土蔵へ向かうと、ギィイ……と、重たく古めかしい木の引き戸を半分ほど開き、するりと中へ入り込んだ。埃っぽい空気が、ふわっと身体に纏《まと》わりつく。

土蔵の内部は、思いのほか明るかった。格子窓から差す光が、隅々まで行き届いている。壁が漆喰《しっくい》の白塗りなことも手伝っているのだろう。足元は外の地面と地続きのコンクリートで、砂埃が溜まっている。特段、異様な雰囲気ではなかった。目に付いたのは、黄色いプラスチック製の漬物樽《つけものだる》に、茶色い瓶。肥料袋や竹ザル。鍬《くわ》、鎌、鉈《なた》などの農具。古めかしい木製の千歯扱《せんばこ》きや足踏み式の脱穀機。そういった物々が、埃を被ってひしめき合っていた。正に、田舎の家の土蔵の中といった光景だ。

左側の壁中央に、まるで舞台幕のように張られている白幕と、正面奥の柱に縛りつけられた状態で項垂れている鳳崎を除けば。

だが、視界に入るなり目を見張ったのは、白幕の方だった。

一面に水墨画のような趣きで、大蛇が描かれていたからだ。墨の濃淡だけで妙に生々しく描かれたそれは、身体をグネグネとうねらせて、白幕の中を縦横無尽に這い回っていた。まるで、荘厳な掛軸のようにも見える。

思わずたじろいでいると、藁縄によって黒茶色の太い柱に後ろ手の状態で胴体をぐるぐると縛られ、砂埃だらけの地面に胡坐《あぐら》をかいていた鳳崎が「……お前か」と顔を上げた。その顔には痛々しく痣が浮いていた。左目の周りと両頬、口元が、赤黒く腫れ上がっている。撫でつけられていたオールバックの髪も乱れていて、毛の束がいくらか前へと垂れていた。が、それでもなお、切れ長の目には鋭い眼光が宿っていた。

「な……何をされたの？」

「見りゃ分かんだろ。縛られて、殴られたんだ」

「な、なんでそんなことっ……警察は？　義則さんが呼んだんじゃ——」

「来ねえよ。殴られながらあれこれ訊かれたが、あいつら、警察沙汰にはしたくねえみてえだった。どうするつもりなのか知らねえが……クソッ」

そう言うと、鳳崎はペッと赤い唾を吐いた。

「で、何しに来やがった。助けに来たのか？」

「そ、そうだけど、その前に教えてっ……シラカダ様のお社で何を見たの？」

訊いたが、鳳崎は答えようとしなかった。伏し目がちに、何かを逡巡《しゅんじゅん》している。

「お願い、教えて」と震えた声で続けると、

「……覚悟はあるか」

「え？」

「お前の身に、この村に、何があろうと、それを受け止める覚悟はあるか」

鳳崎は顔を上げて、真っ直ぐに私を見つめていた。その眼光は、やはり鋭かったが、どこか……憂いを湛えているように映った。

「……うん」と拳を握りしめながら頷くと、

「……そこに、俺のバッグがある」鳳崎は顎で左手前をしゃくった。おずおずとそこへ行くと、農具の陰になっていて分からなかったが、鳳崎のトートバッグが落ちていた。どうやら中身を検められたらしく、辺りに様々な物が散らばっている。ワンカップの瓶に、漫画雑誌、ウォークマンが繋がった黒いヘッドホン、大小の竹筒に、黒革の長財布、衣服やタオル類が入っているビニール袋、濃青の香水の瓶など……。竹筒は開けられているものもあり、口から白い灰が零れ出ていた。

「サングラスが、どこかにあるだろ」

探すと、漫画雑誌の裏に、あのティアドロップのミラーサングラスが落ちていた。

「これが、どうしたの？」

「それを持って、あの社に行け」

「えっ……で、でも、あそこは、お社の中は危険なんじゃ……」

「入ったところで死にはしねえ。っつうより、何も危険はねえが、あそこには――」

そこまで言うと、鳳崎はなぜか口を噤んだ。

「……何があるっていうの」恐る恐る訊いたが、鳳崎は、

「そのサングラスには、俺の気が染みついてる。掛ければ、霊感の無いお前にも、この世のモンじゃねえ奴がそれなりに視えるようになるはずだ」

「えっ……」

「ここじゃ掛けるな」と制され、慌てて開いていたつるを折り畳んだ。

そうだ。ここには、久巳さんの霊が今も……。

「中に入ったら、それを掛けろ。そして……手を繋げ」

「……どういうこと？」

「行けば分かる。それで、全部分かるはずだ」

手の中のサングラスを見つめる。お社の中で、これを掛けて、手を繋ぐ？　意味が分からない。危険は無いとしても、それで何が分かるというのだろう。だが、鳳崎はこれ以上告げることは無いとでも言いたげに俯いている。仕方なく、

「……分かった」と言って、土蔵から出て行こうとすると、

「オイ、行く前に俺を自由にしていけっ」と鳳崎が喚いた。私は振り返ると、

「……戻ってきたら、解くから。まだ、あなたのことを完全に信用したわけじゃない」と言い残し、土蔵から出て重たい扉を閉めた。その間も、鳳崎は先に縄を解いていけと喚き続けていた。

そそくさと川津屋敷の門から出ると、公民館の方を窺った。どうやら、まだ集会は行われているらしい。となれば、今の内に坂を上ってお社へ——ふと、託されたサングラスを見つめた。まるで派手好きの芸能人が掛けているような、ティアドロップのミラーサングラス。本当に、これを掛けたら幽霊が視えるようになるのだろうか？　鳳崎の気が染みついているらしいが、一体どういった原理なのだろう。

つるを開くと、恐る恐る掛けてみた。途端に、真夏の太陽にジリジリと照らされた眩《まぶ》しい景色が輪郭を保ったまま暗くなるが……別に、何も視えなかった。視界が暗くなっただけで、妙なモノの姿は見当たらない。騙《だま》されたのだろうか？　やはり、鳳崎は信用するに値しない人間だったのだろうか？

落胆しながら、外そう——として、

「……？」頭原へ続く坂道の途中に、何かが揺らめいているのが見えた。それは一見すると陽炎のようだったが、白い靄《もや》のようにも見えて……サングラスを外した。眩しい視界が戻り、坂道の途中には……何もいなかった。だが、もう一度サングラスを掛けてみると、そこにはやはり白い靄が揺らめいていて……いや、あれは——、

「……ミルク？」ぼんやりとした白い靄が作り出す小さな影は、猫の形をしていた。見覚えのある黒いぶち模様に、ピンと立った耳。それは、かつて朽無村に棲《す》み着いていた野良猫、ミルクの姿だった。

そんな、まさか……と、息を呑んでいると、ミルクはゆらりと尻尾を振り、トテトテと坂を上り始めた。そのまま、お社へ続く石段を軽やかに上って行ってしまう。我に返り、慌てて後を追って坂道を駆け、石段を上ると、ミルクは鳥居の下にちょこんと座り、こちらを見つめていた。試しにサングラ

スをずらしてみると、やはりミルクの姿は視えなくなってしまった。

「ミルク……」六年前、あの日の夜を境に、ミルクは村から姿を消した。もしかしたら、とは思っていた。でも、そういう風には考えないようにしていた。気まぐれなミルクのことだし、どこか別の場所へ行ってしまったのだろうと。

だが……死んでいたのか。人知れず、ひっそりと。そして、このサングラスは鳳崎の言う通りに、掛けたらこの世のものではないモノが……。

しかし、なぜあんなにもぼやけて視えるのだろう。あの家で遭遇した化け物は裸眼でもくっきりと視えていたのに、ミルクはやけに希薄な姿をしている。薄ぼんやりとしていて、吹けば消えてしまいそうな……と、サングラスを掛け直すと、いつの間にかミルクがお社の扉の前へと移動していた。まるで〝こっちだよ〟とでも言いたげに、こちらを見つめている。促されるままに、お社の方へと歩いて行った。そういえば、六年前のあの夜も、ミルクを追いかけるようにして、ここへ来たのだった。

「……ねえ、ミルク。あんたも何か──」知っているの？　と言う前に、ミルクは閉まっている扉へ、するりと溶け込んでいってしまった。まるで、それが当たり前のことのように、造作も無く。

「……っ」石段の手前で、思わず足を止めた。土蔵で聞いた鳳崎の言葉を思い出す。

〝入ったところで死にはしねえ。っつうより、何も危険はねえが、あそこには──〟

何がある？　何が待ち受けている？

〝お前の身に、この村に、何があろうと、それを受け止める覚悟はあるか〟

……怖い。けど、覚悟があるから、ここまで来たのではないか。

意を決して、石段を上った。さっきは人任せにして逃げた。何度も覚悟をしておきながら、結局は怖くて逃げた。でも、今度は、今度こそ。扉の前に立ち、取っ手をギイィッ……と引いた。そのまま、一切が未知の、恐怖の領域へと踏み込むと、背後でバタン……と、扉が閉まる音がした。途端に、視界があまりにも暗くなったので、一旦サングラスを外して中を見渡す。

四方の壁上部ぐるりに設けられた格子戸から差す光が、ぼんやりと内部を照らしていた。二十畳はありそうな広々とした全体が黒茶色の板張りの一間。天井が無く、柱や梁《はり》が剝き出しの構造は、なんとなく想像していた通りだった。

だが——左右の壁には、まったく同じ構造で造りつけられた、腰ほどの高さに天板がある棚があった。そして、その上には、木槌《きづち》やノコギリ、鎌、小ぶりな鉈、薪割《まきわ》りに使うような丸太台に、棍棒《こんぼう》のようなものや、L字型の木板などが、やけに仰々しく並べられていた。一筋縄を作る時に使う道具だろうか？

そして、中央辺りに何やら様々な物がごちゃごちゃと寄せて置かれていた。そこへ行こう——として、爪先がカツンと何かに当たる。足元を見ると、入口側だけ床が数センチほど低く造られていた。いや、ここを除いて、床板が重ね張りされているのだろう。その証拠に、外の縁側と地続きのここだけ、やけに床板が古めかしい。

ここで靴を脱げということか。見た感じ、床は綺麗なものだったので、安心してスニーカーを脱ぐと、キシキシと床を鳴らしながら、そこへ向かった。

まず目に付いたのは、並べられている二つのお膳だった。公民館で使われているのと同じもので、上にはそれぞれ、徳利型の白い花瓶に、漆塗りの盃《さかずき》、平皿、藁半紙などが置かれている。その向こうに、畳二枚分はありそうな筵《むしろ》が敷かれていた。中に綿でも詰められているのか、随分と分厚い。その左右には丸い藁座布団が並べられていて、その隙間を縫うように黒光色をした大型の燭台《しょくだい》がいくつも置かれていた。上には使いかけの太い蠟燭が挿されている。

これらは、一体何に使うのだろう？　普段から、ここに置かれているのだろうか？　疑問に思ったが、眺めている内に、いつしか肩の力が抜けていた。かなり身構えていたが、今の所は特段、恐怖を感じさせるようなものが見当たらない。

ふうっと息を吐く。幼い頃から立ち入ってはいけないと聞かされてきた恐怖の領域だったが、いざ立ち入ってみれば、なんてことは——と、その時、奥の壁の中央に格子戸があるのに気が付いた。

おずおずとその前まで行くと、格子の目が粗く、向こう側が透けて見えた。何やら祭壇らしきものが……。

ハッと息を吞んだ。この向こうに、シラカダ様が祀られている……？

無意識にポケットの中の竹筒を握りしめて——あっ、と気が付く。

そうだ、この中に入っている霊虫《れいちゅう》は、怪異が近くにいると鳴き始めると言っていたではないか。だが、お社に入っても、目の前にしても、鳴き声らしきものは聞こえていない。となれば、鳳崎の言う通り危険は無いのだろうか？

……大丈夫、きっと大丈夫。

格子戸を開け放つと、そこには、やはり祭壇——というよりは、神棚のような趣きの代物があった。

まず、手前に見覚えのある長持があった。サトマワリの際に外へ持ち出されて、中から枡《ます》や奉納米などを取り出す、あの長持。その上に、8の字を横向きに描くようにして一筋縄がぐるぐると置かれていた。その向こうには長持よりもやや高さがある、一面に恭しく白い布が敷かれた造りつけの台があった。手前にはカシラ杖が、まるで日本刀でも飾るかのように丁重に置かれており、その奥に神棚さながらの組木細工が鎮座していた。が、それは明らかに自分の家にある神棚の様相とは違っていた。米や水を供える為の小皿や小壺が並んでいるのは同じだったが、両脇の仰々しい花瓶に、なぜか榊《さかき》ではなく、馬酔木の枝葉が生けられていたのだ。

なぜ馬酔木が……。昔、祖母に教わったことがある。神棚には榊しかお供えしてはいけないのだと。それがなぜ、馬酔木が供えられているのだろう。

そして、組木細工の中央、神棚ならば神鏡が備えられていそうな場所に、なぜか台座があり、そこに乗せられている物には白い布が掛けられていた。

これは……御神体だろうか。だが、なぜ白い布が掛けられているのだろう。

手を伸ばし、するすると白い布を取り去った。そこには――――、

「……っ」それと目が合った瞬間、言い様のない感覚がぬらりと背中を這った。

仮面、だった。額立てのようなものに飾られていたそれは、全体が不気味なほど白く、目の部分に縦に細長い切れ目の覗き穴がある、まるで……蛇が真正面から睨んでいる様を模したような仮面だった。特別、禍々《まがまが》しい見た目をしてはいなかった。質素な造りをした白塗りの、恐らく木彫りの仮面。だというのに、腕に鳥肌が立ち、額に冷たい汗が滲むのを感じた。まるで本当に蛇から睨まれている

かのような……これがシラカダ様の御神体なのだろうか？

　ということは……恐る恐るサングラスを掛ける。

　……何も、視えない？

　視界が暗くなっただけで、白い仮面は何の変化もなく存在していた。

　なぜだ？　これが、この朽無村に隠された謎を、シラカダ様の正体を暴く鍵ではないのか？　これが、鳳崎を豹変させて不可解な言葉を吐くに至らせたのではないのか？

　疑問に思い、他に何か異様なものは無いかと辺りを見渡した。瞬間、

「ひっ……！」息を呑んだ。背後に、陽炎のような白い靄が漂って――いや、佇んでいた。白い靄が作り出すその影は、不定形なりに、小柄な人の形をしていた。

　――キンッ、キンッ、キンッ……

　と、突然、ポケットの中から、鉄琴を叩いているような音が鳴り響いた。まさかと思い、竹筒を取り出すと、やはりその音は竹筒から響いていた。

　ということは……あれは、怪異？　まさか……あれが、シラカダ様？

　思わず身構えたが、白い人影はゆらゆらと佇んでいるだけだった。小柄というだけで男なのか女なのかも分からず、表情も読み取ることができず、まるで得体は知れなかったが、襲い掛かってくるような気配は無い。

　サングラス越しの暗い視界も相まって、随分と奇妙ではあったが、同時に違和感を覚える光景だった。なぜ、ミルクと違って姿形がぼやけているのだろう。ミルクはきちんと猫のミルクとして認識で

きたのに、あの人影は誰なのか、認識することができない。いや……誰だか分からないから、認識することができないのだろうか？

と、その時、白い人影がスッと私に向かって手を伸ばした。突然のことに、ビクッと身体がのけぞったが、白い人影はそれ以上の動きを見せなかった。

〝……手を繋げ〟

〝それで、全部分かるはずだ〟

鳳崎の言葉を思い出す。つまり……。

私はおずおずと、だが、惹《ひ》かれるように、白い人影に歩み寄った。鳳崎の言葉を信じるならば……すべてが分かるのだろうか。この白い人影——シラカダ様と手を繋げば。

〝いいか。シラカダ様にはな、大人になるまで顔を見せたらいけん。シラカダ様は、大人やないと会うことが許されん神様やきな。子供の内に会うてしまうと、それはそれは酷い罰が当たる〟

幼い頃から、幾度となく聞かされてきた言葉。だが、今こうして対面できているということは、私はもう大人になれているということなのだろうか。いや、そんなことはどうでもいい。それよりも、この朽無村に何があるのか。六年前、何があったのか。それを、私は知りたい。

震えながらも、手を伸ばす。たとえ、それが何であろうと、私は——。

シラカダ様の小さな手を、包み込むかのように握った。瞬間、突如として視界が瞬いて、目の表面に未体験の衝撃的な感覚が、電流のように伝った。

――走っている。暗闇の中を息を切らしながら、必死に。小さな灯りが、申し訳程度に目の前を照らしている。それを頼りに、走る、走る。

感じているのは、怒りと、不安と、ほんの少しの恐怖。それらが混ざり合って、泣きそうになっている。

行かなきゃ、あそこに行かなきゃ、話を聞いてもらわなきゃ。自分は、もう大丈夫なのだ。良くなったのだ。だから、こうして走れているんじゃないか。

後ろの方から、声がする。自分を呼ぶ声。でも、応えない。分からず屋には、応えてあげない。

走って、走って、着いた。この上にいるはず。石段を上って――苦しい。胸が痛い。でも、大丈夫。自分の身体は、もう良くなったんだから。

はあ、はあ、はあっ。上り切った。早く、行かなきゃ、追いつかれちゃう。

火だ、明るい。扉は閉まってるけど、きっと中にいるんだ。早く、話を聞いてもらわなきゃ。また石段を上って、扉を、開けて。

パパっ！　ママっ！　……はあ……はあ……パパ？　ママ？

なんで、パパが倒れてるの？　どうして、ママが裸で藁のお布団に寝てるの？

ママの向こうにも、倒れてる人がいる。白くて、バカ殿様みたいな格好。あれは辰巳お兄ちゃんのお爺ちゃん？　口から、ぶくぶく泡を吹いてる。それを村の男の人たちが囲んで座ってる。けど、なぜか、みんな、あっちを向いてる。

……何が起きたの？　パパの傍に、お椀がひっくり返ってて、床が濡れてる。パパの前のお膳に、変なぐるぐる模様の白い土瓶が乗ってる。まるで、いつかのお正月にお酒を飲み過ぎて、ぐうぐう寝て、ママに怒られてた時みたい。

ねえ、パパ、起きてよ。何か、変だよ。ねえ、ママ。なんで、裸になってるの？　周りに、村の男の人たちがいっぱいいるのに。恥ずかしいよ。ほら、なんだか、みんな気まずそうにしてるよ。真由美お姉ちゃんのお父さんも、酒屋のおじちゃんも、太ってるおじちゃんも、あっちを向いてる。

ママ、起きてよう。お膳が二つあるけど、もしかしてママも、お酒飲んで酔っぱらっちゃったの？　ねえ、ママったら、ママっ、ママっ。

……何があったの？　何をしてたの？　ね、ねえっ、パパっ、ママっ。

……なんで誰も喋らないの？　怖いよ。みんなで何をしてたの？

いや……村の人たちに……何をされてるの？

……いや、いやあっ……あっ、お兄ちゃんっ。ねえねえ、なんか変なの、怖いの。みんな喋らなくて、パパとママが……誰？　あの、向こうにいる人。

手前にいるのは、辰巳お兄ちゃんのお父さんだけど……ゴリラみたいに大きな身体。あっ、もしかして、辰巳お兄ちゃんの叔父さん？　でも、なんか、髪が真っ白で凄く長いし、顔には変な白いお面を着けてて――、

――げぇえぇぁあああああっ！

ひっ……！　な、何が――苦しいっ……助けて、動けない、息ができない。

パパっ、ママっ、お兄ちゃんっ、う、うあっ……。

――ドタッ……

……倒れちゃった。痛い、苦しい、怖い、助けて。

……ミルク？　いつからいたの？　私みたいに、倒れて――死んでるの？

お面の人が……辰巳お兄ちゃんの……お父さんを突き飛ばして……こっちに来る……いやっ……来ないでっ……ママを……見下ろしてる？

――ばぎゃっ……

あっ……やめてっ……ママの頭を……踏まないでっ……ママ……血が……。

――ガチャンッ、ガラガラッ……

お膳を蹴散らして……こっちに来る……パパっ……起きてっ……早く……逃げてっ……やめてっ

……パパまでっ……。

――ぼぎゃっ……

うああっ……パパっ……首が……いや……来ないでっ……いやっ……いやあっ……来ないでえっ

……お兄ちゃんっ……助けてえっ……お兄ちゃ――、

――ぐぎゃっ……

……何も……見えなく……なった……真っ暗に……なった……お兄ちゃんが……叫んでる……

気がする……お兄ちゃん……早く……逃げて……お兄ちゃん……お兄ちゃん、お兄ちゃん、お兄ちゃん、お兄ちゃんお兄ちゃんお兄ちゃんお兄ちゃんお兄ちゃんお兄ちゃんお兄ちゃんお兄ちゃんお兄ちゃんお兄ちゃんお兄ちゃんお兄ちゃん――お姉ちゃん、助けて。

「うあああぁっ！」気が付くと、私は悲鳴を上げながら、顔からサングラスを勢いよく毟《むし》り取ってい
た。肩で息をしながら、目の前の誰もいない虚空を見つめる。
い、今のは何だ？　シラカダ様と手を繋いだ瞬間、目の表面に衝撃が走って、誰かの視点が映し出
されて、まるで自分が、その誰かになったかのように思考と感情が流れ込んできて――いや、その誰
かは……。
恐る恐る、サングラスを掛け直すと、そこには――、
「……ひ、陽菜ちゃん？」
名前を口にした瞬間、サングラスの暗い視界の中にゆらめいていた白い人影が、段々と輪郭を得て
いき――はっきりと姿が認識できるようになった。
それは、確かに陽菜ちゃんだった。あの頃のままの、首にピンク色の小さなポーチをぶら下げた、
小さくて可愛らしい姿。だが、なぜか、顔だけは、まるでモザイクをかけたようにぼやけていて、表
情が読めなかった。
「な、なんで、どうして……」シラカダ様ではなく陽菜ちゃんが……。
頭が、酷く混乱していた。目眩と吐き気を催し、思わずサングラスを外してへたり込むと、手の中
に弱々しく握り込んだそれを見つめる。これの力、とでもいうのだろうか。これが、レンズ越しに、
私に悪夢を見せたのだろうか……悪夢？　いや、あれは、あの経験は、いや、そんな、まさか、でも、
それを、認めてしまったら――、

――キィ……キィ……

顔を上げると、入口の扉の片側が小さく揺れていた。いつの間にか、キンッ、キンッという霊虫《れいちゅう》の鳴き声が止んでいる。それが差す意味は……。

よろよろと立ち上がると、扉へ向かった。震える手でどうにか靴を履き、ふらふらと外へ出て石段を下りると、サングラスを掛けて辺りを見渡す。

「あっ……」左手に、お社の後ろの方へ音も無く歩き去って行く陽菜ちゃんの姿を見つけた。が、すぐに建物の陰に隠れて、見えなくなってしまう。

「ま、待ってっ」慌てて追いかけたが、なぜか陽菜ちゃんの姿は無かった。まるで、煙のように消え失せて――と、奥の方、ブロック塀で造られた焼却炉の傍に佇む陽菜ちゃんの姿を見つけた。それを待っていたかのように、陽菜ちゃんは焼却炉の方を向いたかと思うと、またその陰へと姿を消した。導かれるがままに、そちらへ向かう。頭の中に浮かぶ暗い思考を、必死に押さえつけながら。

そんなはずがない、まさか、そんなはずが――。

ブロック塀で造られた、ちょっとした小屋ほどの大きさがある焼却炉は、上部がかまぼこ型の鉄板をかぶせたようになっていて、そこに錆びついた扉がはめ込まれていた。よく見ると、その取っ手には南京錠が取りつけられていた。それは大して錆びついておらず、ここ何年かの間に取りつけられたような印象を受けた。なぜ、焼却炉なんかに鍵を掛けてあるのだろうと疑問に思いながら、横を通り過ぎ、焼却炉の後ろを覗いたが――そこに陽菜ちゃんの姿は無かった。あったのは、立てかけてある錆ついた灰掻き棒とスコップ。

——キンッ、キンッ……

突然、霊虫《れいちゅう》が鳴き出したかと思うと、ガラン……と立てかけてあった灰掻き棒が私の方に向かって倒れた。とても偶然とは思えない倒れ方で。

よく見ると、焼却炉背面の下部中央が、ぽっかりと歯抜けのようにブロック二つ分空いている。どうやら、そこから灰を掻き出すようになっているらしい。

——キンッ、キンッ……

何をするべきか、分かった——いや、言われたような気がした。かがんで灰掻き棒を摑むと、先端を中へ入れ込む。長いこと掻き出されていないのか、中には大量の灰が詰まっているようだった。

と、その時、不意に灰掻き棒がクンッと中から引っ張られ、

「ひっ……」思わず、灰掻き棒を手放した。ガラン、と地面に落ちた灰掻き棒は、ズリリリ……とひとりでに動いた後、止まった。恐る恐る摑み直して引っ張ると、ゴリゴリゴリ……と灰掻き棒が一山の灰を引き寄せてくる。

霊虫《れいちゅう》の鳴き声が響く中、指先で灰の山を崩した。いともたやすく、はらはらと崩れていき、あっという間に平たくなり、散っていき……ふと、何かが指先に当たった。地面を薙《な》ぐようにして、それをズリズリと引きずり出すと、二つの固形物が現れた。サングラスを外して、それらを眺める。

……小石と、焼け焦げた金属片？

灰にまみれたそれらは、そのように見えた。正体を暴こうと、二つとも摘《つ》まみ取り、フッと息を吹きかけて灰を掃う。すると——、

「………あ、ああっ」それらが何なのか気が付いた瞬間、手がガクガクと震えて、二つとも地面に落としてしまった。

「う、あ、あああっ……」先程から頭の中に浮かんでいた暗い思考、絶対に認めたくなかった悪夢的思考が、確信に変わる。

「そ、そんなっ……」その、小石と焼け焦げた金属片だと思っていたものの正体は、小さな歯が三つ並んだ明らかに人間の、それも幼い子供のものと思われる下顎の骨の欠片《かけら》と、陽菜ちゃんがいつも首から下げていたポーチに付いていた蝶々《ちようちよう》の形のバッジだった。

「い……いやあああああっ！」私はか細い悲鳴を上げると、弾かれたようにその場から逃げ出した。

目眩と、吐き気と、感じたことのない恐怖に襲われながら。

　お社の中で陽菜ちゃんと手を繋いだ時に見た、あの悪夢的幻影。あれはやはり、六年前のサトマワリの夜、陽菜ちゃんが実際に体験したこと。

　優一くんに追われながら夜道を走り、お社に辿り着き、中に入ると、そこには何かを飲まされて倒れたらしき山賀さんと、同じく何かを飲まされて、裸で筵の上に寝かされていた奥さんと、原因は分からないが泡を吹いて倒れていた久巳さんと、それを囲んで狼狽えていた父と、雅二さんと、秀雄さんと、義巳さんと、お社に祀られていた白い仮面を着けた義則さんがいた。なぜか髪が真っ白で腰ほどまで伸びていたが、あのがっしりとした身体つきは、間違いなく義則さんだった。その義則さんが、得体の知れない叫び声を上げて睨むと、陽菜ちゃんが倒れて、ミルクが倒れていて、義則さんが義巳さんを突き飛ばしながら歩み寄ってきて、奥さんの頭を踏み砕いて、お膳を蹴散らして、山賀さんの首を踏み折って、最後に、陽菜ちゃんを——。

悪夢だと思った。そんなはずがないと思った。しかし、実感を伴った生々しい幻影と、焼却炉の中にあったものが、最悪の現実を私に突きつけていた。

六年前の、あの日の夜に、山賀さんも、奥さんも、陽菜ちゃんも、みんな死んでいた——いや、殺されていた。宵の儀の際に、白い仮面を着けた義則さんによって。

でも、山賀家は引っ越したのだと父から聞かされて——、

〝お前たちは何も知らんでいいき黙っちょれっ！〟

あの日の夜、父は母と祖母に対して、そう怒鳴りつけていた……まさか、あの場にいた村の男の人たちは、山賀家を殺したという事実を隠蔽した？　手に掛けた義則さんも、義巳さんも、雅二さんも、秀雄さんも、そして父も。

あの焼却炉の中には、きっと山賀さんと奥さんの骨も——。

……嫌だ、嫌だ、嫌だ嫌だ嫌だ嫌だ嫌だ嫌だ嫌だ嫌だ嫌だ嫌だっ！

村の男の人たちが——父が、殺人に加担していたなんて、そんなっ……。

「う、げええっ……！」鳥居を飛び出た瞬間、堪《こら》え切れずに吐いた。膝に手を突き、くずおれそうになるのを必死に堪えた。涙で、視界が滲んでいく。

父が、父たちが、山賀さんたちを殺した。

一体、何の理由があって……。

奥さんは、服を脱がされていた。

まさか……最悪の想像をして、また胃が震えたが、もう何も出てこなかった。脂汗をだらだらと流しながら、また走り出す。

逃げなきゃ、逃げなきゃ、悍ましいことが起きたこの場所から……！

石段を転びそうになりながら下り、坂道を駆けて——、

「ひっ……！」川津屋敷の前に差し掛かった時、敷地内に男の人たちが集まっているのが見えた。あの夜、山賀さんたちを殺した、男の人たちが——、

「う、あああああっ……！」か細い悲鳴を漏らしながら、坂道を全力で駆け下りた。

あの人たちから、逃げなきゃ、人殺しから、逃げなきゃ！　誰か、誰か、あの人たちを——と、その時、公民館の中から女の人たちが談笑している声が聞こえてきた。

「お母さん……！」そのまま玄関に向かうと、靴を脱ぐ余裕も無く、土足で上がり込んだ。そのまま、よろよろと炊事場を目指す。

「お母さん……お母さんっ！」炊事場に辿り着いて、母の姿を認めた瞬間——足腰から力が抜けて、ドタッと床にへたり込んでしまった。

「真由美っ!?　どうしたと！」ボウルを手に作業していた母が慌てて駆け寄ってくる。周りにいた妙子さんや、文乃さん、幸枝さんも、何事かとこちらへ顔を向けた。

「お、お母さんっ……お、おやっ、お社っ……」過呼吸気味になっていた上、パニック状態でどう説明すればいいのかも分からず、あわあわと狼狽えていると、

「真由美っ！　落ち着きなさい。ほらっ、しゃんとしてっ」母が私の肩を強く掴み、一喝した。瞬間、

荒かった呼吸が、肩の震えが、段々と治まっていった。

「真由ちゃん、どうしたと？」

「何か、あったんね？」

「服が汚れちょうばい、転んだと？」

女の人たちに顔を覗き込まれて心配され、ようやく状況を理解する。

大丈夫……ここは、ここなら、ひとまず大丈夫……。

「どうしたの。家におりなさいっち言うちょったでしょう。まさか、おばあちゃんに何かあったと？」

「ち、違う、おばあちゃんのことやないけど……」と言うと、母はほっと息をつき、

「ほら、とりあえず立って。ここに座りなさい」

肩を抱えられて、よろよろと立ち上がった。炊事場の長机に備えられているパイプ椅子に、なんとか腰を下ろす。夕の儀の後の打ち上げの準備をしていたのか、長机にはお膳用のお椀や平皿、寿司桶《すしおけ》などが、ずらりと並んでいた。

「大丈夫？　何があったとかい。いきなり駆け込んできて」母が心配そうに、私の顔を覗き込む。どうにか、まともに喋れるように気を落ち着かせて、

「わ、私、さっき、お社に行って、そこで――」ありのままに、見たことを話した。陽菜ちゃんのこと――非現実的な事象は省いたが、藁焼き場の焼却炉で見つけたもののことも、六年前の宵の儀の際に、村の男の人たちが山賀家にしたことも。時折、言葉に詰まりながら、語る内容の悍ましさに打ち負けそうになりながら。

「はあっ、はあっ……」休むことなく、まくし立てるように話したせいで、息切れを起こしていた。が、話したら話したで、いてもたってもいられなくなってしまった。

「は、早く、警察に連絡してっ！　よ、義則さんじゃダメ、あの人は、あの人が山賀さんたちをっ──」

「ま、真由ちゃん。何を言いよると？」

文乃さんが──いや、他の人たちもみんな、怪訝《けげん》な顔で私を見つめていた。

「骨があったとか、何かの見間違いやないの。男ん人たちが、山賀さんたちをどうこうしたとか、そげな──」

「で、でもっ、私、あの時、陽菜ちゃんたちを追いかけて、お社まで行って、外から……み、見たとっ。奥さんが、裸で筵に寝とって、それでっ……」正しくは、先程お社で見た幻影の中でだが──と、その時、女の人たちが、みんな能面のような顔になっているのに気が付いた。さっきまで、怪訝な表情を浮かべていたのに。

「……真由美、見たとね？」沈黙の中、口を開いたのは母だった。

「で、でも、見間違いっちことも──」

「文乃さん、もうよかよ」慌てた様子で喋り出した文乃さんを、母が制した。何が起きているのか分からず、思考が硬直する。

「……はあ。本当やったら、ちゃんと家族で話さんといけんことやったのかもしれんけどねえ」

母が、また肩を摑んできた。細い指が、肩にぎゅうっと食い込む。

「あのね、真由美。この朽無村ではね、あれは当たり前んことなの。真由美が見た六年前、山賀さんたちん時は失敗してしまったみたいやけど、朽無村に来た人はね、ああせんといけんの。やないと、まともに生きていかれんの」

優しく諭すような口調で、母は続けた。とても、意味の分からないことを。

「あれはね、宵の儀っちいうよりも、シラカダ様の施しっちいって……まあ、詳しいことは言わんけど、私たちはね、みんなあれを経験してきたとよ。サトマワリの日の夜の、宵の儀でね。みんな、ああやってシラカダ様に村においってもいいっち認めてもらうと。そうやって、真由美も生まれてきたとよ」

「……な、何を言いよると?」声が震えていた。母の言葉が、頭の中で幾度も反響していたが、その意味を理解することができなかった。

「やからね、この朽無村にお嫁に来た人は、あそこでしか子供を作ることを許されんと。シラカダ様の施しの下に子供を作らんといけんのよ。そうせんと、この村でまともに生きていかれんからね。やから、新しゅう越してきた山賀さんたちにも宵の儀に参加してもろうたと。でも、やっぱり余所から来た人たちやったからかねえ。失敗してしもうて……本当、いい迷惑よ。おかげで、シラカダ様がお怒りになって、田んぼの調子が悪くなってしもうたんやから……。まあ、話に聞くには事故が起きたみたいなことやったらしいんやけど、ともかく、あれは何も変なことじゃないと」

「そうそう、恒例行事みたいなことよ」

文乃さんが口を開いた。母と同じ、優しく諭すような口調で、

「うちの絵美と由美も、ああやって生まれてきたと。この村で生まれた子はみんな、シラカダ様の施

しを受けて授かったとよ。そしたら、シラカダ様が田んぼを豊作にしてくれると。昔ほどじゃないみたいやけどねえ。あっ、別に幸枝ちゃんのことを悪く言いよるんやないよ。別に、今みたいに田んぼが凶作続きになったわけやないし」

「……うん。うちん時は、良くも悪くも、何も起きんやったねえ。子供ができんと、ああなるんやねえ。でも、早苗ちゃんと妙子さんが二人で宵の儀をやった時は、えらい豊作になったんやろ？　なんせ、本家の辰巳くんと真由ちゃんができたんやから」

「そうそう、あん時は大変やったねえ……。でも、うちは女ん子やったから、やっぱり本家に嫁いだ妙子さんはようできちょるよ」

「そ、そんな、私は、何も……」

みんなが口々に、わけの分からないことを――悍ましいことを言う。まるで、世間話でもしているかのように。

「真由美、分かった？」

母が、私の頭を優しく撫でながら、

「山賀さんたちは可哀そうやったけど、当たり前んことなの。この村で、ずっと昔からやってきたこと。やから、何も心配せんでいいと。それにね、真由美も今日――」

「おーい」

不意に、玄関の方から声がした。

「例のやつはもうできちょうかい。今日の宵の儀の分。辰巳の晴れ舞台の為の、特別製御神酒は」

「うるせえっ！　黙っちょけっ！」

冷やかし混じりの秀雄さんの声に、それを突っぱねる辰巳の声。二人が、ドタドタと短い廊下を歩いてくるのが分かった。全員がそちらへ顔を向ける中、私はなぜか無意識に、反対の方を向いていた。

長机の上、並べられているのは、お膳用のお椀や平皿に、寿司桶。その向こうに――変なぐるぐる模様の、まるで蛇が這い回っているかのような意匠の、白い土瓶があった。

あれは、幻影の中で見たものと同じ。あれを飲んで、山賀さんたちは。

そういえば、お社には、お膳と、筵と、藁座布団と、燭台があった。

いや、用意されていた？

不意に脳裏に、お社で義則さんが辰巳に言った言葉が蘇る。

〝もしかして、辰巳。お前がここに呼び出したんか？　ハハハ！　こげな人気のねえ所で何するつもりやった？　まさか、もうたまらんようになって――〟

私も、今日？　今日の、宵の儀の分？　辰巳の、晴れ舞台？　特別製御神酒？

シラカダ様の施し？　お社で、子供を作る？　それが、当たり前のこと？　村で、ずっとやってきたこと？　何が、何で、嘘だ、嫌だ、そんな、母も、女の人たちも、いや、この村の人たちは、みんな、みんな、おかしい――、

「真由美？　大丈夫？」母の声が聞こえた、気がした。ぐにゃりと、天地がひっくり返ったような感覚があって、私は、目の前が、真っ暗になった――。

目が覚める。見覚えのある板張りの天井に、紐がぶら下がった蛍光灯。ここは……むっくりと身体を起こすと、やはり自分の家の和室だった。隣には祖母が寝ていて、私は折り曲げた座布団を枕にして寝ていたようだった。

……昼寝をしていて、嫌な夢を見たのだろうか。だが、違和感を覚えてポケットから取り出した物が、その願望を打ち破った。鳳崎のサングラス。いつの間にか、ポケットにねじ込んでいたらしい。もう片方のポケットからは、竹筒が出てきた。が、そこに一緒に入れていたはずの携帯が無い。

と、その時、するる、と襖が開き、

「よかった、真由美、起きたとね」母が顔を覗かせた。麦茶の入ったコップが乗ったお盆を手に入ってきて、傍らに着く。

「いきなり倒れたき、心配したあ……。公民館に寝かせるのもあれやから、辰巳くんに、ここまで運んでもらったとよ。はい。大丈夫？　気分は悪くない？」心配そうにコップを差し出されたが、大丈夫でも、いい気分でもなかった。頭も身体も落ち着いていたが、平静というよりは、気力を奪われて絶望に浸り切ったような気分だった。

「ごめんね、真由美。いきなりのことで、わけが分からんかったんやろう？」

コップを受け取らないでいると、母は静々と語り出した。

「そうよねえ。まだ分からんやろうねえ。お母さんもね、最初はそうやった。ちゅうても、お母さんの時は、何も知らせてくれんやったんやけどね。それは妙子さんも同じみたいやった。ちょうど同じ年に、余所からこの村にお嫁に来てね。宵の儀は、この村なりの婚礼の儀式みたいなもんっち言われて、一緒に参加してみたら、御神酒を飲みなさいっち言われて、気が付いたら、もう事が終わっとってね。妙子さんは辰巳くん、私は真由美を身籠《みごも》ったと。お父さんは男の子やないき跡取りにならんとか言うてガッカリしちょったけど、私はそうは思うちょらんよ。たとえ女ん子でも、ちゃんと私の大切な子供やけんね……。周りからは色々と思われたやろうけど、文乃さんも絵美ちゃんと由美ちゃん

の女ん子二人やったし、幸枝ちゃんはそもそもできもせんやったから、みんな似たようなもんよ。男ん子を産みきったのは妙子さんだけ。さすが川津屋敷に嫁いだ人やねえ。シラカダ様の御加護を一等に受けちょう一族だけあるよ。やっぱり、その辰巳くんと一緒になるんやから、真由美も跡取りになる男ん子を立派に産みきるんやないかなあ」

母は柔らかく微笑むと、一息ついて、

「……本当はこういう風に前もってちゃんと言うべきやったかもねえ。今日の夜、宵の儀に参加してもらうっち。でも、言うたら真由美、出たがらんやったやろう？　やから、みんなで黙っとったと。分かっちょうよ、不安なんやろう？　でも、大丈夫。心配せんでも、あの御神酒を飲んだら後は何にも覚えときらんから。男ん人たちに囲まれて見られるのは辛いやろうけど、あれはね、ちゃんと役割があるき仕方がないことなんよ。六年前の山賀さんたちん時は失敗して久巳さんも死んでしもうたけど、今度は大丈夫。なんせ朽無村の存続が懸かっちょるんやから。今度失敗したら、いよいよまともにお米が穫《と》れんようになるやろうからねえ。お父さんたちも大層気を入れちょるはずよ。ふふ、お怒りになっちょるシラカダ様も川津屋敷の辰巳くんが依《よ》り代《しろ》役っちなれば、喜んでくれるやろうねえ。そしたら、六年前からずっと続きよる田んぼの凶作の災いも終わって、豊作続きになるはず。こ

こんとこ落ち込んじょった村のみんなも元気になるはずよ……やからね、真由美、何も心配せんでいいとよ」

　母が私の手を取り、コップを握らせてきた。瞬間、思いきり振り払った。コップが畳の上に転がり、びしゃびしゃと麦茶を吐き出す。

「な、何を――」

「何なんっ!?　私のことを何と思うちょるとっ!?」絶望しつつも、変に冷静になっていたせいで、母の語ったことが――理解したくもない悍ましいことが、するすると頭の中に入ってきていた。それにようやく意識が追いつき、怒りが爆発する。

「辰巳と一緒になるとか、男の子を産ませるとか、何で勝手に決められなとっ!?　何でっ……私、まだ十七なんにっ……高校生なんにっ……村の為？　田んぼの為？　何なんっ……シラカダ様がどうこうとか、意味が分からんっ！　私のことを、何とっ……！」

「何とっち、自分の大切な子供と思うちょるよ。やから――」

「なんで私の人生を、お母さんたちに勝手に決められなとっ!?　こんな村の田んぼの為に私の人生壊されなとっ!?　大学に行こうと思っちょったのにっ、出て行こうと思っちょったのにっ……私を生贄《いけにえ》みたいに扱うつもりやったとっ!?」

「そ、そんな風には思うちょらんよ。真由美、大学に行くつもりやったと？　でも、無理に大学に行ったって、女ん子は結局結婚したら何も意味無くなるんよ？　村の人たちも、みんなそう。いくら一生懸命勉強して良い職に就いても、結婚して子供産んだら終わりなんやから。確かに真由美はまだ高校生やけど、もう立派に大人の身体をしちょるんやし……。高校卒業するまで待とうっちいう案もあったんやけど、絵美ちゃんと由美ちゃんみたいにどっか行ったまま帰ってこんかもしれんし、村のみんなの暮らしがもう限界やから、一年繰り上げて早めにやることにしたと」

「なんでっ……なんで、そんなっ……」あまりの話の通じなさに、目眩がしてきた。自分の大切な子供を得体の知れない神様に捧《ささ》げて子供を産ませるなんて、人生の筋道を勝手に決めるなんて、親が子供に対してすることでは絶対にないはずだ。

だというのに、なぜ、母はなぜ、駄々っ子を見つめるような目で私を――、

「そんなん絶対に嫌っ！　こんな村の為に自分の人生犠牲にするとか、絶対に嫌だっ！」

いつの間にか、涙声になっていた。喉が、焼け爛《ただ》れてしまいそうだった。

「真由美、我儘《わがまま》言わんと。子供やないんやから。もう決めたことなんやし、村の人たちの為にも――」

「お母さんは何も思わんやったとっ!?　勝手に決められて、子供作らされて、言いなりになってて っ……！　私が生まれんやったら、こんな村でずっと奴隷みたいに田んぼの仕事ばっかりするんやなくて、もっと別の人生もあったかもしれんのにっ……！」

酷く乱暴な言葉だと、母を――私自身も――傷つける言葉だという自覚はあった。それでも、言わざるを得ないことが悲しくて、苦しくて、悔しくて、熱い涙が頰を伝った。

「……あんたに、何が分かるとっ！」

突然、母がパンッ！　と私の頰を張った。

「何も分かっとらん癖にガタガタ言わんとっ！　そげなことっ……できるわけなかったやろう！　いい!?　こん村に嫁いだ女はね、学も何も無いバカでいいとっ！　子供産んで、田んぼ手伝うて、男ん言うことを黙って聞いちょけばいいんやからっ！　女は所詮、そげんやって生きていくしかないとっ！」肩を揺さぶられながら、顔前で怒鳴りつけられた。母の顔が、今までに見たことがないほど怒りに歪んでいた。が、吊り上がった目には、私と同じように涙が滲んでいた。私と同じように――母も、被害者なんだ。母もきっと、私と同じ思いを過去に。でも、だとしても、だったら尚更《なおさら》――、

「離してっ！」精一杯の力で、母を振り払おうとした。が、揉み合った末にバランスを崩して、ドタリと倒れ込んでしまう。

「ううっ……」顔を上げると、目の前に祖母の横顔があった。口をわずかに開いて、ぼんやりと虚空を見つめている。

「……おばあちゃん。おばあちゃんも、そうやったと?」ぐずぐずと泣きながら、祖母に問いかける。シラカダ様は、この朽無村ができた時から既に存在していたという。だとしたら、その頃から、この村は悍ましいことをずっと、脈々と続けてきたのではないか。

それは、祖母へ受け継がれ、母へ受け継がれ、そして今、私へ。

「なんでっ……どうしてっ……」祖母の布団の端に顔を埋《うず》めて、啜り泣いた。

得体の知れないモノの為に、こんな寂れた村の為に、田んぼの為に、女の人たちは、延々と犠牲になり続けて、人生を奪われ続けて――、

「そんなんっ……嫌っ……」子供のように泣きじゃくっていると、

「……真由美」耳元で声がした。ぐちゃぐちゃになった顔を上げると、祖母が私を見つめていた。その、しょぼくれた目から、一筋の涙が零れていた。

「逃げえ……真由美……逃げえっ……」祖母が、精一杯の力を振り絞って、私に促していた。悲愴《ひそう》に、悔恨に、自責の念に濡れた顔で、声で。

「おばあちゃんっ……」よろよろと立ち上がり、和室から出て行こうとする私を、

「真由美っ！」へたり込んだまま、母が取り縋《すが》ってくる。その手を、

「嫌っ！　離してっ！」思いきり、振り払った。突き飛ばされた母が、先程の私のように倒れ込む。

瞬間、ギュッと胸が痛んだが、

「真由美っ、どこに行くつもりっ！」

母は倒れ込んだまま、キッと私を睨み、

「どこにも逃げ場なんか無いんよっ！　この村にはっ……どうせこの家で、生きていくことになるんやからっ！　どげえ言うたって、結局、家族以外は誰も助けてくれんのやからっ！　それに、私がばあちゃんみたいになったら、誰が面倒看てくれるとっ！　真由美以外に、誰がっ！」

母は、タガが外れてしまったようだった。今まで、ずっと心の奥底に秘めていたであろうものが、どす黒い言葉になって、涙と共に溢れ出していた。

突き飛ばした時とは違う種類の痛みが、胸を締めつける。憐《あわ》れみと憎しみ。どちらも母に対する思いなのに。でも、それでも、手を差し伸べるわけにはいかなかった。

拳を握り込み、踵を返すと、頭上、襖の上に並んでいる祖父らの遺影が目に付いた。瞬時に、憎し

みが湧く。この人たちも、悍ましいことを。

　その血が私にも流れているかと思うと、吐き気がした。

「真由美っ……！」背中に母の悲愴な声が突き刺さったが、振り返るのを必死に堪えて、襖をスパンッ！　と開け放すと、外に辰巳が立っていた。

「……っ！」ずっと聞かれていたのか。さっきの言い争いを。

「……真由美――」

「嫌っ！」咄嗟に身を跳ねのける。突き飛ばそうとしたが、触れるのも悍ましかった。辰巳も共犯者だったのだ。大人たちの思惑を知っていながら、それを黙認していたのだ。もしかしたら、それは六年前から、ずっと、今まで。

　なんとなく辰巳が私に好意を抱いているのは察していた。だが、今となっては、それはグロテスクで汚らしい欲望にしか思えなかった。何も知らないままでいたら、今夜、私は辰巳に――、

「真由美っ！」立ち尽くしていたせいで、涙声の母が腰に取り縋ってきた。

「嫌っ！　やめてっ！　離してっ！」逃れようと、必死にもがいていると、

「……おばさんっ！」不意に、辰巳が割って入ってきたかと思うと、私から母を引き剥がした。呆然としていると、辰巳は母を押さえつけながら、

「真由美っ、行けっ！　……逃げろっ！」

「何するとっ！　辰巳くんっ、真由美をっ！」

「早く逃げろっ！　靴はそこにあるっ！」

辰巳が、開け放たれていた掃き出し窓を顎でしゃくった。

「……っ！」言われた通りに掃き出し窓へ向かうと、私のスニーカーが沓脱石《くつぬぎいし》に放り出されていた。急いでそれを履き、庭先から外へと飛び出す。

どうするつもりだったのか、真意は知らない。でも、辰巳は今――、

「真由美ぃいいっ！　あああああっ！」背中越しに、母のヒステリックな声が聞こえた。それをなだめようとする辰巳の声も聞こえた。そんな喧騒の中、祖母が悲し気に啜り泣く声も、小さく聞こえたような気がした。


「うっ……ううっ……」気が付くと、私はしゃがみ込んで泣いていた。

顔を上げると、ゆるゆると穏やかに流れる沢があった。辺り一帯に、紅葉の木が生えている。ここは……紅葉原だ。公民館の裏手。子供の頃の遊び場。なぜ、ここにいるのだろう。逃げろと言われて、スニーカーを突っ掛けて、掃き出し窓から外へ飛び出して……それからのことを覚えていない。無意識に、ここへ来たのだろうか。

ふと、背後、公民館の方を窺ったが、誰の姿も無かった。準備が終わって、一旦解散したのだろうか。人がいるような気配も、来るような気配も無い。

よく誰にも見つからずに、ここまで来れたものだと思った。辰巳が未だに母を押さえつけているのだろうか。ある意味で、村の人たちにとって私は大切な存在だ。逃げ出したと知れたら、総出で探し出すだろう。

逃げろと言われたのに、村を出ず、逆に坂を上ってここに来るとは。無意識とはいえ、随分と馬鹿なことをしたものだ。そういえば子供の頃、父と母から酷く叱られた時に、ここへ逃げ込んで泣いたことがある。

まあ、坂を下って村を出たところで、どうしようもなかっただろう。こんな時間にバスは来ないし、走って逃げたって車で追いつかれるのがオチだ。

携帯は……無いのだった。恐らく、警察に連絡すると思われて、気を失っている間に取り上げられたのだろう。ダメ元でポケットを探ってみたが、鳳崎のサングラスと竹筒しかなかった。

万事休す……なのだろうか。いずれ見つかって、連れ戻されて、サトマワリに参加させられて、宵の儀で、私は――――、

「いやっ……ううっ……」肩を抱えながら、シャツの袖を握りしめた。

母の言う通り、私はもう逃げられないのだろうか。この村の因習の餌食になり、人生を犠牲にするしかないのだろうか。悔しくて、情けなくて、腹が立った。こんな場所で座り込み、惨めに泣くことしかできない自分に。でも、そうするしかなかった。

私の生まれ育ったこの朽無村は、悍ましい場所だった。村の大人たちも、悍ましい人間ばかりだった。そう考えると、そう突きつけられると、何もかも嫌になっていた。自分が、悍ましいモノが根ざした土地で、悍ましい因習の下、悍ましい人間たちによって誕生させられていたことが、耐えられなかった。

嫌だ。何もかもが嫌だ。この村も、大人たちも、サトマワリも、家も、田んぼも、私自身も、何も

かも、悍ましくて、穢《けが》れていて、嫌だ。
……いっそのこと、死んでやろうか。
そんな荒《すさ》み切った感情で、立ち尽くしていた時だった。
「……え？」ふと、沢の上流から流れてきたものに目が留まった。
穏やかに流れる沢の水面を、さらさらと滑るように流れてきたそれは――、
シダの葉が挟まった、笹舟だった。

「はあっ、はあっ……」沢沿いに、雑木林の中を進む。反対側の斜面にあるゼンマイ道と違って、誰も通った跡のない未開の藪を、掻き分けるようにして。

生い茂る草や蔦、低木の茂み、苔《こけ》むした岩、ぬかるむ地面が、幾度となく行く手を阻んだ。服が汚れて、靴に水が滲み、あちこちを引っ掛けて剥き出しの手足は傷だらけになったが、それでも進むのを止めなかった。

あのシダの葉が挟まった笹舟。あれが意味するものは、きっと――、

「はあっ……」顔を上げる。目の前には、鬱蒼とした竹林の斜面。沢の方は岩だらけで足場が悪過ぎて、これ以上、沿うように登るのは無理だ。

竹の幹を摑み、身体を引き上げた。隙間なく伸びている竹を取っ掛かりと足場にして、間を縫うように斜面の方をどうにか登って行くと、頭沢へと続く小道に出た。泥や枯葉だらけの服を払いながら、奥へと進む。靴が水を吸っていて、ぐじゅぐじゅと気持ち悪かったが、構わずに歩いて行く。小学生

ぶりにここへ来たが、相変わらず薄暗くて空気がひんやりとしていた。竹林が空を覆い隠しているせいだ。時折、ひらひらと笹の葉が舞い落ちてくる。あの頃と、何も変わらない光景。

――キンッ、キンッ……

突然、ポケットの中で霊虫《れいちゅう》が小さく鳴き始めた。が、それを気にしている余裕は無かった。逸《はや》る気持ちを抑えて、歩く。

もしかして、もしかしたら、いや、そうであってほしい。

やがて、ちょろちょろという水音が聞こえてきて――とうとう、頭沢へと辿り着いた。紅葉原と同じ、子供の頃の遊び場。懐かしい、思い出の場所。その水辺に佇んでいたのは――黒髪に、白い半袖のシャツと黒いズボンの後ろ姿。足元には黒いリュックが置かれている。息を呑みながら、恐る恐る近付いて、声を掛ける。

「……優一くん？」

すると、後ろ姿は、ゆっくりと振り向いた。

「…………真由美ちゃん」

聞き覚えのある――けれど少しだけ低くなった落ち着きのある声で名前を呼ばれた瞬間、私の心臓はドクンと高鳴っていた。白い肌に、目鼻立ちが整った中性的な顔立ち。やや長めの柔らかそうな髪。背が高く、スラリとした細身の佇まい。鳳崎が持っていた写真を見た時と同じ印象。あの頃の思い出がそのまま成長したかのような姿。

紛れもなく、優一くんだった。途端に、心がズキズキと疼《うず》き始める。

夢を見ているのだろうか。それとも、幻影を見ているのだろうか。

「あ、あの……」感情がぐちゃぐちゃに乱れて、喉が震えた。伝えたいことも、訊きたいことも、山ほどあるというのに、上手く話すことができない。

そんな私を、優一くんは眉ひとつ動かさずに、物憂げな目で見つめていた。

「ね、ねえ。さっき、笹舟を流したのって……優一くん?」

長い沈黙の後、ようやく私の口からおずおずと飛び出したのは、そんな六年ぶりの再会の一言目に相応《ふさわ》しくない、末梢《まつしょう》的な言葉だった。

「……うん」優一くんは無表情のまま、小さく頷いた。

「や、やっぱり、シダの葉が挟まってたから、そうじゃないかと思って……」

優一くんは、無表情のままだった。

「む、昔さ。ここで、みんなで笹舟レースして遊んだよね? 他にも、スイカ割りとかしたの、お、覚えてる?」取り繕うように、他愛もない話を続けたが、

「……うん」優一くんは無表情のまま、また小さく頷いた。

「えっと……あの……いつからいるの? いつ、村に来たの?」

ようやく、実のある問いを投げかけたが、

「……一昨日」優一くんはやはり無表情のまま、答えた。

「尾先の……前に住んでた家に、泊まってたの?」

「……うん」

「で、でも、昨日の夜はいなかったよね？」

「……昨日は、ここにいたから」

「え？　……ここで、夜を明かしたの？」

「……うん」それきり、会話が途切れてしまい、再び沈黙が訪れた。六年ぶりに再会したというのに、私がこんなにも頭の中を、心を、ぐちゃぐちゃにさせているというのに、優一くんは、やけに無表情で、無感情だった。

まるで、幻影を相手にしているかのようで――、

――キンッ、キンッ……。

控えめな水音と、柔らかな竹のさざめき。それ以外の音を持たない静かな頭沢に、ポケットの中の霊虫《れいちゅう》の鳴き声が小さく響いていた。

と、その時、ふと脳裏によぎるものがあった。

霊虫《れいちゅう》が鳴いているということは、まさか優一くんも――いや、そんなはずはない。現に、私は今サングラスを掛けていないではないか。鳳崎の気に中てられたという、あの家の化け物の場合はともかくとして、霊感の無い私に幽霊が視えるはずがない。だというのに……この違和感は何なのだろう？

無表情で、無感情で佇むその姿は、どこか人間離れしたものを感じさせた。

まるで、何か別次元の存在が憑依《ひょうい》しているかのような――不意に、思い出す。優一くんが、とんでもなくヤバいモノに魅入られている可能性があるということを。

そして、それは、それこそが、この朽無村に巣食う、シラカダ様。

鳳崎は、お社には何も危険は無いと言っていた。それは、お社にはシラカダ様が存在していないということを指していたのではないか。故に、陽菜ちゃんの影が現れるまで、霊虫《れいちゅう》は鳴かなかったのではないか。となれば、幻影で見た六年前の夜に山賀家の中で唯一生き残った優一くんは、その時からシラカダ様に魅入られて――いや、取り憑かれていて、霊虫《れいちゅう》は、それに反応して――、

「……泣いてるの？」突然、優一くんが口を開いた。

「えっ？」慌てて頬に触れると、私はいつの間にか、涙を流していた。

「……顔、汚れてる。腕も、服も……何があったの？」そう続けられた瞬間、

「そっ、それはっ、こっちの台詞だよっ！　何があったの？　六年前、急にいなくなったと思ったら、今になって、それっぽい人影を見かけてっ……変な人が来て知らないかって訊いてきたから、もしかしたらと思って家に行ってみたら、怖い目に遭うしっ、なぜかその変な人がいるしっ……その人と一緒に色々調べてたら、村のみんなが酷い人たちだったって分かってっ……逃げ出したら、ここにいるしっ……！」

堰《せ》き止めていた思いが、言葉となって、涙となって、激流のように溢れた。とても抑えられるものでは、私一人で受け止められるものではなかった。いや、誰か一緒に受け止めてほしかった。ありとあらゆる疑問も、この恐怖も、悲しみも。

えぐえぐと嗚咽《おえつ》混じりに泣きながら、肩で息をしていると、

「……知ってるの？　その……六年前、何があったのか」

やはり無表情で、優一くんが訊いてきた。

「……うん。知ったのは、ついさっきのことだけど」

「……そっか」優一くんは、視線を落とした。悪いことをしたのは私たちの方なのに、まるで自分が悪いことをしてしまったかのように。

「ごっ、ごめんなさいっ……優一くんのお父さんもお母さんもっ……陽菜ちゃんまでっ……村の人たちがっ……」状況のおかしさに気が付いて、慌てて謝った。本来ならば、泣きたいのは優一くんの方なのに。こんな村に越してきたばっかりに、悍ましい因習に巻き込まれて、家族を殺されて。

私はまだ、奪われたわけではない。でも、優一くんは既に奪われているのだ。村の人たちによって、自分の平穏な人生を。

「ごめんなさいっ……ごめんなさいっ……」泣きながら謝り続けていると、

「……真由美ちゃんは、何も知らなかったんでしょう？」

「うっ……うんっ……」

「じゃあ、泣かないで」

「でっ、でもっ、だけどっ……」

「真由美ちゃんは、悪くないから」そう言われた瞬間、また涙が溢れてしまった。優一くんは無表情のままだったし、本音ではないのかもしれなかったが、それでも、私を気遣ってくれたことが、許してくれたことが、嬉しかった。

「ゆっ……優一くんっ……」気が付くと、私は一歩踏み出していた。胸の奥が寂しく疼いていて、拠《よ》り所《どころ》を欲していた。そのまま、歩み寄って、優一くんに――、

「待って」突然、優一くんが呟いた。

「えっ？」

「それ以上、近付いたら――」

――キイインッ！

ポケットの中で、霊虫《れいちゅう》が突然、一際強く鳴いた。かと思うと、

「うっ……」優一くんが苦し気に呻き、下を向いてブルブルと震え始めた。肩を強張らせ、拳を握り込み――まるで、必死に痛みを耐えているかのように。

「ゆ、優一くん？　どうし――」

「離れてっ……！」振り絞るように優一くんが言ったが、

「で、でも――」

「早くっ……！」そのあまりに鬼気迫った様子に、私は慌てて後ずさった。霊虫《れいちゅう》は、先程までとは比にならないほど強い鳴き声を発し続けていた。

「ぐうっ……」とうとう、優一くんの膝が折れそうになった時、

――キイイイイッ！

霊虫《れいちゅう》が、絶叫するかのように鳴いて――それっきり、うんともすんとも言わなくなってしまった。

何が起きているのか分からず、困惑していると、

「……え？」目の前の光景に、不可解な点があることに気が付いた。

優一くんの左肩に、手が乗っている。まるで、誰かが後ろに――そんなはずはない。優一くんの背

後には、誰もいないのだから。

不意に、その手がするりと優一くんの胸元に伸びた。かと思うと、右肩の方から別の腕が現れて、優一くんの首を抱きすくめて――いや、首だけではなかった。優一くんの脇の下からも、一対の腕が伸びている。それは、後ろから抱き着いているかのように、優一くんの胴に手を回していた。

その不可解な光景から、目が離せなかった。主が不在の、不気味なほど白く、細く、艶《なま》めかしい動きをする四本の、二人分の腕が、優一くんを抱きしめている。愛《いと》おしそうに。離さない、逃がさない、とでも言いたげに。

一体、何が起きて――と、その瞬間、

「ひっ……！」身体から一気に力が抜け、へなへなと地面にくずおれた。

――見られている。この世のものではない、悍ましいモノに。

優一くんの背後、肩の上辺りから、強烈な視線を感じた。ギョロと、憎悪を滲ませた無数の視線を。

それは、目には視えなかった。そこにあるのは、あくまで虚空だった。だが、そこに無数の目が並んでいるのを、ひしひしと感じた。尋常ではない恐怖と共に。

その感覚は、霊感の有無など、まったく関係が無いように思えた。

私のような人間にすら知覚できるほど強大で異様な、この世の理《ことわり》から外れた存在。それが今、私を見つめている。無数の視えない目から、憎悪を向けられている。

「あ……ああ……」へたり込んだまま、ザリザリと後ずさりをしていると、

「ぐっ……」優一くんが、ブルッと身を震わせた。途端に、無数の視線の気配が少しずつ消えていき
——優一くんを抱きしめていた腕たちが、するすると背後へ引っ込んで行った。

視界から異様なモノが消え失せたことにより、場に張り詰めていた緊張の糸が切れ、恐怖によって麻痺《まひ》していた感覚が元に戻り、水の音や竹のさざめきがまた耳に入ってきたが——霊虫《れいちゅう》の鳴き声だけは、いつまで経っても聞こえなかった。

「はっ、はっ、はあっ……」

優一くんはしばらく、膝に手を突いて息を整えていたが、やがて、

「……ごめん」と無機質に呟いた。

「……い、今の……何？」呆然としながら訊いたが、

「……なんでもないよ」それだけ言うと、優一くんは伏し目がちに黙り込んだ。

今のは、まさか……私は、優一くんに取り憑いている、とんでもなくヤバいモノの片鱗《へんりん》を垣間見たのだろうか？　だとしたら……一体、アレは何だ？

二人分の腕に、無数の視線。今までに体感したことのない、強い憎悪。

とんでもなくヤバいモノ——シラカダ様は、一体どういう存在なのだ……。

鳳崎が言うには、シラカダ様は五穀豊穣の神や、村の守り神と呼べる存在ではないらしい。はっきりとしているのはそれだけだ。

だが、ひとつだけ、確信した。アレは絶対に個の存在ではない。無数の得体の知れない何かが寄り

集まって、もっとずっと恐ろしく、悍ましい存在に成り果てているのではないか。でなければ、あれほどの憎悪を含んだ視線を――、

「……真由美ちゃん、大丈夫？　立てる？」

「う、うん……」よろよろと立ち上がると、足元でコトンと音がした。見遣ると、ポケットから零れ落ちたのか、竹筒が転がっていた。震える手でそれを拾い上げると、

――パキンッ
「あっ……」何の前触れもなく、竹筒が真っ二つに割れた。かと思うと、中からひとつまみほどの灰が溢れ、指の間をサラサラと零れ落ちて行った。

……中にいた霊虫《れいちゅう》が、死んだ？　確かに、さっき、断末魔の叫びのような鳴き声を上げていたが、陽の光にも大気にも触れていないのに、どうして。

わけも分からず、呆然としていると、

「……ごめん、僕に近付かないで。その……抑えつけられないから」

優一くんが、また無機質に呟いた。何を、とは怖くて訊けなかった。一定の距離――三メートルほど――を保ったまま、無言で頷く。理屈は分からないが、従うしかない。あんな恐怖を味わうのは二度とごめんだし、何より、優一くんを苦しめたくない。あんなにも辛そうに……え？

優一くんは、汗ひとつ掻いていなかった。さっきまでの苦悶《くもん》が嘘のように、平然としている。不気味なくらいに、無表情で。それだけでなく、優一くんは纏っている雰囲気がどこか……冷たく艶めかしいものになっていた。容姿は変わっていないのに、物憂げな目が、白い肌が、細い腕が、妙に妖し

く、それでいて冷ややかで——少しだけ、怖くなった。

今、目の前にいる優一くんは、本当に優一くんなのだろうか？

……まさか、とっくに優一くんは、シラカダ様に——、

「……真由美ちゃん」

不意に、優一くんが私を見据える。無意識に、こくりと喉が鳴った。

「その竹筒……さっき言ってた変な人って、もしかして、鳳崎さんって人じゃない？」

「え？　う、うん」

「ああ、そっか。やっぱり……」優一くんは変わらず無表情だったが、何かを納得した様子だった。

そのまま、足元に置いていた黒いリュックを拾い上げて背負うと、

「えっと……その鳳崎さんって、今どこにいるか、分かる？」


それから私は、水辺で身体と衣服の汚れを洗い流してから、優一くんを連れて頭沢を後にした。先程のような得体の知れない危機を回避する為に、慎重に一定の距離を保って小道を歩いた。途中、何度も振り返っては、優一くんがちゃんとついてきているか確認した。消え失せてしまっているのではないか、という不安に駆られて。

それほどまでに、優一くんの姿が希薄なものに思えたからだ。物も言わず、無表情で無機質に歩くその姿は、まるで影のような……陽炎のような……。

——幽鬼。

ふと脳裏に浮かんだのは、そんな言葉だった。つい最近、ホラー小説を読んで知り、辞書で引いて調べてみた言葉。

死者の霊魂。また、幽霊、亡霊。そういった意味があったが、今の優一くんの佇まいは幽霊よりも亡霊よりも、幽鬼という表現が似合っている気がした。

そんなことを考えている内に小道を抜けた。身をかがめて、そろそろと村の方を窺ったが、九十九折りの坂道には誰の姿も無かった。母がみんなに知らせて総出で村中を探し回っているのではないかという懸念があったが、そういった気配は感じられない。未だに辰巳が母を押さえつけているのか、それとも……諦めてくれたのだろうか。そうであってほしいが分からない。

そういえば、今一体何時なのだろう。携帯を奪われているので時刻が分からない。太陽は既に真上から傾いた位置にあるが……。

「優一くん、今何時か分かる？」

「うん。えっと……」優一くんは、ポケットから白い携帯を取り出した。

「け、携帯持ってたの？　だったら警察に電話をっ――」

「……ごめん、ずっと圏外なんだ」

「えっ？　もしかして、ドコモじゃないの？」

「うん」

そんな……。がっくりと肩を落とした。朽無村はドコモしかまともに電波が入らないのだ。ａｕやソフトバンクでは、携帯を持っていないも同然だ。

「……ごめん」

「い、いや、大丈夫だよ」無理もない。都会の人からしたら、思いもしないことなのだろう。一社しか携帯の電波が届かない土地があるなんて。気を取り直して、

「それで、今何時？」

「えっと……」優一くんが、パキンと携帯を開き「四時四十一分だね」と答えた。

その姿は、やはりどこか冷たく、妙に艶めかしく、幽鬼じみていたが、同時に、とても身近な存在にも感じられた。白い半袖のシャツに、黒い無地のチノパン。飾り気のない黒いリュック。運動靴っぽいタイプの白いスニーカー。登校中の学生と言われても違和感が無い格好。六年前の夜に何も起きなかったら、この村に忌まわしいモノが巣食っていなかったら、今もこんな感じの優一くんと一緒に学校に通っていたのだろうか？　あの楽しかった頃の延長線のような青春を送れていたのだろうか？

「……真由美ちゃん？　どうしたの？」

「ううん。なんでもない」無意味なことを考えるのをやめて、向き直った。

虚しくなるだけだ。悲しくなるだけだ。

改めて、村の方を窺う。もう五時前なのか。気を失っている間に随分と時間が経っていたらしい。まだサトマワリが始まる六時まで時間はあるが、問題は村の人たちがどこにいるかだ。公民館にはいないようだったが、各々の家にいるのか、お社に集まっているのか、それとも、これから向かわなければならない川津屋敷に集まっているのか。

もし、そうだったとしたら、鳳崎に会うという目的が達成できない。

　優一くんが何を考えているのかも、会って何が起きるのかも分からなかった。だが、優一くんが鳳崎に会うことを望んでいるのなら――外部に連絡するという手段が無いのなら尚のこと――それに従うしかなかったし、もう鳳崎以外に頼れる者がいなかった。村の外の人間であり、私を取り巻くこの一連の異様な状況にも理解がある人間。そして何よりも、鳳崎が優一くんに取り憑いているシラカダ様をどうにかできるのなら――と、その時、不意に石段の上、頭原の方から微かに喧騒が聞こえてきた。

　耳を澄ます。声色からして……どうやら、お社に男の人たちが集まっているようだ。あの考えるのも悍ましい宵の儀とやらの準備をしているのだろうか。ぎゅっと拳を握り込み、奥歯を噛みしめる。

「私が先に行くね。門の所で中の様子を見るから、安全だって分かったら合図する」

「うん、分かった」

　再度、耳を澄まし、人が来るような気配がないか確認してから、足音を立てないように、そそくさと坂道を駆け抜けた。

「ふぅっ……」川津屋敷の門まで辿り着くと、中の様子を窺った。敷地内には誰の姿もない。屋敷の中にもいないのか確認しようと、またインターホンを押そうとしたが、土蔵の中に入りさえすればいいのだから別にいいかと思い直して、下方に見える村の家々を気にしながら、優一くんに合図を送った。軽やかな足取りで駆け下りてきた優一くんと、お互いの距離に気を付けながら合流すると、コソコソと中に入り込み、敷地の縁を沿うようにして土蔵の横まで向かう。陰から屋敷の方を窺うが、人が大勢集まっている気配は感じられなかったので、優一くんに目配せをして、サッと飛び出した。土蔵の重たい引き戸をギイイッと半分開くと、するりと中へ入り込む。

距離を取らなければならない為、扉を開けたまま、後ずさるようにして離れた。安全圏を確保し、ふうっと息をついて中へ向き直ると、相変わらず柱に縛られたままの鳳崎が、ぐったりとこちらを睨んでいるのに気が付いた。

「……行ってきたのか」

無言で頷くと、鳳崎は私の乾いた顔色を見てすべてを察したのか、俯き気味に小さくかぶりを振った。

きっと、鳳崎は危惧していたのだろう。六年前の真相——この村の悍ましい真実を知ったら、私がどうなってしまうのかを。だからこそ、お社で暴れた時、咄嗟に私を見て、真相をつまびらかにすることを躊躇ったのだろう。

今にして思えば、あの暴力行為には正当な理由があったと分かる。山賀家の殺害に加担した義巳さんたちと、実行犯でもある義則さんを、怒りのままにぶちのめそうとしたのだ。

そう考えると、より一層、鳳崎が信頼に足る人間だと思えてきた。粗暴で、野蛮で、激情的だが、他者を思いやる心はきちんと持ち合わせている。他者の人生を自分たちの都合で平気で捻《ね》じ曲げようとする村の大人たちとは違って。

「……あなたも、手を繋いだの？」

「……ああ、小さいのがいただろ。あいつが全部教えてくれた。その時、俺の気に中てられて、姿が濃くなったはずだ。お前みたいな奴にもグラサン越しに視えて、自分の思念と記憶を伝えられる程度にはな」原理は分からなかったが、否が応でも理解するしかなかった。実際に、その通りのことを経験したのだから。

「あいつの魂は、この世に留まれる素質があったんだろう。死後も影になって、ずっとあそこにいたんだ。その鎖になっていたのは、恐らくだが、知ってほしいという感情だろうな。自分たちの身に起きたことを」

「陽菜ちゃん……」目に涙が滲む。六年もの間、ずっとあんな場所に、両親の亡骸《なきがら》と共に留まり続けていたなんて。どうして気付いてあげられなかったのだろう。もし、あの夜、私が陽菜ちゃんたちを止められていたら……。

「……オイ。色々と思うことはあんだろうが、とりあえず解け」

鳳崎に言われて、溢れそうになった涙を拭った。

「ちょっと待って。その前に……」横に身をずらすと、入口の方を向く。すると、私たちの会話が終わるのを待っていたかのように優一くんが土蔵の中へと入ってきた。

「お前っ……」顔色を変える鳳崎を尻目に、優一くんはギイイ……と重たい引き戸を閉めた。ゆっくりと向き直ると、鳳崎の方へと歩み寄って行く。やはり三メートルほど手前で足を止め、無表情で鳳崎を見下ろす。

途端に二人とも黙り込んだので、どうなるのだろうと固唾を呑んでいると、

「……このクソガキが。てめえ、自分が何やったか分かってんだろうな？」

鳳崎が、沈黙を破った。

「……ごめんなさい」

「謝って済むか、ボケ。俺たち文蘭寺派《ぶんらんじは》にとっちゃ、一大事だぞ。とんでもねえことしでかしやがって……。あのハゲも珍しく慌ててやがった。終いには自分で迎えに行くとか言い出しやがったが、あんな身体で来れるわけもねえから、どうにか黙らせて俺が代わりに来たんだ。……まあ、俺しかいなかったんだろうがな。もしもの時に、アレを相手にできる奴なんて」

「やっぱり、そうだったんだ……。宇多川《うたがわ》先生、怒ってた？」

「キレてた方がまだ良かった。いい歳こいたおっさんがめそめそ泣くとこなんざ、見れたもんじゃねえよ」優一くんが俯く。相変わらず無表情だったが、その物憂げな目はどこか、後悔の念や罪悪感を抱いているように見えた。

「んなこたあいい。それより、ブツはどこにある。そのリュックの中か？」

「……うん」

「見せろ」鳳崎に言われるがまま、優一くんはリュックを下ろすと、中から随分と奇怪な代物を取り出した。それは抱えて持つほどの大きさがある円柱状の物体で、表面にまるで包帯のようにぐるぐると白い布が巻かれていたのだが、その布地に、びっしりと判読不能の奇怪な文字が書き連ねられていた。どこかで見たような……そうだ。あれは、鳳崎が身体に入れていた謎の刺青と同じ、梵字ではないか。魔除けの効果があるという――と、その時、触れてもいないのに、その白い布がはらりと緩んで解け、中身が露わになった。枯れ色の、艶やかな表面。あれは……大ぶりな、竹筒？

「お前っ……まさか、開けたのか？」不意に、鳳崎が緊迫した声を上げ、

「……うん」と優一くんが頷いた。途端に、鳳崎の顔からサアッと血の気が引いた。かと思うと、瞬時に鬼のような形相になり、

「なんてことしやがった！　このバカ野郎がっ！」

「ちょ、ちょっと！」慌てて制した。それほど、鳳崎が発した怒号は大きかった。土蔵の外にまで聞こえたのではないかと思うほど。だが、尚も鳳崎は、

「このクソガキがっ……なんてことしやがったっ……クソッ、クソッ……！」

と、怒りを露わにしていた。

「ね、ねえ。よく分かんないんだけど──」

「お前は黙ってろ！」と一喝され、すごすごと黙り込んでいると、

「……ごめんなさい、鳳崎さん」優一くんが、また無表情で無機質に謝った。すると、鳳崎は獣のように息を荒らげながら、だが、どこか納得したかのように、

「お前っ……そうか。だから、そんなツラしてやがんのか」

「……うん」

「いつだ。いつ、どこで開けた？」

「……昨日の朝、この村で」

「フン、どこに隠れてたか知らねえが、耐えるのに一日かかったのか？」

「うん。痛くて、ずっと動けなかったよ。半分くらい、気絶してたと思う」

「今は？」

「……大丈夫。人がすぐ傍まで近寄ってこなければ、出てこない。僕の意思で抑えつけられてるのかは、分からないけど」

「……クソッ」鳳崎が舌打ち交じりに吐き捨て、ようやく私はそこで、

「……何が起きてるの?」と二人に震えながら訊いた。

「お前、さっきこいつに会ったのか? 会ってから、ずっとこんな感じだろ。怒りも笑いも泣きもしねえ」答えたのは鳳崎の方だった。優一くんは無表情で俯いていた。

「う、うん」

「無理もねえ。魅入られてるどころじゃなくて、取り憑かれてんだからな。感情なんか、表に出せるはずがねえ」

「そ、それって——」

「言っただろうが。とんでもなくヤバいモノだ。その中に封じ込めてたが……クソッ……もう、手遅れかもしれねえ」

……………手遅れ?

「そ、そんなっ……。あ、あなた、どうにかできるんでしょう? さっき、自分にしかできないから、迎えに来たってて っ……」

「……俺は、相手にできるって言っただけだ。助けられるとは言ってねえ」

そんな……優一くんが、手遅れ? もう助けられない? それはつまり……嫌だ。そんなのは、嫌だ。なんで、どうして。せっかくまた会えたのに。六年前、山賀家を襲った魔の手から、ただ一人逃

れられたのに、生き残ったのに。

　シラカダ様は、優一くんまで取り殺すというのか――――、

「なっ、何なの？　あんな偉そうなこと言っておいて、今更手遅れって、どうにもできないって……優一くんを助けられないってどういうことなのっ！」気が付くと、私は涙声で鳳崎を怒鳴りつけていた。外にまで聞こえたかもしれなかったが、それどころではなかった。優一くんを救うはずが、もうどうにもならないなんて――――。

　当の鳳崎は、弁解の余地もないのか、下を向いて黙り込んでいた。

「……真由美ちゃん」

　不意に、優一くんが口を開く。

「鳳崎さんは悪くないよ。これは、僕が自分で選んだことだから」

「で、でもっ……」

「全部、覚悟の上なんだ。だから、ここまで来たんだよ。……終わらせなきゃいけないと思って」

　その、分かるようで分からない言葉と向けられた眼差《まなざ》しに、私は何も言えなくなってしまった。優一くんの恐ろしいほどに澄み切った黒い目に映っていたのは、私ではなく、儚《はかな》く、冷たく、妖しい危うさを感じさせる、冥《くら》い意志だった。

　終わらせる？　何を？　分からない、分かりたくない、でも、薄々分かっている。

　きっと、あの竹筒に、さながら霊虫《れいちゅう》のように封印されていたのは、優一くんに取り憑いていたシラカダ様で。恐らく、それは六年前、鳳崎のような人間の手によって封印されて、この六年間は何事も

なく無事に過ごせていて。けれど、それは見せかけだけで。シラカダ様の穢れは完全に祓えていなくて、優一くんは引き寄せられるように、この朽無村へ戻ってきた。封印されていたシラカダ様と共に。優一くんが終わらせようとしているもの。それはきっと、自分を蝕《むしば》む、シラカダ様という名の呪い。

そして、その結末は……。

「そんなの、いやっ……優一くんまでっ……」嫌というほど流れた涙が、また溢れそうになっていた。

そんな私を、優一くんは変わらない眼差しで見つめながら、

「……いいんだ。僕は、もう。だから鳳崎さんを責めないで。勝手なことをしたのは僕の方なんだ。僕が色んな人を巻き込んで大変な迷惑を掛けちゃったから。それに……これから、きっと真由美ちゃんにも迷惑を掛けることになる。僕の中にいる――」

「言うなっ！」突如として、ずっと黙り込んでいた鳳崎が優一くんを遮った。

「……分かってるよ。言ったら、どうなるのかは」

「いいか、絶対に口走るなよ。忌み名の方も、あだ名の方もだ」

「あだ名も？」

「ああ、念の為にだ。お前の口からは、絶対に言うな」

「……分かった」また私には分からない会話が行われ、一人、疎外感を覚えた。私も、十二分に一連の事態に関わっているというのに。

肩に力が入る話ばかり聞いていたせいで限界が来たのか、それとも変に状況に慣れてしまったのか、急に涙が引っ込み、頭の中がスッと澄み切った――というより、開き直ったような気分になった。

短く息をつくと、

「ねえ、いい加減にしてよっ。さっきから、二人にしか分かんないことばっかり。私は関係ないっていうの？」

「そういうわけじゃないけど……」

「ろくでもねえ目に遭いたくなかったら、口出しすんじゃねえ」

「もう遭ってるし」

「……ごめん」

「……フン」話している内に、私たちの間に少しだけ余裕が生まれていくのが分かった。

もう、ここまで来たら、泣き言を垂れていても仕方がないのだろう。それぞれが、散々な目に遭った。それを呑み込んで、今この場に集まっているのだ。めそめそと泣いている場合ではない。ともかく事態を進展させなければ。

「本当にごめん、真由美ちゃん。でも、これ以上巻き込むわけにはいかないんだ。これに関してだけは――」

「もういいよ。関わるなって言うなら、あれこれ訊かないから。それより、優一くん。この男に会ってどうするつもりなの？」

鳳崎が、露骨に顔をしかめて私を睨んだ。

「えっと、その……特に理由は無かったんだけど、縛られてるっていうから、助けようと思って」

「理由がねえってなんだ、コラ。っつうか、お前ら、さっさと解け」

「あ、真由美ちゃん。お願いできる？　僕……」

「ええ……」私は露骨に嫌そうな顔をし返してやりながら、鳳崎の元へ向かった。その辺にあった草刈鎌を手に取り、藁縄に刃を当てて引き切る前に、

「優一くんに手を出さないでよね」と釘を刺した。さっきの暴れ様からして、自由にした瞬間に殴り掛かりそうだったからだ。が、鳳崎は存外に大人しく、

「出せるか、ボケ。あいつには今――」

「……何？」

「……なんでもねえ。さっさと切れ」

私は鳳崎の猛禽類のような鋭い眼光を湛えた目に、ほんの一瞬だけ怯えの色が映ったような気がしたが、追及はせずに、藁縄を切って自由の身にしてやった。すると、鳳崎は礼のひとつも言わずに「フン……」と鼻を鳴らして手首をさすった後、地面に散らばっていた荷物を片付け始めた。なぜか真っ先に手を伸ばしたのは黒いヘッドホンで、繋がったままのウォークマンを使って壊れていないか、やけに慌ただしく、それでいて入念に確認していた。どうやら無事だったようで一安心したのか、それを丁重にトートバッグにしまうと、今度はやけに淡々とした様子で他の物も一緒に詰め込み始めた。が、あの濃青の香水の瓶を手に取った時、不意に私の方を睨んだ。

「……何？」と訊いたが、鳳崎は無言でトートバッグから新品らしきタオルを取り出すと、過剰なほどに香水を振りかけ、私に差し出してきた。

「これを首に掛けとけ」おずおずと受け取り、言われた通りに首に掛けると、刺々しいミントの香り

でむせ返りそうになった。思わず、スルッと首から外すと、

「我慢しろ。首に掛けたままにしとけ」と注意された。

「どうして?」

「いいから、言われた通りにしろ」

仕方なく、タオルを首に掛け直す。息をする度に、キンキンに冷えたハッカを鼻から突っ込まれたような感覚が襲い、肺の奥がピリピリとした。目にまで行き過ぎた清涼感が染みてくる。

どうにか慣れようと目を瞬かせていると、片付けを終えたのか、鳳崎がトートバッグを手に立ち上がった。いつの間にか身だしなみを整えたようで、顔の血は拭われ、荒れていた長髪は、またぴっちりとジェルで撫でつけられている。

「ねえ、携帯は持ってないの?」

「あのクソゴリラに盗《と》られた」

クソゴリラというのは、きっと義則さんのことだろう。となると……。

「とりあえず、警察に連絡しないと。誰もいないか確認して、ここの電話で——」

「待て。その前に」鳳崎は大きな竹筒をリュックにしまい直していた優一くんに、

「……優一、お前がやろうとしてることは、なんとなく分かってる。六年前、お前の身に起きたことを考えりゃあな。無理もねえだろう。だが……だとしても、お前を止めるのが俺の仕事だ」

優一くんはリュックを地面に置いたまま立ち上がると、鳳崎に向き直り、

「……鳳崎さん。でも——」

「その結果、どういうことになるのかは分かってるはずだ。だからこそ、躊躇ってるんじゃねえのか。やろうと思えば、いつでもできたはずだ。この村に着いた時点でな。なのに、お前はやらなかった。そのわけは、こいつを見かけたからか？」

鳳崎が私の方を顎でしゃくった。

「えっ？」そういえば、私は一昨日、尾先の集落で優一くんっぽい人影を見ていた。見間違いかと思っていたが、時系列を考えれば既にその時、優一くんは村にいたことになる。そして、遠巻きにだが、私を目撃したことになる。その時に……躊躇った？

おずおずと優一くんの方を窺うと、伏し目がちに俯いていた。否定も肯定もせずに。途端に、胸の奥が疼き始める。六年ぶりに私を見かけて、何を思ったのだろう。

「……フン、まあいい。ともかく、早まるんじゃねえぞ。お前はまだ、引き返せる段階にいるかもしれねえんだ」

「えっ？」思わず、声が出た。優一くんも、

「……もう、手遅れなんじゃなかったの？」と顔を上げる。

「確かにアレを完璧に祓うことはできねえが、宇多川のハゲが総本山の連中に頼み込めば、やれるだけのことはやってやれるかもしれねえ。癪《しゃく》な話だがな。それに、俺がハゲから受けた依頼は、お前を無事に連れ戻すことだ。だから、馬鹿な真似を……俺の顔を潰すような真似をすんじゃねえぞ」

鳳崎は、脅すというよりは諭すように言った。が、優一くんは、伏し目がちに口を結んだまま、返事をしなかった。

「大体、なんで今まで黙ってたんだ。自分の身に起きたことを。言ってりゃあ、こんなことにはならなかっただろうが。俺たちに任せても、どうにもならねえと思ったのか？　それとも、周りに迷惑を掛けるわけにはいかないからとか、そんな理由か？」

それを見かねてか鳳崎が続ける。が、やはり優一くんは黙り込んだままだった。

「言いたくねえってか。フン、そうか、そうだな。お前はそういう奴だったな。ガキの癖に、いつも一人で抱え込んで、自分だけでどうにか解決しようとしやがる。だが、今回ばかりは度が過ぎてるぞ。その身に抱えてるモノのヤバさも知らねえで」

鳳崎が声を尖らせると、優一くんはようやく、

「……ごめんなさい」とだけ、絞り出すように言った。

「フン、ちったあ分かったか？　ヤバいモノに取り憑かれてるっつうことの辛さが」

「……うん。こんなに苦しいとは思わなかった。やっぱり鳳崎さんって凄いんだね」

「今更気付くんじゃねえよ、タコ」途端に場がしんとしたので、その隙をつき、

「ねえ、深入りするなって言うのならもうあれこれ訊かないけど、結論だけ教えて。もしかして、優一くんを救えるかもしれないの？」

先程から、ずっと気になっていたこと――鳳崎さんって凄いんだね、という言葉の意味も気になるが――を訊いた。すると、鳳崎がぶっきらぼうに、

「ああ。だが、勘違いするな。救えるかどうかは分からねえが、焼け石にかける水を増やすくらいのことはしてやる」

「……っ！」ほんの少しだけ、心に希望が灯《とも》った。どういう状況なのかも定かではないが、たとえ僅かでも優一くんが助かる可能性があるのなら、今はそれだけで十分だ。

「さて……」鳳崎は砂埃にまみれた服をパンパンとはたくと、あの香水を首元と服に入念に吹きつけた。まるで、武装するかのように刺々しいミントの香りを纏い直すと、グイッとオールバックの髪を両手で撫でつけ、

「警察沙汰にする前に色々とコトをはっきりさせようじゃねえか。その為にまず、今現在分かってることを共有するぞ。それと後は……足りねえ役者を揃えるとするか」


「あっ、来たっ」川津屋敷の入口側に面した格子窓から顔を引っ込める。

「一人か？」

「うんっ」と頷くと、鳳崎は手にしていた白い携帯を操作した。

――ピリリリリリリ……

飾り気のないアラーム音が控えめに、だが、はっきりと響き渡る。恐る恐る格子窓から様子を窺うと、門から入ってきた人物は突然の事態に顔を曇らせて立ち止まっていた。が、一向に鳴り止まないアラーム音を不穏に思ったのか、とうとう土蔵の方へと歩いてきた。目配せで鳳崎に合図を送ると、よじ登っていた脚立から降りた。音を立てないように扉の方へ向かうと、予《あらかじ》め用意していた鋤《すき》を手に取り、真横の壁に張りつくようにして待機する。どうにかこれを使わずに済みますようにと祈っていると、ギイイ……と扉が開いた。開けた人物が、正面奥の柱に縛りつけているはずの鳳崎の姿が無い

ことに気が付いたようで「ああっ……！」と中へ踏み込んでくる。瞬間、私の反対側に待機していた鳳崎が、その人物の腹に思い切り蹴りを喰らわせた。

「ぐぶうっ……！」と嗚咽を漏らし、その人物は身を折り曲げた。間髪を容《い》れず、鳳崎がその首根っこを摑んで打ち捨てるかのように倒れ込ませる。私は万が一の事態に備えて構えていた鋤を置くと、急いで扉を閉め、外目からは異常が無いようにした。

「オイ」鳳崎が無様に倒れ込んでいる人物に声を掛けた。が、痛みで返事をすることもままならないのか、ひゅうひゅうと息荒く呻くだけだった。

「チッ……」鳳崎は、また首根っこを摑むと、ずるずると引きずり、さっきまで自分が縛りつけられていた柱にドチャッと叩きつけた。その人物は「ぐうっ……」と呻くと、ぐったりと足を放り出して尻もちをついた。

「ううっ、げほっ……ぐうっ……お、お前は――」

「黙れ」ようやく苦し紛れに声を発した人物の鼻先に、鳳崎は予め手にしていた大鉈の刃を突きつけた。

「死にたくなけりゃ、大声出すんじゃねえ。川津屋敷の当主サンよ」

その人物――義巳さんは、ひとまず自身の置かれている状況を呑み込んだのか、ヒュッと喉を鳴らした。かと思うと、横にいた私の方を一瞥し、

「な、なんで真由美ちゃんが……」と目を見張った。

「……教えてっ。私のお母さんから何か聞いちょう？　辰巳は、今どこ？」

義巳さんは呆然としていたが、鳳崎から大鉈で小突かれ、

「さ、早苗ちゃんからは、公民館で今日の夜のことを言うたら倒れたき、家でまたちゃんと説明し直すとしか聞いちょらんっ。辰巳もその後、真由美ちゃんを抱えて、早苗ちゃんと一緒に家に行ったはずっ」と慌てて答えた。

「私が家から逃げたとか、聞いてないんやねっ？　みんなで私を探しよるわけじゃないんやねっ？」

語気を強めると、義巳さんはこくこくと頷いた。

ほっと息をつく。どうやら、私は血眼で捜索されているわけではないようだ。それが母の思慮によるものなのか、辰巳の抑止力によるものなのかは定かではないが。

「ここに他の連中は来るか？　六時からサトマワリとかいうクソ行事があるんだろ」

「こ、来んっ。さっきまで、お社で準備しよって、とりあえず戻ったところで、ここには誰も来やせんっ」

「本当だろうな？」

「た、辰巳は知らんが、妙子は河津酒屋の仕込みの手伝いに行かせちょるし、義則はなんか用があるとかで尾先に行ったっ。やから、ここに戻ってくるもんはおらんっ」

……義則さんが尾先の集落に？　引っ掛かるものがあったが、

「じゃあ、てめえがギャアギャア喚いても聞きつける奴はいねえわけだな」

鳳崎は構わずに再度、大鉈を突きつけて凄むと「オイ、もういいぞ」と土蔵の奥の方に声を掛けた。

静々と、農機具の陰から優一くんが現れる。鳳崎が「おら」と白い携帯を投げて寄こすと、優一くん

はお互いの距離に気を付けながら、ゆっくりと私たちの元まで来た。義巳さんを囲むように、三人が並ぶ形になる。

　ふうっと息を吐くと、心臓を落ち着かせた。まさか、こんなにも鳳崎の計画通りに行くとは思わなかった。優一くんの携帯のアラーム音を餌に、首尾よくおびき寄せることができるなんて。それも、最も待ち望んでいた義巳さんを。

「な、な、何をするつもりかっ。お前たち、何を考えちょるんかっ」

「フン、それはこっちのセリフだ。てめえら、俺をどうするつもりだった。縛りつけて、暴力尋問しやがって、クソが」

　私たち三人を前にして酷く怯える義巳さんに、鳳崎はドスの利いた声で凄んだ。

「散々っぱら何を知ってるって訊いてきたが、どうせ最後には証拠隠滅目的で殺す気だったんだろ。六年前、村で起きたことを知ってるっつったらな。死体はどう処分するつもりだった？　六年前みてえに、あの小汚ねえ焼却炉に放り込んで燃やすつもりだったか？　ああっ⁉」

　途端に、義巳さんは顔を真っ青にして狼狽え始めた。

「な、な、何で、お、お前がそれをっ……」

「そこのガキに見覚えはねえか？　初めて来た時に写真でも見せただろうが」

　鳳崎が、優一くんを顎でしゃくる。

「し、知らんっ。どこん誰か、見当もっ……」

「オイオイ。まさか、本当に覚えてねえのかよ。村の連中も全員そんな調子だったが、自分たちに都合の悪いことは記憶から消しちまったってのか」

そう吐き捨てる鳳崎の横で、優一くんは無表情で義巳さんを見下ろしていた。すると、義巳さんが不意にハッと息を呑み、恐る恐る、

「ま……まさか、あん時の――」と零した。瞬間、

「優一、口を利くんじゃねえぞ。分かってるな？　お前の仕事は、抑えつけることだ」

と、鳳崎が口を挟んだ。優一くんは間を置いて、こくりと頷く。

「フン……やっと気が付いたか？　こいつは六年前、てめえらが村ぐるみで殺した家族の、唯一の生き残りだ」途端に、義巳さんはブルブルと震えたかと思うと、

「う、げえぇっ……」と嘔吐《おうと》した。ヨレヨレの見すぼらしい作業着が一層汚らしくなる。鳳崎はその様を忌々し気に眺めた後、下を向いて息を荒らげている義巳さんに、

「オイ、いい加減にしろ。てめえが吐くのはゲロじゃねえ」

と毒づき、大鉈の刃先を使って顔を無理矢理上げさせた。

「う、うぐっ……な、何を――」

「何もかもだ。てめえらが社で崇拝してる、あの白塗りの面に憑いてた悪霊のシラカダ様とやらは何なのか。毎年行ってる儀式は何の為のものなのか。なんで六年前にこいつの家族が死ぬことになったのか。全部、洗いざらい、吐けコラ！」


……遠い昔、ここから遠く離れた地に、とある集落があった。

　その地では、豊富な湧水量を誇る水源が存在していた故に、米作りが盛んに行われていたが、その集落の者たちは、水無《みずなし》と呼ばれて虐げられていた。水源から遠く離れた、水の流れ込まない枯れた土地に追いやられて、米作りどころかまともな農耕もできないような苦しい生活を強いられていたのだ。

　なぜそんな土地に追いやられたのかは定かではないが、水無《みずなし》の者たちは幾度も苦しい生活からの脱却を試みた。だが、周囲の者たちは許さなかった。水無《みずなし》の者には悉《ことごと》くまともな土地を与えず、田を持つことを禁じた。当然、水無《みずなし》の者たちは反発したが、古くから権力を有していた豪農の封建的な土地支配には敵《かな》わず、何代にも亘《わた》って苦しい生活を強いられ続けた。

　そんな時のことだった。水無《みずなし》の集落のとある一族に、一人の赤ん坊が生まれた。

　暑い暑い夏の盛りの日の夕刻に産声を上げたその赤ん坊は、真っ白な身体をしていた。肌も、髪も、瞳も、身体を構成する何もかもが神々しいほどに白かったのだ。それはまさしく、古来より神の使いとされている白蛇が、人の形をしてこの世に生まれ落ちたことを意味していた。

　一族の当主は、我が子である白い赤ん坊を掲げて、水無《みずなし》の者たちに告げた。蔑まれてきた我らに、神が救いの手を差し伸べてくださった。神は、自らの使いである白蛇を、我らの下に寄越してくださったのだ。この赤子は、神の使い、白蛇の化身の子だ、と。日々、救いの手を求めていた水無《みずなし》の者たちは熱狂した。自分たちに神が味方した、天運に恵まれたのだと。

　一族の当主が中心となり、水無《みずなし》の者たちは結束を強めた。白蛇の化身の子の存在は、虐げられてきた者たちの希望となったのだ。それはやがて、これまで受けてきた酷い扱いへの対抗意識にも繋がった。なぜ、神の使いを遣わされた自分たちが、不当な扱いを受けなければならないのか？　白蛇の化身が付いている自分たちは、もっと敬われなければならない存在なのではないか？　そう考えた水無《みずなし》の者たちは、それまでの暮らしを捨て、まったく別の地に移ることにした。自分たちは断じて虐げられるべき存在などではないと、苦しく貧しい生活からの脱却を試みたのだ。

そして、いくつもの山を越え、谷を越え、最後には海さえ越えて方々を彷徨《さまよ》った末に水無《みずなし》の者たちは安住の地を見つけた。それまで誰も寄りつくことの無かった深い深い山の中。大きな山と山との間に横たわった、沢が流れ込む小さな山の傾斜地。

白蛇の化身の子の一族が先頭に立ち、山を開墾した。森を切り開き、家を建て、石垣を積み、沢の水を引き込み、念願だった棚田を作り……村を立ち上げた。誰からも虐げられることの無い自分たちだけの村を。心機一転、苗字《みょうじ》も別のものを名乗ることにした。念願の水源がある地に移り住んだことを由来として〝カワヅ〟へと。

その中で、白蛇の化身の子の一族だけは、他の者たちが〝河津〟と名乗るのに対して〝川津〟と名乗るようにした。神の使いを遣わされた一族としての威厳を示すべく、村の上部に大きな屋敷を建てたことを由来として、川と河、自分たちの方がより水源に近い山の上に住んでいる、自分たちこそが村の源流であるという意味を込めて。そして、村の名前も蛇を意味する〝くちなわ〟と〝朽ちること の無き繁栄を〟という二つの意味を込め……こうして朽無村が誕生した。水無《みずなし》の者たちは晴れて、誰からも虐げられることの無い豊かな暮らしを手に入れたのだ。

川津と河津の者たちは少しずつ、新天地である朽無村を発展させていった。米を作り、田を広げ、子を生《な》し、家を増やし……中でも村の皆が生業とした米作りは一段と栄えた。村の田からは驚くほどに米が穫れたのだ。これを川津の一族の当主は、白蛇の化身の子がもたらした五穀豊穣の神力だと持て囃《はや》した。偶然にも、村は町と町とを跨《また》ぐ山越えの道中に作られたらしく、稀《まれ》に行旅の人々が訪れた。その人々が存在と隆盛を伝え、田を生業にしようと、村には他方からの人間も寄りつき、段々と賑わいを見せていった。ちょうどその頃、水無《みずなし》の者たちを率いていた川津の一族の当主が亡くなった。が、その息子であり、神の使いである白蛇の化身の子は、既に立派な青年となっていた為、満を持して世代交代が行われた。白蛇の化身の子が、新たに川津家、ひいては朽無村の当主となったのだ。それを機に、白蛇の化身の子は人としての名を捨て、新たに神名として、シラカダと名乗るようになった。

　自身の体色である〝白〟と、美しい、味が良い、めでたいという意味を持つ〝嘉《か》〟と、朽無村の暮らしの礎である〝田〟を組み合わせて、白嘉田《しらかだ》と。そして、村の者たちは敬意をこめて、自分たちの新たな当主を、シラカダ様と呼ぶようになった。

　その年から、サトマワリの催しが始まった。シラカダ様が誕生された夏の盛りの日——八月八日の夕刻に、村の当主、白蛇の化身であるシラカダ様が一族を率いて村中の家を巡り、五穀豊穣と朽無村の更なる繁栄を願って施しを行うというものだ。巡《めぐ》り唄《うた》や白色の祭事衣装、一筋縄の慣例などは、年々回数を重ねる毎《ごと》にシラカダ様を崇《あが》める村人たちによって肉付けされていった風習だと聞いている。その中でも特に重要とされたのは、村の当主たるシラカダ様の装いだ。威厳を示す白袴《しろばかま》やカシラ杖はもちろんのこと、シラカダ様の生い立ちにあやかって作られた白蛇の顔を模した面は、更なる威厳をと、村人たちがより力を入れて繕ったものだった。これが後に、シラカダ様の存亡に関わる重要な役割を果たすことになるのだが……。

年に一度行われるサトマワリによって、村は益々《ますます》栄えていった。シラカダ様のおかげで人も増え、田も増え、暮らしは豊かになり、朽無村は米どころとしても名を上げ……だが、そんな時、無情にも悲劇は訪れた。シラカダ様が殺されてしまったのだ。シラカダ様の命を奪ったのは、サトマワリの日に、たまたま村へ来訪していた一組の夫婦と二人の子という行商一家だった。行旅の途中、村の空き小屋に宿を借りていた一家は、偶然にもサトマワリの催しに居合わせ、シラカダ様の施しを受ける形になったのだ。村の者からしたら、神の使いであるシラカダ様の施しを受けることは、この上なく名誉のあることだった。だが、余所者である一家には、それを理解されなかった。そして、施しなど要らないと逆上した一家の主がシラカダ様を手にかけ……。

当然、シラカダ様の命を奪った一家は村人たちから許されるはずも無く、制裁を受けた。散々に痛めつけ、苦しめた挙句、果てには全員の命を奪ったが、心が晴れることは無く、川津の一族は途方に暮れ、村は悲しみに包まれた。今まで心の支えにしてきた、神の御加護を受け賜わった存在、朽無村の当主を失ってしまったと。

だが……その次の年のこと。シラカダ様亡き後も供養としてサトマワリを執り行っていた村人たちは、信じられない光景を目の当たりにした。

シラカダ様の代わりとして、先駆けを務めることとなった川津の一族の人間が、祭事衣装である白蛇の面を着けた瞬間、ガクンと身を震わせたかと思うと、突如として、髪が腰ほどまでに伸び、根本から白く染まっていき、面の穴から覗いていた目も、瞳が白く染まり……シラカダ様の姿へと変貌したのだ。

なんと、シラカダ様は白蛇の面に御霊《みたま》を宿されていたのだ。面を着けた者を依り代として、シラカダ様は再び現世に顕現することができたのだ。村人たちは歓声を上げた。シラカダ様が蘇られた、神は我らを見捨てていなかったのだと。しかし……シラカダ様はお怒りになっていた。どこの馬の骨とも知れぬ行きずりの一家に施しを拒否された挙句、殺されてしまったことにより、怨みを抱いてあの世から蘇られたのだ。

シラカダ様の怨みは、まず一家に宿を貸していた空き小屋の持ち主に向けられた。面を着けた川津家の人間は操られるがままに得体の知れない叫び声を上げると、その小屋主をひと睨みした。するとシラカダ様の神力によるものなのか、小屋主は身動きができなくなった。それだけではない。その場にいた、白蛇の面を見ていた者たちは皆ピクリとも動けなくなっていた。そして、シラカダ様は小屋主にぬらりと歩み寄ると、その手で首をギリギリと絞め上げた。咄嗟に後ろにいた、白蛇の面を見ていなかった者が止めに入り、その拍子に面が外れたことによって、シラカダ様の御霊が身体から抜け、川津家の人間は意識を取り戻したが、遅かった。小屋主は縊《くび》り殺されており、白蛇の面を見て身動きができなくなっていた者たちは次々に泡を吹いて倒れた。皆一様に気を失っていたのだ。その中には子供も幾人かいて、可哀相《かわいそう》に、シラカダ様の強い神力に堪えられなかったのか、命を落としていた。これを受けて、川津の一族は慌てて朽無村の頂上に社を造り、白蛇の面を御神体としてシラカダ様を祀った。

大々的に供養を行うことでシラカダ様の怒りを鎮めようと試みたのだ。だが……シラカダ様の怒りは鎮まらなかった。その年から村が災厄に見舞われるようになった。

それは、田の不作から始まった。なぜか夏の盛りを過ぎると、稲穂のほとんどが枯れ落ちてしまい、朽無村の生命線ともいえる米が、まともに穫れなくなってしまったのだ。それが何年にも亘って続き、村人たちは飢餓と貧困に喘《あえ》ぐこととなった。それだけなら、まだ偶然と思えるものだったが……確実に、シラカダ様が関与しているとしか思えない出来事が起こった。新たに村に誕生した子供たちが、何の前触れもなく、突然泡を吹いて命を落とすという怪事が相次いだのだ。それも、決まって八月八日の夕刻から夜にかけての間に。村人たちは恐れおののき、こう噂した。

シラカダ様は、サトマワリが行われる――自身の誕生した日であり、命日でもある――八月八日の夕刻から夜の間だけ蘇り、祟りとして村に災厄を及ぼしているのではないか。

事態を重く見た川津の一族は、どうにかしてシラカダ様を鎮めようと策を講じた。そして、その末にこういった考えに行き着いた。

シラカダ様は、死後も施しをしたがっているのではないか。災厄の対象となっているのは必ず、シラカダ様の死後に誕生した子供たちだった。つまり、シラカダ様は自らの施しを受けずに誕生してきた子供の存在を、許せないのではないか――これが、宵の儀の発端となった。

翌年、長らく休止していたサトマワリが催された。といっても、それはかなり形式を変えたものとなった。先駆けはシラカダ様の後を継いだ新たな川津家の当主が務め、白蛇の面は着けず、家々にも立ち寄らず、村の行進をするだけの形で行われた。そして、その一団に川津家の当主の元へ嫁入りをしてきたばかりの娘を参加させた。一連の事情を何も知らない余所の地から来た娘を。やがて夜になると、新婚である川津家の当主夫婦と河津姓の家の当主らが社に集まった。皆で車座になり、その中心に筵を敷いて娘を寝かせ、皆が固唾を呑んで見守る中、夫となる川津家の当主が白蛇の面を着けた。するとやはり、その身にシラカダ様が憑依された。そして……シラカダ様は娘に施しを与え始めた。川津の一族の予想通り、シラカダ様は死後も自身の血脈を村に残したがっていたのだ。それがたとえ、借り物――依り代の身体であろうと。

施しが無事に終わると、シラカダ様は満足したのか、依り代である川津家の当主の身体から抜けて天へと還《かえ》られた。その年、村に災厄が訪れることは無かった。それどころか、田が今までに無いほどの豊作を迎え、村は数年ぶりに活気を取り戻した。それに加えて、施しを与えられた娘である川津家の嫁御は、子を身籠った……宵の儀を行ったことによって、村に驚くほどの繁栄が訪れたのだ。どうやらシラカダ様は、怒りを鎮められるどころか、村に恩恵をもたらしてくださったようだった。

それからというもの、サトマワリはその年の形式を雛形《ひながた》に、川津家主導の下、村の行進を夕の儀、社での施しを宵の儀として二部に分け、また執り行われるようになった。ただし、宵の儀を行うのは村に嫁入りがあった年のみで、それ以外の年は夕の儀を行うのみとなった。夕の儀のみの年は、特段何も起こらなかった。以前のような災厄――田の不作や、子供の死――に襲われることも無かった。だが、村に嫁入りがあり、宵の儀まで執り行うと、シラカダ様は必ず村に豊作をもたらしてくださった。そして、シラカダ様の神力によるものなのか、参加した娘は必ず子を身籠った。それも、決まって家の後継ぎとなる男児を。これにより、サトマワリは五穀豊穣と村の繁栄を願う催しに加えて、婚礼の儀式としての側面も持つようになった。年に一度復活されるシラカダ様を鎮めることによって、田の豊作を所望すると共に、朽無村にやがては後を継いで家長となる男児を迎える催しとなったのだ。こうして朽無村はシラカダ様の人知を超えた御加護を受けられるようになり、かつてないほどの隆盛を極めることとなった。これが朽無村の守り神、五穀豊穣の神であるシラカダ様の誕生だ。

　だが、その隆盛の裏で、いくつかの問題が起こった。シラカダ様は朽無村に御加護を与えてくれる尊い存在であると同時に、一歩間違えれば災厄をもたらすという危険な存在でもあった。その理由として、白蛇の面――シラカダ様の神力があった。白蛇の面を着けて、シラカダ様を身体に憑依させている人間に睨まれると、神力によって身動きが取れなくなってしまうのだ。指一本動かすことも、息も、瞬《まばた》きすらもできないほどに。そうなったが最後、大の男だろうと、煮るも焼くもシラカダ様の自由になってしまう上に、身体の弱い者――特に子供は命を落とした。

　一度、まだ少女と呼んでも差し支えないくらいの年頃の娘を宵の儀に参加させたことがあったが、シラカダ様と対面した途端に泡を吹いて倒れ、そのまま死んでしまった。シラカダ様の神力は子供にとって耐え切れるものではなかったのだ。結果として施しを行えなかったシラカダ様はお怒りになり、その場にいた河津の当主たちを死傷させた末、村はまた不作が続いたという。それを受け、宵の儀の際には川津と河津の当主たちが必ず見張り役として施しが行われる筵を囲うように車座で座るようにするのに加え、壁のぐるりに棚を設けて木槌や鉈をずらりと並べた。建前としては一筋縄の制作に使う道具を飾り立てていることにして、万が一危険な状況に陥った際に、いつでもシラカダ様の背後にいる――身動きの取れる誰かが道具を手に取り、依り代役の人間を後ろから多少の怪我《けが》を負わせてでも止められるようにしたのだ。

　それだけでなく、完全に大人として成熟した娘でなければ宵の儀に参加させないようにした。朽無村の未来を担う若人を失うまいと、一人でも不要な犠牲者が出ないように努めたのだ。そして念の為に、村の子供たちにも、きつく言い聞かせた。

シラカダ様は、大人にならなければ対面することができない神様なのだ。子供の内に会ってしまうと、それはそれは酷い罰が当たる。だから、絶対にシラカダ様のお社には近付いてはならん、と。

……これが、この朽無村と、サトマワリと、それらの起源となったシラカダ様の全容だ。信じられないだろうが、シラカダ様――人知を超えた力を持つ、神と言うべき超常的存在は実在するのだ。自分たちは、実際にそれを身をもって体感してきた。だからこそ、サトマワリという伝統は現在に至るまで形式を変えずに脈々と続いて……いや、ひとつだけ形式を変えたものがある。

それは馬酔木の煎じ薬だ。

どういうわけか、シラカダ様は年々神力が弱まっていったのだ。それは祖父の代の頃から始まり、親父の久巳が当主に代替わりした頃になると、豊作こそもたらしてくださるものの、以前ほど大々的なものではなくなったという。それは、白蛇の面の力も同様だった。以前は睨まれるだけで身動き一つ取れなくなるほどの力があったが、今となっては、睨まれても気をしっかり持っていれば、どうにか身動きできる程度に成り下がってしまった。これによって、宵の儀を執り行うのが困難になった。以前は有無を言わさず嫁御である娘たちに施しを受けさせられていたが……ある年のこと、シラカダ様の神力が嫁入りをしてきた娘に通じず、施しを拒否しようとしたことがあった。結果として、お怒りになったシラカダ様が娘を縊り殺してしまい、宵の儀は失敗に終わった。例によって、その年は田の不作に見舞われた。いくら力が弱まっているとはいえ災厄は災厄。村にはしばらくの間、冬の時代が訪れた。

その失敗を受け、親父はどうにか宵の儀を問題なく遂行しようと思案した。祖父が早死にし、若くして川津の当主となった親父は、重圧を感じながらも、村の為に身を粉にして解決策を探し求めたのだ。そして、その末に、朽無村の山に昔から多く自生していた馬酔木に目を付けた。馬酔木には、葉、茎、根に至るまで毒がある。読んで字の如く、馬が食べると酔ったようにふらついてしまうほどの強い毒が。もし、それを人間が摂取すると、死には至らないまでも、腹痛や吐き気、呼吸困難などに見舞われる。そして何よりも、手足の神経が麻痺するのだ。特に足に強く作用し、立っていられなくなるほどの症状を引き起こす。それを知った親父は、医学と薬学の心得がある村の者に命じた。馬酔木を煎じて、全身を麻痺させる薬を作れと。要するに、親父はシラカダ様の弱まった神力を、人為的な力によって後押ししようとしたのだ。

いくら心得があるとはいえ、大した道具や設備も無い時代だというのに立派なものだ。その者は完成させた。飲んでも命に別状がなく、呼吸困難などの深刻な症状も起こらない麻痺薬を。

もっとも、それは飲んだところで完璧な全身麻痺には至らないものだった。せいぜい目眩や脱力感を覚えて意識が混濁し、手足が動かし辛くなる程度の、麻痺薬というよりも昏睡薬《こんすいやく》と言った方がいい代物だった。が、それはあくまでもシラカダ様の神力を後押しする為のもの。その程度の効果だろうと問題は無かった。

実際に、その後行われた宵の儀で、煎じ薬は見事に作用した。参加させた娘に御神酒と偽って飲ませると、娘はしばらくしてパタリと倒れ、意識を混濁させたのだ。そこへ、シラカダ様の神力が加わり……その年の宵の儀は、無事に成功した。そして村にはまた春が戻った。

　こうして、馬酔木の煎じ薬は宵の儀に欠かせないものとなった。社の周りや、朽無村の家々の庭に馬酔木が植えられているのは、これによるものだ。馬酔木を植えることは、シラカダ様にお力添えをすること——縁起の良い行いだとして、親父が村の者らに植樹を命じたのだ。もっとも、それは煎じ薬の原料を安定して確保できるようにする口実に過ぎなかったのだろうが……。これが、長い歴史の中で唯一、親父の代の頃に起こった、朽無村の伝統であるサトマワリの形式の変更点だ——。

「……こん話は、朽無村の大人全員が知っちょる。みんな、それぞれの親父たち、爺様たちから聞かされてきたやろう」そこまで話すと、義巳さんは長々と語って疲れたのか、それともすべてを打ち明けて気力を失ってしまったのか、ぐったりと俯いた。

　私たちは、ずっと無言で聞いていた。義巳さんの口から語られる朽無村の歴史を。シラカダ様の誕《たん》生譚《じょうたん》を。それ故に生まれた因習の顛末を。

　義巳さんの語りは妙に淡々としていて、無駄もなく、分かり易く、するすると頭の中に入ってきた。きつい方言も、昔の言葉も、問題なく再構築できるほど。母たちが断片的に語っていたことの補完としても十分に。だが、だからこそ、噛み砕いて理解ができたからこそ、納得ができなかった。シラカダ様が神様？　その力のおかげで朽無村は繁栄した？　サトマワリは村に後継ぎとなる男児を迎える催し？　そして、それは、この現代に至るまで伝統として続いている？　そんなもの——、

「何が伝統だ、舐めてんじゃねえぞ」

静かに、だが、はっきりと怒気の籠った声で、鳳崎が吐き捨てた。

「何が神だ、何が神力だ。てめえらが有難がって崇めてんのは、ただの悪霊だ。取るに足らねえ人間の魂が元になった、一介のくだらねえモノじゃねえか」

「……なんちや？」義巳さんが無気力に顔を上げる。

「ハッ、おめでてえ連中だな。どんな背景があるかと思えば、くだらねえ悪霊が絡んだ、くだらねえクソ田舎のクソ因習か」

「くだらんっちゃあなんか……！　俺たちはずっと、こげんやってきたっ。親父ん代も、爺さんの代も、曽爺《ひいじい》さんの代も、ずっとシラカダ様んお力添えの下に生きてきたんやぞっ……！　シラカダ様がおらんやったら、こん村はできんやったし、俺たちは生まれんやった。カズも、マサも、ヒデも、後から勝手に尾先に居着いたカワヅの血筋でもねえくだらん連中も、みんなっ……！」

義巳さんが押し殺すような声で怒りを露わにした。が、その口調はどこか、諦観が入り混じっているようにも感じられた。

「フン、だったら説明してやる」

鳳崎は牙を剝くように口の端を曲げた後、語り始めた。

「まず、そのシラカダとかいう奴は、単なる色素欠乏症——アルビノの人間だろうが。珍しいっちゃあ珍しい存在だが、人であることに違いはねえ。肌やら、髪やら、瞳やら、身体の色素が白いってだけでな。てめえらの先祖は、それを白蛇の化身だと勘違いしたんだ。いや、もしかしたら、単なる人間だと分かってた上で、神の使いだ何だと祭り上げたのかもしれねえな」

「そ、そげなわけが――」

「サトマワリとかいう儀式を夕方に行うのも、祭事衣装として袴を着るのも、仮面を被るのも、陽射しを防ぐ為だろ。アルビノの人間は生まれつき、メラニン色素が少ないせいで紫外線に弱いからな。陽の光に当たるだけで、肌が腫れ上がるくらいに。村の連中が威厳を示そうと仕立てた祭事衣装は、単に陽射しから身を守る為に作られた防護服に過ぎなかったってことだ」

鳳崎はあっさりとシラカダ様の実態を結論付けると、間髪を容れず、

「てめえらのルーツはどこぞの稲作地帯の水無《みずなし》っつう集落だそうだが、なんで白蛇を神聖視していたのかも察しが付く。希少な白蛇――アルビノのアオダイショウを縁起物だ、神の使いだ、水神だ、穀物神だと信仰する風習は日本のあちこちに根付いてるからな。特に、稲作が盛んな地域では。大昔から、蛇は収穫した米を保管しておく米蔵に寄ってきたネズミを餌にすることが多かった。蛇からすりゃあ単に米蔵が都合のいい餌場ってだけだったんだろうが、それが白蛇となると、見た目の神々しさも相まって、人々は米蔵の守り神として崇めるようになった。地域によっては福徳の仏とされている弁財天だの、出自の不明な蛇神である宇賀神《うがじん》だのと習合して、白蛇を財運や豊作をもたらす穀物神だと信仰することもあったが、ともかく稲作が行われていた日本の各地で、白蛇信仰はポピュラーなものだった。新たに苗字を名乗ったってのと、誕生したのが真夏――太陽暦基準の八月八日ってことから察するに、シラカダが生まれたのは恐らく明治の初頭の頃。つまり、そこまで大昔のことじゃねえ。その年代には、白蛇信仰は既に人々の間で馴染みのある文化として根付き、広まっていたはずだ。てめえらの先祖は、そんな古くからある土着信仰に乗っかって、アルビノのガキを神の使いである白蛇

の化身だと祭り上げたんだろう。ろくでもねえ暮らしから脱する足掛かりにする為に」

スラスラと淀《よど》みなく、義巳さんに口を挟む隙を一切与えずに、鳳崎は淡々と畳みかけていた。私は、さっきまでの怒りも忘れて、瞠目《どうもく》するばかりだった。そんな知識まで身に付けているとは。本当に、この鳳崎という男は底が知れない。一体、どういう人生を歩んできたというのだろう。

「今も昔も大衆を扇動するのは小賢《こざか》しいことを考えるクソ野郎だ。ガキを使って自分らの身分だの気位だのを高めようなんざ、ろくでもねえ親に違いなかっただろうな」

「そげなこと――」

「見事に遺伝してるじゃねえかよ。クソみたいな人間性が。まあ、ガキの頃から、やれ神の使いだ化身だと扱われてりゃ、否が応でもそうなるだろうな」

「何を――」

「てめえらの先祖はここを新天地として村を作った。わざわざこんな未開拓の内陸地を選んだのは米を作ることに固執していたからか、それとも水源のある地に住むことに固執していたからか、どっちだ？　いや、両方か？　白蛇信仰と深く関わり合いのある弁財天の原型になったのは、ヒンドゥー教のサラスヴァティーっつう水と豊穣の女神だからな。そのせいか、弁財天も水辺に祀られることが多い。てめえらが名乗るようになった苗字のカワヅが水源を意識したものになっているのも、自分たちが神の加護を受けた一族だと盲信していた――もしくは他の連中に指し示す為だろう」

「ち、ちが――」

「もしくは周りを高い山に囲まれている平地ってのがシラカダにとって理想の棲《す》み処《か》だったのかも

な。陽が早く沈む日照時間の短い土地なら快適に暮らせると判断したのか。まあ、どんな理由があろうと、てめえらが結局、自分たちが受けてきた扱いの価値観を捨てられなかったことに変わりはねえ。本家の川津と、その他の分家扱いの河津に、後から居着いた余所者。そういう階級を作って村を支配したんだろ。んで、そのトップに祭り上げられたのが、自分が神の使いだと勘違いしてる色情狂のガキだ」

反論しようとする義巳さんを幾度となく遮りながら、鳳崎は淡々と続ける。

「施しを与えるとかどうとか濁してたが、てめえらの一族がやってたサトマワリとかいうのは単なる夜這いだろ。それも神の使いだ、村の当主だ、受け入れるのは名誉なことだとか適当なことのたまいやがって。くだらねえお山の大将がよ。立場と権力振りかざして村中の女を抱こうなんざ、とんだ変態野郎だ。殺されて当然だな。もっとも、死んでもその変態は治らなかったみてえだが」

鳳崎は忌々し気に鼻を鳴らすと、

「シラカダは取るに足らねえクソ野郎だったが、その魂はこの世に留まることができる素質を持っていた。逆恨みの念に、欲情に、施しを与えるっつう押しつけがましい思念の鎖が祭事道具の白蛇の面に絡みついて、この世に薄汚ねえ魂を留まらせたわけだ。まあ、所詮はその程度の思念で存在してるモノだ。大した力は持ってなかっただろうが、時代と環境と、そこにいた人間が悪かったな」

「……どういうこと？」思わず、口を挟んだ。反対に、口を挟む気が失せたのか、義巳さんはぐったりと俯いていた。

「実態は取るに足らねえただの人間だったが、村の連中は散々刷り込まれていた。あの方は神の使いだなんだってな。まだ科学が未発達で、自然現象なんかの常識が解明されていない時代の、ただでさえ閉鎖的な土地で、盲信的に神格化されていた人間が死んだら、周りの奴らはどう思う？」

「……復活するかも、とか、化けて出そう、とか？」

「仮にも村を支配してたわけだからな。恐怖政治をしてたかどうかは知らねえが、一定の恐怖は抱いてただろう。もしくは、あのお方は蘇るとか何とか盲信されてたかもしれねえ。恐怖か畏怖か――どちらにせよ、信仰はされていた」

「……信仰が、恐れることが、怪異を強くして、存在を濃くする」

「そういうことだ。シラカダはそこにつけ込んで、力を強めたんだろう。白蛇の面はある意味、アイコンとして機能していた。正に、顔としてな。それを見た村の連中が感じた恐怖を引き金に、シラカダの魂は悪霊へと変貌し、復活した。そして、更なる恐怖を吸収して力を得、村に災厄をもたらした」

「じゃあ、人を睨み殺したり、田んぼに凶作を及ぼしたりすることができたのも、村の人たちが恐怖していたせいだってこと？」

「フン、死んでも尚、お山の大将だったってことだ。だが、共生関係とも言える。村の連中が恐怖しなかったらシラカダは災厄をもたらすほどの力を持つ悪霊として存在できなかっただろう。同時に、村の連中が五穀豊穣の神だなんだと信仰していなかったらシラカダは豊作をもたらす力を得なかっただろうな。そのせいで、この村とシラカダの関係はズブズブになっちまった。災厄をもたらすだけなら村を見捨てて逃げりゃあいい話だが、信仰してりゃあ甘い汁を吸えるわけだからな。結局、村という閉じた環境が怪異を増長させちまったわけだ」

　ふと、鳳崎が語った葉っぱ様のたとえ話を思い出した。怪異の力を弱める為に多くの人間に存在を周知させるという論理。あれが、そのまま当てはまる。シラカダ様はいわば、学校中に周知されずに教室に居座って、クラスの人間たちから恐怖を吸収し続けた葉っぱ様なのだ。教室という閉じた環境の中でだけ恐れられ、力を得た存在。

「まあ、復活するのは年に一回。それも怪異の力が強まる夕刻——逢魔が時から晩にかけての間だけな上、面を着けた依り代を介さないと、まともに顕現することもできない。直接的にできることといえば、睨みつけてせいぜい相手を動けなくするだけで、殺せたのは、か弱い子供だけ。言ってみりゃあ、力を得ても、その程度のケチな悪霊に過ぎなかったってことだ」

　感覚の齟齬《そご》か、鳳崎の〝その程度〟という言い回しに違和感を覚えつつも、

「でも、生まれてくる子供の性別まで決めるなんて、そんなことが悪霊にできるものなの？　施しを受けたら、必ず男しか生まれてこないなんて……」

「知らねえよ。ただの偶然だったのかもしれねえ」

「……偶然なんかやねえ」

　不意に、義巳さんが——ようやく遮られずに——ボソリと口を挟んだ。

「実際に、こん目で見てきた。朽無村んもんはみんな、後継ぎになる男しか産まんかった。どん家の夫婦も、宵の儀を執り行うたら絶対に子ができたし、絶対に性別は男やった。それは、紛れもなくシラカダ様んお力によって——」

「ま、待ってよ。だったら、女の私はどう説明するの？　それだけじゃない。河津酒屋の絵美ちゃん

と由美ちゃんだって、女じゃない」

「それは、シラカダの力が現代になるにつれて弱まっていったせいだろ」

代わりに、鳳崎が答えた。

「さっき、こいつも言ってた通りだ。その原因は恐らく、過疎化だろうな。多くの村人から恐怖を得ていたシラカダも、その分母が少なくなれば比例して力が弱まる。加えて、この科学が発達した現代だ。目に視えないものなんざ好き好んで信仰しねえ。それも相まってシラカダは弱体化していったんだろう。そんな希薄な存在に他者の魂の器に干渉できるほどの力があるとは思えねえ」魂の器――要するに、肉体のことだろう。今一度考えてみると、悍ましい話だった。悪霊に、自分の魂の器である肉体の種類――性別を一方的に定められてしまうなんて……いや、待て、だとすると、

「じゃあ……私たち女は後継ぎとして生まれてこなかった、望まれなかった子供だっていうの？」

キッと義巳さんを睨み、声を尖らせた。

「……そげなことは、誰も思うちょりゃせん」

義巳さんは、伏し目がちに、

「俺たちが宵の儀に臨んだ時のことは、よう覚えちょる。本来なら年に一組しかせん決まりやったが、弱りつつあったシラカダ様に、もう一度昔んような力を取り戻してもらおうと、俺とカズの二組で同時に執り行った。村の為を思うて、より一層気を入れてな。結果として、俺は辰巳、カズは真由美ちゃんを授かった。親父ん奴は、所詮分家のもんとか女腹とか酷いことを言いよったが、俺たちん代は違う。たとえ後継ぎになれん女ん子でも、シラカダ様の御加護を受けて生まれてきた、村の将来を担

う大事な子であることに変わりはねえきんな。みんなで大事に見守っていこうっち決めたのよ。そん証拠に、これまで立派に育ってきたし、カズと早苗ちゃんだけやなくて、村のみんなからも可愛がられてきたやろう？　絵美ちゃんと由美ちゃんもそうや。みんなで、ずっと見守っていこうと……まあ、ヒデん奴は悪知恵を働かせてコソコソ大学に出て行かせてしもうたが。大方、村に残らせるより外に出稼ぎに行かせて援助してもらおうっちゅう腹積もりなんやろう。あん奴は金勘定の得意な商売人やからな」

……村の将来を担う大事な子？　だから、みんなで可愛がって見守ってきた？

感じていた怒りが再燃する。それがどれだけ一方的で、且つグロテスクな考えなのか、分かっているのだろうか。絵美ちゃんと由美ちゃんの話は初耳だったが、結局みんな変わらない。この村の人たちはみんな、子供に自分たちの面倒を押しつける気なのだ。やむを得ず、ではなく、結果的にそうするのでもなく、故意に。自分の子供にエゴを押しつけて人生を勝手に定めようと、縛りつけようとしているのだ。でも、

「なんで女の人たちは逆らわなかったの？　無理矢理宵の儀に参加させられて、勝手に子供を作らされて、勝手に自分の人生を決められたっていうのに……」

涙声で怒りを吐き落とした。言ってみれば、この村の女の人たちはみんな被害者なのだ。この村に、シラカダ様に、男の人たちに食い物にされたのだ。なのに、なぜ、それを受け入れているのだ。どうして怒りの声を上げないのだ。

「……真由美ちゃんはまだ分からんかもしれんけどな。女の人はみんな腹に子を身籠ったら、考えが

変わるもんなのよ」

俯いていると、義巳さんのボソボソした声が耳に纏わりついた。

「みんな、そげえやった。うちの妙子も、早苗ちゃんも、文乃ちゃんも、子ができたっちなったら、私が育てんといかんっち言うて、立派になってなあ。やっぱり、女ん人は強いもんよ。母親になるっちゅうのは、ああいうことを言うんやろう。マサんところの幸枝ちゃんは子ができんやったが、あれは多分、そもそもどっちかに問題があるせいで、シラカダ様のお力をもってしても――」

「やめてっ!」怒りに任せて遮ると、鳳崎が大鉈の刃先で義巳さんの鼻を小突いた。

「ぐうっ……」

「黙れ。何が母親になると、だ。クソ野郎が」

と、不意に鳳崎は私を見遣り、

「オイ、お前の家に窓のねえ部屋はあるか?」

「窓の無い? ……あっ、ある」

納戸――というよりも祖母の寝室だが、あの部屋には窓がひとつも無い。

「やっぱりな。優一の家にも窓のねえ部屋があったが、あれはこの村の、どの家にもあるはずだ」

「えっ?」

「見た時から妙だと思ってた。どんなに古い造りだろうと、普通は壁が外に面してたら窓を設けるはずだ。なのに、ひとつもねえってのはおかしいだろ。その理由は、あの部屋が身籠った女を軟禁する為に作られたからだ。違うか?」

鳳崎は、ギロリと義巳さんを詰めるように見下した。

「……軟禁？」身に覚えのある言葉に、喉の奥が震える。

「ああ。宵の儀の後、子供を身籠った女は、あの部屋に囲い込まれたんだろう。大事な後継ぎが母親ごと逃げ出さねえようにな。さすがに生まれるまでずっとじゃねえだろうが、てめえらはその間に身内を使ってああだこうだと女を丸め込んだんだろ。外部との接触を絶たせて、家の中で孤立無援にさせてな。ただでさえ精神的に不安定になってる身重の女を唆して気力を削《そ》いで、自分たちに逆らわねえように、村に居残らせるように仕向けたんだ。やってることは、ほとんど洗脳だな。ケッ、反吐《へど》が出る」

核心を衝《つ》かれたのだろう。義巳さんは、ばつが悪そうに視線を逸らしていた。

……そうだ、鳳崎の言う通りに違いないのだ。

〝どこにも逃げ場なんか無いんよっ！　この村にはっ……どうせこの家で、生きていくことになるんやからっ！　どげえ言うたって、結局、家族以外は誰も助けてくれんのやからっ！〟

母が、そう慟哭《どうこく》した理由はきっと――どれだけ辛かっただろうか。どれだけ苦しかっただろうか。私にも同じ道を歩ませようとしているのは、洗脳が解けていないからだ。この朽無村に蔓延《はびこ》る悪意に呑み込まれてしまったからだ。

シラカダ様を根源とする、その体色にはそぐわない、どす黒い悪意に。

「フン、何が村の当主だ、本家の川津だ。てめえら一族は威厳を保つことに必死だっただけだろ。シラカダが弱体化しても尚、その力に縋ろうとしたんだからな。見上げた努力だ。馬酔木を煎じて昏睡する薬を作るなんてな。それを使って悪霊に女を捧げようなんざ、余程のクソ野郎じゃねえと思いつかねえよ」

「……違う。言うたやろうが。親父は命じただけで、自分で薬を作ったわけやねえ」

義巳さんは不意に弱々しく頭を持ち上げると、濁った目で私の方を見た。

「作ったんは……美千代さんよ。真由美ちゃん、あんたのおばあちゃんて」

「……え？」祖母が、馬酔木の煎じ薬を？

「美千代さんは村に来る前、行商の薬売りんようなことをしよったらしい。医者が居着かんような土地を渡り歩いてな。そん時にこん村に立ち寄って、英成《ひでなり》さん——あんたのじいちゃんに見込まれて嫁に来たっち聞いた。そして、親父にそん経験を買われて、馬酔木の煎じ薬を作れっち命じられたのよ」

そんな……祖母が、悍ましい宵の儀を行う為の薬を作っていた？

確かに、祖母は野草を煎じて薬を作るのが得意で、村の人たちからは、お医者さんのような扱いをされていて、私もドクダミ茶やナンテン薬のお世話になっていて。

馬酔木。村中に植えられている木。お社の周りにも、どの家の庭にも。もちろん、私の家の庭にも。祖母が手入れしていた、自慢の庭——、

「今回は、どげえなるかと思うた。薬担当の美千代さんが倒れてしもうちょったきな。やが、さすが美千代さん。ちゃんと帳面に作り方を残してくれちょった。そんおかげで、妙子たちも今日、公民館で立派に作りきったやろうて」

そういえば昨日、女の人たちは私の家に、祖母の傍らに集まり、帳面を手に何やら談義していた。

あれは、馬酔木の昏睡薬の作り方を話し合っていたのか？

今朝、庭の馬酔木が刈り込まれていたのは、昏睡薬の材料にする為に。そして祖母が一昨日、馬酔木を摘まなければと狼狽《ろうばい》していたのも――、

「てめえはっ……勝手にベラベラ喋ってんじゃねえっ！」

鳳崎は義巳さんにドカッと蹴りを入れると、私に、

「オイ、気をしっかり持てっ！　このクソが何を言おうが動じるな。身内がどうだろうと、お前はお前なんだ。自分が正しい側にいることを自覚しろ」

「……分かってる」と絞り出すように呟いた。

本当は「祖母は違う」と反論したかった。六年前のあの夜、祖母は仏壇に向かって一心不乱に頭を下げていた。あれはきっと宵の儀の成功を祈っていたのではない。懺悔《ざんげ》していたのだ。山賀家を陥れたことに対して。でなければ、涙を流しながら私に逃げろと言わないはず。あの涙には、ずっと村の悪意に加担してきたことへの後悔と、それに呑み込まれながらも密かに胸の内に秘めていた贖罪《しょくざい》の念が込められていたはずなのだ。だから、祖母はきっと――、

「オイ、シラカダっつうクソのことは分かったから、いい加減に吐けコラ」

鳳崎は義巳さんに向き直ると、また大鉈の刃先を突きつけた。

「こ、これ以上、何を……」

「とぼけんじゃねえ。まだ六年前の夜に何が起きたのか話してねえだろうが」

あ……と優一くんを見た。そうだ。まだ暴かなければならない真実がある。

「優一、今度はお前の番だ。何を言われても、動じるんじゃねえぞ」

「……うん」

優一くんは、恐ろしいほどの無表情で義巳さんを見下ろしながら、

「話してください。六年前の夜、僕たち家族をどうするつもりだったのか」

するると、義巳さんは観念したのか、下を向いてぽつぽつと語り始めた。

「……俺は元々、山賀さんにこん村に越してきてほしくはねかった。村に新しゅう人が来たっちなれば、夕の儀じゃねえで宵の儀まで、否が応でも執り行わんといかんきな。宵の儀には村の命運が懸かっちょる。シラカダ様から御加護を受けられるか、突き離されるか。村の景気が良くなるか、落ち込むか。そげな重圧を背負いとうはねかった。親父は病気で伏せっちょったし、音頭を取るのは間違いなく俺やと思った。やから、越してくるなっち願っちょったし、他のもんにも秘密にしちょった。なのに結局、山賀さんは越してくることになった。宵の儀をせんといかんように……」

「待てよ。そもそも、なんでやる必要があった。宵の儀とかいうのは村に嫁入りがあった時だけに行うっつったじゃねえか」

「……そうやが、言うたやろう。シラカダ様は自分の施しを受けちょらん子供の存在が許せんっちな。昔から、そうやった。宵の儀で生まれてきた子は立派に育つが、もし、それ以外で子供を作ったら……必ず、八月八日の夜に死んでしまう。シラカダ様の祟りによって。信じられんかもしれんが、実際にそういうもんはおった。やから、朽無村のもんは必ず一人しか子を作られんやった」

「フン、さすがに二人目が欲しいからって、もう一度村の男連中が見てる前で悪霊が取り憑いた亭主

に抱かれようって考えるような奴はいなかったわけか」

「違う。うちのご先祖様が取り決めたことや。シラカダ様の施しを受けるのは一生に一度だけやと。宵の儀を執り行うのには危険が伴なっちょったし、村の命運が懸かった一《いち》か八《ばち》かの賭けみたいなもんやから、そもそもの機会を減らすようにしたのよ」

「それは、てめえらの建前だろうが」

「ま、待って。それが、どう繋がるっていうの？　山賀さんたちを参加させたことと」

思わず口を挟むと、

「それは――」

「たとえ一人でもシラカダの施しを受けた子供がいれば、事が丸く収まると考えたわけか」義巳さんを遮り、鳳崎が答えた。

「……え？」

「てめえらの考えた理屈はこうだろ。夫婦を宵の儀に参加させて、シラカダの施しを受けた子供を一人でも作らせれば、優一たち兄妹にも、村にも、災いは訪れない」

「そ、そんな理屈が通るなんて――」

「それが、通るんだ。実際に、そういう前例があるんだからな」

「前例？」

「ああ。あのクソゴリラ――てめえの弟が、そうなんだろ」

鳳崎が、ギロッと義巳さんを睨んだ。

「さっき、自分で言ってたよな。この村では、一人しか子供が作れねえって。だったら、なんでてめえには弟がいる」

そうだ。言われてみれば、おかしな話だ。父も、雅二さんも、秀雄さんも、兄弟はいないと聞いているし、私も辰巳も一人っ子なのだ。それは村の決まり事で一組の夫婦につき一度だけしか宵の儀を行えなかったからだろう。絵美ちゃんと由美ちゃんは……双子。そう、一度に二人生まれてきたのだから、おかしくはない。でも、そうなると、義則さんの存在だけが、おかしいことになる。なぜ、義則さんだけが——、

「……親父は、お袋のことを何とも思うてねかった。怒鳴り散らすのは当然で、殴る蹴るも当たり前やった。やから、あんなことしきったんやろう。無理矢理にでも、二人目を産ませようと……」

義巳さんは、何の感情も籠っていない枯れた声で続ける。

「爺様は死んじょるし、婆様《ばあさま》は年老いとったき、親父に逆らいきるもんは家の中に誰もおらんやった。やから、お袋は抵抗しきらんやった。義則を身籠った時も、ずっと親父にビクビクしよった。何をするにしても、ずっと言いなりで……親父は親父で、どげえなるか試してみてえ、とまで言いよった。朽無村の、川津の当主ん癖に、昔からの決まり事を破ったのよ。周りからは顰蹙《ひんしゅく》を買うたらしいが、腕ずくで黙らせてやったとかなんとか言うて……お袋は、気が気じゃねかったやろう。宵の儀以外で身籠った、一年と経たずに死ぬかもしれん子を産むことになったんやから。結局、その心労が祟ったんか、お袋は義則を産んですぐに身体を弱らせて死んだ。親父は最後まで、お袋に労《ねぎら》いの言葉ひとつ掛けてやらんかった。葬式を上げた時も宴会気分でわあわあ騒ぎよって……。やが、当の義則は、次

の年の八月八日を迎えても死なんやった」

「……恐らくは、シラカダが弱体化していたのが主な要因だろうな」

「それは分からん。やが、親父も村のもんも、既に施しを受けた俺がおるせいやないかと言いよった。一応は本血筋である川津のもんやし、なんたって男やったから、シラカダ様は義則の存在を許したのかもしれんが」

義巳さんは弱々しくかぶりを振ると、

「親父は得意満面やった。俺はシラカダ様から認められた特別な人間やから、二人も後継ぎをもうけきったとか言うて回ってな。その癖、義則に接する時は辛く当たりよった。お前のせいで母親が死んだとか、お前は所詮、宵の儀生まれじゃねえ、シラカダ様の御加護を受けてねえ出来損ないとか言うて……俺は庇おうとしよったが、親父がそれを許さんかった。弟やと思うな。母親殺しっち思え。そげん言うて、いつも俺の目の前で義則を……気が付いたら、俺もいつの間にか、お袋が死んだんはお前のせいやと義則に辛く当たるようになった。もう親父から言われたせいか、自分でそう思っちょったのかも分からんくなってしもうたが、ともかく、義則はそげえやって育った。味方は婆様くらいやったやろう。やが、その婆様も死ぬと、味方は誰もおらんようになった。途端に、村の連中も義則のことを悪く言うようになった。元より、村の決まり事を破って生まれてきたもんやし、何よりも親父が大っぴらに出来損ない扱いしよったから、みんな、同じように扱ったんやろう。もしくは、威張り腐ってきた親父に対する鬱憤を義則にぶつけよったのかもしれん」

私は村の人たちの義則さんに対する態度を思い出していた。事ある毎に馬鹿にして、見下して、職業差別までして、まともに扱っているのを見たことがない。慕っていたのは辰巳くらいだ。それに、そんな理由があったとは……。

「六年前のサトマワリに、それまでハブってた弟を参加させたのは、あやかろうとしたからか？　いわゆる成功例を一員に入れることによって」

「そうや。もっとも、それを提案してきたのは義則本人やったが。どういう考えがあったか知らんが、あん奴は急に親父に取り入って話をつけよった。村に残ったんに田んぼの仕事を継がんで警察官になったき、親父からは勘当されとったようなもんやったが、病気で耄碌《もうろく》しちょったせいか親父はそん提案を受け入れた。そのせいで……」

「何が起きたんだ」

「……すべての元凶は、親父にある。病気で耄碌しちょるくせに、大人しゅうしちょけば良かったのに、親父がサトマワリの音頭さえ取らんければ……」

そう言うと、義巳さんはぐったりと頭を垂れて黙り込んでしまった。

「……教えてください。どうして、あんなことになったのか」

不意に優一くんが呟くと、義巳さんはゆっくりと顔を上げ、遠い目をしながら、

「……あん夜は、途中まで何事もなく進みよった。山賀さんたちを迎え入れて、お膳に着かせて、馬酔木の煎じ薬入りの御神酒を飲んでもろうて、親父が祝詞を唱えるき、座ってじっと聞きよってくださいっち言うて……」

「フン。やっぱり、本当の事情は言わなかったみてえだな」

「信じてもらえるとは思わんやったし、理解してもらおうとも思わんやった。余所の、まして都会のもんからしたら信じられんことやろう。やから、飲ませる馬酔木の煎じ薬の効果も美千代さんに頼んで普段より強くしてもろうた。二人とも気絶したような状態にして、何も覚えときさらんようにする為に」

「二人とも？　依り代の人間も気絶させたってのか？」

「シラカダ様は身体さえ借りられればいいきな。二人とも気を失わせて、旦那の方に面を被せて依り代にして、後は勝手にやってもらおうと思うた」

「ケッ、それをみんなで見守ろうってか。趣味の悪いことしやがって」

「施しが無事に終わったら、シラカダ様は天に還られる。そん後、身なりを整えてやって、尾先の家まで運ぶ算段やった。妙に思われても、御神酒ん飲み過ぎで記憶が飛んだんでしょうっち誤魔化せば、どうにかなるやろうと。やが……」

義巳さんは、少しの間黙り込んだ後、

「計画通りに二人は倒れよった。死んじょらんか、息をしよるかをちゃんと確認して、奥さんの方を筵に寝かせて、服を脱がせて、後は旦那の方に面を被せるだけやったのに……そん時になって、急に親父が、自分が依り代になるっち言い出して……」

「……なんだと？」鳳崎が声を尖らせた。

「もちろん、反対した。やが、親父は聞き入れんやった。余所者の血じゃあ危険がある。本家の血を入れた子供ん方が良いとかなんとか言うて……」

「ふざけてる……！」気が付くと、拳を痛いほど握りしめていた。

久巳さんが、山賀家にその血を――吐き気を催すほど醜悪な行為だ。

「クソッたれの変態ジジイが。体のいい建前を並べて、てめえの性欲を発散しようとしただけじゃねえか、クソ」思った通りのことを、鳳崎が代弁する。

「……さすがに俺たちも止めた。カズたち分家連中は何も言いきらんから、俺と義則で必死に説得した。それでも、親父は頑《かたく》なに自分が依り代になるっち言い張って、白蛇の面を手に取った。義則が慌ててそれを奪い取ったら、親父が、宵の儀生まれじゃねえ出来損ないのくせに軽々しく触るなっち言って……それに逆上した義則が……」

「オイ、まさか」

「白蛇の面をはめたのよ。俺は出来損ないじゃねえっち言うてな。そしたら、義則の身体にシラカダ様が降りられた。あの白い目で睨まれたら大の大人でも指一本動けんようになるし、声を上げることもできんようになる。シラカダ様の力は弱っとったんやろうが、気をしっかり持たんことにはその神力を打ち破れん。俺たちは予想外の事態にビクビク狼狽えてしもうたせいで誰も動けんやった。そして、ほとんど目の前で睨まれた親父が泡を吹いて倒れて……」

「フン。性欲はあり余ってたくせに病気で身体は弱ってたから、くたばったわけか」

「立ち位置も悪かった。義則は俺たち全員を見通せる位置におったせいで、誰もどうにもしきらんやった。ビクビクしながら、自分も殺されるんやないかと思っとったら……扉が開く音がして、シラカダ様が恐ろしい声で吠えて、突き飛ばされて、頭を打って、わけも分からんまま、朦朧《もうろう》としながらそっちん方を見たら……山賀さんとこの女の子がおって……それから……」私は、お社で垣間見た幻影の一部始終を思い出していた。陽菜ちゃんが経験した悪夢のような出来事。

「そこから先のことはいい。俺らはもう知ってる」と鳳崎が言うと、義巳さんはビクビクと優一くんの方を窺った。私も見遣ると、優一くんは相変わらず無表情で——だが、その目には危うい感情が宿っていた。その視線に耐えられなかったのか、義巳さんがヒッと顔を背ける。鳳崎も気が付いたのか、何か言葉を掛けようとした時、

「……あの日の夜、父さんたちがお社に出掛けた後、陽菜から相談されたんだ。喘息《ぜんそく》が治ったから、ミルクを飼ってもいいでしょ、って」

ずっと黙り込んでいた優一くんが、消え入りそうな声で淡々と話し始めた。

「確かに、ここに引っ越してきてから陽菜の喘息は少しずつ良くなってた。発作も滅多に起こさないようになってた。多分、ここの空気が綺麗だったからだと思う。でも僕は、それはお医者さんが決めることだからって言って取り合わなかった。そしたら陽菜は意地になって、父さんたちに今すぐミルクを飼ってもいいか相談するって言って……目を離した隙におもちゃのペンライトを持って、一人で出て行ったんだ。慌てて追いかけたけど、喘息が本当に治ってたのか、陽菜は走れるようになってて……」

「そんな……」お社で幻影を垣間見ていた時、私の中には陽菜ちゃんの感情も流れ込んできていた。陽菜ちゃんが坂道を駆けながら感じていたのは、問題なく走れていることへの自負と、背後からの優一くんの呼びかけに対する、分からず屋には応えてあげないという反抗心だった。あれはミルクを飼

うことに対してのもので……あの日、私が、良くなってるならいいんじゃない？　と言ったばかりに陽菜ちゃんは……。

「お社に着いたら、わけの分からない状況になってて、白い仮面を着けた人が奥にいて、その人が叫んだ瞬間、身動きができなくなって、隣にいた陽菜が倒れて……仮面を着けた人が、父さんと母さんを踏み殺しながら近寄ってきて、陽菜も──」

「優一、無理すんじゃねえ」鳳崎が、諭すように言う。が、優一くんは大丈夫といった風に小さく頷くと、

「……僕も、殺されるんだと思った。でも、直前で、仮面の人が後ろから殴られて倒れて、その瞬間、動けるようになって……怖くなって、叫んだと思う。それから……僕は、逃げた。全部を置き去りにして、逃げたんだ。お社から飛び出して、見つかっちゃいけないと思って、咄嗟に真っ暗だった裏手の方に逃げ込んで、そのまま山の中に入り込んで、右も左も分からない暗闇の中を、滅茶苦茶《めちゃくちゃ》に走って、走って、転んで、走って……気が付いたら、海の見える病院で寝てた。どこかの山道で泥だらけで倒れてる所を見つかって運ばれてきたらしいけど、その時のことは何も覚えてない」

海の見える、ということは、優一くんはいくつもの山を越え、途方もない道程を走ったに違いない。村の人たちの魔の手から、家族を殺された恐怖から逃げる為に、こんな内陸の地から、遠い遠い海岸沿いの地まで──、

「……宇多川のハゲからはこう聞いてる。たまたま祓いの仕事で九州に行ってた時、怪我をして病院の厄介になってたら、酷く衰弱してる上に、ほとんど半狂乱の状態になってるガキが運び込まれてき

た。よく見ると悪霊の穢れが染みついてて、そのせいでヤバい状況に陥ってるってことが分かったから医者に事情を説明して、急遽祓いを行って難なく成功したが、なぜかガキは呆《ほう》けたようになっちまった。ものも言わねえし、まともな所持品も無くて身元も判明しなかったが、その後の経過が心配だったから、話を付けて病院から引き取って連れて帰ってきたってな」

ズンと胸が痛んだ。魔の手から逃れられたとはいえ、優一くんは壮絶な経験をしていたのだ。私とは比べ物にならないほど、凄惨な目に遭っていたのだ。

「……先生が愛知の人だったから、僕は偶然にも、元々住んでた馴染みのある土地に戻れた。それだけじゃなくて、どこにも行き場のない僕の面倒まで見てくれて……奇跡だと思う。色んな幸運がいくつも重なったおかげで、僕は今日まで生き延びられたんだ。その内のひとつでも欠けていたら、今頃……とっくに野垂れ死んでたと思う」

優一くんがそう言うと、場に重苦しい沈黙が訪れた。とても、軽々しくものを言える雰囲気ではなかった。が、それを打ち破るように、

「縁起でもねえこと言うんじゃねえ、タコ」

鳳崎がぶっきらぼうに――だが、どこか親しみの籠った声で言った。

「そう思ってんだったら……分かってるな？」

「……うん」また二人だけの会話が行われた後、

「話を戻すぞ。それから、何があったんだ。ちゃんと最後まで話せ」鳳崎が向き直り、睨みを利かせると、義巳さんは重々しく口を開いた。

「……シラカダ様が取り憑いた義則が入口ん近くまで行った時、視線から逃れて動けるはずの連中は誰一人として立ち上がらんやった。無理もねえ。宵の儀が失敗して人死にが出るのは俺たちの代では初めてのことやったからな。どうにもできんのも分かる。そんな中、倒れちょった俺は、どうにか立ち上がって棚の藁打ち木槌を手に取って、後ろから義則ん横っ面をぶん殴った。そん拍子に面が外れて、義則からシラカダ様の御霊が抜けて……義則は自分が何をしたか分かっちょるようやった。俺も経験したき分かるが、面を着けてシラカダ様を降ろしちょる間も意識はある。身体の自由は利かんが、自分が何をしよるかはちゃんと分かるのよ。まるで夢を見よるみたいに」

「周りにいた村の連中が真っ先に襲われなかったのは、お前らが奴の施しを受けて生まれてきた人間だからか？」

「恐らく、そうやろうが……もしかしたら、シラカダ様は山賀さんたちに重ねたのかもしれん。遠い昔、自分を殺した余所者の行商一家を」

義巳さんの口から語られた話を思い出す。まだ人間だった頃のシラカダ様を殺したのは、偶然村を訪れていた一組の夫婦と二人の子という四人家族の主人だったという。山賀家にそのまま当てはまる構成だ。その一家は村の人間たちによって惨たらしく殺されてしまったらしいが、遥《はる》かな時を経て同じことが繰り返されてしまった。ただ、優一くんだけが生き延びて。

「義則が元に戻った後、全員が騒ぎ出した。みんなでわあわあ狼狽えよったら、そん子が叫んで出て行った。義則は慌てて追いかけて、カズも後を追おうとしたが、俺はもうどうにもならんっち思うて呼び止めて……そして、マサが逃げて行った。あん奴は元々気が小せえで、酒の力を借りんと参加しきらんくらいでな。一升瓶を持ち込む始末やった。そんなんやから、目の前で起きたことに耐えきらんやったんやろう」

　十分に納得できた。その様を、私は目の前で目撃したのだから。あの時、雅二さんは〝こげなこと、元から俺は……〟と言いながら涙していた。もしかしたら、雅二さんは内心、宵の儀を行うことに反対だったのかもしれない。その後、アルコールに溺れたのも、山賀家の殺害に加担したという現実から逃げる為だったのだろうか。

「そん後、みんなして途方に暮れちょったら義則が戻ってきた。逃げ出した子を捕まえてきたんかと思うたら……なぜか、引きずってきたのは辰巳やった」

「あ……」そういえば、すっかり失念していたが、辰巳はあの夜、あの場に。

「後から聞いたが、辰巳はお社ん裏の薪置き場によじ登って、上の格子から全部覗き見よったらしいや
が、中で起きたことを見て、怖くなって逃げようとした時、足を滑らせて落ちて、地面で動けんくなっちょったのを、追いかけるのを諦めて戻ってきた義則が見つけてな」……そうだったのか。私はてっきり、宵の儀に参加していた辰巳が悲鳴を上げて逃げ出した末、連れ戻されたのだと思っていた。だが、あの甲高い悲鳴は優一くんのもので、辰巳はそもそも宵の儀に参加していなかったのだ。

「まったく……なんであげなことを……」

　それはきっと、ムキになっていたからだ。あの日、辰巳はむくれていた。夕の儀が終わった後、義巳さんに対しても、私と優一くんに対しても。

〝俺は子供じゃねえっ〟

〝優一ん方が頭も良いし、背も高えし、大人っぽい都会もんやもんなっ〟

自分も、もう立派な大人なのだ。この朽無村の一人前の男なのだ。そう考えて、こっそりとお社へ宵の儀を見に行ったに違いない。その結果、辰巳は悍ましい真実を目の当たりにすることになった。夏休み明け、辰巳があんなにもビクビクと怯えていたのは、惨劇の一部始終を目撃していたせいで。

「……仕方なく、辰巳には全部話した。ちゅうても、あん奴はずっと泣き喚きよったから何も考えきらんやったやろう。それでもどうにか口止めして妙子を呼んで帰らせて、俺たちは山賀さんたちの死体と、いつの間にか転がっとった野良猫の死体を裏の焼却炉まで持って行って、ありったけの薪と一緒に放り込んだ。それから山賀さん家に行って、服やら鞄やらを回収して、燃やせるもんは何でも運んで放り込んで……」

「失踪したと見せかけようとしたのか」

「そうや。警察ん仕事をしよるだけあって詳しいんか、義則が何から何まで俺たちを指揮した。生活必需品と貴重品を家ん中から持ち去って、必要最低限の荷物だけ持って夜逃げしたっちゅう風に偽装したのよ。山賀さんの車も、義則が呼んだどこのもんともしれん胡散くせえ連中が持って行った。北九州の知り合いとか言いよったが、どげえ処理したかも知らん。一週間もせん内に警察が来て話を訊かれたが、義則から言われた通りに、父親の様子がおかしかったとか、来た時から態度が余所余所しかったとか、不満ばっかり垂れて人付き合いをせんやったとか、そういう証言をした。身内である義則の力もあったか知らんが、警察も会社から左遷された末の田舎暮らしに嫌気が差して夜逃げしたんやねえかっち結論付けたみたいで、俺たちが怪しまれることはねかった。そん間も、俺たちはずっと薪を運んでは焼却炉で延々と燃やしよった」

「どうして、死体をそのままにしてやがった。言ってみりゃあ、一番見つからねえようにすべきものを、どうしてほったらかしたんだ」

「……誰も手を付けようとせんやったからよ。義則の指示で火の番はサトマワリの夜から三日三晩の間、ぶっ通しで続けた。交代制で、俺も、義則も、カズも、ヒデも、逃げ出したマサにもやらせてな。それが過ぎて村に警察が来た後も俺たちはずっと火を絶やさんやった。ひたすら燃やして、燃やして、灰の中に埋もれさせて……誰も見たくなかったんやろうな。自分らが人殺しをしたっちゅう証《あかし》を。やから、誰も中にあるもんをどうこうしようとは言い出さんやった」

無気力に語る義巳さんを見つめながら、私は思い出していた。窓という窓が塞がれた家に軟禁されて過ごした、奇妙な夏休みの日々を。

私は薄々こんなことを考えていた。宵の儀が失敗したせいでシラカダ様がお社の外に解き放たれた為に、子供である私は外に出ることを、窓から外を見ることを禁じられたのではないかと。だが、違っていた。本当の理由は、山賀家の存在をこの村から消し去る為の一連の証拠隠滅活動を、私に見られないようにする為だったのだ。シラカダ様が外にいるから危険だと嘘を吹き込み、ほとぼりが冷めるまで家の中に閉じ込めたのだ。いつしか、父が野焼きの季節でもないのに煙の臭いを作業着に纏わせて帰ってきたのは焼却炉で火の番をしていたからだろう。山賀さんたちを焼き尽くして存在を無かったことにする為に。祖母が玄関に塩を盛ったり、外に出て行く父に線香を持たせようとしたりしていたのも嘘の一環で――いや、あれだけは祖母の良心による行動だったのかもしれない。盛り塩は、ある意味本当に、家の外で起きた悍ましいことに対する厄除けの意味で。線香は山賀さんたちに対するせめてもの贖罪、供養の意味で。

「クソジジイの死体はどうしたんだ」

「……親父の死体は家まで運んで、寝間着姿にして布団に寝かせた。次ん日の朝、起きてこんから様子を見に行ったら死んじょったっちゅうことにして、かかりつけの医者を呼んだ。どげえなるもんかとビクビクしよったが、親父の死因は心不全やったみたいで、無事に自然死っちことで片付けられた。後は、村に人が寄りつかんように、身内だけで通夜やら葬式やらを済まして……」

「ケッ、てめえの親父だけ、立派に葬式上げやがったってのか」

「どげえ言うたって俺たちの親父であることに変わりはねえ。他んもんがどれだけ悪く言おうが俺たちにとっては……親父にしたら寂しい幕切れやったかもしれんが、どうにか成仏してくれちょるやろう。なんせシラカダ様に殺してもろうたんやからな」

そう言うと、義巳さんは力なく皮肉っぽい笑みを浮かべた。言葉とは裏腹に、死んでも尚、久巳さんのことを恨んでいるのだろう。と、その時、

「……成仏なんかしてねえよ」不意に、鳳崎が私の方を向いた。

「な、何?」

「どいてろ」と手にしていた大鉈を差し出された。言われた通りに受け取って横へ移動すると、鳳崎は柄シャツの袖をグイッと捲って梵字の刺青だらけの両腕を露わにした。そして、私がいた方——水墨画風の大蛇が描かれた白幕が張られた壁と向き合うと、両腕の甲を見せつけるように顔の前に掲げ

て構え、拳をギリギリと力強く握り込んで、バチンッ！　と打ち合わせた。その動きを、バチンッ！　バチンッ！　と何度も繰り返し始める。あまりの気迫に声も出せないでいると、やがて鳳崎は打ち合わせるのをやめて、腕をグッと胸の前に構えたまま動きを止めた。力んだ両腕をブルブルと震わせたまま——と、その時、背筋にひやりと冷たいものが走った。この感覚は味わったことがある。尾先の優一くんの家の和室で、あの化け物が現れた時に——、

「……あっ」白幕の壁の前に、滲み出るかのように影が現れた。それは、段々と濃くなり、存在感を増していき——、

「……おっ、親父？」義巳さんが、驚嘆の声を上げる。その影の主は、確かに久巳さんだった。格好はなぜか、サトマワリの祭事衣装である白い袴姿で、こちらに背中を向け、目の前の壁に張られた白幕を見上げている。

「……こ、こげな、こげなことがっ」義巳さんは声を震わせて狼狽えていた。

「い、一体何をしたの？」鳳崎に訊くと、

「俺の気を中てたんだ。お前らにも視える程度に、存在を濃くしてやった」

とだけ言い、私の手から大蛇を奪うと、ポケットからあの香水を取り出した。かと思うと、シュッシュッと香水を大蛇の刃に振りかけ始める。

そういえば、久巳さんの魂は、この土蔵に囚われているということだった。鳳崎はそれを、ここで死んだせいではないかと言っていたが——、

「親父っ……！」義巳さんが感嘆とも憤りとも取れる震え声で、久巳さんを呼んだ。すると、久巳さ

んはゆっくりと振り向いた。その顔は首でも絞められているかのように苦し気で、ぎょろりと目が剥かれ、大口が開けられていて、

――げぇあああ……

あの夜に聞いたのと同じ、気味の悪い声がそこから漏れて――と、その時、鳳崎がゆらりと歩み寄ったかと思うと、久巳さんに向かって大鉈を勢いよく振り下ろした。ガキンッ！　と大鉈の刃先がコンクリートの地面を叩き、脳天から真っ二つに引き裂かれた久巳さんの影は、煙のようにゆらめいて虚空へと溶け入ってしまった。後ろで「ああっ……」と義巳さんが息を呑む。

「お前が正しかったな。確かにクソジジィはあの社で死んでいた。だが、その魂はここに留まってやがった」鳳崎はチラリと私を見遣った後、壁に歩み寄ると、張られていた大蛇の白幕を掴み、ブチブチッ、バサッ！　と留め具ごと力任せに取り去った。

「その理由が、これか」そこにあったのは奇妙な彫り物だった。白漆喰の壁に、うねうねと枝分かれした線がのたくり、それに沿うように文字が彫られて――、

「……家系図？」そうだ。あれは家系図だ。きっと、川津家の血筋を記したものなのだろう。だが、それは随分と一本調子なものだった。左右に枝分かれすることなく、下へ下へ、夫婦から夫婦へと降りていくだけの単調な家系図。

それは、一人しか子供を作れないという村のしきたりのせいなのだろうが、まるで一匹の蛇がうねうねと這っているようにも見て取れた。

「フン。この彫り物も由緒ある川津家の伝統とやらか？　やけに仰々しく飾り立ててるが、見た感じ、

大した歴史じゃねえようだな」

鳳崎は白幕を放り捨てると、こちらに向き直り、

「クソジジィは、よっぽど固執していたんだろうな。自分の血筋を絶やさないことに。だから死後、ほとんど間もねえのに、ここに現れた。血筋の証明ともいえる家系図がある場所に魂が囚われたわけだ。六年前の夜、子供のお前にも姿が視えたのは恐怖に駆られていたからか、それとも、シラカダの邪気に中てられていたからか……まあ、祓い殺した今、んなこたあどうでもいいがな」祓い殺したという矛盾を含んでいるような清濁入り混じった言葉の意味は、すぐに理解できていた。それは義巳さんも同じようで「親父……親父……」と虚ろな声で力なく繰り返していた。が、それには目もくれず、鳳崎は柄シャツの袖を元に戻しながら優一くんの方へ向き直り、

「これで、終わりだ。何もかもな」と諭すように言った。

「……ありがとう、鳳崎さん」優一くんが、ポツリと呟く。恐らく、鳳崎は優一くんの為に、わざわざ久巳さんを視えるようにして祓い殺したのだろう。六年前の遺恨を少しでも晴らそうとして。だが、優一くんの無機質な声色からは感情を汲《く》み取ることができなかった。目も虚ろで――と、その時、土蔵の外からガヤガヤと人が集団でやってくる気配が伝わってきた。慌てて脚立によじ登り、格子窓から外を窺うと、

「あっ……」村の人たちがわらわらと川津屋敷の敷地内へ入ってきている最中だった。みんな、祭事衣装である白い法被と割烹着《かっぽうぎ》を身に着けている。よく見ると、外は既に日が傾きかけて空気が白み、夕方の気配を漂わせ始めていた。

まずい。どうやら話を聞き出している内に随分と時間が経っていたらしい。もう、夕の儀が始まる時刻――六時が近いのだろう。何か下準備をする為にここへ来たのか。それとも、音頭を取る義巳さんが定刻になっても現れないので、みんなで呼びに来たのか。どちらにせよ、この状況はまずい。

「ど、どうしよう。村の人たちがっ……」動揺しながら鳳崎の方を窺うと、

「ちょうどいい。奴らの目の前で、シラカダを祓い殺してやろうじゃねえか」

と言い、茫然自失《ぼうぜんじしつ》に座り込んでいる義巳さんの方へ近付いた。

「オイ、立てよ。てめえ、仮にもこの村の当主なんだろうが。連中に全部説明しろ。自分らが崇めてきたのは神様なんかじゃなくてクソ悪霊でしたってな」

「親父……親父……」

「オイッ、立てコラッ」鳳崎は構うことなく義巳さんの首根っこを引っ掴むと、ずるずると入口の方へ引きずって行った。私は慌てて脚立から下りると、

「ちょ、ちょっと待って。何をするつもりなの？　シラカダ様を祓い殺すって」

「そのままの意味だ。シラカダを、この世から消し去る」

「消し去るって、そんなことができるの？」

「大した悪霊じゃねえからな。手間はいるが、俺にできねえことじゃねえ」

「で、でも、さっき言ってたじゃない。相手にできるって言っただけで、助けられるとは言ってないって」

「……何言ってんだ？　お前。勘違いすんなよ」鳳崎はそう言うと、土蔵の扉をガラララッ！　と勢い

よく開け放し、義巳さんを連行するように外へ出て行ってしまった。

「ま、待ってっ」と追いかけようとして、思わず踏み留まる。

鳳崎が具体的に何をするつもりなのかは分からないが、これから起こることが私にとって生易しいものではないというのは分かっていた。外には、村の人たちがいる。シラカダ様を根源とする悪意に呑み込まれた朽無村の住人たちが。その中には当然、両親もいる。自分たちの汚らしいエゴを押しつけて、私の人生を勝手に定めようとした父と母が――、

「……真由美ちゃん」振り返ると、優一くんがいた。件《くだん》の安全圏を守って距離を置いていたが、私を真っ直ぐに見つめている。

「……こんなことになって、ごめん。辛い思いをさせて」

「な、何言ってるの。悪いことをしたのは、私たちの方なのに」

「……うん。でも、真由美ちゃんは違う。辰巳くんも、きっと違うんだ。もしかしたら、他の人たちもシラカダ様に操られているだけなのかも。根っからの悪い人たちなんて本当はいなくて、全部、悪霊のせいなのかもしれない」

優一くんの言葉が、優しく脳を揺らす。未だに、私のことを気遣ってくれているなんて。穢れている私に、そんな資格はないというのに。

「そんなの、分かんないよ……それに、今更信じる気になれない。自分たちの為に、私の人生を平気で犠牲にしようとしてた人たちのことなんて」本来ならば、許すべきではないのだ。それに、私はまだしも、優一くんの人生は、家族は既に――、

「……もう、みんな死んじゃえばいいのに」気が付くと、そう弱々しく漏らしていた。紅葉原で泣いた時から、ずっと心の奥底に秘めていた感情。この村も、人も、モノも、穢れているものはすべて。それに属する私も――――、

「ダメだよ」

優一くんの声が、私の暗い思いを制した。

「確かに許されないことをしていたのは事実だけど……そんなの、ダメだよ」

それ以上何も言わなかったが、優一くんが何を言いたいのかは十分に伝わっていた。優一くんの目から、あの冥い意志が消え失せていたからだ。

代わりに映っていたのは、私だった。憂いを帯びた瞳が、私を射抜いている。

「……うん」頷くしかなかった。優一くんが死を否定して、生きようとしている。だったら、私も死を否定しなければ、生きようとしなければならない。

「罪を、償わせる。村の人たちに」

心を奮い立たせて、決意を固めた。向き合うのだ。逃げずに、戦うのだ。この怒りも、悲しみも、恐怖も、何もかも受け入れた上で。

「……行こっか」

「……うん」

入口の方に向き直り、足に力を込めて土蔵の外へ出ると、大鉈を担いだ鳳崎がギラギラと威圧感を放ちながら村の人たちと相対していた。その前には、まるでこれから処刑される罪人のように義巳さ

んが膝を突いている。みんな、どういう状況なのか分からず困惑しているようだった。表情を固めて息を呑んでいる。が、私が鳳崎の左隣に立った途端に、どよめきが起こった。

――なして――真由ちゃん――あん奴は――何が――どげえなって

父は眉をひそめて私を見つめていた。母は叱られた子供のような顔で私を見つめていた。あれから家でずっと泣き腫らしていたのだろうか。だが、村の人たちの反応から察するに、母は私が逃げ出したことを吹聴《ふいちょう》してはいないようだった。そんな中、

「真由美っ！」と辰巳だけが一団から飛び出し、こちらに来ようとした。瞬間「静かにしろ！」と鳳崎が一喝し、場が緊迫した。辰巳も怯み、足を止める。

「いいか。てめえらがこれまでやってきたことは、俺もこいつも全部分かってる。シラカダとかいうクソみてえな悪霊を信仰して、宵の儀とかいうクソみてえな夜這い同然の儀式を執り行ってきたことも。六年前、それが失敗したせいで、ひとつの家族をてめえらの都合で殺して存在を消し去ろうとしたことも。そして今夜、懲りずに同じ儀式をやろうとしてることもだ」鳳崎が大鉈を突きつけながら言い放つと、一気に村の人たちの顔が強張った。私と鳳崎を交互に見ながら、次々に狼狽え始める。

「な、なんを言いよるか。一体、何のことを――」

「とぼけんでっ！」

しどろもどろに喋り出した秀雄さんを、鋭く遮る。

「私、もう全部知っちょうとっ！　全部全部、分かっちょうとっ！　今更、知らんふりをせんでっ！」

精一杯の怒りを吐き出して睨みつけると、秀雄さんはモゴモゴと黙り込んだ。他の人たちも、私から

視線を逸らす。父と母ですら。

「このオヤジから、全部聞き出してある。あの日の夜、あの社に誰がいて、どいつが何をしたかまでな。死体が今も焼却炉の中に埋もれてることも分かってる。逃れられると思うなよ。どれだけしらばっくれようが、てめえらが殺人と死体遺棄をした事実と、それを隠蔽した事実は揺るぎねえんだ」

途端に、みんなが一斉に義巳さんの方を見た。裏切者、口を割ったのか、信じられないという感情が籠った目で。

「義巳っ、お前っ……」父が呼びかけたが、義巳さんは力なく俯くばかりだった。それを見かねたのか、父は鳳崎の方を向くと、意を決したように、

「……やから、何っち言うんか。骨が出たくらいで、どげえなる。誰が何をやったかとかいう証拠は、どこにも残っちょらん。今更どうにもならんし、お前んような怪しい奴が何を言うたところで、信じるもんはおらんやろうがっ！」

この期に及んで、まだ逃れようと――、

「お父さんっ！」

「お前は黙っちょけっ！　大体、何でこげな奴と一緒に――」

「黙らんっ！　絶対にっ！」

喉を振り絞り、怒りを真っ向からぶつける。

「お父さんも、山賀さんたちを殺すのに加担したやろ！　その後、夜逃げに見せかける為の証拠隠滅までした癖にっ！　それを見られんように私に嘘ついてずっと家に閉じ込めた癖にっ！　みんな、私

に嘘ついて、みんな、みんなっ！」

逃れようのない事実を突きつけられ、父は言葉を失っていた。その横で、母が手で顔を覆っている。心が痛んだが、怯んではいけない。私は声を上げなければならないのだ。怒らなければならないのだ。悪意に呑み込まれないように。脈々と続く呪いの連鎖を止める為に。

「……骨以外にも、証拠はある。っつうより、証人がここにいる」

加勢するかのように、鳳崎が父を睨んだ。

「義巳のことか？　どげえやって口を割らせたか知らんが、警察ん前で口裏を合わせればいいだけや。何も知らんっち言えば、それまでのことになる。不利なのはお前ん方やぞ。余所者がいきなり来てから、わけの分からん言いがかりをつけてきたんやからな。そもそもなんでそれを知っちょったか訊かれて、お前ん方が疑われるやろうて」

父は私から視線を逸らした途端に饒舌《じょうぜつ》になった。見苦しく、向き合おうとせず、未だにどうにかなるつもりでいる。

「違えよ。あの社で、てめえらがやったことを、目の前で見た証人がいるっつってんだ。それも、この村の人間じゃねえ証人がな」その言葉を契機に、土蔵から静々と優一くんが現れた。件の安全圏の距離を保ちつつ、私の反対側、鳳崎の右隣に立つ。

「てめえら全員、都合よく忘れたかもしれねえが、こいつは、てめえらが殺した一家の生き残り。六年前の夜に起きた惨劇から、唯一逃げ延びたガキだ」

鳳崎が突きつけるように言い放った瞬間、また、どよめきが起こった。先程よりも、ずっと緊迫した様子のどよめきが。きっと、思いも寄らなかったに違いない。各々が、目を見張っている。自分たちの忌まわしい過去――犯した罪を知る人間が、取り逃がした悪霊への供物が、幽鬼となって目の前に現れたことに打ち震えている。

「フン、やっと思い出したか？　分かっただろ。てめえらはもう、逃れようがねえんだ。くだらねえクソ悪霊の為、自分たちの私腹を肥やす為に、ひとつの家族を殺した事実を認めろ、クソ野郎共が！」

鳳崎がドスの利いた声で吠えた。瞬間、場が水を打ったように静かになる。もう誰も反論する気は起きないようだった。場が完全に鳳崎の放つ気迫によって制圧されている。ドクドクと脈打つ心臓の鼓動を感じながら、拳を握りしめた。私はあの人たちとは違う。私はこちら側に――正しい側にいるのだ。たとえ、この忌まわしい村で、忌まわしい悪霊の穢れの下に生まれていたとしても。

「オイ、真由美。社に行って、白蛇の面を持ってこい」

「えっ？」初めて鳳崎から〝お前〟ではなく、名前を呼ばれたことと、指示されたことの不可解さに驚いていると、

「こいつらの目の前でシラカダを祓い殺す。気を付けろよ。持つ時は、そのタオルを使え。直接触れるな。なるべく見ないようにして、包んで持ってこい」

「わ、分かった」言われた通りに、シラカダ様のお社へ向かおうとした時、

「そん必要はねえ。白蛇の面なら、ここにある」

そう言いながら一団の奥から――義則さんが現れた。白い法被を翻し、腰に巻いていた前掛けのような布袋を外すと、歪《いびつ》に膨らんだそれを手に掲げる。

「お、お前、なんでっ……」父が驚き、雅二さんがヒッと後ずさった。

「さっき、お社で準備しよった時に持ち出しちょったのよ。こげなもん、ぶっ壊してやろうと思うてな。サトマワリやら、もうせんでいいように」

白蛇の面と聞いてか、ぐったりしていた義巳さんが顔を上げた。

「よ、義則、お前……」

「兄貴、もうよかろうが。田んぼをしよらん俺からしたら、兄貴たちがこげな得体の知れん化け物の為に、えげつねえことを平気でしよるのが不思議でしょうがねえ。何が村ん為か。女を手籠《てご》めにして、人を殺してまで守るような村じゃあねかろうが。まあ……取り憑かれちょったとはいえ、あん人たちを殺してしもうたんは俺やが……」

私たちの前に立つ義則さんは、疲れたような顔で義巳さんを見下ろしていた。

「大体、親父が悪かったんや。親父のせいでみんな、こん村に縛りつけられちょったんや。何が何でも田んぼにしがみついて村を盛り上げようとして、暮らしを良くしようとして……。何が当主の川津か、昔からの伝統か。そげなもん今の時代、流行りゃせん。まして得体の知れん化け物の力を頼るとか正気じゃねえ。兄貴は、いや――」

義則さんは、不意に後ろへ振り返ると、

「兄貴だけじゃねえ。みんな、俺からしたら取り憑かれちょるようにしか思えん。誰もかれも……きっと、親父もそうやったんやろう。シラカダ様に取り憑かれて、大事なもんを見失っちょったのよ。村の為、田んぼの為、自分たちの為とか言うて、結局はシラカダ様のいいように操られちょったんやないか」

思い当たる節があるのか、村の人たちはみんな、後ろめたそうに顔を伏せ始めた。辰巳だけが、あの頃のような顔で私を見つめている。

「俺は昔から爪弾き者にされちょったき、よう分かる。ずっとシラカダ様の御加護を受けちょらん出来損ないいっち言われてきたが、やからこそ、六年前に取り憑かれたからこそ、分かるんや。何がシラカダ様か。こげなもん、神様でもなんでもねえ。こん村のもんを食い物にしてきた、得体の知れん悪霊よ」

義則さんは布袋を忌々し気に見遣った後、義巳さんの方へと向き直り、

「兄貴、やから、もうやめようや。辰巳たちにまで背負わせることはねえ。俺たちん代で終いにするのよ。今更、取り返しがつくかは分からんが……」

「義則……」義巳さんは、消え入るような声で弟の名前を呼んだ。

こんな風に会話をしている義巳さんと義則さんを、今までに見たことがなかった。いつもギスギスといがみ合っていたが――その実、二人とも、こうして話をしたかったのではないだろうか。

と同時に、私は幼い頃に、お社に入り込んで義則さんからトラウマになるほど怒鳴りつけられた時のことを思い出していた。あれは、私の身を案じての行動だったのではないのだろうか。

きっと、あの頃から義則さんはこの村に蔓延るシラカダ様の呪いに気が付いていたのだ。宵の儀によって――シラカダ様の呪いの下に生まれなかったからこそ。だから、私を守る為にトラウマになるほど叱りつけて、二度と近寄らないようにさせたのだ。嫌われ役になってでも、シラカダ様が危険な

ものだと教え込む為に。普段、村の人たちに憎まれ口を叩いていたのも、そんな反骨心によるものだったのでは――、

「……おう、あんた。すまんかったな。酷い目に遭わせてしもうて」

義則さんは鳳崎を一瞥すると、

「あん時は揺らいどったが、もう決心がついた。取り憑かれちょったとはいえ、殺したんは俺や。そん後、どうにかしようとして証拠隠滅を命じたんも俺や。やから、全部俺一人がやったことにして自首する。兄貴たちは悪うねえ」

「よ、義則、お前っ……」

「本当のことやろうが。俺が何もかんも指示して、あん人たちの存在を無かったことにした。やから、全部俺がやったことでいい。それに、身内やから分かるが、警察は悪霊だのなんだの言うても通じんよ。まともに取り合っちゃあくれんはず。下手に言い訳せんと、結果だけを言うた方がいい。俺が殺して、村のもんに無理を言うて、証拠隠滅を手伝わせたっちな。俺が脅したっち言えば、白い目で見られるかもしれんが、兄貴たちの罪は軽くなるやろう」義則さんは、覚悟を決めたような、どこか悲し気な顔で義巳さんを見下ろした後、また村の人たちの方へ振り返り、

「誰も異論はねえやろ。俺一人が罪を被る。やから、あんたたちはまた六年前みてえに口裏を合わせりゃあいい。俺に脅されてやりましたっち言えばいいだけや。へへ、せいせいするやろう。昔から嫌っとったもんが、とうとういなくなるんやからな」

と、自嘲気味に笑った。すると、みんながばつの悪そうな表情を浮かべる中、

「よ、義則のおっちゃん……」と辰巳が声を上げる。

「辰巳、すまんかったな。まだ子供やのに色々背負わせてしもうて。今まで、ずっと辛かったやろう。お前は関わらんでいい。何も知りませんでしたっち言え。これは俺たち大人の問題やからな。お前たちは何も背負う必要はねえ」

そう言うと、義則さんは向き直り、私と優一くんを一瞥して、

「真由美ちゃんも、すまんかった。俺たち大人ん都合で勝手なことをしようとして。……君も、すまんかった。あん夜、俺たちがもっと上手く親父を止められちょったら、こげなことにはならんやったかもしれん。今更どげえもならんし、取り憑かれちょったとはいえ、こん手で親御さんと妹さんを殺した俺が、それを隠し通そうとした俺が何を言うても収まらんとは思うが、こん村を代表して謝る。本当にすまんかったっ……」と絞り出すように言い、深々と頭を下げた。

私はどうしていいか分からず、口を噤んでいたが、しばらくして、

「……顔を上げてください」

優一くんが、沈黙を破った。義則さんが、おずおずと顔を上げる。

「……正直言って、許せる気はしません。あの日、僕はすべてを奪われました。父さんも、母さんも、陽菜も……。今でも、あの日のことを夢に見ます。目の前で、家族が殺されていく時のことを。その度に、どうしようもなくなって……僕は……」

優一くんの声が、川津屋敷の敷地に静かに響いていた。いつの間にか、陽が高い山の陰に沈もうとしていて、夕方の気配が色濃くなっている。

「……でも、この村の人たちが、みんな悪かったわけじゃないってことが分かりました。だから……僕は……僕は……」

優一くんは、途切れ途切れに言葉を詰まらせた後、

「……罪を、償ってください。僕の家族を殺した罪を」

静かに、絞り出すかのように、自分の意思を示した。

「……申し訳ねえ」義則さんが再度、頭を下げた。優一くんはそれを無機質に見つめていた。やがて、長い長い謝罪の後、ようやく頭を上げた義則さんは、

「……なあ、あんた。どこん何者かも知らんが、これを、シラカダ様をどうにかできるっち言うんか？　さっき、そげな風なことを言いよったが」

と、白蛇の面が入っている布袋を掲げて鳳崎に訊いた。

「……ああ」と鳳崎が声を尖らせて答えると、

「ほしたら、頼む。もう、終わりにしてくれ」義則さんが布袋の中に手を突っ込み、白蛇の面を取り出そうと――――、

「待て」

不意に、鳳崎が身じろいだ。かと思うと、

「真由美っ！　優一っ！　下がれっ！」

「え――」瞬間、パァンッ！　という乾いた轟音《ごうおん》が、目の前で響き渡り、

「ぐあああっ！」獣のような声を上げながら鳳崎がくずおれた。地面に膝を突き、左脚の太腿《ふともも》を両手

で押さえつける。その掌《てのひら》が赤黒い血にまみれて――――、

「きゃあああっ！」一呼吸遅れて、村の人たちの方から黄色い悲鳴が上がった。誰だか分からないが、女の人が叫んでいる。それが、先程の乾いた轟音によってキィンと耳鳴りを生じさせている鼓膜に届いて、そこでようやく私は、

「きゃああああっ！」何が起こったのか理解し、悲鳴を上げた。

「静かにせんかっ！」それを遮るように義則さんが吠えた。と同時に、右手を覆い隠していた布袋が左手によって取り去られ――黒い拳銃が露わになった。

「あ、ああっ……！」突然の思いも寄らない脅威、もとい凶器の登場に言葉を失っていると「誰も動くなっ！」と義則さんが吠えた。同時に、銃口がぐるりとその場の全員を舐めるようにして向けられる。呆然とする人、ヒッと身をのけぞらせる人、両耳を押さえる人と、反応は様々だったが、命令された通りに全員が身を硬くしていた。

「よ、義則……お前、何を――」義巳さんがおどおどと声を上げると、

「黙っちょれ、こん馬鹿助がっ！　まったく、兄貴もヤワな奴やな。こげなどこのもんとも知れんチンピラに自白させられるっちゃあ」

さっきまでの重々しい口調とは打って変わって、義則さんは軽快に続けた。

「しっかし名演やったやろ？　すっかり騙されたやろうが。本当にすまんかったとか、ようスラスラ出てきたもんよ。そげなこと一ミリも思うちょらんが。ケヘヘッ！」

まったく馬鹿馬鹿しい、といった風に、義則さんは布袋を握りしめた左拳で膝を叩いた。顔には、

見たことがないほどの邪悪な笑みを浮かべている。

「な、な、なして銃やら……」後ろにいた父が震え声で訊くと、

「これか?」と義則さんは銃口を向けた。父が慌ててのけぞると、義則さんはそれを楽しむかのように右へ左へ銃口を泳がせながら、

「さっき、尾先に行って取ってきたのよ。昔、お前の娘に小言を言うたせいで追いやられたあのボロ家になあ。しかし、まさか使う時が来るとは思わんやったぞ。大事にとっちょくもんやなあ!」と言い、馬鹿笑いをした。

「てめえっ……それ、警察の銃じゃねえだろ」低く押し殺した声が隣で響いた。見遣ると、鳳崎が左脚の太腿を押さえつけながら、大鉈を杖のようにして必死に立ち上がろうとしていた。が、力が入らないのか、膝立ちのまま身を震わせている。

「ほお、まだ喋る余裕があるんか。そういやあ、お前、何で分かった? 俺が、これを隠し持っちょるっち」義則さんが拳銃を見せびらかすように掲げると、

「面が入ってるだけにしちゃあ、包みがやけに重そうだったからだ。それでなくても、てめえの白々しい演技を見てりゃ、腹の底で何を企《たくら》んでるかなんざ、一発で分かるっ……」鳳崎は息荒く、義則さんを睨みつけながら答えた。

「へっ、そうかい。やが、間に合わんやったな。まんまと撃たれやがって。しかし、銃口が見えん状態で打つと狙いが定まらんもんやなあ。膝を撃ち抜くつもりやったが、当たったんは太腿で、かすっただけか。まあ、どっちにしても無理せん方がいい。あんまり動くと血がドバドバ出て死ぬぞ?」義

則さんはニヤニヤと笑みを浮かべながら、勝ち誇ったように言い放つと、鳳崎に銃口を突きつけた。が、

「んなもん、どこで手に入れやがったっ……」鳳崎は怯むことなく声を絞り出した。

「これか？　へへっ、確かに、これは警察の支給品やねえ。あんなもん、パクった時点でクビやからなあ。そこまでして盗もうとは思わん。こいつは、事故対応の仕事で呼ばれた時に事故っとった北九州のチンピラの車ん中で見つけた掘り出しもんよ」

義則さんは、ククッと含み笑いを漏らし、

「そいつ、ヤクでもやっとったんか知らんが、頭が馬鹿になっとってな。どこで手に入れて何に使う気やったか知らんが、こりゃ丁度いいと調べるふりをしてバレんように首尾よく手に入れたっちゅう寸法よ。俺もそこそこ治安の悪い場所で警察ん仕事をしよるせいで、それなりにあっち側のもんと人脈ができちょったきな。いつか、そいつらに対しての抑止力になるんやねえかと思うて大事にとっちょったが、まさかこげな時に役立つとはなあ！」

鳳崎が歯噛みするように呻いた。血が止まらないのか、黒いデニムに染みがじわじわと広がっている。私は呆然と、それを見ていることしかできなかった。鳳崎の向こうで、優一くんが同じように呆然と佇んでいる。

「大体は、お前を脅す為に持ってきたのよ。夕の儀が終わったら、どこの何者で何を知っちょるんか吐かせようと思うてな。どれだけ殴っても口を割らんやったが、さすがに、これにビビらん奴はおらん。やが、ククッ、まさか本当に撃つことになるとは思わんやったぞ」

「……んなもんにビビるか、クソが」

「へっ、威勢がいいやねえか、オイ！　そいつが持っちょる鉈を、こっちん寄越せ」

突然、銃口を突きつけられ、ヒッと息を呑んでいると、

「早よせんかっ！　こん腐れガキっ！」と怒鳴られ、慌てて鳳崎に駆け寄った。が、鳳崎は観念したのか、私が手を伸ばす前に自分で大鉈を義則さんの足元に放った。ぐらりと崩れそうになる身体を、代わりに肩で支える。

「よ、義則……お、お前、自首するっち——」義巳さんが呆然と零すと、

「ハッハッハッ！　兄貴、まさか、まだ信じちょるんか？　そげな馬鹿らしいこと、するわけねえやろう！　何の為に、こん奴を撃ったと思うちょる。今ここで、また証拠を隠滅すればいいことやろうが。六年前んように」

義則さんは銃口を、私、鳳崎、優一くんと、順に突きつけた。

「ああ、そんガキは辰巳の嫁になる女やから、生かしちょってやらんとなあ。なあ、辰巳？」

顔面蒼白《がんめんそうはく》になっていた辰巳が、ビクッと身体を震わせる。

「よ、よ、義則のおっちゃん……」

「ハハ、辰巳、何をビビりよるんか。安心せえ。お前には今夜、ちゃあんと女を経験させてやるき、心配するな」辰巳の顔は乾き切ったように蒼白のままだったが、義則さんの顔には反対に、湿度の高い邪悪な笑みがジトジトと滲んでいた。

「オイ、それでいいやろ？　こんチンピラと、そんガキを始末すりゃ、何も問題はねえやろうが。誰

も六年前のことやら、いちいち蒸し返さんよなあ?」義則さんは村の人たちの方を見遣った。みんな、ビクビクと互いに顔色を窺っている。

「どげえなんやっ! ああっ!?」誰も何も言い出さないのを見かねて、義則さんが忌々し気に怒鳴りつけた。すると、しばらくの沈黙の後、

「……義則、頼む」父が信じられない言葉を発した。肩を落として、弱々しく吐き落とすかのように、だが、みんなを代表するかのように、

「義巳があげえなっちょる今、お前しか頼るもんはおらん。あん時んように、全部お前に任せる……」

「な……何を言いよるの?」気が付くと、強張っていた喉から声が出ていた。怒りと恐怖に震えている声が。

「お、お父さん。何を言いよるか、分かっちょうの? 私がどうなるか、分かって言いよるの? この人たちがどうなるか、分かって言いよるの?」

父を真っ直ぐに見つめたが、父は私の方を見ようともせず、伏し目がちに、

「……真由美、お前が受け入れりゃあ、全部丸く収まる。分かるやろ」

「真由美、頼む」

受け入れる? 全部、丸く収まる? 意味が分からない。分かりたくない。

「真由ちゃん、お願い」

え?

「真由ちゃん」

「真由ちゃん」

村の人たちが次々と懇願するかのように私の名を呼んで――、

「真由美っ！　しっかりしろっ！　耳を貸すなっ！」

耳元で身体を支えている鳳崎の声がしたが――、

「……お母さん」気が付くと、私は無意識に母を呼んでいた。

母は……母は、私を見つめていた。その目には、涙が――、

「いやっ！　真由美は、真由美はっ……私の真由美に、手を出さんでっ！」

母が泣きながら父に取り縋った。瞬間、私の心はズキンと疼いた。痛みではなく感銘に。

母は私を、母はこちら側に、呪いの連鎖を断ち切ろうと――、

「早苗っ！　なんをしよるかっ！」

「やめて！　真由美はっ、真由美だけはっ！」母は父の袖を引きながら揉み合った後、ずるずると地面にくずおれた。が、尚も父の腰に取り縋り、泣きながら、

「真由美……真由美は……お願い……真由美だけは……」と訴えていた。

「おい、どげえするんか？　こんままやと、お前ん嫁も始末せんといかんぞ」

義則さんが、ヘラヘラと父を窺う。

「ま、待て、どうにか――」

「いやっ！　そげなこと、させんっ！」諫《いさ》めようとした父を、母が涙声で遮る。

「おうおう、躾ができちょらんな。兄貴んように、殴ってでも言うこと聞かせよらんのか？　なあ、妙子姐《ねえ》さんよ」

　不意に呼ばれた妙子さんは、顔を氷のように強張らせた。

「まあ、うちん妙子姐さんは特別やからなあ。兄貴だけやねえ。親父からもよう殴られよった。それだけやねえ。兄貴は知らんやろうが、妙子姐さんは――」

「うぶっ！」突然、妙子さんの口から何かが噴き出た。と思ったら、げえげえとほとんど胃液のようなゲロを吐き始めた。

「ハハハハハッ！　思い出したんか？　親父からヤられた時んことを」

　耳を塞ぎたくなるような下劣な声が響き渡る中、辰巳は小さく震えながら強く目を瞑って下を向き、義巳さんは小さな背中を丸めて死人のように固まっていた。

「しかし、躾ちょるとはいえ、よう耐え切りよったよなあ。いい歳こいた親父の下ん世話までするっちゃあ、ようできた嫁さんもろうたなあ、兄貴？　まあ、そういう俺も何回か具合を試したんやけどなあ！　カカカッ！　おっと、わりいわりい。辰巳が聞きよったな。やが、辰巳、俺はお母さんを褒めよるんやぞ？　さすが、川津家に嫁いだ女は違うっちなあ！」

　と、その時、身をかがめていた妙子さんが突然身体をのけぞらせ、

「アハハハハハハハハハハハハハッ！」と調子外れの声で笑い始めた。

　これは、あの六年前の夜に聞いたのと同じ――公民館で女の人たちに囲まれる中、畳に突っ伏していた妙子さんが上げた笑い声。

「アハハハ！　だって、だって、みんな、おかしいんだもん！　この村の人間は！　男だけじゃなくて、女もそう！　同じ女なのに！　同じ女の癖に！　アハハハ！　だから、殴られて当然なんですぅ！　学もないぃ！　片親のぉ！　アバズレの子はぁ！　結婚してもらっただけ、ありがたいって思わなきゃいけないんだもん！　言いつけたって無駄なんだもん！　当たり前のことだからとかぁ、昔からそうやってきたとかぁ、川津の嫁なら黙るべきとかぁ、そんなこと言って取り合ってくれなかったんだもん！　だから抱かせてやったんですぅ！　黙って殴られてやったんですぅ！　私はゴミ箱のサセ子になればいいんだもん！　昔から、ずっと、ずうっと、そうだもん！　ゴミ箱！　ゴミ箱のサセ子！　アハ、アハハ、アハハハハハハッ！」

妙子さんは口からゲロの飛沫を吐き散らしながら、身体をかくかくと揺らして壊れたおもちゃのように笑い続けた。六年前の恐怖が再燃する。おかしくなってしまった大人を見てしまったという恐怖が。あの時、きっと妙子さんは村の女の人たちに助けを求めて——その結果は、恐らく、言葉の通りに。そして、その末に心が壊れて、あんな風に。そして今、こんな風に。

「た、妙子ちゃんっ」幸枝さんが妙子さんの肩を抱えようとした。が、妙子さんはひらりと身を躱《かわ》し、

「あ！　宵の儀で化け物の力を借りても子供ができなかった人だぁ！　ねーねー、どっちに問題があるの？　どっちのせいで人の親になれないの？　ねー、どっち？　それとも、どっちも？　アハハ！」

「な…何《なん》を言うとっ！」幸枝さんが見たこともない顔つきになり、勢いよく妙子さんの頬を張った。

「私やないっ！　絶対にこん人が悪い方やのっ！　そん癖に、宵の儀でシラカダ様の力を借りれば子供ができるかもしれんとか言うて、私を唆してっ！」

いつも赤黒い雅二さんの顔が、青白く引きつる。

「結局できんで損しかせんやったやないの！　大勢に裸を見られて、神頼みしても無駄やったっち馬鹿にされただけでっ！」

「さ、幸枝、やめえ――」

「黙りないっ！　こん能無しの酔いちくれがっ！」

最悪の夫婦喧嘩が始まり、その間で妙子さんがゲラゲラと笑う。

「お前たち、落ち着かんかっ！　今はそげなこと言よる場合じゃ――」

「う、うるせえぞ、ヒデ！　真っ先に村ん決まりを破った癖に、偉そうに言うなっ！」

雅二さんが吠え、秀雄さんが怯む。

「俺は知っちょるんぞ！　お前が裏で義巳を脅しよったことと、お社で起きたことを警察にバラすとか何とか言うて、でけえ態度しよったこととっ！　やから娘二人を村から真っ先に出て行かせたんやろうが！　スパルタ部活に専念させるとか言いよったが、本当は大学まで行かせて出稼ぎ口にする為やったんやろうが！　意地汚ねえ商売人が！　お前は最初から田んぼを守る気やらサラサラ無かったんやろうがっ！」

「何を言うかっ！　まともな米も作りきらん癖に！」

「賞味期限切れの菓子やら酒やら平気で売りつけよる奴が、ガタガタ抜かすなっ！」

「あ、あれは文乃の言いつけで――」

「な、何を言うと！　私はそげなこと言うちょらんよ！」

「言よったやねえか！　酔いちくれはどうせ味やら分からんき、いい在庫処分口になるっちな！　カズに売りつけようっち言うたのも、お前が――」

また最悪の夫婦喧嘩が始まった。妙子さんは絶えずゲラゲラと笑い続けている。父は取り縋る母を諫めるのに必死でいる。辰巳がその様を呆然と見つめている。その乾いた横顔には絶望が滲んでいた。私もきっと、同じ表情を浮かべているに違いない。

こんなにも汚らしいものが朽無村の――この村の大人たちの本性なのか。土蔵を出る前、優一くんは言っていた。もしかしたら村の人たちはシラカダ様に操られているのかもしれない、根っからの悪人など本当はいなくて悪霊のせいで歪んでいるだけなのかもしれないと。

だが、違っていた。これがシラカダ様のせいだなんて思えない。

きっと、鳳崎の言う〝隙〟が、この村には蔓延《まんえん》していたのだ。元々汚らしい悪意にまみれていた醜い人々が、悪霊に魅入られ、つけ込まれたのだ――と、その時、

――パァンッ！　と義則さんが天に向かって拳銃を掲げ、発砲した。

「……うるせえ奴らやな。ちったあ静かにせんか」

さっきまでの下劣で高らかな口調とは違い、険の籠った低い声色で義則さんが言い放つと、全員が硬直し、静かになった。妙子さんだけがヒクヒクと腹を抱えて俯き、悶《もだ》えている。笑いをこらえているのか、それとも泣いているのかは分からなかった。

「あんまりうるせえと――」義則さんは不意に、左手に持っていた布袋を拳銃を握った右手に引っ掛けると、左手を中に突っ込み、

「全員、これで殺すぞ。人数分の弾は無いきな」中から取り出した物を掲げた。

それは、今度こそ——白蛇の面だった。村の人たちが一斉に息を呑み、怖々と身じろぐ。

「な、なんでそれをっ……」父がおどおどと訊くと、義則さんは布袋を放り、

「これも、そん奴を脅す為に持ち出したのよ。なんなら、拳銃やなくて、これで殺せるんやないかと思うてな。六年前の親父んように」義則さんが銃口で鳳崎を指す。鳳崎はいつの間にか、ベルトを使って太腿の傷口を縛り上げて止血していた。

「クソッ……」鳳崎が喘ぐように呻く。自力では立ち上がれそうにないのだろう。私が肩を貸しても、この状況を変えられそうにない。このままでは……。

「いいか、俺はどげえでもいいんじゃ。こげな田んぼしかねえような村がどげえなろうと知ったこっちゃねえ。むしろ、ぶっ潰れりゃあいいと思うちょる」

演説をするかのように、義則さんが凶器と呪物を携えた両手を広げる。

「昔から、ずっとそう思うちょった。宵の儀生まれじゃねえ出来損ない、母親殺しの死に損ない、川津の血筋ん癖に半端もん。そげなことばっか言われてきた。親父から、兄貴から、お前らから！　見返してやろうと思うて、必死こいて勉強して公務員になっても、税金泥棒呼ばわりしやがって。田んぼしかしきらん百姓連中の癖に、言いたい放題言うて、見下しやがって！」

村の人たちと同じように、義則さんは本性を剝き出しにしていた。下劣な本性から、更に一枚剝けた先にある——恐らく、芯といえる本性を。

「やから、六年前、俺はサトマワリに参加したのよ。久方ぶりに宵の儀が行われるっち聞いて、何も

かも台無しにしてやろうと思うた。そん時はシラカダ様がどげな存在なんかもよう分かっちょらんやったが、宵の儀が失敗すりゃあ田んぼが悪なって村が傾くっちゅうのは、昔から耳にタコができるほど聞かされちょったしな。やから、親父に取り入って話をつけた。へっ、いつもんように怒鳴られるんかと思うたが、病気で耄碌して半分ボケたような親父を説得するのは簡単やった。まんまと参加することを許されたわ。後は何でもいい。宵の儀ん時に滅茶苦茶なことをやって失敗させりゃあ、村が呪われるんやからな。お前たちの泣きっ面が見られりゃあ、それで良かった。やが……へへっ、まさか、あげなことになるとは思わんやったぞ」

口から唾を飛ばしながら、まくし立てるようにして義則さんは続ける。

「親父が自分が依り代になるっち言い出した時は、アホやねえかと思うた。耄碌しちょるくせに、性欲だけは弱っとらんのやからな。それで、兄貴と親父が揉め出した時、俺はここがチャンスやと思うた。二人の言い争いを増長させて、台無しにしてやろうと思うたのよ。やが、親父が俺んことを出来損ない呼ばわりした時、頭にカッと血が上った。それで、咄嗟に面を奪って、着けてやった。シラカダ様の御加護を受けちょらん宵の儀生まれじゃねえ俺が面を着ければ、何もかも滅茶苦茶になって失敗するやろうと思うてな。そうなりゃあ、自分がどげえなろうが、どうでもよかった。最悪、死んでもいいとさえ思うちょったが……カカカッ！　残念やったな。シラカダ様は、宵の儀生まれじゃねえ俺でも、ちゃあんと依り代として認めてくれよったぞ。六年前、お前らもそん目で見たやろうが！　それに、お前らはどげえやったか知らんが、俺はシラカダ様に同情までしてもろうたんやぞ！」

義則さんは、白蛇の面を見せつけるように掲げ、

「あの感覚はどげえ言うたらいいか分からんが、ともかく、シラカダ様は俺を気に入ってくれた。立派な身体と心意気をしちょる、立派な魂を持っちょるっちなあ！」

「……共感なんかじゃねえ、つけ込まれたんだ。クソみてえな本質に」

ボソリと、鳳崎が零す。が、義則さんは気が付きもせず、

「親父を殺すのに力まで貸してもろうたわ。願ったり叶《かな》ったりやった。憎くて仕方ねかった親父を、とうとうこの手で殺せたんやからなあ！　カハハッ！　シラカダ様はな、人間の本質を見抜いちょるのよ。やから耄碌しちょった親父でもなく、腑《ふ》抜《ぬ》けの兄貴でもなく、お前らでもなく、俺を気に入ってくれたのよ」

言い得て妙、というのだろうか。確かに、シラカダ様は見抜いているのだ。それ故、その〝隙〟につけ込んだのだ。負の感情にまみれた魂に。

「なあ、試させてくれや。あん時は兄貴に止められたが、シラカダ様はきっと皆殺しにしたかったはずよ。腑抜けのお前たちんことやらなあ。ああ、辰巳、お前は見逃してやる。お前だけは、昔から違った。お前だけは、俺を慕ってくれた。川津の血筋とか、兄貴ん子とか、関係ねえ。お前だけは
――」と、その時、辰巳が突然、

「うあああああっ！」と雄叫びを上げて義則さんに飛び掛かった。

「おっ、オイ！　何を――」

「うあああっ！　うがあああっ！」辰巳はなりふり構わず、義則さんに組みついていた。不意を突かれたせいで、義則さんは後手に回っていた。両手が塞がっていたせいで、辰巳の猛攻を腕で防ぐこ

としかできないでいる――と、辰巳の手が、その腕の片方をガッチリと掴んだ。拳銃を握っている方の腕を。

「辰巳っ！　放せっ！　放さんかっ！」

「があああああっ！」大柄な二人が、鍔迫《つばぜ》り合《あ》いのように揉み合っていた。力が均衡しているのか、組みついたまま離れる様子がない。手足が震え、身体が逸る。今、辰巳に加勢すれば、もしかしたら――が、踏み出し、飛びつこうかと逡巡した瞬間、

――パァンッ！　と、あの乾いた轟音が響き渡った。数瞬の沈黙の後、

「うっ……」辰巳が、よろよろとよろめいたかと思うと、私たち――義巳さんの目の前にズジャッと尻もちをついた。そのまま、ぐらりと後ろに倒れ込む。

「……え？」仰向けの辰巳の、祭事衣装である白い法被の胸の部分に赤い染みが浮いていた。それが、みるみる内に広がっていく。

「た、辰巳っ！」

「いやあああああっ！」義巳さんが叫ぶのと、私が悲鳴を上げるのは、ほぼ同時だった。それを機に村の人たちの方からも悲鳴が上がった。慌てて駆け寄り、

「辰巳っ！　辰巳っ！」パニックになりながら、必死に辰巳の胸を押さえつけた。が、血は止まることなく、白い法被をじわじわと真っ赤に染めていく。

「辰巳、辰巳……！」義則さんも反対側について辰巳に取り縋り、必死に名前を呼んでいた。が、辰巳は口からひゅうひゅうと空気を漏らすだけで、返事をしなかった。目の焦点が合っておらず、息が

段々と荒く、浅くなっていく。

「オイッ！　しっかりしろっ！　こっちを見ろ！」いつの間にか、鳳崎が横から辰巳の顔を覗き込み、頬を叩きながら呼びかけていた。すると、不意に辰巳の目の焦点が合い、虚空を泳いだ後——私を見た。

「ま、真由美っ……俺っ……お、俺っ……」

と、苦し気に漏らしながら、胸を押さえつけていた私の手を握ると、

「一緒に、む、村から、逃げようっち、思って……や、やから、原チャリをっ……」

「辰巳っ、苦しいなら喋らんでっ！」

「ふ、二人乗りっ……ごめん……ごめん……」辰巳は、あの頃のような泣き顔で謝り続けた。が、次第に手を握る力が弱くなっていき——頭が、ごとんと地面についた。

「……辰巳？　辰巳っ？」必死に呼びかけたが、辰巳は答えなかった。私よりはるかに大きく、強い力を持っているはずの手も、一向に握り返してこない。

「……いやっ……辰巳っ！　辰巳っ！　いやあっ！」何が起きたのか、理解したくなくて、認めたくなくて、肩を揺すったが、辰巳の身体は、まだ温かいのに、なぜか、大事なものが抜けて行ったと、失われていると分かって——、

「いやああああっ！」嫌だ、辰巳が、そんな、嘘だ、嫌だっ……！

「てめえっ……！」鳳崎が震えながら立ち上がった。激痛ではなく、怒りに震えているようだった。

そのギラついた視線の先には——小刻みに震えながら、拳銃を構えたまま呆然と立ち尽くす、義則さ

んの姿。

「なんで撃ちやがったっ！　クソ野郎がっ！」鳳崎が吠えるが、義則さんは押し黙ったままだった。辰巳を虚ろな目で見下ろしながら、ブツブツと何事かを呟いている。

「辰巳……辰巳っ……」義巳さんは、辰巳の肩を抱えて静かに泣いていた。

「辰巳？　ねえ、辰巳？　寝ちょるんでしょう？　ダメばい、こげなところで」

義則さんの後ろで、つい先程まで取り乱していたはずの妙子さんが、なぜか不気味なほど穏やかな表情を浮かべて辰巳に呼びかけていた。

「ほら、起きなさい。もう、しょうがない子やねえ。そげなところで寝たら風邪ひくき、起きなさいね、辰巳、辰巳、辰巳、辰巳――」

「うるせえええええっ！」

突如として、義則さんが絶叫した。と同時に、場がヒリヒリと静まり返る。

「うるせえうるせえうるせえええっ！　お前たちが悪いんやろうがっ！　俺に歯向かうきっ、こげなことになったんやろうがあっ！」ぐるぐると銃口を誰もかれもに突きつけながら、義則さんが唾を飛ばして狼狽え始めた。

「俺やねえっ、お前らが、お前らがっ……勝手に動くなあっ！」

私たちを庇うように足を引きずりながら前に立った鳳崎を、義則さんの銃口が捉える。唯一心を許していた辰巳を手にかけて、心が壊れかけているようだった。その後ろで村の人たちが呆然と立ち尽くしている。その場にいる誰もが、選択肢を奪われていた。私たちも。村の人たちも。その間で凶器を手に立ち回る義則さんですら。

「……ククッ、カカカカッ……もう、知ったこっちゃあるか」

不意に、義則さんは不敵に笑うと、白蛇の面を覗き込むように見つめた。

「オイッ、よせっ！　これ以上――」

「喋るなっち言うたやろうがああっ！」

義則さんが、口の端で泡を吹きながら、鳳崎に喚いた。

「もう、どげえでもなりゃいいっ！　どいつもこいつも死にゃあいいじゃねえかっ！」

そう叫ぶと、義則さんは天を仰ぎ、白蛇の面を乗せるようにして、顔に――、

――げぇえぇぁああああああああっ！

「ひっ……！」悍ましい叫び声が響き渡った。六年前の夜、お社の中から響いた――得体の知れない化け物が怒りに震えながら、顎が外れんばかりに大口を開け、そこから喰らった者の血を滴らせながら轟《とどろ》かせたかのような、そんな見たことがないはずの恐ろしい光景を幻視させられる、今まで聞いたことがない種類の汁っぽく濁った不協和音の絶叫。いや、得体の知れない化け物ではない。幻視させられもしない。もう正体は分かっているのだから。目の前にいるのだから。これは、シラカダ様の声。

絶叫が終わると、義則さんはガクンッと俯いた。面紐など無いというのに、なぜか白蛇の面は落下せず、顔に張りついたままで――と、突然、義則さんはぐにゃりと首を捻じるようにして、村の人たちの方を見遣った。

誰もが、ヒッと喉を鳴らして身じろいだ――かと思うと、微動だにしなくなった。小さく震えては

いるが、まるで呼吸すらしていないのではないかと思うほど。

と、その時、義則さんの身体に異変が起きていることに気が付いた。こちらに向けられている後頭部の髪が、みるみる伸びていく。それだけではなく、根本の方から、じわじわと白く染まっていき――あっという間に、黒い短髪だった髪型が、真っ白い、腰ほどまでもある長髪へと変貌を遂げた。

あれが、この朽無村で、年に一度、逢魔が時を契機に、男の身体を依り代にして、この世に顕現する悪霊――シラカダ様の姿なのか……！

「ぐっ、ぐぶっ……」突然、妙子さんが口から泡を吹いた。かと思うと、他の人たちも次々に口から泡を吹き、立ったままガクガクと震え始める。

「クソッ！」鳳崎が足を引きずりながら、義則さんへ近付こうとした瞬間、

――げぇえあああっ！

グルンッ！　と首を不自然にくねらせて、義則さんがこちらを向いた。まるで蛇が睨んでいる顔を模したような面の覗き穴から、目が覗いていた。それは、カッと大きく見開かれ、黒目が白く濁った、凄まじい殺気をぬらぬらと放つ、悍ましい目だった。

「ひぐっ……！」それに射抜かれた瞬間、未経験の感覚が全身を襲った。喉を強く絞め上げられたような、太い縄でぐるぐると身体中を縛り上げられたような――息が、できない。動けない。指の一本も動かすことが――、

「真由美っ！　見るなっ！」鳳崎が身をかがめ、視線を遮るように間に立った。途端に、ひゅうっと喉が動き、息を吸い込めるようになる。

「うっ、ぐっ……はあっ、はあっ……！」

あれが、シラカダ様の力……！　目を見つめただけで、あんなにも……！

「俺のサングラスを掛けてろっ！　でも、なるべくあいつを見るなっ！」

言われた通りに、鳳崎のサングラスを取り出して掛けた。怖々と目線を下げたまま、辺りを窺う。

薄暗くなった視界の中、義巳さんが泡を吹いて辰巳の亡骸に折り重なるように倒れている。いつの間にか、村の人たちも倒れていて、地面に這いつくばっている。

まともに立っているのは鳳崎と――、

「ゆ、優一くんっ……！」ややや離れたところにいた優一くんは、やはり動けないでいるのか、その場に立ち尽くしていた。が、その顔は、まったく苦し気ではなかった。口を微かに開き、目を見張り――幽鬼そのもののような表情になっている。六年前に、自分の大切な家族を奪った悪霊を前にして。

「クソがっ……」鳳崎が、ゆっくりと立ち上がった。あの白い目に睨まれても平気なのか、平然と、だが、苦しそうに柄シャツの袖を捲っている。恐る恐る視線を上げ、義則さん――シラカダ様の方を窺うと、しげしげと手に握っている拳銃を見つめていた。首をぐねぐねと捻りながら、これは何だと、物珍しそうに。恐らく、義則さんの身体は、完全にシラカダ様の支配下にあるのだろう。悪霊に魅入られ、つけ込まれ、肉体を、精神を、乗っ取られているのだ。だが、話に聞いた通り、あの白蛇の面を外すことができれば――と、その時、シラカダ様が、ぐにゃりと顔をこちらに向けた。

「ひあっ……！」悍ましい視線を向けられて思わず怯んだが、サングラスの力なのか、ガタガタと震えこそすれ、どうにか動けるようになっていた。

「チッ……！」鳳崎が撃たれた足を庇いながら身構える。瞬間、シラカダ様は、ゆっくりと首を傾《かし》げた。見てはいけないと分かっていながらも、その面の向こうの白い目を窺うと――そこには明らかに、憎悪が宿っていた。

――なぜ、お前たちは動いている。なぜ、自分の前に屈しない。なぜ、倒れない。なぜ、死なない。

シラカダ様がぬらぬらと近付いてきた。手には拳銃を持っていたが、こちらに向けて構えず、背中を曲げ、首を、肩を、腕を、人間離れした不気味な動きでグネグネと蠢かせながら、まるで蛇が這い寄ってくるかのようにして。

「クソがあっ！」鳳崎が足を引きずりながら迎え撃った。が、あっという間にぐねりとした奇怪な動きで搦《から》めとられたかと思うと、腹に膝蹴りを入れられた。

「がっ……」そのまま、身を丸めた鳳崎の頭に拳銃が振り下ろされた。前のめりに倒れかけたところを、髪を掴まれて無理矢理持ち上げられ、腹に拳を入れられる。何度も、何度も。その末に、負傷している太腿を横から勢いよく蹴り上げられ、鳳崎の身体は、ズザザッ！　とこちらへ打ち捨てられるかのように転がってきた。

「鳳崎さんっ！」へたり込んだまま、倒れた鳳崎の元へ駆け寄る。長髪が荒れ、額から血が流れ、縛っていた太腿の傷からも、また血が滲んでいた。よろよろと身体を起こしたが「ぐうっ……」と呻いて、くずおれてしまう。

「真由美……逃げろっ……」

「で、でもっ……」シラカダ様が、ぬらぬらと身体を蠢かせながら、ゆっくりと迫ってきていた。その手には拳銃。手前には倒れている辰巳と義巳さん。向こうには、へたり込む村の人たち。為す術が無い、怖い、怖いっ、怖いっ……。

でも——逃げる？ また、あの時のように？ 六年前のように？

「ううっ……」それしかないのか。私はまた、シラカダ様から逃げるのか？ 怯えることしかできないのか？ 怒りも、悲しみも、恐怖も、何もかも受け入れて戦うと誓ったのに。私は——と、その時、不意に目の前の地面に影が差した。顔を上げると、

「……鳳崎さん」優一くんがいた。例の安全圏を守りつつ、ギリギリまで近付いて、私たちを見下ろしている。そんな、まさか、動けないはずなのでは——、

「やめろっ……」鳳崎が必死に声を絞り出しながら「それだけは、やめろっ……！」と手を伸ばした。が、長いようで短いような沈黙の後、優一くんは意を決したように「……ごめんなさい」とだけ、力なく呟いた。そして、私を、どこか悲し気に一瞥した後、目を瞑って、シラカダ様の方へ向き直った。

「やめろっ！ 優一っ！」鳳崎に呼ばれても、優一くんは振り返らなかった。私は何が起きているのか分からず、呆然と優一くんの背中を見つめて——いや、私は何が起きるか分かったような気がした。ついさっき、私を一瞥した優一くんの恐ろしいほど澄み切った黒い目には、あの妖しい危うさを感じさせる冥い意志がまた宿って——、

「ゆっ、優一くんっ！」慌てて呼んだが、やはり優一くんは振り返らなかった。その向こうには、シラカダ様が立ちはだかっている。面の向こうの目に、自分の支配に応じない優一くんに対する憎悪と

怒りを滾《たぎ》らせて。だが、その眼力に負けないほど、優一くんの背中は物語っていた。

幽鬼めいた、妖しく、危うい、覚悟を――。

緊迫した沈黙が訪れ、怪異の力が強まるという逢魔が時の、薄暗く白み始めた空気が漂い、夜の気配が長い影となって滲み始める中、怪異に取り憑かれた者同士が対峙していた。シラカダ様と、シラカダ様に……え？

違う、おかしい。この状況は、おかしい。だって、
シラカダ様は、優一くんに取り憑いているはずではないのか。

六年前の、あの夜から、ずっと――いや、違う。思い返してみれば、それも、おかしい。

鳳崎は、こう言っていた。

〝――酷く衰弱してる上に、ほとんど半狂乱の状態になってるガキが運び込まれてきた。よく見ると悪霊の穢れが染みついてて、そのせいでヤバい状況に陥ってるってことが分かったから医者に事情を説明して、急遽祓いを行って難なく成功したが――〟

……そう。悪霊に取り憑かれた、という言い方はしなかった。穢れが染みついていた、としか言っていなかった。それは子供に対して強く及ぶという、シラカダ様の穢れ。シラカダ様は弱体化していたが、当時、優一くんはまだ子供だったから、危険な状況に陥って。

だが、それは難なく祓われたという。

つまり……六年前、シラカダ様は優一くんに取り憑いてなどいなかった？

でも、シラカダ様はお社にいなかったではないか。御神体として祀られていた、あの白蛇の面を前

にしても、サングラス越しに何も視えなかったし、鳳崎から託されていた怪異を感知する霊虫《れいちゅう》も無反応だったではないか。

それは、シラカダ様が優一くんに取り憑いていたからなのでは――、

〝入ったところで死にはしねえ。っつうより、何も危険はねえが、あそこには――〟

鳳崎も、そう言っていて――、

〝――まあ、復活するのは年に一回。それも怪異の力が強まる夕刻――逢魔が時から晩にかけての間だけな上、面を着けた依り代を介さないと、まともに顕現することもできない――言ってみりゃあ、力を得ても、その程度のケチな悪霊に過ぎなかったってことだ――〟

……年に一回？　夕方？　あの時はまだ昼間だったから、シラカダ様は復活していなかった？　禁忌とされるほどのモノが〝その程度〟のケチな悪霊？

あれは、私と鳳崎の感覚の齟齬によるものではなかった？

禁忌――とんでもなくヤバいモノ。世間に広められない、名前も、特徴も、何もかも、口にすることと自体が……口にする？

〝言うなっ！〟

〝……分かってるよ。言ったら、どうなるのかは〟

〝いいか、絶対に口走るなよ。忌み名の方も、あだ名の方もだ〟

〝シラカダ様に操られているだけなのかも〟

〝大した悪霊じゃねえからな。手間はいるが、俺にできねえことじゃねえ〟

鳳崎と優一くんの言葉が交互に蘇る。

忌み名、あだ名の疑問はともかく、優一くんは〝シラカダ様〟と口にしていた。鳳崎はシラカダ様のことを大した悪霊ではないと、自分にも祓える存在だと言い切っていた。

……何かが脳裏に引っ掛かっている。シラカダ様。この村に巣食う、悪しき人間の魂が元となった悪霊。頭沢で優一くんと再会した時、私はその片鱗を垣間見た。優一くんを愛おしそうに抱きしめる、不気味なほど白く、細く、艶めかしい二人分の腕と、背後に浮かぶ無数の視線……。

二人分の？　無数の？　あれは……シラカダ様ではなかった？

〝あいつが、とんでもなくヤバいモノに魅入られてる可能性があるんだ……！〟

〝無理もねえ。魅入られてるどころじゃなくて、取り憑かれてんだからな。感情なんか、表に出せるはずがねえ〟

〝言っただろうが。とんでもなくヤバいモノだ。その中に封じ込めてたが……クソッ……もう、手遅れかもしれねえ〟

……そうだ。私は鳳崎の口から一度も優一くんに取り憑いているモノの名など聞かされていない。

それは、そのモノが禁忌とされるほど危険な存在だからで……。

優一くんが持っていた、それが開いたと分かった瞬間に鳳崎が驚くほど狼狽えていた、あの巨大な竹筒に封じ込められていたのは？

優一くんに取り憑いている存在とは、一体――――、

「優一っ！　よせっ！　それだけはやめろっ！　どうなるか分かってんのかっ！」

鳳崎が鬼気迫った様子で叫び、我に返る。

嵐の前の静けさのような、不気味なほどの沈黙が場を支配する中――、

「…………ヨナグニサマ」

優一くんが、その忌み名を口にした。瞬間、キンと空気が張り詰め、全身に氷点下の冷気を浴びせられたような感覚が伝った。まるで、大気そのものが氷になったかのような――パキンッ、という音と共に、突如として薄暗かった視界が色彩を取り戻す。慌てて下を見ると、掛けていたはずのサングラスが真っ二つに割れて落ちていた。一体、何が――、

「ぐっ……」突然、優一くんが呻き、背中を丸めた。力んでいるかのように、痛みに耐えているかのように、ブルブルと震え出して――、

「……え？」優一くんの背中、着ている白いシャツの肩甲骨の辺りが、不自然に盛り上がっていた。まるで、何かが内側から押しているかのように。

その隆起は、ゆっくりと大きくなり、シャツの生地がメリメリと軋みながら突っ張っていって――ついに、ビリッと縦に裂けた。

「……っ!?」そこから現れたものに、目が釘付けになった。不気味なほど白く、細い腕が、ひとつ、ふたつ、みっつ、よっつ……。まるで、花弁が開くかのように、ゆらりと伸びた。かと思うと、その四本の腕は、やけに艶めかしい動きで、それぞれ、優一くんの肩と、脇腹の辺りを掴んだ。

あれは頭沢で見たのと同じ――メリメリ……とシャツが更に縦に裂けていく。優一くんの中から、何かが出てこようとしている。

初めに現れたのは、茶色というよりも鮮やかな赤褐色をした何かだった。それが衣服を纏った人の背中だと理解できたのは、先に現れていた二対の腕が、肩の部分——赤褐色の袖口に集約されていたことと、上から長い黒髪を伴った頭が、ずるっ……と現れたからだった。

呆然と、だが、息を呑みながら見入っていると、とうとう下半身までもが出で始め、白いシャツが真っ二つに裂け、はらはらと抜け殻のように除けられ——それは、身をのけぞらせながら、飛び立つようにして、完全に姿を現した。

……女の人？

確かに、それは人間だった。だが、明らかに、命あるものではなかった。

全体が鮮やかな赤褐色で、腰から下が染め抜かれたかのように黒褐色の、ボロボロの着物を纏った、小柄で細身の身体をした女。よく見ると、その着物の腰から下は、ジトジトと血が滲んでいるから黒褐色に染まっているのだと分かった。巻いている擦り切れた帯も黒いせいか、その二色のコントラストは酷く不気味な妖艶さを表していた。帯だけではなく、裾もズタズタに擦り切れていて、袖口に至っては破かれたかのように二の腕の辺りまでしかなかった。そこから、不気味なほど白く、細く、艶めかしい腕が二本ずつ伸びている。四本腕、としか言い様が無かった。他にたとえる言葉が見つからない。ひとつの身体に、二人分の腕が、四本の腕があるのだから。

そして、裾から覗く小さな、やはり不気味なほど白い裸足《はだし》の足は、地に着いていなかった。女の身体は、のけぞるような姿勢で、まるで水中に漂っているかのように、ゆらゆらと宙に浮いていた。腰ほどまでもありそうな長い黒髪も、重力に逆らい、上向きに揺蕩《たゆた》っている。それは、振り乱すというよりは、それ自身が伸び動いているかのように映って……羽化だ。

その一連の光景は、羽化を連想させるものだった。

優一くんに取り憑いていた怪異なるモノが、内側から、繭を破るかのように出でて、翅《はね》を伸ばすかのように、顕現した……？

「はあっ……はあっ……」優一くんが肩で息をしながら、ぐったりと項垂れた。その拍子に、両肩に引っ掛かっていたシャツがするりと地面に落ちた。下に何も着ていなかったのか、優一くんの華奢《きゃしゃ》な半身が露わになる。

すると、ゆらゆらと漂っていた女が、ひらりと宙を舞ったかと思うと、優一くんの正面に回り、支えて介抱するかのように、抱きすくめた。

「……っ!?」女は優一くんを、四本の腕を使って愛おしそうに抱きすくめていた。その顔が肩越しにこちらを向いていた。それは手足と同様、不気味なほど白い肌をしていたが、完全に人のそれではなかった。ゆらゆらと上に揺蕩いながらも、いくらか前に垂れた長い黒髪の隙間から覗いていたのは、小さな顔に不釣り合いな、異様なほど大きい、まるで底が無い虚穴《うろあな》のように真っ黒な目だった。白目も黒目も無く、ただひたすらに冥い闇が、何の感情も湛えていない深淵《しんえん》が、そこにあった。

薄い眉も、小ぶりな鼻も、緩く結ばれた口も、まともにあった。が、その異様な目のせいか、その顔は、明らかにこの世のものとして映らなかった。

怪異、モノ、妖異、異形、魔物、化け物……しかし、それらに位置付けるには、アレは恐ろしいほどに美しく、妖しく、艶めかしく、蠱惑《こわく》的で――、

「ひっ……！」突如として、悍ましい感覚が、全身を支配した。

これは、頭沢で優一くんと再会した時に、近付いた時に、味わった感覚。

目を背けなければならないと、見てはならないと分かっていても、引き寄せられるかのように、惹きつけられるかのように、私はそれを見た。

優一くんを愛おしそうに抱きすくめている女の背後。そこに、凄まじい量の強烈な視線が浮かんでいた。ギョロと、頭沢の時の比ではないほど無数の、憎悪を滲ませた悍ましい視線が。

それは、女の背後一帯の虚空に、ぞわぞわと群れていた。まるで、女が憎悪を滲ませた視線の軍勢を従えているかのように。

「あ……ああっ……」口から絶望が、声にならない声となって漏れた。

身体が動かない。シラカダ様に睨まれた時とは違う。その比ではない。絶対的な恐怖という概念に、肉体が、精神が、芯から蝕まれ、隷属させられている——。

遠のく、というよりは奪われそうになる意識の底で、私は頭沢でアレの片鱗を垣間見た時のことを思い出していた。白く細く艶めかしい二対の腕に、無数の悍ましい視線。それらを見て、感じて、私はこう考えていた。アレは絶対に個の存在ではないと。無数の得体の知れない何かが寄り集まり、恐ろしい存在に成り果てているのではないかと。だが、違っていた。ある意味、的を射てはいたが根本から違っていた。

あれは絶対に、個の存在だ。無数の存在を内包してはいるが、ひとつの強固で絶対的な存在が、それらを束ね、隷属させているのだ。

それが、あの、赤褐色の着物を纏った、四本の腕を持つ、髪の長い女。

女は無表情に、こちらを見つめていた。しかし、それは人の——例えば、優一くんの無表情とは、確実に違う種類のものだった。その顔には、大きく異様な目には、何の感情も宿っていなかったのだ。どれだけ窺おうとも、何も汲み取ることができなかった。背後に従えている憎悪を含んだ視線の群れと違い、その目はただただ、冥い闇のような虚無を湛えていた。まるで、そういったものを持たないという昆虫のような——いや、命あるものとは決して相容《あいい》れない、霊感による知覚など微塵も関係が無い領域にいる、まったく別次元の計り知れない存在であるかのようだった。

なのに……なぜ、私は今、そんな存在に、惹きつけられているのだ……!

怖い。恐ろしい。悍ましい。なのに、目が離せない。見たくないのに、見てしまう。引き寄せられてしまう。惹きつけられてしまう。それがまた、怖くて、恐ろしくて、悍ましい。アレは、何なのだ。人じゃない。人の形をしてはいるが、人であるはずがない。アレが、あんなモノが、あんな理解が及ばないモノが、あんなこの世の理から外れた領域にいるモノが——、

——げぇあああっ!

響き渡ったのは、別の怪異なる存在、シラカダ様の声だった。それに呼応するかのように、女がひ

らりと舞うように動き、また優一くんの背中に回った。宙に浮き、優一くんを後ろから、四本の腕で愛おしそうに抱きすくめる。瞬間、無数の悍ましい視線の気配が消えて、ようやく、「はあっ……！」心と身体が、隷属せざるを得なかった絶対的恐怖から解放された。

「がはっ……！」横で咳き込む声がして、そちらを向くと、鳳崎がよろよろと上体を起こしていた。かと思うと「げ、げえっ……」と血の混じった胃液を吐いた。ひゅうひゅうと息を荒らげながら、顔を苦痛に歪めている。それを見て、私は自分の置かれている状況を否が応でも理解させられた。

さっき、シラカダ様による暴力に蹂躙された時でさえ、鳳崎はあんな表情をしていなかった。どれだけ傷だらけの痛々しい面をしていようと、不利な状況にあろうと、その猛禽類のような鋭い目には、揺るぎない闘志とでも言うべき覇気がギラギラと宿っていたのだ。だが、今の鳳崎からは完全にそれが消え失せていた。いつも飄々として、何が起きても鋼のように動じていなかったはずの鳳崎が、これから殺されるのを待つ手負いの獣のように追い詰められている。

それが意味するものは、アレが、あの女が――、

「ぐうっ……がっ……！」突然、鳳崎の身体がビクンッと跳ねた。背中を丸め、地面の砂利を握りしめながら、必死に痛みに耐えるかのように、ブルブルと震え始める。

「ほ、鳳崎さんっ……！」

「があぁっ……！」こめかみに青筋を浮かばせながら、鳳崎が唸った。かと思うと、震える腕でポケットに手を突っ込み、あの香水を取り出すと、自分の鼻に押し当てて噴射し、思いきり吸い込んだ。それを何度か繰り返した末、

「げほっ……ぐっ……」鳳崎の呼吸が、段々と落ち着き始める。

「な、何が——」

「真由美っ！　タオルを当てろっ！」

「えっ？」

「口と鼻に当てろっ！　早くっ！」言われるがままに、首に掛けていたタオルを押し当てた。布地に染みついていた刺々しいミントの香りが、鼻から抜けて肺に満ちる。

「クソッ、クソッ……！」鳳崎は鬼気迫った様子で周囲に香水を撒き散らし始めた。

「鳳崎さんっ、一体何がっ——」

「いいか、絶対にタオルを離すなっ！　アレの穢れを吸い込んだら終わりだ！　クソッ、もう間に合わねえかもしれねえがっ……ともかく息を深く吸い込むなっ！」

アレの穢れ？　吸い込む？　もう間に合わない？　どういう意味——と、その時、

「……え？」手前にいたはずの辰巳と義巳さんが、いなくなっていることに気が付いた。先程まで、折り重なるように倒れていた二人の姿が消え失せている。だが、そこには、赤い染みの浮いた白い法被と、ヨレヨレの作業着が、何か、灰のようなものにまみれて落ちていて——、

「いやああっ！」村の人たちの方から甲高い悲鳴が上がり、そちらを見遣ると、女の人たちがよたよたと地面に這いつくばっていた。母は呆然と下を向いていて、妙子さんは地面に倒れていて、幸枝さんはガクガクと震えていて、文乃さんは白い法被を手に狼狽えていて……男の人たちは？　父の姿が無い。同じように地面にくずおれていたはずの雅二さんや秀雄さんの姿も消え失せている。が、そこ

には白い法被や見覚えのある作業着が落ちていて、文乃さんの手にしている法被からは煙のようなものがモワモワと漂っていて――限りなく馬鹿げた、且つ恐ろしい想像が頭をよぎった時、

――げぇああっ！　とシラカダ様が叫んだ。いつの間にか、優一くんと義則さんは互いの間合いを取りつつ、じりじりと円を描くように移動していた。

私たちの間に、怪異に取り憑かれた者同士が横向きに対峙している。悍ましいモノとモノとが、睨み合っている。が、両者には決定的な違いがあった。

シラカダ様は、ぬらぬらと憎悪を放っていた。グネグネと蠢かせる身体から、振り乱す長い白髪から。そして何より、面の向こうに見える白い目から。自身の支配に応じない者に対して。だが、あの女は、やはり何の感情も放っていなかった。四本の腕は愛おしそうに優一くんを抱いていたが、その無表情の顔は、冥い闇のような目は、虚無を表しているだけだった。そして、それは優一くんも同様で、その顔には、目には、何の感情も――、

――げぇえええあああああああっ！

シラカダ様が威嚇するかのように絶叫した。そのまま、不気味な動きで優一くんにぬらぬらと迫って行く。あの悍ましい視線を向けながら、自身の支配に応じない者の命を、六年前に唯一取り逃がした者の命を、奪おうとして。

瞬間、優一くんを抱きすくめていた女の背中から、無数の悍ましい視線がブワッと湧き出るかのように現れた。それは放射状に散らばったかと思うと、ぞわぞわと波打つように左右に分かれ、ひとつひとつがギョロギョロと規則的に蠢き――不気味なほど美しい超自然的幾何学模様を作り出した。そ

の様はまるで、翅を広げたかのようだった。憎悪を滲ませた無数の視線によって構成された、巨大な翅を。

その時、私は目に視えない何かが、その翅からブヮッと発せられるのを感じた。風ではない。だが、それに近い、臭気のような、冷気のような、粒子のような――、

「ぐうっ……」横を見ると、鳳崎が柄シャツの襟で口と鼻を覆っていた。まるで、何かを吸い込まないようにして――何を？　……アレの、穢れ？

「ほ、鳳崎さんっ……」

「喋るな！　完全には防げねえっ……！」

「で、でもっ、優一くんがっ――」

「もう手遅れだっ！」鳳崎が、苦痛を押し殺すように叫んだ。

「……え？」慌てて優一くんの方を見遣った。すると、ぬらぬらと迫っていたはずのシラカダ様が、いつの間にか動きを止めていた。身をかがめて、首をすくめ、何かを見上げて――それは、あの女の、巨大な視線の翅だった。

――げっ、げぁあっ！　げぁあああああっ！

シラカダ様が、また叫んだ。が、その声には、怯えの色が混じっていた。よく見ると、ぬらぬらと蠢かせていた身体がガクガクと震えていて、自ら動きを止めたのではないと分かった。止められたのだ。あの女が翅から放つ、絶対的恐怖によって。

――ザリッ……

震えながら身を伏せることしかできずにいる中、優一くんが一歩踏み出した。それに応えるかのように、女は抱きすくめていた四本の腕のひとつを、優一くんの右腕に艶めかしく絡ませた。手首を摑むと、操るかのように持ち上げ、力なく開いている右手を掲げさせる。そのまま、ザリッ……ザリッ……と、優一くんはシラカダ様に迫って行った。その身に悍ましいモノを宿して。

「クソッ……！」横で鳳崎が呻いた。声には、慟哭と悔恨の念が滲んでいる。

「な、な、何が起きてるのっ!?　アレは っ……アレは一体何なのっ!?」

目に視えない恐怖に煽られながら、必死にそれを堪えながら訊くと、鳳崎は、

「アレはっ……うちの寺で封印してた禁忌霊虫《きんきれいちゅう》だっ……！」

禁忌。つまり、それが意味するものは――、

「とっ、止めなきゃ――」

「無理だ！　オウマガをっ……ニライカナイのトコヨノカミを止められる奴なんかいねえっ！　アレは現象の領域にいるモノだっ！　現象に人間の感情なんか通用しねえっ！　依り代が耐えられなくなるまでっ――」そこまで言うと鳳崎はゲホゲホと激しく咳き込んだ。まくしたてられた言葉の意味を理解する間もなく、またあの感覚が全身を襲い、

「ひっ……」と息が止まる。恐る恐る前を向くと、女を宿した優一くんとシラカダ様が、互いに手を伸ばせば触れられるほどの至近距離で対峙していた。シラカダ様は身を縮め、首をすくめ、震えながら見上げている。目の前の絶対的恐怖――禁忌の存在を。それを身に宿した優一くんを。

その白い目には最早、憎悪や怒りなどという感情は映っていなかった。代わりに映っていたのは、

絶望と恐怖だった。

不意に、女がゆらりと視線の翅を震わせた。超自然的幾何学模様に象《かたど》られた無数の目が、ギョロギョロギョロギョロとシラカダ様を射抜く。

――げっ、げぁあぁっ！

それは最早、六年前に私を恐怖に陥れたモノの声ではなかった。まるで、これから殺される小動物が上げるような、か弱いものの悲鳴だった。

それに一切構う様子もなく、女は視線の翅をはためかせた。無数の目がぞわぞわと蠢き、また波動のように目に視えない穢れが襲ってくる。それに必死に耐えていると、二人の向こうで女の人たちがバタバタと倒れていくのが見えた。母が――だが、立ち上がるどころか、動くことすらままならなかった。ただ、無力に、目の前の光景を見つめることしか――、

――げぇえええええええぁあああああああぁっ！

古来より朽無村を支配していた悪霊が、凄まじい断末魔の叫び声を上げた。視線の翅がはためく度に、無数の目で構成された幾何学模様が、禍々しい悪夢を閉じ込めた万華鏡の内部のように、妖しく、悍ましく、艶めかしく蠕動《ぜんどう》する。高次元の存在が、小さな蠟燭の火を吐息で弄ぶかのように、目の前の下等で脆弱《ぜいじゃく》な怪異なるモノを呑み込もうとしている。そんな中、優一くんが女に操られるようにして掲げていた右手を、ゆっくりとシラカダ様の顔面に向かって伸ばした。瞬間、バキンッ！と白蛇の面が粉々に割れて落ちた。義則さんの顔が露わになり、振り乱していた長い白髪が霧のように溶けて消え失せる。目も、元通りの黒さを取り戻していたが――、

「うああああああああああああっ！」そこから絶望と恐怖の色は消え失せていなかった。悲鳴を上げながら、尻もちをつくようにへたり込むと、ガタガタと震えて狼狽え始める。何が起きたのかは理解できていた。その身に憑依していたシラカダ様という存在が消え失せたのだ。顕現の為の道具を、復活の足掛かりにしていた呪物を、自身の顔を砕かれたことにより。そして、その行く末は――、

「うっ、うあっ、うあああっ！」突然、取り残された依り代――義則さんが悲鳴を上げたかと思うと、右腕を突き出した。その震える手には、拳銃が――、
パァンッ！　と銃声が響き渡る。何度も、絶え間なく。だが、どれだけ胸を凶弾に貫かれようとも、優一くんは――その後ろにいる女も――動じていなかった。傷口から血が噴き出しても、怯むこともなく、苦痛に悶えることもなく、虚無の表情を保ち続けながら義則さんを見つめている。

まるで痛みという感覚など持ち合わせていないかのように。生という概念から、命あるものの領域から逸脱しているかのように。

やがて、拳銃は、カチッ、カチッと軽い音を響かせるだけになった。それでも尚、義則さんは「あっ、ああっ……」と震える手で引き金を引き続けていた。

そんな乾いた静寂の中、優一くんが、掲げていた右手を更に義則さんへと近付けた。瞬間、手首に添えられていた女の指が、優一くんの指に艶めかしく絡んだかと思うと、視線の翅が、またギョロギョロと蠕動を始めた。

「がっ……」義則さんが窒息したかのように顔を強張らせた。絶対的恐怖を前にして、逃げることも、動くことも、悲鳴を上げることすらできないようだった。

さながら、自身が命を奪ってきた者たちのように。

そして、その絶望と恐怖に歪んだ顔を、優一くんが、伸ばした手で――女の手が艶めかしく重なり合った指先で、すらりと撫ぜるように触れた瞬間、

「あ……」義則さんの身体から、急速に血の気が失われていき――顔面から下へ伝うかのように、もろもろと崩れ始めた。頭が、首が、燃え尽きていく線香のように崩壊していく。まさしく灰になったそれらが、下に落ちては舞い散り、持ち主を失った拳銃がガチャンと地面に落ち、中身を失くした衣服がヘナヘナとくずおれて――あっという間に、一人の人間が小さな灰の山と化した。

あれが、禁忌級の怪異の為せる業なのか――と、その時、優一くんが突然、

「ぐうっ……」と苦し気に呻いたかと思うと、ぐったりと下を向き、血を吐いた。すると、絡みついていた女が、ゆらりと首だけをこちらに向けた。

「ひっ……！」視線の翅が、ギョロギョロと妖しく、悍ましく、艶めかしく、蠕動している。その群れの中に、見覚えのある白い目があった。

やはり、取り込まれて――だが、それよりも恐ろしかったのは、それを従えている女の、冥い闇のような虚無を湛えた目だった。

ヨナグニサマ。優一くんは、そう言ってあの女を顕現させた。

オウマガ。ニライカナイのトコヨノカミ。鳳崎は、女のことをそう呼んでいた。

それらが何を意味する言葉なのかは分からないが――まさか、アレが、あんな怖いモノが、あんな恐ろしいモノが、あんな悍ましいモノが、神だとでもいうのか。

女は、じっとこちらを見つめている。意思の通じない、感情を宿していない、何も汲み取ることができない虚無のような顔で。

「ひっ……ぐっ……」ああ、きっと、今度は私たちが――と、その時、

「ぐううっ……！」優一くんが、また苦し気に、だが、何か明確な意思を感じさせる声で呻いた。瞬間、女は僅かに首を傾げた後、不意にざわざわと視線の翅を虚空へ雲散霧消させた。そのまま、優一くんをまた抱きすくめたかと思うと、その華奢な身体の中へ、スウゥッ……と沈み込んでいく。まるで、宿り主に回帰するかのように。

最後に、ゆらめいていた長い黒髪がしゅるしゅると背中へ溶け込んでいったかと思うと――優一くんは「はあっ……」と息を吐き、ぐらりと後ろへ倒れ込んだ。

「ゆっ、優一くんっ！」いつの間にか動けるようになっていた身体を逸らせ、優一くんの元へ駆け出す。「お、オイッ！　よせっ！」と鳳崎の声が背中越しに聞こえたが、構わなかった。近寄るなと言われたことも、口と鼻にタオルを当てるのも忘れて、私は優一くんの傍らに着いた。

優一くんは目を閉じ、眠っているかのように倒れている。撃たれた胸と肩は血だらけで、口からも血の筋が垂れている。

「ゆ、優一くんっ！　優一くんっ！」必死に呼びかけたが、優一くんは目を開かなかった。慌てて、抱き起こすように肩を抱える。が、再会して初めて触れたその華奢な身体は、やけに軽く、氷のように冷たく、酷く空虚な手触りをしていて、まるでそこに存在していないかのようで――、

「いやっ……いやあっ……！」辰巳の時のように、また目の前で、手に触れた先で、ひとつの命が

――そんなの、嫌だ、嫌だっ……！

視界が滲み、目から涙が零れ落ちそうになった――瞬間だった。優一くんの目が、ゆっくりと開いた。

「ゆっ……優一くんっ……」涙声で呼ぶ。私の傍に、ずっといてほしかった人の名を。心の奥底で、ずっと想《おも》っていた人の名を。優一くんは――、

――ごめんね
それは、声ではなかった。だが、優一くんの目は、確かに、そう言っていた。

澄んだ瞳の中に、私を映して――。

突然、優一くんの身体がサラサラと崩れ始めた。白い肌から、きめ細やかな砂が零れ落ちていくかのように、灰になっていく。

「い、いやっ……ダメッ……いかないでっ……！」

呼び止める声も虚しく、優一くんの身体は、静かに、そして緩やかに――すべて、灰と化した。手の中に虚しく残ったそれらが、指の隙間からサラサラと地面に零れ落ちていく。

「いやあっ……！」

優一くんという存在が、完全に消失し、後には、一山の灰と、衣服と、靴と、灰にまみれた何か
――心臓の形に似た、小さな茶色い塊が残っていた。

「いやああああああああああああああああっ！」

私の泣き叫ぶ声が、静寂に包まれた朽無村に、夜の気配を漂わせる夕暮れの空に、響き渡った。

その場にへたり込んだまま、私は子供のように、声を上げて泣いた。
怒号を飛ばす鳳崎から引きずられるようにしてその場から引き離されても、
いつの間にか降り出した強い雨に打たれても、
陽が完全に暮れて夜が訪れても、
声が枯れても、
私は絶えず、
ずっと、
ずっと、
泣き続けていた――。

終章

――そこまで語ると、真由美《まゆみ》さんは俯《うつむ》きがちに沈黙してしまった。

いつの間にか、かなりの時間が経《た》っていたようで、和室の掃き出し窓から見える外の景色は薄暗く白み、夕方の気配を漂わせていた。テーブルの麦茶のコップは氷が跡形もなくなり、外側を濡《ぬ》らしていた結露すら乾き切っている。部屋の隅に置かれた扇風機は絶えず静かな駆動音を響かせていたが、外から聞こえてくる蟬《せみ》の声は、アブラゼミやミンミンゼミではなく、カナカナカナ……と鳴くヒグラシに変わっていた。

「あ……あの……」僕は掛ける言葉が見つからなかった。

〝嘘《うそ》でしょう?〟

〝そんな非現実的なことが、あるわけない〟

〝僕の誘いを断るからって、そんな壮大な作り話をしなくたって〟

素直に、そう言えばいいのか? だが、それにしては、真由美さんの語りは、あまりにも迫真と、悲愴《ひそう》と、諦観に満ちていて――、

「……それから、どうなったんですか?」諸々《もろもろ》の情緒はともかく、僕はそう訊《き》いた。すると、真由美さんは、ゆっくりと顔を上げ、

「……色々と大変でした。救急車が来たり、警察が大勢来たりして……私も母たちも、とても話せる

状態ではなかったので、全部鳳崎《ほうざき》さんが応対してくださったんですけど、状況が状況なだけに最初は随分と疑われたみたいです……無理もありませんよね。村の女の人たちはみんな放心状態で、男の人たちはみんな衣服を残して行方不明。ただ一人正気を保っていたのは、見るからに怪しい風貌な上に足を撃たれている、村の者じゃない余所《よそ》の人間だったんですから」

「ゆ、行方不明？」齟齬《そご》が生じている気がして、思わず口にすると、

「ええ……本当は亡くなっているんですけどね。遺体が無い以上、行方不明扱いにするしかなかったみたいで……」

「亡くなってるって……じゃあ、真由美さんのお父さんや辰巳《たつみ》さんって……」

「話した通りです。みんな、跡形もなく灰になってしまいました。それも、直後に降り出した雨に攫《さら》われて消えてしまったので、遺体の痕跡は何も残っていなくて……」

「そ、そんな……」言葉を失っていると、真由美さんは淡々と続けた。

「そうこうしている内に、鳳崎さんが所属しているお寺の方々が駆けつけてきてくれて、最終的な対応をしてくださいました。そういった職業の方々って、警察に顔が利くみたいで、間に立って一連の事情を説明して頂いたんです。それで、どうにか場は収まりました。もっとも、信用があるのは上層部の方だけみたいで、その場にいた刑事さんたちからは、相変わらず不審に思われていたようですけど……まあ、化け物のせいで大勢の人間が灰になったなんて話、信じられなくて当然ですよね。最終的な落としどころも〝村の男の人たちがみんな行方不明になった〟というのと〝六年前に山賀家《やまがけ》が行方不明になった末、焼却炉の中から骨となって見つかったのには、村の男の人たちが関与していたか

もしれない〟というあやふやなものに落ち着きましたから」

「落としどころって……でも、実際は……」

「鳳崎さんが言うには、警察は立場上、怪異のような超常現象的存在を認めるわけにはいかないらしいんです。たとえ真実がそうであったとしても、目に視《み》える物的要素からしか事の結末を導くことができないと。そういった形で残っていたのは、お社にあった殺人の痕跡と焼却炉の中にあった山賀さんたちの骨だけでした。でも、当事者が全員いなくなってしまったので、物的証拠が残っていても、あの夜にお社で起きたことを完璧に立証することができなくて……」

「それじゃあ……」

「この村で起きた一連の出来事は、謎のまま終わった不可解な未解決殺人事件と、同じく未解決の失踪事件として処理されています。あくまで、表面上は。真実は、私を含めたほんの一部の人間しか知りません」

そこまで言うと、真由美さんは物憂げな目で僕を見つめ、

「高津《たかつ》さんも、どこかでこの村の噂《うわさ》を耳にしたんじゃありませんか？　不気味な村だとか、呪われている土地だとか、関わらない方がいいだとか……」

「い、いえ、そんなことは……」

しどろもどろに零《こぼ》した言葉とは裏腹に、僕は思い出していた。

〝あげな村、行かん方がいいのに……〟

〝あん村の人間には、関わらん方がいいのに……〟

〝あん村に関わった人間は、みんな不幸になりよるのに……〟

という、職場でそれとなく耳にしていた——今にして思えば、どこか忠告めいていた——噂話を。

僕はそれを、特定の地域に対する差別意識の表れなのだろうと思っていた。現代に至るまで根付いている、因習のひとつなのだろうと。

だが、その裏には。そして、更に、その向こうの真実は——、

「……仕方がないことです。そう思われるだけのことが、実際にこの村で起きたんですから。親類の人間や、かつてこの村にいた人間ですら、気味悪がって敬遠するくらいです。余所の人からしたら尚《なお》のことでしょうね……」

そう無気力に零す真由美さんに、どこか既視感を覚えた。

……そうだ。初めて会った時、委託介護支援事業所の相談窓口を訪れていた時も、真由美さんはこんな風だった。無気力で、何かを諦めたような佇《たたず》まいをしていた。

なぜか、窓口の職員から酷《ひど》く素っ気ない対応をされていて。それを見かねた僕が名乗り出て、相談に乗って、担当することになって、白い目で見られても、周りから何を言われても跳ねつけて、一人の介護支援専門員として、仕事を、早苗《さなえ》さんの介護を……え？

「待ってください。どうして、真由美さんや早苗さんたちは無事で済んだんですか。男の人たちはみんな灰になったというのに……」

仮に真由美さんの話を現実に起こったことだと信じるにしても、そこが気になった。人を容易《たやす》く灰にするほどの化け物がいたとして、なぜ被害に遭ったのが一部の人間だけなのだ？　真由美さんは今

日に至るまで生きているし、早苗さんもひと月前までは存命していたのだ。なぜ——、

「それは、私たちが女だったからです」真由美さんが、ポツリと答えた。

「女？」

「ええ……優一《ゆういち》くんに取り憑《つ》いていたオウマガの穢《けが》れは、男性に対してだけ強く及んだそうです。煽《あお》られただけで身体《からだ》が灰と化してしまうほど。でも、女性はどれだけ間近で直接的に穢れを受けても、命までは奪われないんです。ですから、あの日、私たちは生き延びることができたんです……祖母を除いて」

「……え？」

「家に戻ると、祖母が布団の中で冷たくなっていました。死因は心臓発作と診断されましたし、鳳崎さんたちも無関係だと言っていましたけど、私はオウマガの穢れに耐えられなかったのだろうと考えています。いかに女といえど、祖母は老いによって、心も身体も弱り切っていましたから」

僕は思わず、右上を——襖《ふすま》の上に飾られている河津家《かわづけ》の遺影を見遣《みや》った。そこには柔らかく微笑《ほほえ》む和服姿の老齢の女性が一人だけ……え？　違う、こうではなかった。ひと月前までは、多くの遺影が並んでいたはずだ。白黒写真のものとカラー写真のものが入り混じって、五枚はあったはず。それが今は、ひとつしか飾られていない。あれは恐らく、真由美さんの祖母の写真なのだろう。だが、その左右には、額縁の紐《ひも》を掛けていたのであろう折《お》れ釘《くぎ》が残されているだけになっている。

「……外してしまったんです。母がいた頃は、全員分飾っていたんですけどね。父の顔が見たいだろうと思って。でも……私は未《いま》だに、父を許すことができなくて」

僕の考えていることを見透かすかのように、真由美さんが悲し気に零した。

「四十九日が終わったら、母の遺影はそこに飾るつもりです。母は父の隣に飾られたいのかもしれませんけど、私は……」

何と答えていいか分からず、沈黙していると、

「でも……祖母だけではなくて、他の人たちも、結局は……」と顔を曇らせた。

「……え？」

「事態がある程度収束した後、私たち村の者はみんな、鳳崎さんが所属するお寺の方々によるお祓《はら》いを受けたんです。何日にも亘《わた》る、大規模なお祓いを。でも……やっぱり、禁忌の存在であるオウマガの穢れを祓うことはできなかったみたいで……最初に亡くなったのは妙子《たえこ》さんでした。川津屋敷《かわづやしき》のお座敷の仏壇の前で首を吊《つ》って……その次は幸枝《さちえ》さんです。車で出掛けていた際に事故を起こして……文乃《ふみの》さんは絵美《えみ》ちゃんと由美《ゆみ》ちゃんの所に行くと言って出先で倒れて、そのまま……半年も経たない内に、みんな亡くなってしまいました」

「そんな、ただの偶然じゃ……」

「聞くところによると、幸枝さんも文乃さんも、死因は窒息死だそうです。幸枝さんはガードレールに衝突する前に、既にこと切れていたらしくて……文乃さんは電車の中で急に倒れたみたいで……どちらも村を出て香ヶ地沢《かがちざわ》から遠く離れた土地に行こうとしていた時のことです。鳳崎さんたちからは危険だからと止められていたんですけど、二人とも信じずに出て行ってしまって……」

言葉を失った。そんな不可解な死に方が、あり得るはずが――、

「……妙子さんの死だけは、オウマガの穢れとは無関係だったんだと思います。妙子さんはきっと……耐えられなかったんです。自分を苦しめ続けた川津屋敷という牢獄《ろうごく》の中で、たった独りで残って生きることに。だから、自らの意思で命を絶ったんでしょう。〝辰巳の元へ行きます〟とだけ記された遺書も残っていましたから」

「で、でも、その……オウマガの穢れは、女性に対しては命の危険が無いって……」

「ええ。たとえ、どれだけ穢れようと命までは奪われません。穢れの領域にいる間は」

「穢れの、領域？」

「オウマガの穢れに侵された者は、オウマガの穢れに侵された土地でしか、生きていくことができないんです」

「……どういうことですか？」

「あの日、優一くんに取り憑いていたオウマガが撒《ま》き散らした穢れは、さながら台風のように広がったそうです。この朽無《くちな》村《むら》を中心地として。その上、暴風域と強風域があるように、中心地に近いほど強烈に穢れが染みついてしまっているようで……その範囲を正確に計り知ることはできませんでしたが、恐らくはここから香ヶ地沢の中心市街地がある辺りまで穢されているのでしょう。私の身体は、そこまでしか持ちませんから。それ以上村から離れようとすると、呼吸ができなくなってしまうんです」

「……え？」

「距離と同時に、時間も関係しているようで、この村を離れられるのはせいぜい半日ほどです。たとえるなら、私は淡水魚で、朽無村という川でしかまともに生きられず、汽水域の河口である香ヶ地沢市内までならギリギリ耐えられる。でも、その先にある海に出ることは決して叶《かな》わない、とでもいいましょうか」

「そ、そんな馬鹿なことが――」

「あるんです。過去に、何度も香ヶ地沢から出て行こうとしました。鳳崎さんたちの立会いの下に、色んな方法を試みて。でも、どうやっても、どれだけやっても、無意味でした。オウマガに穢された肺は、オウマガに穢された土地の空気しか受け付けないんです。だから、幸枝さんも文乃さんも窒息死したのでしょう。朽無村から、穢れの領域である香ヶ地沢から脱してしまった為《ため》に、呼吸ができなくなって……」

呆然《ぼうぜん》とすることしかできない中、真由美さんは静かに息をつき、

「そういうわけですから、私も母も村に残るしかありませんでした。でも、立て続けにみんなが亡くなっていったせいか、母は日に日に、ぼんやりとするようになりました。ただでさえ、父が目の前で灰になったショックからか、茫然自失《ぼうぜんじしつ》になっていたのに、追い打ちをかけるように村から人が消えて……私も私で茫然自失になっていたんですけど、ある日、母が抜け殻のような人になってしまっていることに気が付きました。高津さんにお世話になるのは大分後のことですが、私はその頃から、自分が何とかしなくてはいけないと思い立って、母のケアをするようになりました。凍りついた心を溶かそうと、話しかけたり、好きだった食事を作ったり、ドラマを見せたり、音楽を聴かせたりして……。でも、そのどれにも、母は応えてくれませんでした。ようやく応えてくれたのは、高津さんにお世話

になり始めた頃のことです。意思の疎通はほとんどできなかったけれど、昔みたいに喋《しゃべ》ったり、笑ったり、歌ったりしてくれて……母がしょっちゅう巡《めぐ》り唄《うた》を口ずさんでいたのは、きっと昔に戻りたかったからなのかもしれませんね。父がいて、祖母がいて、村のみんながいた、たとえ奴隷のように扱われていたとしても、見せかけ上は平穏に暮らすことができていた、あの頃に……」

氷のように冷えた脳裏に、くしゃくしゃの笑顔で巡り唄を口ずさむ早苗さんの姿が蘇《よみがえ》った。それを愛《いと》おしそうに見つめながら甲斐甲斐《かいがい》しく介護をする真由美さんの姿も。

傍《はた》から見れば、それは美しい光景だった。仲睦《なかむつ》まじい、親子の姿。正に、理想とでも言うべき介護の形。だが、その裏にあったのは、あまりにも残酷な真実――、

「……長々と、すみません。以上が、私がこの朽無村を離れられない理由です」

真由美さんは、姿勢を正して僕の方へ向き直ると、

「高津さん。本当に、ありがとうございました。高津さんがいなければ、あんなに楽しそうな母の姿を見ることはできなかったでしょう。他の方だったら、きっと……来てもくれなかったでしょう。してもし切れないくらいに、感謝しています。でも……お話しした通り、私は決して、この村から、香ヶ地沢から、出て行くことができないんです。ですから……ごめんなさい」

恭しく頭を下げられたが、それどころではなかった。一度目に断られた時とは別の方向に、そして、その時の比ではないほど、心がざわついていた。真由美さんは一体、どういう心境で早苗さんの介護をしていたというのだ。どういう心境で、この地に残るという選択を――いや、残らざるを得ないという残酷な現実を受け入れたというのだ――、

「な……なぜ、鳳崎という男は場に居合わせたのに、無事で済んでいるんですか？」

「鳳崎さんは、例外なんだそうです。詳しいわけは最後まで話してくれませんでしたけど、そういう体質だからと言っていました」

「しょ……焼却炉に残されていた骨は、どうなったんですか？」

「山賀さん夫婦と陽菜《ひな》ちゃんの骨は、鳳崎さんたちに持ち帰って頂きました。今は、郷里である名古屋のお墓に眠っているみたいです」

違う、違う、気になってはいたが、そんなのは僕が訊きたいことではない。

僕が最も訊きたいことは、複雑な感情と思考にまみれた最大の疑問は――、

「……分からない。そのオウマガというのは、一体何だっていうんですかっ」

「それは……」真由美さんが、眉をひそめて口ごもる。

「信じられませんよ、何もかもっ。しつこい誘いを断る為に、突拍子もない作り話をして、僕をからかっているんですか？　でも、そんなことをする人とは思えないし、嘘を言っているようには見えないしっ……何だっていうんですかっ……」

困惑の末に、泣き言を吐き出した。僕は一体、何に直面しているんだ？　一体、何に触れてしまったというのだ？　分からない……分かりたくない……。

テーブルに肘をつき、頭を抱えて項垂《うなだ》れていると、しゅるる、と音がした。顔を上げると、真由美さんの姿が無く、右奥の襖が開いていた。あそこは、確か納戸だと言っていたはず。かつて、真由美さんの祖母が寝室として使っていたという、後ろ暗い理由から作られた、窓の無い部屋。

程なくして、中から真由美さんが現れた。手には黒茶色の箱を抱えている。

「……人にお見せするのは、初めてかもしれません」

目の前に置かれたそれは、やや縦長で艶やかな表面をした古めかしい質感の木箱だった。真由美さんは、その上蓋を取ると、中から枯れ色をした円筒形のものを取り出した。木箱同様、両手で抱えなければならないほど大きなそれは——竹筒だった。

「これは、優一くんが、鳳崎さんの所属する愛知県のお寺から持ち出したものです」

まさか、と思っていると、真由美さんはその竹筒の上蓋を、いとも容易くパカッと取り去った。あっ、と息を呑《の》む僕を尻目に、真由美さんは厳かに中へ手を入れ——何度も扱った形跡のある、擦り切れた一枚の茶封筒を取り出した。

「安心してください。オウマガの繭は現在、鳳崎さんたちの手によって、愛知のお寺で厳重に封印、保管されています。これはもう、ただの竹筒に過ぎません。多少の穢れは染みついているようですが、悪い影響を及ぼすほどのものではないそうです」

そう言いながら、真由美さんは茶封筒の中から三つ折りにされた紙を取り出した。それをテーブルの上に丁寧に広げると、僕の方へ差し出してくる。

「オウマガは禁忌の存在ですから、どういう怪異、もとい霊虫《れいちゅう》なのか、詳細は最後までほとんど教えられませんでした。でも……鳳崎さんは最後に、これを残していってくれました。念の為に竹筒に入れておけと言われたので、こうして保管しています」

おずおずと手に取った。縦書きの、飾り気のない便箋。折り目と別に、そこかしこに皺《しわ》が寄った数枚のそれには、丁寧な字で文章が書き綴《つづ》られている。

「これは……」

「優一くんが、愛知を発《た》つ前に、お世話になっていたお寺に残していったという書置きです」


〝宇多川《うたがわ》先生へ。

これを読んでいる頃には、とっくに蠱《こ》籠堂《ろうどう》の異変に気が付かれていることだと思います。もしかして、お寺中が大騒ぎになっているのでしょうか。禁忌庫から件《くだん》の竹筒を持ち出した犯人は、僕です。勝手な真似《まね》をして、本当にごめんなさい。

僕はこれから、九州の朽無村という所に行ってきます。そして、二度と戻ってくることは無いと思います。こういった形での別れになることを許してください。

本来ならば、きちんと面と向かって伝えるべきなのでしょうが、こうする他に手段がありませんでした。ですから、思いの丈はすべて、ここに書き残すことにします。

宇多川先生。今まで僕の面倒を見てくれて、本当にありがとうございました。

書き出したらキリがありませんが、六年前、まだ十一歳の子供だった僕を悪霊の穢れから救ってくれたこと。その後、半分呆《ほう》けたようになってしまった状態の僕を病院から引き取ってくれたこと。まともにものを言えず、ぼーっと過ごすことしかできなかった僕に毎日優しく声を掛けてくださったこと。ご飯を食べさせてくれたこと。お仕事で多忙なのにもかかわらず、暇さえあれば一緒にいてくれたこと。色々なお説法や楽しい話を聞かせてくれたこと。

あの頃の記憶は曖昧だけれど、先生の手の温《ぬく》もりや、サングラス越しの温かい眼差《まなざ》し、柔らかい声は、今でもはっきりと覚えています。

その後、心身が落ち着いて、まともに生活ができるようになってからも、行き場のない僕を見捨てずに、文蘭寺《ぶんらんじ》に置いてくださったこと。衣食住を与えてくださったこと。学校にまで通わせてくれたこと。授業では習わない大切なことを、優しく、時に厳しく、丁寧に教えてくれたこと。先生が今まで僕にしてくれたことすべてに、心の底から感謝しています。感謝してもし切れないくらいです。何から何まで惜しみなく面倒を見て頂いて、本当にありがとうございました。

もちろん、他の方々にも感謝しています。僕が生きる気力を取り戻すことができたのは、宇多川先生を始めとする、文蘭寺《ぶんらんじ》派《は》の皆さんのおかげでした。皆さんがいなければ、僕は今頃、この世にいないことでしょう。

だから、これから僕がやろうとしていることを考えると、とても胸が痛みます。皆さんが、何より先生が与えてくださった多大なる恩を、とてつもない仇《あだ》で返すような真似をすることになってしまうのですから。

でも、僕はやらねばなりません。過去に向き合わなければなりません。

六年前に、僕から何もかもを奪ったあの村と、そこに巣食っているであろうモノと、対峙《たいじ》しなければなりません。

きっと、ことのすべてを説明したとしても、先生は僕の行動を称賛しないでしょう。いえ、それ以前に、僕のやることを絶対に許さないでしょう。

それでも、僕はやるつもりです。やらなければならないのです。

たとえ、僕がどんな結末を迎えようと。父と、母と、陽菜の為に。

今まで、本当にありがとうございました。　　山賀優一〟


「……私は最初、シラカダ様に取り憑かれてしまった優一くんが、その穢れによる苦しみを自死という形で終わらせる為、引き寄せられるかのように朽無村へ戻ってきたのだろうと思っていました。でも……それは間違っていました。読んで頂いたら分かる通り、優一くんはずっと、復讐《ふくしゅう》を誓っていたんです。この朽無村に——自分の家族を殺した村人たちと、シラカダ様に対して。だから、六年の時を経て、この村に戻ってきたんです。怪異に操られていたわけではなく、復讐を遂げるという、自身の明確な意志の下に。人間であろうと、怪異であろうと、無関係に滅ぼすことができるオウマガの繭を携えて。自分諸共《もろとも》、何もかもを、灰にする為に……」

読み終えて言葉を失っている僕に、真由美さんは粛々と語った。遠い目で、僕の手の中にある便箋を見つめながら。

「……いえ。実際のところ、優一くんがどういう風に考えていたのかは分かりません。オウマガの性質を、及ぼす穢れの影響をどこまで知っていたのか。村に着いてから、すぐに復讐に乗り出さなかったのは、復讐の対象が一カ所に集まるサトマワリの瞬間を待っていたのか。それとも、ギリギリまでオウマガをその身に宿すことを躊躇《ためら》っていたのか。その理由は何だったのか……今となっては、すべてが謎のままです」

便箋を持つ指先から血の気が引いていく。今、手にしているこれは、真由美さんが語った到底信じられない過去を、紛れもない真実だと裏付けるものであると同時に、山賀優一という少年の遺書とでも言うべきもの――、

「あの……高津さん。便箋が、もう一枚あると思うんですけど……」

我に返って手元を見ると、確かに読んでいないものが、もう一枚あった。

〝追記

鏖魔蛾についてのことは、できる限りのことを使って調べました。破魔雲雀や魔知鉦叩と違って、気安く持ち運ぶことができない危険な代物であることは分かっています。なので、その時が来るまでは、竹筒に施してある封印が解けてしまわないように、十分に注意して取り扱います。

先生のお身体のことを考えると、きっと僕がやることの後処理に来るのは、鳳崎さんになるのでしょう。

鳳崎さんへ。今まで、本当にありがとうございました。僕にとって鳳崎さんは、優しくて、何でも教えてくれて、頼れる兄のような存在でした。最後に、また迷惑を掛けてしまうかもしれないけれど、どうか許してください。〟

「鳳崎さん曰《いわ》く、霊虫《れいちゅう》にはそれぞれ種ごとに名前があるそうなんです。鳳崎さんが優一くんの家で化け物に対して使ったのは、そこにも記されている破魔雲雀《ハマヒバリ》。お社に入る前に私に託してくれたのは魔《マ》

知鉦叩《チカネタタキ》。名は体を表すと言うように、きっと霊虫《れいちゅう》の名前は、その性質に由来しているのだと思います。魔を破る、魔を知らせる……」

真由美さんの説明を聞きながら、追記の一行目に、再度目を通す。その始まりにある、見慣れない文字列。

〝鏖魔蛾〟

……おう……ま……が……？

「さっきも言ったように、オウマガがどういう存在なのかは、私もほとんど分かっていません。でも、その名前から察するに、オウマガというのは……」

真由美さんは、躊躇いがちに一呼吸置いて、

「ありとあらゆるものを鏖《みなごろし》にしてしまう魔の蛾《が》、ということを意味しているのでしょうか……」

瞬間、場がしん……と静まり返った。さっきまで聞こえていたはずのヒグラシの声や、部屋の隅に置かれている扇風機の駆動音が耳に入らない。代わりに、嵐の前の静けさのようなヒリついた沈黙が、場を――、

「やっ、やめてくださいっ。そんなっ……こんなことが、あるわけないじゃないですかっ」

パニックになりかけながら沈黙を破り、慌てて便箋を手放した。何か恐ろしいものが、自分の身に迫っているような気がして。

「そんな、人を灰にする化け物なんて、いるはずがない。そんなものが、この世に存在するわけがない。そんな馬鹿げた話がっ」口が勝手に回り始める。忍び寄る恐怖を打ち消そうとして、突きつけら

れた真実から目を背けたくて。

「う、嘘ですよね？　オウマガなんて、いないんでしょう？　手の込んだ、作り話なんでしょう？　ありとあらゆるものを皆殺しにする蛾の化け物なんてっ……それに、語られた話の中では、オウマガじゃなくて別の呼び方をされていたじゃないですか。なんとかのトコヨノカミとかっ……あと、そう、ヨナ――」

「高津さんっ！」

真由美さんが、僕の言葉を鋭く遮った。ビクッと身が跳ね、喉が強張《こわば》る。

「……忌み名を口にしない方がいいと思います。既に穢れに侵されている私が呼称するのは問題ありませんが、高津さんが呼称する際は、あだ名である〝鏖魔蛾《オウマガ》〟の方でないと、穢れに触れる恐れが――」と、その時、

「……っ！」淡々と制するように続ける真由美さんの背後に、何かの気配があることに気が付き、息が止まった。

視られている。何者かが、真由美さんの肩越しに僕を見つめている。目に視えないのに、確実に存在感を伴った視線の気配だけが、そこに。

何者かの……いや……二人と……一匹？

……少年と……幼い女の子と……猫？

「――ですから、存在を認識した上で口にするのは危険です……高津さん？」名前を呼ばれて我に返った。瞬間、フッと肩から力が抜けて、息ができるようになる。

「……大丈夫ですか？」

「は……はい」呆然と真由美さんの背後に目を向ける。そこにはもう視線の気配は無かった。安堵《あんど》したせいか、冷たい汗が首筋をぬらりと落ちて行く。そんな僕を見て、

「すみません。私が間違っていました。鏖魔蛾《オウマガ》は禁忌の存在ですから、たとえ根幹である本質を認識していなかったとしても、枝葉である断片的なことすら口にしない方がいいんです。それだけで穢れに触れる恐れがあったのに、私が話したばかりに……」

真由美さんが、顔に後悔の色を滲《にじ》ませながら俯く。

「……いえ。もしかしたら、高津さんは既に鏖魔蛾《オウマガ》の穢れに侵されているのかもしれません。頻繁に、この村に来訪して、私や母と交流したことによって」

「……え？」カラカラに渇いた喉から、掠《かす》れた声が漏れた。

「これは私の推測に過ぎませんが、鏖魔蛾《オウマガ》にはきっと、人や怪異を惹《ひ》きつける性質があるんです。いえ、惹きつけるというよりは、人であろうと怪異であろうと命の有無にかかわらずに、その魂を掻《か》き乱して取り込もうと、我が物にしようとするという表現の方が合っているでしょうか。鏖魔蛾《オウマガ》に憑依《ひょうい》されていた時の優一くんが妙に艶《なま》めかしく映ったのは、きっとそのせいだと思います。ですから、高津さんが私を……そういう風に思い立ったのも、もしかすると……」

「そ、そんなはずが……」口では否定しながら、頭の中には、その仮説を裏付ける数々の要素が思い返されていた。語られた過去の中では活発な子供——というよりは感情的な少女だった真由美さんが、今は落ち着いている大人の女性に——というよりは妙に無感情な人間になっているのは……？

僕が真由美さんのことを意識するようになったきっかけは、早苗さんのケアを手伝っていた際に、無意識に視線を向けていることに気が付いて……その横顔は、とても綺麗《きれい》で……その物憂げな目は、じっと見ていると吸い込まれてしまいそうで……まるで自身を覆い隠すかのように、いつも野暮ったい長袖のタートルネックTシャツを身に着けているのに、その姿は可憐《かれん》で美しく、それでいて艶《あで》やかで……まさか、僕が真由美さんに惹かれた理由は……鏖魔蛾《オウマガ》のせいだったとでもいうのか――、

「もうすぐ元いた東京に戻られるということでしたから、お話ししても大丈夫だろうと考えていましたが……もう、お帰りになった方がいいと思います。これ以上、関わらない方がいいでしょう。穢れているこの村にも、私にも――」

それからすぐに、僕は朽無村を後にした。真由美さんはいつものように、僕が車で九十九折《つづらお》りの坂道を下り切るまで、家の敷地の外に出て見送ってくれた。丁寧に刈り込まれた馬酔木《あせび》の横で、深々と頭を下げながら。来た時と違い、窓から見える、これまで幾度となく目にしていたはずの朽無村の光景は、まったく別の印象を持つものになっていた。見様によっては牧歌的でもあった、自然に呑み込まれた棚田も、朽ちた廃屋も、酷く不気味で恐ろしいものとして映った。それがすべて、人の理解が及ばない怪異によって蹂躙《じゅうりん》された営みの残骸なのだと思うと――。

気が付くと、僕の右足は強くアクセルを踏み込んでいた。九十九折りの坂道を下り切って、村の入口にあるバス停の前を通る際、ふと一瞬だけ、今しがた下りてきた村の方を見上げると、真由美さんは未だ敷地の外に佇み、僕のことを見送っていた。その遠く見えたおぼろげな姿は、今にも消え入り

そうなほどに儚《はかな》く、美しいものに思えたが、同時に、未だに視られているということが、あまりにも恐ろしかった――――。

程なくして、僕は諸々の後処理と手続きを済ませ、復職した茅野《かやの》に見送られながら約二年の時を過ごした香ヶ地沢を発ち、九州から元いた東京へ戻った。決意していたように、前に勤めていた会社とは別の介護老人保健施設に就職し、一端の介護支援専門員として一からやり直すことにも成功した。また同じことになるのではないかという懸念があったが、今のところは人間関係も概《おおむ》ね良好で、順調な日々を過ごせている。

香ヶ地沢での経験は、僕の人生において大切なものとなった。生きる気力を取り戻すきっかけを与えてくれたからだ。茅野にも、新たに出会った人たちにも、感謝している。

……もちろん、河津真由美さんにも。

あれから、決してやるべきことではないと分かりつつも、僕は鏖魔蛾《オウマガ》について調べてみた。だが、どんな方法を使って調べても、鏖魔蛾《オウマガ》について分かることは何も無かった。探せど探せど、それらしき情報を見つけることができなかったのだ。

それはやはり、鏖魔蛾《オウマガ》が禁忌たる存在だからなのだろうか。

しかし……調べている最中に、僕は気になるものを見つけた。

インターネットを使って、それらしい情報がないか無作為に探し回っていた時に偶然行き着いた〝怪異蒐集倶楽部《かいいしゅうしゅうくらぶ》〟というサイトで。

そのサイトはどうやら、主に二〇〇〇年代を中心に匿名掲示板のスレッドに書き込まれた、死ぬ程洒落《しゃれ》にならない怖い話――いわゆる洒落怖と呼ばれるものを、それぞれ記事にしてまとめているようだった。話の題名や書き込まれた年代、怪異の名前、特徴などが丁寧にカテゴライズされており、それなりに人気もあるのか、今現在も絶えず更新されているようで、記事毎《ごと》に設けられているコメント欄では匿名の書き込み主たちによるオカルト議論が熱っぽく繰り広げられていた。

そんなサイトの〝殿堂入り級の名作〟というカテゴリの中に、こんな題名の記事があった。

〝Q州K村の〇〇〇様〟

思わずクリックし、その話を読んでみると――内容が酷似していたのだ。真由美さんが語った、自身と朽無村にまつわる忌まわしい過去に。だが、それは、何から何まで同じというわけではなかった。まず、語りの視点が違っていた。匿名掲示板に寄せられている話なので、当然、書き込み主の身の上は不明なのだが、その視点は明らかに、真由美さんの口から語られた過去に登場する人物――山賀優一という少年のものなのだ。

小学五年生の時に、父親の仕事の都合でQ州地方にあるK村という周りに山と川と田んぼしかない田舎に引っ越して暮らすことになり、そこの幼馴染《おさななじみ》っぽい男の子と女の子と仲良くなり、病気がちの妹と一緒に遊んでもらい、しばらくして村で毎年行われているという奇妙な祭りに家族で参加することになる。

書き込み主はそんな少年期の体験談を綴っているのだが、これは山賀優一という少年の経験そのものではないか。その上、村の風習や奇妙な祭りの方法、登場人物、地理や建物の呼称などが、九州の朽無村そのものなのである。

しかし、書き込み主の少年が辿《たど》る顚末《てんまつ》は、真由美さんが語った過去、もとい真実とは違った展開を見せる。史実なのは、奇妙な祭りの後、両親が村の上手にある神社に出掛けて行く所までであり、妹が神社に向かう理由や、神社で目の当たりにする光景は、違うものとなっているのだ。特に神社での一連の出来事は、似通っている部分こそあれど、まったく別のものに。そこから舞台は村を離れ、書き込み主の少年は村に巣食っていた悪霊の穢れを受けたことによって、辿ることとなる。

一家で村から逃げ出し、駆け込んだ寺でお祓いを受け、無事に意識を取り戻し、悪霊の穢れはすっかり祓われたかに見えたが、元いた地に戻って暮らしていると、穢れどころではなく、祓えたと思っていた悪霊そのものが憑いてきてしまっていて、意識を失ってしまい、紹介された寺でまたお祓いを受けるが、再び意識を失い、その寺で封印された悪霊と共に、定期的にお祓いを受けつつ暮らすことになるという苦難の道を。

そして最後には、自身の中に未だ根強く残る穢れによって、まるで導かれるかのように、封印されている悪霊と共にQ州のK村へ行かなければならないと独白し、話は締めくくられるのだが……。

これは推測に過ぎないが、この〝Q州K村の○○○○様〟とは、真由美さんが書いたものなのではないだろうか。

真由美さんは、Webライターを生業にしていると聞いていた。詳しい業務内容は訊かなかったが、完全にフリーランスで、細々とだが、なんとか食い繋《つな》いでいけるくらいの収入は得ていると。それは恐らく、朽無村から出られないが故に、完全に在宅でできる仕事を生業にするしかなかったのだろうが……真由美さんが語ったことによると、悲劇が起きたのは自身がまだ高校二年生の頃だった。そして、真由美さんの母――早苗さんは悲劇の後、抜け殻のような人になってしまったという。

しばらくは真由美さんも似たような状態に陥っていたというが――要するに、まともに生きていけるはずがないのだ。そんな親子二人だけでは。精神的な面だけではない。ただでさえ僻地《へきち》にある村から半日ほどしか離れられないという穢れの制約、車を運転できる者の不在、日にほとんど来なかったというバス、働き手、稼ぎ口の喪失……。交通的な面でも、金銭的な面でも、まともに暮らしていけたはずがない。

だが、そんな状態にあっても、真由美さんが自立できるまでに至ったのは、恐らく、援助があったからだろう。悲劇の後、村中の人間のお祓いを敢行したり、真由美さんが香ヶ地沢を脱する為の試行錯誤に当たったたという謎の男――鳳崎を始めとした〝そういった職業の方々〟の。

その組織――もしくは集団？　一派？――が、どういう成り立ちで、どれだけの力を持っていたのかは分からない。だが、そうでなければ、僻地の村に住む、親類からも見放された頼れる者のいない親子が、少なくとも真由美さん一人で生計を立てられるようになるまで、まともに暮らせたとは思えない。生活を補助する者の存在が、絶対にあったはずだ。

つまり〝そういった職業の方々〟と真由美さんには決して浅くない間柄があったと思われる。そして鳳崎という男の語るところによれば〝そういった職業の方々〟は力のある怪異を相手にした際、その名前や特徴――アイデンティティを匿名の誰かが経験した怖い話として脚色し、インターネットを使って世間に流布することによって弱体化を図るのだという。大勢の人間に存在を知らしめることによって、恐怖という信仰心から生まれる怪異の力を薄めてやるのだと。それによって生まれたのがネット上で語り継がれている洒落怖と呼ばれるものらしいのだが、それは鳳崎のような〝そういった職業の方々〟が、その辺の物書きに依頼して書かせたものなのだという。

……Webライターとは要するに物書きである。その職業にプロとアマチュアの差がどれだけあるのかは知らない。だが、当然、技量は求められるはずだ。多くの人間を魅了し、一定の評価を得るほどの、印象的な文章を書く力を。

だが、〝そういった職業の方々〟が真由美さんに依頼して〝Q州K村の○○○○様〟を書かせたとは到底思えない。無意味だからだ。既に一連の事態が結末を迎えてしまっている今、怪異をどうにかしようとしたところで、どうしようもないのだから。

だが……こう考えれば、説明がつく。

〝Q州K村の○○○○様〟は、真由美さんが、こうだったら良かったのに、という幻想の下に、過去を――現実に起きた悲劇を改変、脚色し、書き上げたものなのではないだろうか。

それを裏付ける要素――真実との相違点は、数多く存在する。山賀家の面々が、誰も死なないこと。途中に終わったとはいえ、お社で行われていた宵の儀の内容が生理的に悍《おぞ》ましいものではないこと。宵の儀が行われている理由も、悪霊の呪い、穢れを受けなければ村で生きていくことができないからという言い方をされていて、生理的な嫌悪感を催すようなものだとは明言されていないこと。宵の儀失敗後の村の様相が、真由美さんが当時、父親から言われていた通りの、悪霊が村をうろついているから子供が外を出歩ける状況ではなくなっている、というものになっていること。山賀家が無事に郷里へと戻り、優一少年の苦難こそあれど、安泰に過ごしているということ。

他にも細かくあるが、そのすべてが真由美さんにとって理想的なものとなっている。ある程度現実を反映させてはいるものの、山賀家の全員が無事に生き延びて村を脱しているし、村の者たちが意地汚い欲望の為ではなく、自分たちの暮らしを守る為に仕方なく呪いの儀式を執り行っているかもしれないという仮説も――Q州のお坊さんという現実に存在しない第三者からだが――立てられている。

そして何より、生理的嫌悪感を催す要素が取り払われているのだ。

これは真由美さんが、自身の家族を含めた村の者たちと、山賀家に対して思う、こうであってほしかった姿なのだろう。自身が育った朽無村は、決して意地汚い人間の集まりではなかった。山賀家は、無事に生き延びて村を脱し、元いた地で安泰に暮らしている。きっと、そんな理想、夢想、幻想を、真由美さんは〝Q州K村の〇〇〇〇様〟に反映させたのだ。

しかし、その結末は、理想とは程遠いものとなっている。

優一少年――の体を取っている真由美さん――は最後に、こう独白しているのだ。

〝……まあ、それは自分が一番、分かっているんだけど。

だって、ずっと呼ばれてるような気がするんだ。

K村で、アレと目が合ってしまったあの日から、ずっと、ずっと。

Q州のお坊さんの言う通り、御住職さんの言う通り、忘れるべきなんだと思う。楽しい思い出とかで、上書きして。

だけど、無理なんだ。無理なんだよ。

もう、自分は、逃げられないんだと思う。

アレの穢れに、触れてしまったからには。アレに、魅入られてしまったからには。

だから、行かなきゃ。アレと一緒に、帰らなきゃ。

アレが、かつて巣食っていた場所へ。Q州の、K村へ。

これはきっと、罰みたいなものなんだ。

向き合わなきゃいけないんだと思う。

たとえ、家族と離れ離れになってしまっても。たった一人でも。

あの忌まわしい記憶に。自分を苦しめる穢れに。この痛みに。

きっと、ずっと、永遠に、
〇〇〇〇様という、呪いに――。〟

赤の他人からすれば、悪霊の穢れに触れ、魅入られてしまった書き込み主の少年が、まるで引き寄せられるかのように、その根城である九州の村へ行こうとしている、という内容に映るだろう。だが、真実を垣間見《かいまみ》た者からすると、これは正に、真由美さん自身の独白であると同時に、ある種、懺悔《ざんげ》とも言えるものとして映るのだ。

この〝Q州K村の〇〇〇〇様〟は、その題名の通り、登場する怪異の名前が最後まで明かされない。口にするだけで穢れが及ぶほどの怪異――禁忌の存在だとされているが故に。だが、当の朽無村に蔓延《はびこ》っていた悪霊――シラカダ様は、禁忌とされるほどの存在ではなかったはずなのだ。

では、なぜシラカダ様と明言されず、〇〇〇〇様と伏せられているのか。それは……そこに内包されているからだ。

鏖魔蛾《オウマガ》——ヨナグニサマという、真の禁忌たる存在の影が。

無論、優一少年が朽無村に向かったのは、自身の復讐心によるものである。そこに、怪異の洗脳めいた影響などない。つまり、この独白自体——優一少年の視点から見たとしても——虚偽の一節に過ぎないのだが、一部の文言だけ抜き出して見てみると、真由美さんの独白として、この上ないほど適《かな》っているものとなるのだ。


〝……まあ、それは自分が一番、分かっているんだけど。

K村で、アレと目が合ってしまったあの日から、ずっと、ずっと。

忘れるべきなんだと思う。楽しい思い出とかで、上書きして。

だけど、無理なんだ。無理なんだよ。

もう、自分は、逃げられないんだと思う。

アレの穢れに、触れてしまったからには。

これはきっと、罰みたいなものなんだ。

向き合わなきゃいけないんだと思う。

たとえ、家族と離れ離れになってしまっても。たった一人でも。

あの忌まわしい記憶に。自分を苦しめる穢れに。この痛みに。

きっと、ずっと、永遠に、
○○○○様という、呪いに————。〟

……真由美さんは、自分の理想を反映させた幻想譚《げんそうたん》の最後に、残された現実と、自身による真実の独白を、懺悔を、込めたのだろう。

朽無村で、悲劇が起こったあの日から、ずっと分かっていると。

もう無理なのだと。自分は逃げられないのだと。生まれ育ったこの地から。

だが、これは罰のようなものなのだ。だから、向き合わなければならない。

鏖魔蛾《オウマガ》の穢れに侵されてしまったからには。

たとえ、家族と死別しようとも。たった独りになろうとも。

忌まわしき村に生まれた者――自身が想《おも》いを寄せた者の家族を惨《むご》たらしく殺した村の一員として。

忌まわしき悪霊の穢れの下に生まれた者――自身が想いを寄せた者が命を落とす要因になったシラカダの血筋を引く者として。

決して上書きすることのできない過去の記憶に。自分を苦しめる穢れに。この痛みに。

きっと、ずっと、永遠に、ヨナグニサマという、呪いに――。

真由美さんは、どういう心境で〝Q州K村の○○○○様〟を書き上げたというのだろうか。真実は禁忌故に流布できなかった。真相は伏せざるを得なかった。それでも、所詮は幻想譚に過ぎないと、限りなく無意味な行為に過ぎないと分かっていても書いたのは、やはり自身を救う為なのだろうか。

なんとも皮肉なことに、この〝Q州K村の○○○○様〟は〝殿堂入り級の名作〟にカテゴライズされている通り、ネット上で有名なものとなっていた。二〇一〇年代に匿名掲示板に投稿された洒落怖の名作として一定の知名度を得ており〝怪異蒐集倶楽部〟だけでなく、他のホラー系のサイトでも必ず取り上げられていた上、ネット怪談や都市伝説を取り上げている本の類にも掲載されるほど人気があるようだった。

〝Q州K村の〇〇〇〇様〟が、それほどの存在になったのは真由美さんの筆力によるものなのだろうが、もし〇〇〇〇様だと伏せられずに、真実を——鏖魔蛾《オウマガ》の忌み名をそのまま書き記していたならば……一体どういうことになったというのだろうか。

しかし、隠された真実に辿り着いている者は、誰一人としていなかった。ネット上には、〇〇〇〇様がどういう存在なのかを考察している者や、K村が九州のどこにあるのかを考察している者、〇〇〇〇様の名前を解き明かそうとしている者の投稿が多数見受けられたが、そのどれもが的外れなものか、調べてみました！　から始まり、いかがでしたか？　で終わる、ただ話をなぞって紹介しているだけの無意味なものだった。

当の〝怪異蒐集倶楽部〟の記事コメント欄でも似たような考察を熱心に語っている者たちはいたが、それよりも多く見受けられたのは、

〝こんなのが殿堂入り扱いになってるのが信じられない。明らかに二〇〇〇年代後期の洒落怖名作のパクリじゃんか〟

〝田舎で因習に巻き込まれて、化け物に取り憑かれて、寺の坊さんを頼って助かるとか、出尽くされたテンプレパターンなのに、よく人気出たよなあ〟

〝もうこの手のやつ、ありきたりじゃね？〟

〝最後とか、クサくて笑っちゃうよなｗｗ〟

〝あんな終わり方じゃ、シラけるわあ。誰が何の為に書いたんだよって話ｗｗ〟

という、小馬鹿にしたようなコメントばかりだった。真由美さんが――鳳崎という男が語っていたことを、まざまざと見せつけられた気がした。

〝多くの人間が怪異の存在を知る。そして大概の奴《やつ》は信じねえし怖がりもしねえ〟

誰も知ることはないのだろう。その小馬鹿にしている話の裏に悍ましい真実が、とてつもない恐怖が存在していることに。そして、それは恐らく〝Q州K村の〇〇〇〇様〟だけでなく……。

知っている側の人間である僕は当初、憤りを覚えた。偉そうにあれこれと垂れているが、もし真実が流布されていたら、お前らは無事では済まなかっただろうと。身の毛もよだつ恐怖に襲われていただろうと。

真実を書き込んで、そういう目に遭わせてやろうかとさえ思った。鏖魔蛾《オウマガ》の存在を認識して、軽々しく忌み名を口にして穢されてしまえばいいと思った。

だが――そんなことはできなかった。

当事者である真由美さんが、どれほどの思いで、真実を流布することを堪《こら》えただろうか。胸に秘めざるを得なかっただろうか。そう考えると、僕のような垣間見ただけの部外者が、一時の感情によって真実を流布するのは、とてつもなく下賤《げせん》な行為のように思えた。だから、僕にできたのは、その無粋な感想群から目を背け、そっとサイトを閉じることだけだった。

しかし――その時、ふと、恐ろしい考えが頭をよぎった。

一体なぜ、真由美さんは僕に真実を明らかにしたのだろうか。一緒に村を出て行きませんかという僕の誘いを断るのは、簡単なことだったはずだ。他に適当な理由を付けて断ればいいだけの話なのだから。僕のような部外者に真実を話す必要など、無かったはずなのだ。

なのに、なぜ僕に真実を伝えたのか。話す前に、あれほど逡巡《しゅんじゅん》していた上に、それがどれほど危険な行為なのか、身をもって理解していたというのに。

それは……僕が真実を、禁忌を流布することを見越しての行動だったのではないのだろうか……。

もし僕がそうしたとして、どうなってしまうのかは分からない。インターネットを介して鏖魔蛾《オウマガ》が天災のような事態を引き起こしてしまうのか。それとも、その存在をどうにか弱体化させることに成功するのか、定かではない。ある意味、とてつもない危険が伴う賭けだ。真由美さんは言わばその賭けを行う権利を、まったくの部外者である僕に託すことによって、一抹の希望を抱きたかったのではないだろうか。いつの日か、自身を苦しめるこの穢れから逃れられる時が来るかもしれないという希望を。

そんな危うい行為に至った理由は、村で孤独に一生を過ごさなければならないという絶望から湧いた邪念によるものなのか。どうしても自身の手で流布することを躊躇った、もしくは自身の手を汚したくなかったからなのか。単なる諦観めいた気まぐれによるものなのか……。

それとも、まさか、それすらも、鏖魔蛾《オウマガ》の呪いの範疇《はんちゅう》だとでもいうのだろうか。

鏖魔蛾《オウマガ》は、自身の穢れに侵されている——言わば支配下にある真由美さんに真実を語らせることによって、その名を他者に流布することによって、より多くの人間を穢れに触れさせようと、より強大な存在になろうと、より多くの魂を掻き乱して呑み込もうと、引き込もうと、惹きつけようとしているとでもいうのだろうか――。

結果として、僕は今も、真実をこの胸に秘め続けている。

仄《ほの》かな恐怖と、複雑な思いと共に。

だが――あれからもう何年も経つというのに、僕は未だに、空を見上げる度、真由美さんのことを思い出す。

彼女も、遠い九州の地で、この空を見上げているだろうかと。

山と川と田んぼしかない、閉ざされた辺境の田舎で。

自身が生まれ育った、あの朽無村で。

将来の目標に据えるほど、出て行きたいと願っていたのに。

外の世界に、恋焦がれていたというのに。

それは永遠に叶わないものとなった。

それどころか、たった独り残されて、向き合うこととなった。

忌まわしき、過去の記憶と。

禁忌の存在たる怪異がもたらした、穢れと呪いに。

そう考えると、僕の胸は締めつけられたようにキリリと痛み、息苦しさを覚える。

真由美さんに、もう一度会いたいとさえ、思ってしまう。

だが、それは決して……。

僕の純然な想いによるものだと、
鏖魔蛾《オウマガ》の蠱惑《こわく》によるものではないと、願いたい――。

本書は、２０２３年から２０２４年にカクヨムで実施された「第９回カクヨムWeb小説コンテスト」で特別賞（ホラー部門）を受賞した『オウマガの蠱惑』を加筆修正したものです。

オウマガの蠱惑《こわく》

2025年4月30日　初版発行

著／椎葉伊作《しいばいさく》

発行者／山下直久

発行／株式会社KADOKAWA
〒102-8177　東京都千代田区富士見2-13-3
電話 0570-002-301（ナビダイヤル）

印刷所／株式会社KADOKAWA

製本所／株式会社KADOKAWA

●お問い合わせ
https://www.kadokawa.co.jp/（「お問い合わせ」へお進みください）
※内容によっては、お答えできない場合があります。
※サポートは日本国内のみとさせていただきます。
※Japanese text only

定価はカバーに表示してあります。

ISBN 978-4-04-738323-4　C0093

◆◇◇